U0096301

# 人民共和國文化與文學叢書

十　編

李　怡 主編

## 第 13 冊

## 《星星》詩刊（1957～1960）研究（第二冊）

王學東 著

花木蘭文化事業有限公司

國家圖書館出版品預行編目資料

《星星》詩刊（1957～1960）研究（第二冊）／王學東 著 -- 初版 -- 新北市：花木蘭文化事業有限公司，2022〔民111〕
目 8+266 面；19×26 公分
（人民共和國文化與文學叢書 十編；第13冊）
ISBN 978-986-518-953-2（精裝）
1.CST：中國當代文學史 2.CST：當代詩歌 3.CST：詩評
820.8　　111009793

**人民共和國文化與文學叢書**
**十　編　第十三冊**　　ISBN：978-986-518-953-2

# 《星星》詩刊（1957～1960）研究（第二冊）

作　　者　王學東
主　　編　李　怡
企　　劃　四川大學中國詩歌研究院
總 編 輯　杜潔祥
副總編輯　楊嘉樂
編輯主任　許郁翎
編　　輯　張雅淋、潘玟靜、劉子瑄　美術編輯　陳逸婷
出　　版　花木蘭文化事業有限公司
發 行 人　高小娟
聯絡地址　235 新北市中和區中安街七二號十三樓
　　　　　電話：02-2923-1455／傳真：02-2923-1452
網　　址　http://www.huamulan.tw 信箱 service@huamulans.com
印　　刷　普羅文化出版廣告事業
初　　版　2022年9月
定　　價　十編17冊（精裝）新台幣43,000元

# 《星星》詩刊（1957～1960）研究
## （第二冊）

王學東　著

# 目次

## 第二冊

**第三冊**

## 第四冊

**第五冊**

# 第三章　流沙河與《草木篇》

在《星星》詩刊創刊初期，按照省文聯的安排，流沙河是以普通編輯身份出現在《星星》詩刊編輯部。從 1956 年省文聯的最早的文件《關於詩刊的方針任務及讀者對象等問題的初步意見》中記載，「詩刊編輯 5 人：創作輔導部付部長白航同志（中共正式黨員）兼詩刊編輯主任。另外，由周天哲、流沙河、白堤、白峽同志擔任編輯。」〔註 1〕以及省文聯《文聯工作人員名單 1956.12.29》中，「白航，文聯創作輔導部副部長；周天哲，《星星》編輯部編輯；流沙河，星星詩刊編輯；白峽，星星編輯。〔註 2〕從這些都可以看出，流沙河僅為《星星》創刊之初的一個普通編輯而已。在創刊之初的《星星》的 4 人編輯部中，按職務、資歷，流沙河此時的地位，也是排在靠後的。如白航所說，「1957 年 1 月 1 日，《星星》如期出刊了。由白航任編輯部主任（未設主編），石天河任執行編輯，流沙河、白峽任編輯，溫舒文搞通聯，苗波幫著搞美術。」〔註 3〕在這星星「四人組」編輯部中，流沙河僅與白峽相當。在石天河的回憶中，「編輯部主要是四個人：白航任編輯主任，我任執行編輯，白峽、流沙河任編輯。」〔註 4〕流沙河的位置是「四人組」最末的。此時的星星編輯

〔註 1〕《文聯黨組關於創辦詩刊的請示報告》，《四川省文聯（1952～1965）》，建川 127～126，四川省檔案館。

〔註 2〕《文聯工作人員名單 1956.12.29》，《四川省文聯（1952～1965）》，建川 127～18，四川省檔案館。

〔註 3〕辛心：《我們的名字是星星——〈星星〉創刊史話》，《星星》，1982 年，第 4 期。

〔註 4〕石天河：《逝川憶語——〈星星〉詩禍親歷記》，香港：天馬出版有限公司，2010 年，第 1 頁。

部，核心人物是負責人、作為主任（主編）白航，是他全面掌握和管理著《星星》詩刊。而在編輯部內部，負責日常編輯任務的是執行編輯石天河。流沙河與白峽，則是星星編輯部的一般編輯，地位是無法與白航、石天河相比的。即使是作為一般的編輯，白峽的資歷也遠遠大於流沙河。如當時成都日報記者曉楓記載，幾經研究籌組，後經中共省委宣傳部批准，一個面目全新的《星星》詩刊，於 1957 年 1 月正式創刊問世。詩刊有四位工作人員，主編白航，一位老區來的文藝工作者，而且是個原則性很強的黨員，負責掌握詩刊的發展方向；第二位叫白峽，南下的文藝工作者，也是黨字號人物，和靄大度，人際關係不錯，負責詩刊組稿等日常事務；第三位是石天河，本名周天哲，聽說他原是中共川南行署文藝處長，後不知犯了什麼錯誤，黨藉、職務全抹。他專事文藝理論研究，對現代詩歌有獨到見解，為執行編輯。第四位就是流沙河，年少氣盛，很有才華。」〔註 5〕按照年齡來看，此時白峽 38 歲最年長，其次是石天河 33 歲，白航 32 歲，流沙河 26 歲最小。而且從黨籍、職務來說，流沙河也排在最末。

儘管在創刊之初星星編輯部，流沙河的排名在最末，但也並不是說流沙河在星星編輯部的權力和影響力就是最小。一方面，按照譚興國的說法，流沙河在《星星》的實際位置並不低。「白航處世低調，不張揚，不善言辭，膽小，不願得罪人。他說『未很好研究』，就發來那兩篇作品，其實「研究」又如何，及時發現有問題，他能說『不』嗎？別人要發表，他敢說『不』嗎？石天河就曾向人說過：『白航那個主編還不是那麼回事，他敢怎麼樣？我石天河說了算！』其實，石天河這個執行編輯『還不是那麼回事』，流沙河要發表，他又『敢怎麼樣？』他寫的『稿約』，流沙河要改不就改了嗎？他雖然『有點不高興』，但『也沒有計較』，就連後來他寫的『萬言書』，流沙河扣下不發，他也無可奈何。」〔註 6〕更為重要的是，由於《星星》詩刊創刊號刊登他的作品《草木篇》，引起了全國性的批判，在反右期間，流沙河與石天河成為四川有著全國影響的詩人。所以，我們有必要對流沙河、《草木篇》及其「草木篇事件」作一個全面的梳理。

---

〔註 5〕鐵流：《反右鬥爭前奏曲〈草木篇〉事件》，《我所經歷的新中國 第一部〈翻天覆地〉》，無版權頁，第 354～355 頁。

〔註 6〕譚興國：《草木篇事件的前前後後》，內部自費印刷圖書，2013 年，第 76 頁。

# 第一節　流沙河生平與早期創作

## 一、流沙河家世及生平

在對流沙河家世的介紹中，最為全面的就是他的自傳。1988 年三聯書店出版的《鋸齒齧痕錄》中，前有流沙河的《自傳》。此文出自於流沙河，此後便成為一系列介紹流沙河的「原文本」。在此文中，最值得關注的是流沙河對自己家庭，特別是對他父親余營成的記載，「我的父親余營成這一房有田二十畝，算是小地主。父親余營成 1920 年求學北京，學業不佳，酷愛京戲。書未讀完，回成都經商，折本歇業，入四川法政學堂。就學期間娶了我的母親劉可芬。父親曾在國民黨金堂縣政府任職軍事科長，在土地改革運動中，民憤甚大，被處死刑。這是應該的。」〔註 7〕在這短短的幾百字中，流沙河按照自己的敘述，勾勒了他父親余營成的一生。（1）出生：大地主家庭；（2）家產：有田二十畝；（3）愛好：京戲；（4）求學：四川法政學堂；（5）婚姻：劉可芬；（6）職業：國民黨金堂縣政府任職軍事科長；（7）死亡：土改判死刑。2004 年流沙河在《老成都芙蓉秋夢》中，進一步重構了自己家族史。首先是補充介紹了「外祖父劉裕和」，「外祖父劉裕和隔兩天來一次顧視其獨生女——我的母親。白天我陪他走街串巷轉城牆，緩緩踱步。每見人家門聯，他必停步誦讀，為我講解。時在抗日戰爭期間，聯有『百萬貔貅對日徵』句。他指點說，『貔貅，神獸之名。』……外祖父留給我的遺物，是他壯年防身用的那柄羊皮鞘的匕首。」〔註 8〕對於父母的「婚姻史」記錄，此書比《自傳》中更為詳細。流沙河認為母親的不幸是繼母一手造成的，而父親則是在危難時期對母親的拯救」，〔註 9〕在這個過程中，他不僅讚揚了父親對母親的愛，而且也寫道了母親劉可芬對繼母的仁慈。值得注意的是，在這本書中，流沙河還特意回憶了一下他母親的「另一種可能」：「1928 年底或 1929 年初，一位老師姓李，詢問二人願不願意去省外很遠的地方。翌日又引他們去見一位陌生人，說他就是招募者。徐琴不願，劉可芬遲疑，乃作罷。此後再無接觸，也未放在心上。母親在去世前兩三年，才向我說：『那個陌生人就是鄧

〔註 7〕流沙河：《自傳》，《鋸齒齧痕錄》，北京：三聯書店，1988 年，第 11～12 頁。
〔註 8〕流沙河：《老成都 芙蓉秋夢》，南京：江蘇美術出版社，2004 年，第 40、47 頁。
〔註 9〕流沙河：《老成都 芙蓉秋夢》，南京：江蘇美術出版社，2004 年，第 48、51 頁。

小平。』」〔註10〕流沙河此時的敘述，他母親有可能走上革命的道路，這回憶中就明顯地帶有為父母辯護的個人情感。在這裡，流沙河還回憶著父母的伉儷情深，「四川法政學堂管理鬆散，余營成有空參加己巳票友社的活動，往往帶著新妻劉可芬一起去。平常活動，京戲清唱，格局類似川戲圍鼓，夜深而散。特殊活動，登臺票戲。余營成唱老生有《空城計》，唱老旦有《趙州橋》和《釣金龜》，都票過，得好評。劉可芬坐樓廂，聽本社票友們喝彩叫好，亦甚得意。」〔註11〕總之我們看到，流沙河在構建自己家族史中，外祖父多才，母親仁慈，父親多情、正義，有豐富的藝術天分，可以說是一個少有的和諧、美滿家庭。

雖然這樣，由於余營成的國民黨金堂縣政府任職軍事科長這一身份相當敏感的問題，所以在反右期間被「挖老根」，又有著完全不同的另外一面。在反右期間，在對《草木篇》展開批判後，對流沙河的家庭史，特別是余營成，卻有著完全不同的介紹。1957年《四川日報》刊登的《流沙河為什麼仇恨新社會？請看金堂縣繡水鄉十一個農業社員的來信》，則稱呈現了一個完全不同的流沙河家世，以及另一個十惡不赦的「余營成」〔註12〕。這份《來信》，其主要目的是以攻擊余營成來攻擊流沙河。1988年流沙河所寫的《自傳》所涉及事件，與這份讀者的《來信》差不多，但在具體的闡述上有天淵之別。不過，作為瞭解流沙河家族歷史來說，這也是一份比較重要的文獻。在出生方面，《來信》指出余營成是大地主，這與流沙河的敘述一樣。但是怎樣的一個大地主，敘述就有差異了。主要表現在田產方面，流沙河敘述僅為二十畝，這裡則變成了二百三十多畝。余營成的愛好，《來信》是在成都上海等地玩戲班子，進賭場；在流沙河的自傳中則是求學北京，酷愛京戲。求學方面，這裡是四川大學畢業，流沙河的敘述是四川法政學堂。當然，創辦於1905年的四川法政學堂，1927年組建為公立四川大學，所以在這方面兩者的敘述並無矛盾。所以，《來信》中首先批判了余營成的大地主身份和不良的嗜好。而在這份《來信》中，最主要的對余營成家庭和職業的批判。余營成家庭成員有兩個妻子，共9個子

〔註10〕流沙河：《老成都 芙蓉秋夢》，南京：江蘇美術出版社，2004年，第52頁。

〔註11〕流沙河：《老成都 芙蓉秋夢》，南京：江蘇美術出版社，2004，年第52～54頁。

〔註12〕金堂縣繡水鄉馬鞍農業社主任李元清、紅旗農業社主任王棟成、繡川農業社社員毛正興、紅旗農業社社員何光照等十一人：《流沙河為什麼仇恨新社會？請看金堂縣繡水鄉十一個農業社員的來信》，《四川日報》，1957年6月28日。

女，並雇了 4 個傭人，一家合計 16 人的大家庭，《來信》中特別指出的他的小老婆是被強姦後收的。為了維持這一龐大的家庭，余營成的職業就成為了文章批判的重點。不僅在解放前，「買賣壯丁，敲榨勒索，吃人骨頭的錢」；而且在解放後，還「盤剝佃戶、強收小麥」。同時在政治上，還是青幫、袍哥的頭子、民社黨縣黨部政務委員會主任，還與王從周等同謀組織「反共救國軍」準備「誓死抵抗」。由此，從個人家庭，經濟生活到政治問題上，余營成成為了一個十惡不赦的罪人，最後群眾一致要求對他進行鎮壓。這樣流沙河背上了「剝削腐朽的生活」，以及有著「殺父之仇」的罪名。由於余營成的問題，對流沙河有著非常重要的影響，他也在不同的場合，談到了自己對父親的看法，「我的父親不是這個政權的人，我 1950 年參加革命工作後，是劃清了『界限』的。……實際上我的父親，在舊社會不過就是普通的職員。他從來沒有對抗過共產黨，也沒有作過惡，很多人都曉得他們是乾乾淨淨的。」〔註 13〕在這裡，流沙河一方面與父親劃清了界限，另一方面，還在不斷地在為作為「普通職員」的父親澄清事實，是「乾乾淨淨」的，由此為自己辯護。

在流沙河的身世構成中，與父親余營成不同的是，母親劉可芬是流沙河自我成長的一個積極力量。「我是母親的長子，備受寵愛。槐樹街余家按大排行計算，我是同輩中的第九，所以小名老九，又名九娃子，而我的本名是余勳坦。自幼體弱多病，怯生，赧顏，口吃。兩歲以前在母親的麻將牌上已識『中』字，這是我認得的第一個漢字。四歲已認完一盒字方（正面是字，背面是圖，看圖識字），都是母親教的。」〔註 14〕同樣，由於父親問題的嚴重，流沙河還在更遠的家族歷史中，去尋找自己的「根」：「瘦弱的流沙河說：『其實我是成吉思汗的後裔。』……晚年的流沙河對自己的族源特別關注，曾做專門研究。老先生說，在國家圖書館藏的《余氏大家譜》中，記載瀘州鳳錦橋的余氏時，這樣寫道：『元朝世祖鐵木爾之孫太子真金第二子顯宗鐵木健，有十個後裔。他們於元至正十一年因政治原因，逃到四川。改鐵為金，金乃鐵字之偏旁，留有不忘親祖之意。然後，又恐怕字形相似而受到追蹤迫害，又將金字去下劃，略省筆而為余。族眾一行來至四川瀘州衣錦鄉鳳錦橋。考慮到人多動靜大，難以一路同行，族眾在一起聯詩、合對、盟誓並插柳紀事於溪

〔註 13〕何三畏整理：《「如果不寫這個，我後來還要當右派」——流沙河口述「草木篇詩案」》，《看歷史》，2010 年，第 6 期。

〔註 14〕流沙河：《自傳》，《鋸齒齧痕錄》，北京：三聯書店，1988 年，第 12 頁。

邊，然後四散逃亡各處。』流沙河是余氏老大一支的後裔。……流沙河拜謁了成吉思汗的陵墓，深情地寫下一副對聯：『秋風懷故土，白髮拜雄魂。』落款是『蒙古裔流沙河』。〔註 15〕如果說流沙河對父親余營成的態度閃爍，那麼他對自己的遠古家族的態度則非常自豪，並一直在努力建構自己的另一種家族史。在蒙古鐵木健的根系上，讓我們在他黯淡的父親形象之外，看到了流沙河另外一個光輝的家族史。

在個人的成長路上，從 1938 年入學後，流沙河先後在金堂縣女子小學、金淵小學讀書，然後進入到金堂私立崇正中學。在記敘自己小學到中學的求學歷程中，流沙河重點記錄了自己的閱讀和寫作經歷：「1938 年入學。先讀縣城裏的女子小學（因為怕挨男同學的打），後轉讀金淵小學。……那時候我夢想做一個詩人，認為抒發感情乃是一件高尚而又有趣的事情。……也是 1944 年我剛入中學的時候，讀到了第一首印象最深、至今尚能背湧的新詩，那就是我們四川詩人吳芳吉在五四運動前一年寫的《婉容詞》。……此詩在語言音韻方面兼有舊體詩詞之長，如新蟬自舊蛻中羽化而出，似舊而又非舊，一鳴驚人，風靡全川，對我影響很深。」〔註 16〕從 1947 年，流沙河進入到四川省立成都中學讀高中。在這裡，他一面記錄了自己的革命行動，同時也自己的閱讀，特別是對現代文學的閱讀。如果說此前流沙河更多的陷入到傳統文學和文化中，那麼從這一時期開始，我們可以看到他生命的轉向——轉向新文化和新文學，「當時我無心讀書於課堂，有意探求於文學，狂熱地閱讀巴金的小說、魯迅的雜文、曹禺的戲劇，特別是艾青、田間、綠原的詩，抄錄了厚厚的一本，認為《向太陽》是古今中外最偉大的一首詩，而唐詩宋詞被我棄之如敝履。我已經意識到自己是一個叛逆者了。」〔註 17〕不久後，「這年秋季以高中五期學歷跳考四川大學農業化學系，以該系第一名的優良成績被錄取。入學後不想去聽課，只寫東西。年底，喜迎成都解放。」〔註 18〕從 1949 年秋進入川大農化系之後，流沙河並沒有從事自己的農業專業，而是「棄農從文」，立志於文學事業。〔註 19〕

---

〔註 15〕關捷：《流沙河：流著成吉思汗血液的詩人》，《中國民族報》，2012 年 9 月 14 日。
〔註 16〕流沙河：《自傳》，《鋸齒齧痕錄》，北京：三聯書店，1988 年，第 12～14 頁。
〔註 17〕流沙河：《自傳》，《鋸齒齧痕錄》，北京：三聯書店，1988 年，第 15～16 頁。
〔註 18〕流沙河：《自傳》，《鋸齒齧痕錄》，北京：三聯書店，1988 年，第 16～17 頁。
〔註 19〕何三畏整理：《「如果不寫這個，我後來還要當右派」——流沙河口述「草木

雖然他的大學生涯剛剛開始，但隨著成都的解放，新中國的成立，他就完全走向了與專業不同的文學創作之路。「1950 年到川西農民報任副刊編輯。1952 年調到四川省文聯，任創作員，又任四川群眾編輯、星星詩刊編輯。」〔註 20〕他在《自傳》中，也專門記錄了他在建國初的工作，「成都解放後，此時已入 1950 年了，我想做作家，不願返校求學，也不願參軍到文工團（紀律太嚴）。於是回到故鄉金堂縣城，在縣學生聯合會協助宣傳工作。後來又到金堂縣淮口鎮女子小學教書，近一個月。那時候自學了毛主席的《在延安文藝座談會上的講話》，眼界頓開，立即照辦，為了『和工農兵打成一片』，志願上山去教村小。二十多天以後，因已在《川西日報》副刊上發表過演唱作品和短篇小說，引起了該副刊主編西戎同志（當時他是青年作家）的注意，在素昧生平的情況下，蒙他信任，來信約我去報社參加工作（當時都說參加革命）。我便結束了五十天教師生活，到西戎那裡報到去了。」〔註 21〕由於歷史原因，建國初的流沙河沒有在四川大學農業系正常畢業。先後在縣學生聯合會作宣傳、在淮口鎮女子小學做教師。由於創作引起了作家西戎的注意，並調到《川西農民報》副刊任編輯。1953 年因四川東南西北四個行署區合省，流沙河便進入到了四川省文聯工作做創作員，並任新辦刊物《四川群眾》的編輯。之後由於流沙河創作實績，他還被推薦去參加了全國性的文學會議。1956 年 3 月 15～30 日全國青年文學創作者會議在北京召開，來自 25 個省、市、自治區及部隊的 480 多位青年文學創作者參加會議。對於這次會議，流沙河回憶說，「1956 年早春去北京出席全國青年文學創作者會議，眼界大開，詩思大湧。會後被中國作家協會安排去採訪先進生產者，並列席全國先進生產者代表大會。會後又求學中國作家協會文學講習所（第三期），那是一個大出人才的學習斑。」〔註 22〕譚興國談到，「1956 年春（3 月 15～30 日）中國作協和團中央聯合召開的『全國青年文學創作會議』，西南代表團 27 人，四川占 16 人，他們後來大都是文學創作的中堅力量。」〔註 23〕隨後，流沙河進入了中國作家協會文學講習所第三期學習。在北京的大半年時間裏，流沙河寫了許

---

篇詩案」》，《看歷史》，2010 年，第 6 期。

〔註 20〕何三畏整理：《「如果不寫這個，我後來還要當右派」——流沙河口述「草木篇詩案」》，《看歷史》，2010 年，第 6 期。

〔註 21〕流沙河：《自傳》，《鋸齒齧痕錄》，北京：三聯書店，1988 年，第 17～18 頁。

〔註 22〕流沙河：《自傳》，《鋸齒齧痕錄》，北京：三聯書店，1988 年，第 19 頁。

〔註 23〕譚興國：《草木篇事件的前前後後》，內部自費印刷圖書，2013 年，第 40 頁。

多小詩，彙集起來有一本之多。1957 年春，詩集《告別火星》在流沙河的《草木篇》剛剛被批判時出版了。此後《星星》詩刊創辦，流沙河便被安排到《星星》詩刊編輯部做編輯。

1957 年《草木篇》批判後，流沙河被劃為右派，「1958 年劃右派分子，留成都做多種苦役，餘暇攻讀古籍。1966 年押回老家，鋸木六年，釘箱六年。監管勞役共二十年。至 1978 年 5 月才摘右派帽子，任金堂縣文化館館員。1979 年春復出發表詩作，秋被改正結論，不算右派，調回四川省文聯任星星詩刊編輯。1985 年起專職寫作，直到六十五歲退休。」〔註 24〕而對於他的這段歷史，流沙河在《鋸齒齧痕錄》專門描述了這段歷史，這裡就不再重複。

## 二、流沙河的早期創作

從流沙河的經歷來看，從 1947 他高中「立志從文」到他 1956 年出席首屆全國青年文學創作者會議，流沙河是一個非常有實力的作家。關於「流沙河」的這一筆名，相關的分析是，「先生原名余勳坦，『流沙河』中的『流沙』二字，取自《尚書・禹貢》之『東至於海，西至於流沙』，因國人名字慣為三字，遂將『河』復補。先生說，『流沙河』三個字都有水，哪知命中注定就與河沾不得邊。8 歲時，母親找八字先生算命，說我 26 歲那年要在河中淹死。母親就對我嚴加管束，我也小心翼翼，從不到河邊玩耍。豈料是禍不脫，1957 年，就在我剛好 26 歲的時候，還是被淹死在流沙河裏了。那時，在報上一見『流沙河』我就膽顫心驚，有一次，《人民日報》有一篇文章，標題赫然入目《堅決同流沙河作鬥爭》。我嚇了一跳，讀了文章後才知道，原來河北有一條流沙河需要治理。後來，我還知道全國有五條流沙河。」〔註 25〕我們不知流沙河從何時起開始使用這個筆名的，在《牛角灣》批判的時候，他就已經在使用這個筆名了。但不管怎樣，從 1957 年起，因散文詩《草木篇》批判，流沙河這一個名字就全國聞名，而他的本名「余勳坦」反到知之的人不多。

據流沙河自述，他的處女作是一個短篇小說《折扣》，而並非詩歌。在流沙河的早期創作中，主要是寫短篇小說。「當時成都有一家進步的《西方日報》，報社裏有好些地下黨的同志在工作。1948 年秋季我向該報投稿，報導校

〔註 24〕何三畏整理：《「如果不寫這個，我後來還要當右派」——流沙河口述「草木篇詩案」》，《看歷史》，2010 年，第 6 期。

〔註 25〕明紅：《流沙河紀事》，《文史天地》，2004 年，第 11 期。

園生活，多次刊用。在該報副刊上發表了我的第一個短篇小說《折扣》，側寫一位老師的困苦生活。說來慚愧，構思借自二十年代女作家黃廬隱的一個短篇小說，只能算是模擬之作。作品排成鉛字，受到鼓舞，此後便有志做一個作家了。」〔註 26〕流沙創作的第一個高峰時期是在高中時期，他說，「1949 年春季，在成都的《青年文藝》月刊上發表短篇小說《街頭巷尾》，因而加入青年文藝社，該社成員多係成都的中學生文學愛好者。同時在成都的《新民報》、《西方日報》上發表短篇小說、詩、譯詩、雜文共十多篇。」〔註 27〕正是這些創作，讓流沙河不斷走向了專業作家之路。成都解放後，流沙河被作家西戎發現，進入到《川西農民報》副刊當編輯，「二十多天以後，因已在《川西日報》副刊上發表過演唱作品和短篇小說，引起了該副刊主編西戎同志（當時他是青年作家）的注意，在素昧生平的情況下，蒙他信任，來信約我去報社參加工作（當時都說參加革命）。我便結束了五十天教師生活，到西戎那裡報到去了。看見我不是他所估計的一個老頭兒而是一個小青年，他很滿意，一直對我極好。」〔註 28〕流沙河也曾多次表達了對西戎的感謝，「西戎不擺官架子與文架子，平易近人，帶我下鄉體驗生活，與我合寫東西，鼓勵我，批評我，使我獲益不淺，終身難忘。」〔註 29〕可以說，沒有西戎的提拔，流沙河最後也許就不會走上文學之路了，「1951 年，我編《川西農民報》副刊版兼時事版，同時發表了許多演唱宣傳品，工作很努力。還發表了與別人合寫的中篇小說《牛角灣》。」〔註 30〕當然，同時也就不會出現《草木篇》批判了。進入四川文聯的《四川群眾》後，流沙河雖然寫了幾篇小說，但並沒有多大特色。同時，在社會政治之下，流沙河也寫了一些批判的文章。「在批判俞平伯《紅樓夢》研究的運動中，我也寫了兩篇文章發表，無非是順大流唱通調而已，毫無學術價值可言。1955 年在批判胡風文藝思想的運動中，我也寫文章發表，並寫宣講提綱，多有強詞奪理之處，歪曲了人家的本意，然後又把人家臭罵一頓。在此謹向胡風同志致歉！」〔註 31〕1956 年中國青年出版社還出版流沙河的短篇小說集《窗》。

〔註 26〕流沙河：《自傳》，《鋸齒齧痕錄》，北京：三聯書店，1988 年，第 16 頁。
〔註 27〕流沙河：《自傳》，《鋸齒齧痕錄》，北京：三聯書店，1988 年，第 16 頁。
〔註 28〕流沙河：《自傳》，《鋸齒齧痕錄》，北京：三聯書店，1988 年，第 17 頁。
〔註 29〕流沙河：《自傳》，《鋸齒齧痕錄》，北京：三聯書店，1988 年，第 18 頁。
〔註 30〕流沙河：《自傳》，《鋸齒齧痕錄》，北京：三聯書店，1988 年，第 17 頁。
〔註 31〕流沙河：《自傳》，《鋸齒齧痕錄》，北京：三聯書店，1988 年，第 19 頁。

在這段時間裏，流沙河可以說是春風得意，在創作上，以及經濟上都有很大的收穫。正如譚興國所說，「他 1952 年下年，經西戎介紹從《川西農民報》調入省文聯，擔任創作員，即是現在所謂的『專業作家』，業餘作者夢寐以求的前程。其後下鄉『深入生活』，曾到新繁縣新民合作社體驗生活，是全省有名的先進單位；住在社長家，社長就是著名勞動模範、全國人民代表羅世發。……他寫的短篇小說《窗》、組詩《在一個社裏》等頗受好評，恐怕與他那段下鄉生活有些關係。1956 年春，他出席了北京中國作協和團中央聯合召開的全國青年文學創作者會議。學習了八個月，回川不久，省文聯召開全省文學創作會議，他是會議的積極分子……流沙河呢？一開始便評為 77 元工資，大約是十八級左右，夠高了。一個大學畢業生，當時月工資不過四十多元呢！住宿、醫療、差旅費都不用自己掏錢。在北京錦繡八個月不繳錢而工資照領。可別小看這每月 77 原，在當時的生活水平是足以養活一個 6～7 口之家了。而當年的法定稿酬，千字 12～20 元，超過定額印數翻倍。有人作過統計，1000 字（約合 12 行詩）按中等 15 元算，只要印上 65000 冊，就得稿費 445 元，足夠一個四口之家一年的開銷。流沙河當時在文聯，算得上富人，他一次就能用音樂學院學生的名字存款 800 元。」〔註 32〕在文學方面，這段時間流沙河的創作可以說是成果豐碩。截止 1956 年，流沙河已經出版了《窗》和《農村夜曲》兩本文學作品集，而且即使在 1957 年開展了對《草木篇》的批判之後，作家出版社也出版了他的一本新詩集《告別火星》，成為有著全國性影響的作家。小說集《窗》1956 年由中國青年出版社出版，這是流沙河出版的第一本作品集，也是流沙河早期小說創作的一個總結。關於小說集，前有內容提要做了介紹，「這是作者的第一本短篇集，其中收進短篇作品 10 篇。『窗』通過一個農家安裝玻璃窗的故事，反映農民解放前後生活的變化。『金牛和鐵牛』寫一個貧苦善良的農民，在黑暗的舊時代裏，夢想幸福，以至聽信了不可靠的傳說，夜間去捉『金牛』，結果慘遭不幸；只有他的下一代才在今天的田野上找到了『鐵牛』和真正的幸福。『追』是一個農村青年追捕特務的故事。『李大爺的秧田』『雨』和『菜園裏』寫的是集體主義和自私自利思想的鬥爭。『一條鯉魚』和『燕子和獵人』都是一個農村兒童的故事。『一個小學畢業生的日記』描寫一個農村小學畢業生參加農業勞動後的變化和成長。『辣

〔註 32〕譚興國：《草木篇事件的前前後後》，內部自費印刷圖書，2013 年，第 80～81 頁。

椒和蜜糖』是青年知識分子的戀愛故事。」〔註 33〕而在文末，還有周振甫的評論，「前四篇是 1953 年寫的，最後一篇是 1956 年寫的。從這裡，我們可以看到作者三年多以來的創作是有發展的。這種發展表現在：生活比較深入了，描寫比較細緻了，從追求情節因而游離生活進到通過情節來發展人物性格了，作品主題比較突出了。」〔註 34〕該小說集的出版，可以說顯示了流沙河不俗的創作實力。

1956 年由重慶人民出版社出版了流沙河的第一本詩集《農村夜曲》，則集中體現了他早期詩歌創作的主題和特色。《農村夜曲》的詩歌作品集包括《江岸送別》、《一顆子彈的上膛》、《警告》、《寄朝鮮人民軍》、《讓紅旗高高飄揚在玉山》、《寄黃河》、《社裏的日常生活（七首）》、《古城早春》、《農村夜曲（三首）》、《一封來自海外某國的信》、《「請你不要再……」》、《農村水電站之歌（五首）》、《寄女拖拉機手》、《「明天，我們要到深山區了！」》、《給一位戰士詩人》、《我們走進懷仁堂》、《我栽了一株白楊》等 17 首（組）詩歌，以及《後記》。在這本詩集中，他寫作最重要的主題是「時代頌歌」。如《江岸送別》中所寫：「江岸——／黑暗的邊沿。／渡口——／光明的起點。//別了，／朋友。／哪天出了太陽，／哪天就能見面。//死亡的／快要死亡了。／新生的／走向勝利的明天。」〔註 35〕向舊社會告別，為新生活而歌唱，成為了這個時期流沙河詩歌創作的主題。其他詩歌如《一顆子彈的上膛》、《寄朝鮮人民軍》、《讓紅旗高高飄揚在玉山》都是緊跟時事，以國內國際鬥爭作為自己的主題，而寫成的詩歌。在《讓紅旗高高飄揚在玉山》前，還專門以《全國各民主黨派各人民團體為解放臺灣聯合宣言》作為詩的題記，「我們嚴正地向全世界宣告：臺灣是中國的領土，中國人民一定要解放臺灣。」〔註 36〕該詩結尾寫道，「為了讓美麗的臺灣，／回到祖國的大花園，／為了讓毛主席的太陽，／照亮那三萬六千平方公里的江山，／為了讓臺灣的工人，在自己的機器上勞動，／為了讓臺灣的農民，／在自己的土地上播種，／為了讓五星紅旗，／高高飄揚在玉山，／中國人民一定要解放臺灣！」我們看到，這些詩歌，具有強烈的政治意識，創作上有口號式的傾向。其次，在他的詩歌中，有一部分取材

〔註 33〕《內容提要》，《窗》，北京：中國青年出版社，1956 年，第 2 頁。
〔註 34〕周振甫：《讀「窗」》，《窗》，北京：中國青年出版社，1956 年，第 83～88 頁。
〔註 35〕流沙河：《送別》，《農村夜曲》，重慶：重慶人民出版社，1956 年，第 1～2 頁。
〔註 36〕流沙河：《讓紅旗高高飄揚在玉山》，《農村夜曲》，重慶：重慶人民出版社，1956 年，第 15 頁。

於農村，反映農村生活的詩歌，也是緊密的結合著時代主題。如《夜耕》，「山睡了，／河睡了，／人睡了，／聽，這是什麼聲音？∥聽，拖拉機在夜耕。」〔註 37〕相比而言，《寄黃河》是這本詩集中比較突出的一首詩。流沙河說，「這年寫詩《寄黃河》發表後稍有好評，乃努力寫詩。寫組詩《在一個社裏》發表後又稍有好評，便寫詩愈在勤。此後才走上了寫詩的軌道，仍做創作員。幾個月湊夠了一本，交給重慶人民出版社。第二年即 1956 年出版了，書名《農村夜曲》，現在讀了很慚愧。」〔註 38〕《寄黃河》寫道，「今天，／我看見了一幅萬紫千紅的／遼闊雄偉的／改造黃河的圖畫。∥黃河，我看見了你的明天……我看見／鬱鬱蔥蔥的防護林帶，／沿著兩岸，伸向天邊。／你流過的地方，／出現了南溫帶的果園：／五月——榴花紅似火，／八月——橘柚滿青山。」〔註 39〕相對其他詩歌而言，《寄黃河》這首詩歌視野開闊，融匯古今，通過對於「黃河」的變化來展現新時代的歷史巨變。在收入《農村夜曲》之前，該詩曾在 1955 年的《西南文藝》上發表。該詩在發表之初就受到普遍好評，可以說是流沙河《草木篇》之前的詩歌代表作。

雖然《農村夜曲》這整本詩集並沒有多大特色，但該詩集的出版也引起了一些注意，並且對這本詩集展開過討論。不過，值得注意的是，流沙河卻並不認同這篇表揚性的評論。譚興國說，「1956 年 10 月，《草地》編輯部收到一個青年作者的評論文章：《新農村的頌歌——讀流沙河的〈農村夜曲〉（重慶人民出版社出版）》。文章熱情地評價了這部詩集的許多優點（也指出了缺點）。只是藝術分析不夠深刻。編輯部決定在《草地文藝通訊》上發表，把原稿交給流沙河，希望他代為校正引詩有無錯誤。哪知下午得到他這樣一個書面意見：『感謝這一位同志的出於良好的動機的關懷。我堅決反對刊登這一篇文章。因為，文內許多頌揚過火之處，流於瞎捧，把壞的說成了好的，把好的說成了最好，不是實事求是的評論。假如你們刊登這一篇文章，只是為了激起讀者的反感，為了展開舌戰的話，那我也要聲明一句：我不願作眾矢之的。總之，我反對刊登。特請你們再三考慮！河.11.14』評論文章寄自成都西城鄉開歲村第六組，來自農村，大概是引自編輯部注意的原因吧。作者趙爾環，

〔註 37〕流沙河：《夜耕》，《農村夜曲》，重慶：重慶人民出版社，1956 年，第 37～39 頁。

〔註 38〕流沙河：《自傳》，《鋸齒齧痕錄》，北京：三聯書店，1988 年，第 19 頁。

〔註 39〕流沙河：《寄黄河》，《農村夜曲》，重慶：重慶人民出版社，1956 年，第 20～25 頁。

當時還是四川師範學院的學生（後來到峨眉製片廠做編劇）。一個習作者，和文聯的人非親非故，無仇無冤，即使文章寫得不好，吹捧不到位，也不應該引起如此反感，發表這樣的文章，怎麼會『為了激起讀者的反感』呢？批評不行，說好也不行，真難讓人理解！」〔註40〕對於趙爾環，譚興國只說他當時是四川師範大學的學生，後來到峨影廠當編劇。按此情況來推測，趙爾環應該是中文系的一名學生，而且熱愛詩歌。所以，中文系的詩歌愛好者，關注到了剛出道的年輕詩人流沙河，寫下了這篇評論。而且在文章中，他既指出了詩集《農村夜曲》的優點，也談到了缺點。但這篇未發表的文章，卻引起了流沙河的警覺，反對在刊物上正式刊登。從流沙河的書面意見來看，流沙河是怕「激起讀者的反感」，引起「展開舌戰」。那流沙河為什麼會有這樣的想法呢？我認為，從1951年文聯對他小說《牛角灣》的批判，以及後來他對《紅樓夢》、胡風的批判經歷來看，此時的流沙河對這些批判歷史記憶猶新。所以，當文聯把這篇評論文章給流沙河校正時，也許流沙河對1951年的《牛角灣》批判的歷史，以及當時對紅樓夢、胡風的批判還心有餘悸。特別是面對著「趙爾環」這樣一個陌生的評論者的名字的時候，流沙河便不敢再貿然接受這樣的評論，即使是褒揚的批評，他生怕這又是一次大批判的開始。

## 三、小說《牛角灣》及批判

《牛角灣》在整個當代文學中，是一篇不起眼的文學作品。但是對於流沙河，或者對於《星星》詩刊的歷史來說，卻是非常重要的。對於流沙河，我們非常熟悉的是1957年對他的《草木篇》批判，這當然是對流沙河諸多批判中影響最大，波及面最廣的一次。而實際上，建國初對流沙河的批判，並非只有一次。所以，對在進入對《草木篇》批判之前，我們有必要看看建國初期對於流沙河的其他批判，其中最重要的一次便是對他小說《牛角灣》的批判。在一定程度上可以說，由於有了對《牛角灣》這樣的批判歷史，才使得此後對《草木篇》的批判進一步擴大、加劇。流沙河曾回憶說，「1951年我就在川西日報上受過批評，那時是十八篇批評文章，那些文章趕不上這次猖狂，那時的教條主義給我戴三頂帽子，說我污蔑農民，因為我描寫的農民中有李逵式性格的人；說我污蔑解放軍，因為小說中有解放軍剿土匪未剿著；說我污蔑工作幹部，因為小說中有工作幹部不工作，只教群眾扭秧歌。而那時沒有

〔註40〕譚興國：《草木篇事件的前前後後》，內部自費印刷圖書，2013年，第95頁。

一篇文章敢於要追查我的政治歷史。」〔註41〕正是有了《牛角灣》被批判的歷史，特別是出於對「那時沒有一篇文章敢於要追查我的政治歷史」的底氣，讓此後的流沙河個性更加凸顯。在《「草木篇」作者流沙河的發言》中，記錄了流沙河對這件事的記憶，「這樣的批評，1951 年我也嘗過，那時批評我和另一同志寫的中篇小說『牛角灣』。不過，那次規模沒有這次大，只發表了十八篇文章，帽子也比這次少，只有三頂：『污蔑農民』、『污蔑解放軍』、『污蔑工作幹部』。同時，也沒有一篇追查作者的政治面貌和歷史。」〔註42〕正是《牛角灣》批判，讓流沙河在《草木篇》批判初期有了與文聯領導鮮明的對立情緒，而這反而進一步加劇了對《草木篇》的批判。直到 1980 年代，流沙河也並沒有意識到《牛角灣》批判的嚴重性，「該小說有那種缺點，在黨報上受到十多篇文章的嚴厲的有益的但是未必中肯的批評。由於有西戎的關照，只批判到『全國以小資產階級的面貌來改造現實』，『將導致亡國亡黨』為止，沒有再加碼，沒有牽涉到我的家庭出身，更沒有把我當作敵人來看待。寫了一篇檢討文章公開發表，鬆鬆活活地我就過關了。」〔註43〕可見，在流沙河看來，《牛角灣》批判實際上是他個人反批判的勝利。那實際情況到底怎樣呢？

1. 通俗小說《牛角灣》

我們先說小說《牛角灣》的基本情況。《牛角灣》是由茜子、流沙河合作的一篇小說，1950 年 5 月《牛角灣》副標題為《牛角灣的鬥爭（通俗小說）》，由川西區成都市文聯籌備委員會作為川西文藝小叢書編輯出版，初版 5000 冊。小說採用的是通俗小說的形式，之後在《川西農民報》1951 年 6 月 3 日至 4 日上連載。《牛角灣》這部通俗小說，是茜子與流沙河合寫的。在寫作中茜子與流沙河有怎樣的分工，我們也不得而知。茜子不僅是《牛角灣》批判中的對象之一，也在此後的《草木篇》批判中收到了衝擊。我們這裡簡單介紹一下茜子，按鐵流回憶：「茜子，本名黃獅威，四川內江人，出身於書香世家，母親是地方上有名的書法家，父親曾任過國民黨軍官訓練團的團長，後遷居金堂縣城關鎮，自幼與流沙河要好，1949 年兩人攻讀於四川大學，與邱原是同學。三人思想『激進左傾』，常在報上寫文章嘲罵國民黨。茜子曾嘲罵

〔註41〕《省文聯邀請部分文藝工作者繼續座談 圍繞「草木篇」問題發表意見》，《四川日報》，1957 年 5 月 17 日。

〔註42〕《「草木篇」作者流沙河的發言》，《成都日報》，1957 年 5 月 17 日。

〔註43〕流沙河：《自傳》，《鋸齒齧痕錄》，北京：三聯書店，1988 年，第 17～18 頁。

國民黨反動派獨裁專橫下的中國是『家家朱門，戶戶餓殍』。1950 年春三人均投筆從戎獻身革命，離開攻讀的四川大學，率先參加解放軍，後被西戎（《呂梁英雄傳》作者）發現了他們的創作才華，紛紛調入川西區軍管會文藝處（四川文聯前身）。茜子先後與西戎、流沙河等合寫了較有影響的作品《秀女翻身記》和《牛角灣》。1953 年並省，三人同時轉入四川省文聯，邱原、流沙河在創作輔導部，茜子出任《草地》文藝月刊編輯。」〔註 44〕從曉楓的記載來看，茜子與流沙河不僅從小就很熟的朋友，而且又一同在四川大學求學，所以兩人的關係非同一般。茜子與西戎合寫《秀女翻身記》在於師生之情，而與流沙河合寫《牛角灣》則屬朋友之誼。除了這些作品之外，茜子還有短篇小說集《夜過摩天嶺》，長篇小說《初融》等作品。而據流沙河記載，「1949 年秋季我考入四川大學農化系，是本系第一名。……在川大同級的黃獅威。森林系第一名，也在做作家夢，熬夜寫他的中篇小說《丁豪盤》。黃獅威就是後來的茜子，現今在成都《現代作家》當編輯。那時候他和我常常逃學，相攜進城，東遊西逛，交結三朋四友，說是『觀察人物』，『體驗生活』，嚴肅認真得很。」〔註 45〕從這裡我們也看到了流沙河與茜子的朋友情誼，所以他們合作寫《牛角灣》也是完全可以理解的。《牛角灣》作者茜子還因為《草木篇》事件而入獄。

由茜子和流沙河共同創作的《牛角灣》，共有二十三回，回目標題如下：

開臺鑼鼓

第一回　趙二爺成立假農協　臭麻子兩邊吃得開

第二回　該說不說思想顧慮　軟來硬來到底不行

第三回　鬥爭王海清二爺定計　想起從前事有順傷心

第四回　王海青遭鬥爭　許橫牛挨毒打

第五回　趙二爺帶頭奪佃　老牯牛一氣逼瘋

第六回　騎虎難下背　安排壞計策

第七回　臭麻子冒名頂替　幹部們鑽進圈圈

第八回　臭麻子一夥蒙蔽幹部　王海青三人攆出會場

第九回　濫滾龍訴苦　老牯牛喊冤

〔註 44〕鐵流：《四川文壇的多事之秋》，《我所經歷的新中國　第一部〈翻天覆地〉》，無版權頁，第 341 頁。

〔註 45〕流沙河：《南窗笑笑錄》，北京：群眾出版社，1995 年，第 15 頁。

第十回 保甲長包辦保農協 許橫牛大鬧東嶽廟
第十一回 鄉農協正式成立 胡金彪興風作浪
第十二回 幹部們離開牛角灣 趙二爺組織復興會
第十三回 趙二爺抽稅 老百姓遭殃
第十四回 謀暴亂王匪頭下山 傳消息張福興就義
第十五回 幹部回到農協會 殘匪逃出野林山
第十六回 月黑風高趙二爺暴亂 出生入死孫同志犧牲
第十七回 黑心腸火燒稻田 救鄰居猛追土匪
第十八回 殺出戶口小郭遇海清 搶救稻田捨己為別人
第十九回 開追悼會人人痛哭 來解放軍個個歡迎
第二十回 解放軍進剿野林山 牛家灣籌備農協會
第二十一回 發動群眾展開訴苦 自我檢討互相批評
第二十二回 吐訴傷心苦水 討論組織通則
第二十三回 趙二爺被捕 牛角灣清淨
掃臺戲〔註46〕

故事的主要內容，如西戎所總結，「事件發生在解放後的一個鄉里。以趙二爺為首的地主惡霸封建反動勢力，勾結土匪流氓，公開進行破壞活動：組織假農會，搞暴亂，打、殺幹部、積極分子，火燒麥田村莊……最後縣上派軍隊來，撲滅了暴亂，建立了農會。全書共二十三段，有四分之三的篇幅，是寫地主惡霸勢力的公開破壞活動。」〔註47〕

不過很快，向維汁就寫出了批判《牛角灣》的第一篇文章。這篇文章不僅拉開了《牛角灣》批判的序幕，而且也奠定了《牛角灣》批判的基調。向維汁在文章中，首先就給《牛角灣》定了性，「小說『牛角灣』，是一篇缺乏勞動人民情感與真實性的作品。作者企圖通過這一篇作品說明地主階級的不甘心死亡及其反動本質，然而，這篇作品所產生的效果，卻恰好相反。它是誇大了敵人的兇焰，和表現了群眾的力量之薄弱。」在這篇批判文章中，他指出《牛角灣》是一篇缺乏勞動人民情感與真實性的作品，並著力批判小說「它是誇大了敵人的兇焰，和表現了群眾的力量之薄弱」，「將牛角灣描寫成了一

〔註46〕茜子、流沙河：《牛角灣》（又名：《牛角灣的鬥爭（通俗小說）》），成都：川西區成都市文聯籌委會，1950年。
〔註47〕西戎：《評「牛角灣」》，《川西日報》，1951年6月20日。

個無政府、無領導、混亂、恐惶的鄉鎮」，這也成為此後批判《牛角灣》的重點。進而，作者提到了小說中的一系列嚴重問題：抹殺剿匪工作的成績，把剿匪工作描寫得那麼的陰沉與頹喪；曲解徵糧政策，將評糧與催糧的工作寫得既無幹部領導，又無群眾活動；農民訴苦會只是形式；農協會的工作混亂等等。最後，文章指出小說犯了嚴重的錯誤：「壓低了幹部的政治水平與工作能力；降低與抹殺農民的覺悟程度與鬥爭積極性；渲染與誇大敵人的凶勢。」「沒有明確的階級立場，絕不會產生強烈的愛與恨。相反的。站在鬥爭的旁邊觀察，而發掘不到本質，會引讀者與自己一樣的走到錯誤境地。」〔註 48〕對於批評者向維汁，我們僅僅知道，在 80 年代有人以此為名在《四川日報》發表過一篇文章《〈西遊記〉在歐美》的學術論文。他是誰，為何要對《牛角灣》展開批判，我們也不得而知。

雖然我們不瞭解 6 月 20 日向維汁批判文章的背景，但很快西戎就發表了相關批判的文章。為什麼西戎這麼快就發表了這類批判的文章？這是值得注意的。這表明，向維汁對《牛角灣》的批判，並非空穴來風，肯定是「有意為之」。與此同時，由於《牛角灣》最初是在《川西農民報》上連載的，而西戎不僅是《川西農民報》的負責人，而且還是《牛角灣》作者之一流沙河的引路人，所以《牛角灣》被批判，西戎不得不也展開批判。他批評小說，「主題思想的極端消極，政策觀念的糊塗，對群眾、幹部形象的歪曲刻畫，對群眾運動不真實的描寫，對沒落階級妄圖垂死掙扎的誇大渲染，故事結構的不真實、不完整，總之，我認為這是一本離開今天農村群眾的生活與鬥爭，憑空臆造，歪曲現實的作品，是一本失敗的創作。」然後，對小說中「反革命氣焰萬丈」、「對於我們這幾位幹部的憎恨」、「給予他們（農民）以不正確的形象」、「黨和政府沒有政策」、「故事結構的漏洞和不能說服人的地方」〔註 49〕等展開了具體分析。比起向維汁的批判文章，作為小說家的西戎，他的批評文章更細緻，更有力度。文章認為小說「問題很多」，從主題思想、政策觀念、群眾幹部形象、群眾運動、沒落階級、故事結構六個方面，對《牛角灣》展開了全面批判，是一篇非常有力的批判文章。當然，西戎之所以批判流沙河，如前所述是由於他推薦過流沙河，以及在報刊上推出了作品《牛角灣》，才不得不主

〔註 48〕向維汁：《對「牛角灣」的意見——川西文藝小叢書茜子、流沙河作》，《川西日報》，1951 年 6 月 18 日。

〔註 49〕西戎：《評「牛角灣」》，《川西日報》，1951 年 6 月 20 日。

動展開批判之。但與此同時，他也愛才，試圖保護這兩位年青的作者。所以，在這篇批判文章的結尾說道，「據我所知，這兩位作者都很年青，在文藝寫作上，都是很有發展前途的。但是為了今後更好的寫出合乎人民需要的作品，必須從思想認識、政治水平上努力提高自己，認真的學習馬列主義、毛澤東思想，學習政策，真正寫出正確反映群眾、表現群眾，指導群眾的好作品來。」西戎對流沙河、茜子提出了希望，實際上也是試圖降低批判的溫度，進而保護兩位年輕人。

但緊接著四川大學的田原給《川西日報》去信，建議更多的人參與，進一步深入批判《牛角灣》。他說，「我沒有讀過這本書，可是從兩篇文章中所摘引的原文以及這兩位同志所指出的缺點來看，這本書的失敗和錯誤是可以肯定的。……很顯然，『牛角灣』的問題，已經不是一個單純的寫作技巧問題，而是作者的階級立場和創作態度的問題。」並由此提出了五項非常嚴厲的要求：「一、批評應當繼續下去。而且最好能結合在川西區文藝創作上所存在的普遍問題，深入來進行。二、『牛角灣』的作者茜子、流沙河同志應該對這個爭論表示態度。如果自己有相反的意見，可以提出來大家商討。如果認為批評得很正確，應該及時地進行實事求是的、深刻的檢討。三、批評和討論應當求得共同的意見，得出結論。四、川西文聯應當重視和支持關於『牛角灣』的批評，同時，藉此對以往的工作，進行一次深入細緻的檢查。因為在文聯所出刊的小叢書內，過去曾不只一次地犯過些原則性的錯誤（如殺豬刀和歡送）。我們應從這些批評與爭論中，進一步提高我們文藝工作者的政治和思想。五、小說『牛角灣』，最好立即停止出版，印好的最好不要再賣，以便由作者在爭論中獲得一致意見後加以修正。」〔註50〕此時，對於《牛角灣》，田原就不再僅僅是學術探討了，而是上升為有「階級立場」的嚴重政治問題。而此時的田原，還僅僅是四川大學外文系的一名在校學生，他之所以如此積極批判《牛角灣》，其原因也難以瞭解。據《四川人才年鑒（1979～1994）》介紹，「田祖武（1931年2月～）筆名田原，四川簡陽人，1953年畢業於四川大學外文系，1956年11月加入中國共產黨。現在四川大學任《四川大學學報（哲學社會科版）》主編。」〔註51〕推測來看，田原在四川大學校刊編輯室，

〔註50〕讀者田原：《讀者建議展開文藝的批評》，《川西日報》，1951年6月24日。

〔註51〕「田祖武」詞條，《四川人才年鑒（1979～1994）》，劉茂才主編，成都：四川人民出版社，1998年，第747頁。

以及黨委辦公室工作，由於接觸到了一些新政治動向，進而展開對《牛角灣》的批判。在此後《草木篇》批判中，田原也有著積極的表現，當然也就與這次批判所結下的恩怨有關了。這篇文章在《牛角灣》批判中，確實有著重要的影響。特別是他所提出的五點建議，如繼續開展批評、作者的自我檢討、相關機構進行自我檢查、小說《牛角灣》停止出版，都在此後一一得以實現。可以說，正是由於田原的建議，《牛角灣》批判出現了重要轉折。

2.《牛角灣》批判的擴大

在三篇批判文章的基礎上，《牛角灣》批判不斷擴大和深入。第一個體現是繼續對原文本主題、人物、故事等展開繼續批判。如徐穎就認為，「這本作品讀起來，不僅在其主要方面——對於人物的描繪與整個故事結構上，是十分的謬誤，令人難以置信；即是在一些小的情節的描寫上，也都無法使人滿意。」最後得出結論「『牛角灣』是錯誤嚴重的作品」〔註 52〕。我們無法瞭解徐潁為何要參與批判。但徐潁的批判可以看到，小說《牛角灣》已經引起了更多人的關注。另外，綿陽耀嵐也批判了《牛角灣》的主題、形象，以及出版等問題。他說，「作者把『牛角灣』當成戲場，把群眾痛苦當作消遣資料，作者硬把國民黨的官僚形象，強加在革命幹部頭上，這是對革命幹部的莫大污蔑，是對共產黨、人民政府的莫大污蔑！……此外，我向川西文聯籌委會建議：在出版一切群眾讀物之前，必須加以慎重的審查，對人民出版工作要抱嚴肅負責的態度。〔註 53〕關於批評者耀嵐，此時他是綿陽地工委宣傳部宣傳科長，後任綿陽地委宣傳部副部長。張先植在《回顧綿陽解放初期黨的宣傳教育工作》中，還專門提到耀嵐主講過《社會發展簡史》。〔註 54〕所以，作為一個黨委領導，站在黨性原則上對《牛角灣》展開批判是合適的。但作為綿陽地位宣傳部副部長的耀嵐，專門去關注並批判這樣一篇小說，這一現象本身就很耐人尋味。當然，耀嵐對《牛角灣》展開批判，可以說是由於與小說《牛角灣》否定了建國後黨的工作成績而引起，這也是可以理解的。

很快，按照田原文章所提出的建議，《牛角灣》作者流沙河、茜子在報紙

〔註 52〕徐穎：《「牛角灣」歪曲了現實——讀「牛角灣」有感》，《川西日報》，1951 年 7 月 7 日。

〔註 53〕耀嵐：《我讀了「牛角灣」的感想》，《川西日報》，1951 年 7 月 9 日。

〔註 54〕張先植：《回顧綿陽解放初期黨的宣傳教育工作》，《涪城文史資料選》中國人民政治協商會議 四川省綿陽市涪城區委員會 學習、文史資料委員會編，1994 年，第 2 輯，第 188 頁。

上公開作了自我檢討，他們聯合署名發表了《關於「牛角灣」的初步自我檢討》。在檢討中，他們首先承認，「我們合作的『牛角灣』，是一篇犯了嚴重錯誤的作品。」然後，他們檢討說：「首先，要檢討的，是我們在創作態度上表現了端惡劣的作風。……創作態度的不嚴肅，再加之以政治水平的低淺，構成了『牛角灣』犯錯誤的必然性。」然在自我檢討中，他們重點談了小說《牛角灣》的錯誤，「是由於我們把最個別的、甚至不可能發生的現象，當作一般的情況，毫無批判地記錄下來。」在文章最後，他們還分析了自己錯誤的原因，「歪曲了勞動人民的形象。為啥會犯這樣的錯誤呢？我們想，有幾個原因：一、由於家庭出身，使我們對勞動人民缺乏高度的熱愛；二、正因為第一個原因，以至我們沒有把自己的思想感情完全放在鬥爭裏，和農民站在一起，向地主階級鬥爭，而是站在鬥爭之外，以『參觀』鬥爭之態度去描寫鬥爭，不自覺地喪失了立場；三、由於統治隊級對我們的影響，使我們存在著統治隊級殘餘的意識：不相信群眾力量的偉大與鬥爭性的堅強；四、對鬥爭與對群眾生活不熟悉。」〔註55〕這篇檢討從形式上來說，是非常典型的「三段論」，即「承認錯誤——分析原因——整改措施」。從內容上來說，他們的反思也是比較全面和深刻的。但問題是，在沒有相關材料的基礎上，我們不能瞭解流沙河為何這麼快就展開了自我檢討？這是否是流沙河的主動檢討，還是由於西戎的勸解？不管怎樣，從6月18日開始批判，到7月8日了流沙河、茜子的「自我檢討」，文藝界對小說《牛角灣》及其作者流沙河、茜子的批判初步告一段落。

事情並沒有就此結束，與《牛角灣》發表、出版的相關的部門，也都一一展開了自我檢討。來自「川西文藝小叢書」的編輯洪鐘，因為出版了《牛角灣》，所以首先作自我檢討。「對於『牛角灣』這本憑空臆造，歪曲現實。思想性貧弱的小冊子，以『川西文藝小叢書』的名義出版，我應該承認錯誤，進行檢討。」在談《牛角灣》的出版過程中，洪鐘也竭力為自己辯護，「事情的經過是這樣的：當四月底文聯準備編印一批小叢書的時候，『牛角灣』原沒有列入計劃之內的，因為我沒有看過它。快到小叢書要付印的時候，作者之一的茜子同志（文聯工作員之一）把剪稿交給我，並向我說：『這個東西已經在川西農民報發表過的，據說農民反映很好，希望出單行本請文聯印出。』當時我聽信了這些話，又因事務工作相當忙累，沒有過目也沒有和有關同志交換

〔註55〕流沙河、茜子：《關於「牛角灣」的初步自我檢討》，《川西日報》，1951年7月8日。

意見，竟將這本小冊子會印了。印出以後，也沒加以檢查。」當然，在檢討過程中，洪鐘也不忘要對《牛角灣》小說本身展開嚴厲的批判。而值得注意的是，洪鐘專門提到了小說《牛角灣》的抄襲問題，「這本小冊子有許多地方，顯然是抄襲王希堅的『地覆滅翻記』的。整個故事的線索、發展、脈絡以及某些重要人物，顯然是從『地覆天翻記』抄襲而來的。」〔註 56〕但洪鐘的自我檢討中所提到的抄襲問題，並沒得到應有的回應，也沒有引起更多的關注。反而是他自己，被多人質疑，認為他存在著嚴重的官僚主義等系列問題。王曉嵐就批判洪鐘，「作為編輯的洪鐘的檢討，卻並不令讀者滿意，他批判說，根據洪鐘同志所寫的『關於牛角』」檢討一文（原載七月八日川西日報三版）看起來，好像是承認了錯誤，進行了檢討，而仔細看來卻只強調了客觀原因，沒有進行深刻的自我檢討。認為有著官僚主義、溫情的觀點、忽視群眾的意見等方面的問題。」〔註 57〕同樣，艾然也批評說，「很顯然，我們文藝界的領導同志嚴重地存在著官僚主義作風，對於違反毛主席文藝思想的文藝作品採取了不聞不問的態度，更沒有及時地提出討論和批評。甚至當讀者指出某些作品的錯誤思想後，也未引起領導同志的足夠重視。所以我說這種作風是嚴重的！——如川西文聯出版的『牛角灣』，未經領導同志審查。便輕率的刊印了，以致在群眾中造成不良影響，便是一個明顯的例子。」〔註 58〕他們都不約而同把目光對準了以洪鐘為代表的文藝界領導的官僚主義問題。他們的文章，是《牛角灣》批判中的一個新的向度。從這兩篇文章來看，文藝界似乎有轉向批判官僚主義的傾向。但事實上，這種批判偏離了《牛角灣》本身的問題，所以就沒有進一步深入下去。

接著，在出版社的自我檢討之後，《川西農民報》也相應地展開了自我檢討。早在 6 月 20 日《川西農民報》的負責人西戎就因《牛角灣》做了一次全面的個人反思和檢討，但《川西農民報》的問題並未就此撇清。「川西農民報編輯室」就在《川西日報》上發表了的署名檢討文章，「我報刊出『牛角灣』後，沒有以高度對人民負責的精神，對該作品加以認真的審閱與檢查，以至這個有著嚴重缺點的作品，在我報上一直連載完，在別的同志還沒有提出其缺點與錯誤之前，一直沒有被我們所發覺。這就說明了：我們對馬列主義的

〔註 56〕洪鐘：《關於「牛角灣」》，《川西日報》，1951 年 7 月 8 日。
〔註 57〕王曉嵐：《讀洪鐘同志的「關於牛角灣」後》，《川西日報》，1951 年 7 月 21 日。
〔註 58〕艾然：《必須展開文藝批評》，《川西日報》，1952 年 1 月 6 日。

學習，還非常不夠；在我們的編輯工作中，還嚴重地存在著小資產階級的自由主義和粗枝大葉的作風。……鑒於以上情況，我報編輯部在『七一』前，已經進行了一次工作大檢查，對工作上的一切不良作風，進行了認真嚴格的批判。」〔註 59〕川西農民報編輯室的自我檢討，完全肯定了《牛角灣》批判的正確性，而且對自己工作中的問題提出了整改措施。此後對《牛角灣》還有進一步的批判，但通過對文本的批判、作家自我的檢討，以及相關出版社、報社檢討，對小說《牛角灣》批判已經有了重要的基礎。

**3.《牛角灣》批判的新發展**

經過一系列的檢討和批判後，在《川西日報》雖然還在持續有對《牛角灣》的討論，但已經沒有提出更多的新問題了。如楊春霆在文章中所說，「『牛角灣』這本小冊子，是憑空杜撰、歪曲現實的失敗作品，已由向維汁、西戎、田原、徐穎、洪鐘、耀崗等同志，在川西日報上先後發表了批評或檢討意見。歸納起來說，造成這本作品失敗的原因，主要是由於作者立場觀點模糊，政治修養貧弱，沒有明確的階級立場和政策觀點，所以把一個農民鬥爭的形象，描寫得疵病從生，一塌糊塗，是非淆亂，黑白顛倒！」值得注意的是，他將批判的重點指向了流沙河、茜子的自我檢討。他說，「我覺得這個檢討還夠深刻，侷限於『認錯賠罪』的方面去了，這樣是不對的，希望作者能進一步的改變這種態度，作者在檢討中，雖然已挖出一部分思想根源：『面子感』、『想當作家』，這是一種小資產階級的虛榮觀念，作者也檢討出是壞思想支配了自己；但始終沒有把撰作牛角灣的動機和經過詳細檢討出來。其次作者在檢討中還有一些替自己掩飾和辯護」。在此基礎上，他甚至要求流沙河、茜子再次寫出詳細的檢討。〔註 60〕與耀嵐一樣，楊春霆也是來自於綿陽，那他為何有這樣的態度呢？據錢中湧回憶，在建國前楊春霆是綿陽縣中學教育界著名國文教師，建國後他是綿陽縣愛國的無黨派民主人士、各界人民代表大會代表、縣政協首屆政協委員、綿陽縣人民委員會文教科副科長。〔註 61〕雖然這樣，我

〔註 59〕川西農民報編輯室：《關於刊載「牛角灣」的自我批評》，《川西日報》，1951 年 8 月 11 日。

〔註 60〕楊春霆：《談「牛角灣」及對作者的初步檢討的一點意見》，《川西日報》，1951 年 7 月 21 日。

〔註 61〕錢中湧：《憶吾師楊春霆先生》，《涪城文史資料選》，中國人民政治協商會議四川省綿陽市涪城區委員會學習和文史資料委員會編，1998 年，第 6 輯，第 25～28 頁。

們也無法探測楊春霆為何要求流沙河、茜子再次檢討的實際原因。此外，作者一串，也繼續談到了《牛角灣》的抄襲問題，「也有個別的人走著相反的道路，他們不參加實際鬥爭，不勞動，卻坐在家裏『投機取巧』，篡奪別人的勞動果實，把別人的作品搬來改頭換面，甚或只改少數幾個字後，添上自己的名字，便向別人說，這是自己的作品了。這種坐享其成的惡劣作風，我們堅決反對；而且要求這些同志樹立起嚴肅的創作態度來。」〔註 62〕但這也僅僅是依據洪鐘的觀點而立論，他並沒有展開論證。由此，在我看來，楊春霆、一串的文章，也僅僅時代的餘音。

儘管有了相關的系列檢討和批判，此時《牛角灣》批判還是發生了轉向，或者說有了新的發展。說《牛角灣》批判的轉向，主要是此時批判轉向了對《牛角灣》在作者之一茜子朗誦詩《好姻緣》的批判。而對茜子《好姻緣》的批判，既是《牛角灣》批判的延續，也是《牛角灣》批判新的發展。胡也、宋禾的文章《歪曲了勞動人民思想感情的作品——評茜子的朗誦詩「好姻緣」》，就是這樣一個轉向的信號。他們批判說，「三個月以後的今天，我們不得不指出：『牛角灣』的作者之一的茜子，並沒有從那次批評裏獲得教訓，並沒有在以後的創作實踐中改正那些缺點；相反的，他在創作上的錯誤是越來越嚴重了，他的創作已經產生了一種令人不能容忍的脫離政治的墮落傾向。最近被讀者們指出的他的朗誦詩『好姻緣』，就是這樣一個例子。』」〔註 63〕評論者胡也，我們不瞭解他的具體情況。而作者宋禾，據相關資料，原名宋文錦。1947 年 10 月參加中共川東特委領導的華鎣山游擊隊，1948 年 10 月加入中國共產黨，建國後歷任新華社川西分社、四川分社記者、分社農村組組長、四川分社重慶記者組組長，主任記者、黨組成員。〔註 64〕在《好姻緣》批判中的宋禾，此時為新華社川西分社的記者，其身份非常有代表性，所以由他展開了對茜子的新的批判。此後在對《文匯報》等的系列批判中，宋禾也參與到了其中。所以，由於身份特殊的宋禾轉向《好姻緣》批判，為《牛角灣》的進一步批判指向了新的方向。

---

〔註 62〕一串：《樹立嚴肅的創作態度》，《川西日報》，1951 年 10 月 24 日。

〔註 63〕胡也、宋禾：《歪曲了勞動人民思想感情的作品——評茜子的朗誦詩「好姻緣」》，《川西日報》，1951 年 12 月 20 日。

〔註 64〕宋禾：《引以自豪的〈挺進報〉——回顧我參與辦〈挺進報〉的一段經歷》，《蜀光人物》，蜀光中學校 蜀光中學自貢校友會編，成都：四川人民出版社，2007 年，第 256 頁。

在《牛角灣》批判的最後，《牛角灣》作者之一的流沙河被逐漸忽略。另一作者茜子由於新作品《好姻緣》出現，成為此後批判的重點。毅克批判說，「『好姻緣』是一篇歪曲勞動人民，歪曲現實生活的小資產階級自我表現的作品。」他進一步指出，「茜子同志這種資產階級的思想意識，曾經表現在『牛角灣』中，而且去年川西日報第三版上展開批評時，茜子同志也曾作過『初步檢討』，但為什麼今天又表現出來了呢？我覺得這是由於作者錯誤的小資產階級思想意識未從根剷除所致。」由此他提出，「川西文藝工作者的自我改造也非常的不夠。所以我誠懇的希望川西區文藝工作者及文藝愛好者重視『好姻緣』的討論，展開對『好姻緣』的批評，以便迎接即將在全國展開的文藝工作者的思想改造……」〔註 65〕毅克是誰，我們難以知曉。但毅克的這篇評論之後，《川西日報》便開設了《對批評「好姻緣」作品的反應》欄目，並先後發表了田祖武的《為誰寫作？為什麼寫作》（《川西日報》1952 年 1 月 22 日）、讀者艾西的《在毛主席思想領導下前進》（《川西日報》1952 年 1 月 22 日）、讀者袁仃的《應嚴肅的對待編輯工作》（《川西日報》1952 年 1 月 22 日）、《對批評「好姻緣」作品的反應 「好姻緣」的批評教育了我們》（《川西日報》1952 年 1 月 24 日）、讀者四川大學田原的《希望川西文聯能嚴肅負責地檢查工作》（《川西日報》1952 年 1 月 31 日）等等批判文章，將《好姻緣》的批判推向了高潮。此時，面對《好姻緣》的集中批判，作家必須再次進行自我反思和檢討。於是，茜子不得不在《川西日報》做了第二次公開的自我檢討。在他的這篇檢討文章前，還有「編者按」的定性說明，「自從去年十二月十七日起，在報紙上展開對茜子同志的作朗誦詩『好姻緣』的群眾性的批評後，引起不少讀者的重視，並一致指出這種違反毛澤東文藝方向、散佈小資產階級錯誤思想的作品對人民的危害性，因而要求茜子同志作檢討。今天報紙發表了茜子同志對自己創作思想的檢討。茜子同志表示願意誠懇接受群眾的批評，這是很好的，也是應該的。但是我們認為茜子同志這個檢討，正如茜子同志自己所說：是很不深刻的。因為在這個檢討中，茜子同志不但對自己小資產階級的文藝觀點、創作思想以及自己的小資產階級思想意識，沒有能夠很好的進行分析批判；而且對自己的創作上的不良傾向及其在人民群眾中所產生的不良影響的認識也很不夠。我們希望茜子同志能夠進一步對自己的文藝觀點、創作思想和存在於自己身上的小資產階級思想意識，進行深刻的分析批判；

〔註 65〕毅克：《應該重視「好姻緣」的討論》，《川西日報》，1952 年 1 月 6 日。

因為只有深刻地認識了自己的錯誤，才能很好的改正自己的錯誤，也才能真正的使自己得到提高。」〔註 66〕由此在茜子的檢討中，按照要求，首先從檢討自己的文藝觀點出發，「我是一個出身於小資產階級的知識分子，解放後，雖然參加了革命工作，但小資產階級的思想意識仍然根深蒂固，沒有多少改變，往上爬的思想非常濃厚，常常幻想將來成為『大作家』時，可以獲一的名譽和光榮。所以具體的說來，我搞文藝節目的，積極創作的動機，都主要是為了追求自己在物質與精神上的享受。」然後檢討了造成在創作上犯錯誤的幾個原因，「脫離政治，忽視思想改造」、「脫離生活，憑空揑造」、「劇作上的形式主義」，最後，茜子提出自己的改造措施，「這一切錯誤根源於我的急需改造的小資產階級的思想意識。」〔註 67〕在茜子的這次自我檢討之後，《好姻緣》批判也就隨之結束。當然，對於《牛角灣》、《好姻緣》的批判，並沒有隨著茜子、流沙河的自我檢討而真正結束。到了反右期間，流沙河雖然是由於《草木篇》的問題進一步受到批判，以及茜子受到了牽連，也可以說與這次批判有一定的關係。

回到《牛角灣》批判，整個《牛角灣》批判我們有這樣幾個結論：第一，在《牛角灣》批判中，報刊上的意見幾乎是一邊倒的批判聲音。為《牛角灣》辯護和支持的，僅有邱漾《檢查我對文藝批評的態度》。他說，「從『牛角灣』的批評起，我就感到批評太尖銳，因而對作者產生了無原則的同情。我認為寫一篇作品是很不容易的事，作者是費了千辛萬苦的；而尖銳的批評，卻好比當頭一瓢冷水；一筆抹煞了作者的好處，因之自己心中總覺得過意不去。其實這正是一種只問動機不看效果的極端片面主觀的看法；是完全違反了毛主席的文藝方針的。」〔註 68〕而邱漾，即邱原，他們本來就是流沙河、茜子的朋友，其支持更多的是處於朋友之誼。同樣，在整個一邊倒的批判聲中，邱漾的呼聲幾乎是微乎其微的聲音，可以說完全被掩蓋了。第二，對《牛角灣》的批判，可以說是一次有著「系統性」特點的事件。整個對《牛角灣》的批判過程，從作品本身批判到對作者的批判，再到對編輯、報紙、出版社，以及讀者等批判，涉及到了建國後作品生產的每一個環節，幾乎構成了一個完

〔註 66〕《編者按》，《川西日報》，1952 年 2 月 14 日。

〔註 67〕茜子：《堅決肅清我的小資產階級思想意識——我的初步檢討》，《川西日報》，1952 年 2 月 14 日。

〔註 68〕邱漾：《檢查我對文藝批評的態度》，《川西日報》，1952 年 2 月 28 日。

整、系統的批判體系。由此可見，在建國初的文藝生產過程中，我們看到，文藝批判的目的不僅只是對作品的批判，而且還要改造作者、改造責任編輯、改造出版發行機構，甚至改造讀者的系統工程。第三，《牛角灣》批判對創作的影響來說，也是全方位的。在批判過程中，不僅對作者世界觀批判，也對作品的主題、人物形象、故事情節等都開展了相關批判，最終目的是形成一套全新的寫作方式。當然，在此過程中也同時對資產階級思想、官僚主義等問題，都一一進行了批判。第四，在這次批判中，作為《牛角灣》作者之一的流沙河並沒有成為批判的中心。在《牛角灣》批判初期，批判針主要對的作品本身及其出版等流通環節。雖然流沙河也做了自我批判，但不久茜子又因為創作了《好姻緣》，批判對象就轉向《好姻緣》。在《牛角灣》批判的最後，茜子成為了批判重點，流沙河則逐漸淡出了批判的視野。因此，幾年後流沙河提到，「當然，這次批評比起 1951 年那次對我和另外一位同志合寫的一部中篇小說的批評要好得多，這次在批評的同時，我的作品還能發表，也只是勸我而沒有強迫我寫檢討。」〔註 69〕可以說，在小說《牛角灣》的批判中，流沙河實際上並沒有受到多大的影響。

## 四、「批判」與「被批判」

在《牛角灣》批判之後，1956 年流沙河在《成都日報》上發表了一首詩《膽小的少女》，引起了一些討論。

這首詩歌寫到：「她把三個字，／鎖在癡心裏，／直到他乘的火車鳴笛了，／才小聲說：「我愛你！」／／鋤草綠了又黃，／秋燕來了又去，／銀河起了又落，／他依然沒有消息……／／因為他的冷淡，／她偷偷地哭泣／一點也沒想到，在洪亮的笛音中，／那一天，他根本聽不見她的低語。／／最後他愛了別人，／她才把舊話重提。／親愛的朋友，／難受的就在這裡！」〔註 70〕面對這樣一首小詩，11 月 8 日的《成都日報》便發表了藍庭彬的一篇評論文章。說這次是評論，而不是批判，最主要的是這篇批評文章主要涉及到流沙河這首詩歌的寫作方式、構思等問題，而完全沒有涉及思想、主題等意識形態問題。藍庭彬說，「我認為，如果這首描寫愛情的詩，能夠在詩的表現方式上，或情節的安排上，能夠使人看得出這個少女所愛的人，也同樣愛著這個少女

〔註 69〕范琰：《流沙河談〈草木篇〉》，《文匯報》，1957 年 5 月 16 日。
〔註 70〕流沙河：《膽小的少女》，《成都日報》，1956 年 10 月 25 日。

的。這是全詩的生命，如果不忽略了這一點，那這首詩就要完整得多了。……我希望作者能從詩的形式的囚籠中解放出來，創造出自己的新風格和新的道路。」〔註 71〕在這樣的「內部批評」的文章面前，流沙河以及整個文學界似乎並沒有多大的興趣。流沙河沒有相關回應的文章，而且也沒有其他的人參與。

只是到了十二月，流沙河才在《成都日報》上發表一篇談詩的文章《詩是詩》。與藍庭彬的觀點相對應，這是流沙河一篇談詩歌「內部問題」的文章。同時，這又是一篇專門的詩論，似乎與這次批評沒有多大的關聯。不過，從詩學觀點來說，這篇文章對於我們理解流沙河的詩歌觀念有重要的意義。在文中流沙河系統談到了詩的詩意、中國性、個性等系列問題，他提出，「詩是詩，不是小說、論文、標語。」「詩是靈魂的詩意。好的小說，好的論文，好的戲劇，好的圖畫……都含有詩意。沒有詩意的詩不是詩。詩卻飽含著最濃的詩意。沒有詩意的詩不是詩，只是分行押韻的句子。這類『詩』枯燥無味，看一句忘一句，看一首忘一首。聰明人只看一半就發現自己受騙了。老實人一直看完，並且相信這就是詩。加入他要寫詩，也會寫出這類『詩』來。」而重要的是，在這篇小文中，流沙河非常強調詩要有「個性」，即「一個新的發現」：「你的詩是您的詩，不是別人的詩。十個詩人，圍繞著一個題材，可以寫出十首不同的好詩。『紅樓夢』裏，探春、寶玉、寶釵、黛玉詠一盆白海棠，四首詩都各有其妙，而且從詩中可以看出不同的個性來。你的詩應該有你的個性。讀者在詩中可到的不能只是題材本身，他們還要看看你是怎樣來處理這一題材的——你的意境、愛好、手法、語言……你歌唱車間，不能只是一片機器的聲音。應該讓讀者聽見你自己的聲音。如果只有機器的轟鳴，沒有你自己的詠歎，那你只不過起了鋼絲錄音機的作用。一首詩——一個新發現。」〔註 72〕此時流沙河的詩學觀，就非常強調回到詩歌本身，回到文學本身。所以，這篇詩論雖然不是直接回應藍庭彬的批評文章，但也可以看出是流沙河的一種迂迴的回應，甚至是對此前批判他《牛角灣》的各種觀點的反擊。當然，這並不是說此時流沙河的詩學觀念完全就是「純粹的」，只是「內部研究」。其實在 1956 年初，他依然激動地談論著詩歌的「政治性問題」，「七年

〔註 71〕藍庭彬：《並非膽小——談流沙河的詩「膽小的少女」》，《成都日報》，1956 年 11 月 8 日。

〔註 72〕流沙河：《詩是詩》，《成都日報》，1956 年 12 月 13 日。

間，我們祖國發生了震撼世界的變革，六億人民已經在敲社會主義的大門了。親眼看見這些變革，自己激動起來，塗了些詩。如果這些詩還有可取的地方，那應歸功於黨。是黨把我引上了文學工作的崗位，是黨給我照亮了文學創作的道路。」〔註 73〕所以，流沙河從「歸功於黨的文學」到「一個新發現」的文學觀的變化，並不表明是流沙河提出了新的文學觀。一方面，「藝術雙標」在詩人身上始終是統一存在的；另一方面，1956 年社會氛圍變化特別是「雙百方針」的影響，使得他的「個性」詩學突顯。

雖然對流沙河《膽小的少女》的批評完全是一次性的，而且完全沒有來回交鋒的一件文學小事，但我們看到了流沙河詩歌觀念的多重統一性。更為重要的是，雖然在 1951 年的《牛角灣》批判中，最後批判的重點指向了茜子，但 1956 年的這次《膽小的少女》批評，也讓我們看到，對於「有問題」的流沙河，文藝界似乎一直都沒有「忘記」他，直到更大的問題出現出現為止。

其實，矛盾性在於流沙河詩學觀點的「雙標」的對象是不同的，在自己創作的時候使用的是藝術標準，而在批判別人的時候則是政治標準。建國初在文藝界對流沙河的《牛角灣》展開批判的同時，流沙河也在不斷地批判他人。談論流沙河對別人的批判，這並不是要否定流沙河，而是看到他批判別人的時候，也是使用的是政治標準。正如流沙河自己所說，「我自身其實也有罪。罪在從前歷次運動，從 1951 年的三反運動起，我也當過積極分子打手，也兇狠地批判別人，也裝腔作勢作左派洋洋得意之狀。這回自身被釘上羞辱柱了，被批得狗血淋頭，弄去拉車掃廁挑糞，現有現報，也算是『天道好還』吧。」〔註 74〕所以，在三反五反、批判武訓、批判俞平伯胡適、批判胡風等運動中，流沙河均參與了相關批判。早在 1951 年他就在《川西日報》發表過評論文章《試評「歡送」》〔註 75〕，當然這是一篇純粹的評論文章。但之後，流沙河就不僅參與到《紅樓夢》批判，也參與了胡風批判，積極地加入到時代的洪流之中。如在 1954 年批判俞平伯的過程中，流沙河便發表了批判文章，「誠然，俞平伯三十年來對舊『紅學家』作過一些批評，這些批評也都有一定的價值，但是在抹殺紅樓夢的戰鬥意義這點上面，他和以往的一切『紅

〔註 73〕流沙河：《農村夜曲．後記》，重慶：重慶人民出版社，1956 年，第 66 頁。

〔註 74〕何三畏整理：《「如果不寫這個，我後來還要當右派」——流沙河口述「草木篇詩案」》，《看歷史》，2010 年，第 6 期。

〔註 75〕流沙河：《試評「歡送」》，《川西日報》，1951 年 8 月 11 日。

學家』並沒有什麼原則上的分歧。反對曲解紅樓夢的鬥爭，其實質就是反對古典文學研究中資產階級唯心主義觀點的鬥爭。這一場鬥爭應該引起每一個文藝工作者的重視。」〔註 76〕流沙河的這些批判，與當時的大多數批判文章一樣，以階級立場來展開分析。但有意思的是，流沙河的觀點，卻被拂風否定了。他認為流沙河的批判不徹底，陷入了「唯心主義的泥坑」，「流沙河在文章中也未闡釋明白曹雪芹何以能預感到的原因，而過分地譽為歷史的先知。在這一點上，不能不說流沙河是以現在的眼光來衡量曹雪芹當時的思想，把自己的觀點陷入唯心主義的泥坑。」〔註 77〕此後，雖然流沙河也發表了《回答拂風同志》〔註 78〕一文，但卻並沒有提出新的觀點，也沒有引起新的爭論。流沙河也積極參與到了對胡風的批判，在《四川日報》、《四川群眾》上連續發過《假面具遮蓋不住他的真面目》、《胡風歪曲現實主義》、《胡風譭謗我們的文藝戰線》〔註 79〕3 篇批判文章。由於這些文章與《草木篇》批判的關係不大，這裡就不再贅述。因此，建國初不管是外界對流沙河的批判，還是流沙河對他人的批判，其實都是在階級意識的籠罩之下開展的，很少有學術性觀點的突破。然而，雖然在學術意義上並沒有多大的推進，但是相關的論爭，都體現出一種新的文藝理論的生產機制。也就是說，建國初不管是流沙河的批判，還是外界對流沙河的批判，都是在統一的意識形態之下的進行的，其觀點、方法具有完全的一致性。正如流沙河所說，「我在 1957 年以前的每次運動都表現得非常左，總是上綱上線，用非常左的口吻批判別人。如果能回到那一步，我會痛改前非，遠離政治。」〔註 80〕然而，正如有著「雙重標準」的流沙河一樣，在個體創作時又信守著藝術標準，那麼在這樣的環境下，每個人都是政治批判的參與者，又是藝術標準的受害者。

---

〔註 76〕流沙河：《關於〈紅樓夢〉的兩個問題——評俞平伯對〈紅樓夢〉的曲解》，《四川日報》，1954 年 12 月 2 日。

〔註 77〕拂風：《對流沙河「評俞平伯對紅樓夢的曲解」的一些意見》，《四川日報》，1954 年 12 月 28 日。

〔註 78〕流沙河：《回答拂風同志》，《四川日報》，1955 年 1 月 11 日。

〔註 79〕流沙河：《假面具遮蓋不住他的真面目》，《四川日報》，1955 年 3 月 4 日。流沙河：《胡風歪曲現實主義》，《四川日報》，1955 年 3 月 29 日。流沙河：《胡風譭謗我們的文藝戰線》，《四川群眾》，1955 年，第 5 期。

〔註 80〕括蒼山人：《八十二歲老詩人流沙河訪談錄》，《雜文月刊（文摘版）》，2013 年，第 8 期。

## 第二節　初期《草木篇》事件

1957 年 1 月 1 日《星星》創刊號上發表了流沙河的《草木篇》。如果回到詩歌本身，我們看到《草木篇》本身並沒有什麼奇特之處，正如新時期流沙河自己談到《草木篇》時認為，它「其實根本不值一提。作為詩，它是很差勁的。」〔註 81〕但《草木篇》一發表，又引發了一次又一次的意想不到的大批判。從省內《四川日報》、《成都日報》、《重慶日報》、《草地》等報刊雜誌，到省外《詩刊》、《文匯報》，都一致發表了大量鋒芒畢露的批判文章。相關批判說，「《草木篇》寫的不是詩，而是向人民發出的一紙挑戰書」〔註 82〕，是「對新社會的仇恨之火燃燒」〔註 83〕，不約而同地批判《草木篇》仇恨新社會、仇恨人民的嚴重問題。「草木篇」不僅牽涉到反右鬥爭，而且牽涉到毛澤東，「從五十年代到六十年代，毛澤東先後四次在不同場合以不同的態度點到其詩其人，更使其成為當代史上的一樁奇案」。〔註 84〕毛澤東曾說，「還有一個流沙河，寫了個《草木篇》，那是有殺父之仇的人……接著他講《草木篇》的事，講著講著又講回來：我們要團結一切人，包括有殺父之仇的流沙河，也是我們團結的對象嘛！」〔註 85〕由此，《草木篇》批判，不僅成為《星星》詩刊發展史上的一件大事，而且也成為當代政治史、文化史上的一個重要事件。

### 一、散文詩《草木篇》

1957 年《星星》創刊號第 40 頁的「散文詩」專欄中，刊登了流沙河的《草木篇》。詩歌如下：

草 木 篇

流沙河

寄言立身者，勿學柔弱苗。　——唐：白居易

白楊

她，一柄綠光閃閃的長劍，孤伶伶地立在平原，高指藍天。也

〔註 81〕流沙河：《我是一個失敗者》，《南都週刊》，2011 年，第 33 期。
〔註 82〕余輔之：《「草木篇」究竟宣揚些什麼》，《四川日報》，1957 年 1 月 27 日。
〔註 83〕沙鷗：《「草木篇」批判》，《詩刊》，1957 年，第 8 期。
〔註 84〕何三畏整理：《「如果不寫這個，我後來還要當右派」——流沙河口述「草木篇詩案」》，《看歷史》，2010 年，第 6 期。
〔註 85〕胡平：《禪機：1957 年苦難的祭壇》，廣州：廣東旅遊出版社，2004 年，第 123 頁。

許，一場暴風會把她連根拔去。但，縱然死了吧，她的腰也不肯向誰彎一彎！

藤

他糾纏著丁香，往上爬，爬，爬……終於把花掛上樹梢。丁香被纏死了，砍作柴燒了。他倒在地上，喘著氣，窺視著另一株樹……

仙人掌

它不想用鮮花向主人獻媚，遍身披上刺刀。主人把她逐出花園，也不給水喝。在野地裏，在沙漠中，她活著，繁殖著兒女……

梅

在姐姐妹妹裏，她的愛情來得最遲。春天，百花用媚笑引誘蝴蝶的時候，她卻把自己悄悄地許給了冬天的白雪。輕佻的蝴蝶是不配吻她的，正如別的花不配被白雪撫愛一樣。在姐姐妹妹裏，她笑得最晚，笑得最美麗。

毒菌

在陽光照不到的河岸，他出現了。白天，用美麗的彩衣，黑夜，用暗綠的焾火，誘惑人類。然而，連三歲孩子也不去採他。因為，媽媽說過，那是毒蛇吐的唾液……

1956.10.30.〔註 86〕

創刊號中的這組《草木篇》，在此後的一系列批判中，有兩個字經常被寫錯，這就《毒菌》中的「焾」和「採」。「焾」經常被錯寫為「燐」或者「磷」，而「採」則常常被錯寫為「睬」。按照字面意思，「焾火」即將枯滅的火種裏面又重新燃燒起新的火光，意思類似星星之火可以燎原；而「燐火」則俗稱鬼火。舊傳為人畜死後血所化，實為動物屍骨中分解出的磷化氫的自燃現象。「磷火」也是磷化氫燃燒時的火焰，一般指夜間野外看到的白色帶藍綠色的火焰。所以，用「焾火」而不用「燐火」有很大的區別。同樣，「不去採他」與「不去睬他」，也是完全不一樣的。「採」是採摘、摘取；而「睬」則是理睬、理會。從詩歌文本來說，這兩個字是值得注意的。然後，在此後一系列凌厲的批判中，《草木篇》中的這些細微的字句差別也就無關緊要了。

關於《草木篇》的創作經過，流沙河說，「1956 年秋天，中共開了八大，

〔註 86〕流沙河：《草木篇》，《星星》，1957 年，第 1 期。

已經宣布階級鬥爭運動結束，從此之後是建設。我覺得黨好英明啊。覺得這下中國終於好了，不再走階級鬥爭的路了，無產階級專政不會弄得像蘇聯那樣黑暗，不再弄得血翻翻的了。急風暴雨的階級鬥爭已經結束，今後面臨的是經濟建設和文化建設，真才實學頂用了，中國面臨的是美好的前景。這個時候，我就考慮寫詩是不是也要干預生活。劉賓雁已經有過一些報告文學，提出要干預生活。而蘇聯作家把干預生活四個字早就提出了，說作家應該有這樣的義務。在生活中有不好的東西，作家要表態，要與它鬥爭。我就是在這個狀況下，在 1956 年 10 月，寫了個《草木篇》。1956 年 2 月到 8 月，我是中國作家協會文學講習所第三期學員。在回成都的火車上，寫了《草木篇》。」〔註 87〕通過流沙河的介紹，我們看到，在 80 年代的回憶中，流沙河著重強調了該詩「干預生活」背景，以及作為「干預生活的作品」。當然，說《草木篇》是「干預生活之作」，確實有著現實的時代背景。鐵流也有這樣的回憶說：「省文聯也多次召開座談會，就如何貫徹黨的『雙百』方針聽取各方面的意見。我作為青年作家和成都日報文藝組編輯、記者的雙重身份，多次參加了這些會議。到會者無不對文藝創作上的『公式化、概念化』表示反感和厭惡，主張要無限地擴大寫作題材，文學藝術不是政治圖解，人物要有多面性，切忌歌功頌德與高、大、全的形式主義的東西。……1956 年夏，中國作協書記處書記劉白羽同志也來到四川，號召作家要走出『公式化、概念化的框框條條，筆下要有強烈的時代感』。4 月，《人民文學》上發表了劉賓雁有震撼力的報告文學《在橋樑工地上》，7 月又發表了他的《本報內部消息》和王蒙的《組織部新來的年輕人》，舉國上下一片叫好聲！政治氣氛越來越寬鬆，階級鬥爭越來越被淡化，科學界、文化界、藝術界出現了空前的活躍。通過有影響的《譯文》雜誌，蘇聯大作家愛倫堡的《解凍》在中國知識界廣為傳播。這一切態勢表明：沉悶多年的中國的文藝界，正在復蘇，正在解凍，預示著一個百花盛開的春天即將蒞臨。此時我已和省文聯一批青年作家、詩人混得爛熟，有的還成了相交至深的文友。《草地》文藝月刊的編輯茜子、遙攀，《星星》詩刊編輯流沙河，創作輔導部電影組的丘原，均成了無話不說的好友，同時，也結織了儲一天、石天河、李伍丁、方赫和業餘作者沈鎮、華劍、萬家駿等人。我們經常聚集在一起聊天或探討文學的未來。在這股強大的思想解放潮流的衝

〔註 87〕何三畏整理：《「如果不寫這個，我後來還要當右派」——流沙河口述「草木篇詩案」》，《看歷史》，2010 年，第 6 期。

擊下，茜子、瑤攀幾次向我提議能否寫一篇『干預生活的作品』？當時我並不認為這是什麼反黨的行為，相反認定是響應黨和毛主席的號召，是我應該做的事情。我經過短時間的醞釀思考，把過去有過的生活串聯起來，趕寫了一篇以第一人稱為主體的近似寫實的小說《給省團委的一封信》。小說發表在《草地》文藝月刊 1956 年的 10 月號上，很快得到了一片喝采聲，被不少讀者譽為『省內《組織部新來的年輕人》』。」〔註 88〕所以，有著這樣的時代背景，以及流沙河、儲一天、石天河、李伍丁、方赫、茜子、遙攀等小圈子中所形成的積極創作「干預生活的作品」的氛圍之下，流沙河的《草木篇》與曉楓的《給團省委的一封信》完全可以說是「干預生活之作」。

不過，在鐵流的回憶中，則又提出了另外的細節，這使得對於《草木篇》的解讀更加複雜。他說，「1956 年流沙河被文聯派往北京參加中國作協舉辦的『青年文學創作講習班』輪訓，10 月學成歸來。在回成都火車上寫成的。當時他心情特好，怎麼會對社會主義不滿？這只是一首以物寓情，以情言志，直抒胸意的詩。寫好後一直棄置未用。1957 年 1 月《星星》創刊，恰好有一空白，白航叫他選一稿作補白，便將《草木篇》填上。」〔註 89〕在這裡，鐵流又認為流沙河寫作《草木篇》時「心情特好」，並且是「棄置未用」，似乎又不是「干預生活之作」。從流沙河的生平來看，1956 年確實是他春風得意之時，所以剛剛參加完全國青年文學創作會議和文講所培訓班的流沙河，應該是「心情特好」。他在回成都的火車上所創作的《草木篇》，也可以說是一首「託物言志」之詩。所以在主題上，這是一組講「革命性格」的詩歌，是在「勸世喻人」：「這一組小詩內，我就考慮到，革命者的人格問題，革命者不能夠光是一個螺絲釘，光是聽話，革命者只要是正確的東西還要堅持。毛主席就那樣說的嘛，你不要怕一切嘛，是真理就要堅持下去嘛。我又看到一些人阿諛逢迎就爬上去了，覺得這個黨不應該去溺愛這樣的人嘛。小人攀附到黨，把這個黨像藤纏樹一樣要把你纏死，你不能容許他們這樣嘛。因此在詩中間就牽扯到了這些。」〔註 90〕同樣，當下也有學者認為，「該詩以白居易的

〔註 88〕鐵流：《學徒工當上記者了》，《我所經歷的新中國　第一部〈翻天覆地〉》，無版權頁，第 329～330 頁。

〔註 89〕鐵流：《反右鬥爭前奏曲〈草木篇〉事件》，《我所經歷的新中國　第一部〈翻天覆地〉》，無版權頁，第 356 頁。

〔註 90〕何三畏整理：《「如果不寫這個，我後來還要當右派」——流沙河口述「草木篇詩案」》，《看歷史》，2010 年，第 6 期。

詩句『寄言立身者，勿學柔弱苗』為題記，通過對白楊、仙人掌、梅的形象，來歌頌了堅貞正直、堅強不屈和高潔脫俗等人格；而通過藤、毒菌的形象，鞭笞了攀附寄生、虛偽的卑劣行為。」〔註 91〕由此，作為一組「人生哲理」之作，《草木篇》從草木中昇華出深刻的人生哲理，也是流沙河這組散文詩的重要主題。總之，我們看到，也正是由於《草木篇》有著這樣的多重主題，也就有了多元闡釋的可能，並讓此後的相關批判和反批判都有了合適的依據。

最值得注意的是，在 1956 年 12 月 7 日的《四川日報》上「星星創刊號內容預告」中，並沒有「散文詩」欄目，《草木篇》僅僅屬於「生活慢吟」中眾多詩歌中的一組詩歌。〔註 92〕但是，到了 1957 年 1 月 1 日《星星》的正式創刊號中，卻在「星星創刊號內容預告」的 10 個欄目基礎上，專門為《草木篇》增加一個「散文詩」欄目。而且這個「散文詩」欄目之下，也僅有流沙河的這一組《草木篇》。按照鐵流的說法，「1957 年 1 月《星星》創刊，恰好有一空白，白航叫他選一稿作補白，便將《草木篇》填上。」〔註 93〕如果真是這樣，那《草木篇》的出現，確實是非常偶然的。不過，相關回憶也並沒有談到，為何要在正式創刊號中專門為《草木篇》增加一個欄目。在《星星》創刊號上發表《草木篇》的具體原因我們不得而知，但從這樣一個小小的變化中，我們可以看到，《草木篇》在《星星》詩刊創刊號上就已經顯得「特立獨行」了。由此，在《星星》詩刊正式出刊之前，《草木篇》就已經有過討論，並引起了特別的關注。

## 二、「會議文件」中《草木篇》

1957 年 11 月 10 日，就有了對「草木篇」事件相關文獻資料的系統整理，這就是四川文聯編印的四本會議參考資料：《「草木篇」批判集》（會議參考文件之七）、《四川省文藝界大鳴大放大爭集》（會議參考文件之八）、《四川文藝界右派集團反動材料》（會議參考文件之九）、《是香花還是毒草？》（會議參考文件之十）。這些參考資料，是專門為 1957 年 11 月 8 日至 12 月 2 日召開的四川省文學藝術工作者代表會議專門編輯的會議參考文件。其中，《四川文

〔註 91〕王琳：《傳統文化視野下的草木篇》，《西華師範大學學報（哲社版）》，2014 年，第 3 期。

〔註 92〕《星星創刊號內容預告》，《四川日報》，1956 年 12 月 7 日。

〔註 93〕鐵流：《反右鬥爭前奏曲〈草木篇〉事件》，《我所經歷的新中國 第一部〈翻天覆地〉》，無版權頁，第 356 頁。

藝界右派集團反動材料》（會議參考文件之九）主要是對以石天河為中心右派的批判文章，雖然涉及到了較多的《草木篇》或者說流沙河的資料，但這本資料集的中心並不在流沙河和他的《草木篇》，所以這裡就不重點討論。《是香花還是毒草》（會議參考文件之十）則主要收集了四川文藝界被認為有問題的所有作品，有流沙河的詩歌作品，但同時也包括了整個四川文藝界被稱為「毒草」的詩歌、小說、評論等作品，「草木篇」也僅僅是其中的一組詩而已。

對於散文詩《草木篇》批判來說，最重要文件的是《「草木篇」批判集》。這本會議參考資料，專門收錄了批判《草木篇》文章，對於梳理「草木篇」批判的歷史建構非常重要。而且這本資料的編輯時間距批判《草木篇》的時間很近，又是由四川省文聯組織編印的，所以在一定程度上，這本資料能比較完整地反映四川省文聯對《草木篇》批判的系統認識。在該書前有《編者說明》：「『草木篇』是毒草。對『草木篇』的批判是文藝戰線上的一次戰鬥，是無產階級文藝思想和資產階級文藝思想的一次戰鬥。在批判的方式上和個別的文章，有粗暴和說理不透的缺點；但是，整個批判是必要的，正確的，效果是，良好的。因此，我們編選了這個集子。是這樣編的：1. 基本上按文章發表時間的先後編輯，便於讀者能清晰看出發展脈絡；同時，也注意到把針鋒相對的論點排在一起，使問題突出。2. 編選的文章都保持原樣，未作任何刪節或修改。3. 右派分子張默生提出『詩無達詁』的說法，是替『草木篇』辯護；所以，也發了幾篇批判『詩無達詁』的文章。4. 籍『草木篇』向黨瘋狂進攻的通訊、報導、發言記錄等，概未選入。5. 本集共有文章 33 篇，選自全國及省內各報刊，時間從今年 1 月起至 10 月止。未選入的文章，列有目錄附後，以備參閱。由於時間倉促，資料收集不全，定有遺漏和錯誤，希望讀者指正。」〔註 94〕這個《編者說明》，作為四川省文聯的編選意見，完全代表了 1957 年 11 月 10 日四川省文聯對《草木篇》的意見和觀點。在總體指導思想上，該文集認為「『草木篇』是毒草，對『草木篇』的批判是無產階級文藝思想和資產階級文藝思想的一次戰鬥」，這也是理解「草木篇」事件的一個重要線索。《「草木篇」批判集》中的具體「目錄」如下：



〔註 94〕《編者說明》，《「草木篇」批判集》（會議參考資料之七），四川省文聯編印，1957 年 11 月 10 日。

駁「抗辯」…………………………………………………… 虞進生
矛頭指向人民內部的缺點，還是指向人民 …………………田原
評「草木篇」………………………………………………………蕭薇
也談「草木篇」和「吻」 …………………………………………山莓
讀詩小記……………………………………………………………席蜀
是「堅強」？還是臨近危險的邊緣？ ……………………………洪鐘
「毒菌」在哪裏？ ……………………………………………… 李鐵雁
我看了「星星」………………………………………………… 黎本初
「草木篇」抒發了個人主義之情 ……………………………… 何小蓉
「草木篇」究竟宣揚了些什麼 ………………………………… 余輔之
含意玄隱的黝黑胡同 …………………………………………… 王克華
「草木篇」是一顆毒菌 ……………………………………………葉文
「小題大做」及其他 …………………………………………… 席方蜀
「草木篇」書後………………………………………………… 黃鹿鳴
在爭論中所想到的 …………………………………………………田原
為捍衛無產階級思想陣地而鬥爭 ………………譚興國 譚洛非
成都文藝界座談「草木篇」和「吻」 ………………… 四川日報
由對「草木篇」和「吻」的批評想到的 ……………………………孟凡
從「草木篇」談起 ……………………………………………… 周煦良
「神經過敏」和「鼻子傷風」 ………………………………………劉金
錯誤的縮小和缺點的誇大 …………………………………………余斧
「草木篇」新詁………………………………………………………唐弢
「草木篇」究竟是一首什麼樣的詩？ ………………………… 肖長濬
「草木篇」批判………………………………………………………沙鷗
「草木篇」事件是一堂生動的政治課 ………………………………沈澄
在「草木篇」的背後 …………………………………………………姚丹
對「草木篇」的批評的意見 ………………………………… 張默生
反右三題……………………………………………………… 何小蓉
評「詩無達詁」之說 …………………………………………… 趙錫驊
駁「詩無達詁」論 ……………………………………………………冬昕

論張默生的幾個論點的反動實質 ……………………………龔昶

《附錄》為「未選入的有關「草木篇」的批判文章目錄」，篇目如下：〔註95〕

從對「吻」和「草木篇」的批評中想到的
高深（蜜蜂 1957 年 7 月）
漫談抒情的「情」　陳思苓（草地 1957 年 2 月號）
從白居易的「有木篇」談到流沙河的「草木篇」
竹穎（嫩江 1957 年 9 月號）
「草木篇」的不良思想傾向　程在華(四川日報 1957 年 1 月 26 日）
「草木篇」讀後　王季洪（四川日報 1957 年 2 月 6 日）
從捕殺麻雀想到的　柏伯爾（紅岩 1957 年 7 月號）
柏伯爾的惡毒用心　陳宗偉（紅岩 1957 年 8 月號）
從毒草無毒談到見仁見智　高風（人民文學 1957 年 9 月號）
評散文詩「草木篇」　徐行（人民川大 1957 年 1 月 28 日）
「白楊」和「牛」　姚虹（陝西日報 1957 年 5 月 8 日）
「大膽」和「盲目」　何牧（草地 1967 年 6 月號）
從「詩無達詁」想到的　默之（草地 1957 年 8 月）
從殺父之仇看「草木篇」　徐逢五（文藝報 1957 年 17 期）
毒蛇的唾液　傅世悌(四川日報 1957 年 7 月 10 日）
「愛情」和「立身」　袁珂（四川日報 1957 年 2 月 6 日）
也談張默生的「詩無達詁」　劉開揚（草地 1957 年 10 月號）
從右面來的批評　席方蜀(四川日報 1957 年 6 月 28 日）
為了社會主義　蕭蔓若（草地 1957 年 7 月號）
我們需要原則　劉君惠（草地 1957 年 7 月號）
語言、文學的「厄運」　張湮（紅岩 1957 年 7 月號）

這本會議參考文件，正文收錄 33 篇文章，並附錄了 20 篇文章目錄，按照目錄的分組有六個部分。第一部分 4 篇文章，是關於《草木篇》批判緣起的文章。所選文章以《人民日報》「編者按」作為開篇，便為整個《草木篇》的批判奠定基調。第二部分是初期《草木篇》批判省內報紙上的批判文章；第三部分為《草木篇》批判初期省內雜誌上的批判文章。第四部分主要為省

〔註95〕見《「草木篇」批判集》（會議參考資料之七），四川省文聯編印，1957 年 11 月 10 日。

外報刊雜誌上批判《草木篇》的文章。第五部分是《草木篇》批判的兩篇總結性文章。第六部分是批判張默生「詩無達詁」理論的文章。由這本文集的編選目錄來看，有幾點值得注意：第一，《「草木篇」批判集》入選文章以批判文章為主，而為《草木篇》辯護的文章，僅有虞進生和孟凡的 2 篇文章。其他一些相關的具有反思行的反批判文章，也僅放在附錄中作存目處理。第二，選錄的文章總體上是以發表時間為主，編者希望能呈現出整個對《草木篇》批判的歷史脈絡。不過，其中有些文章沒有按照發表時間來編排，而且較多的文章在入選內容上有不完整之處。儘管在編排中有著這樣的調整或者說刪減，但這本參考文件對於我們瞭解《草木篇》批判的歷史，還是有非常重要的參考價值；第三，在編選內容上，還有一個值得注意的是，除了與《草木篇》直接有關的批判文章之外，還專門列了一個部分，即批判張默生「詩無達詁」詩學理論的文章。由此，從這裡可以看出，在「草木篇」批判中，四川省文聯不僅只是對流沙河作品《草木篇》的批判，還要完成對張默生批判。因為正是張默生的「詩無達詁」支持了《草木篇》，同時他又是民盟盟員，成為了另一個被關注的重點。所以，我們在研究《草木篇》批判歷史的時候，不僅涉及流沙河及其作品被批判的歷史，而且對張默生及其「詩無達詁」理論批判的歷史，也是我們需要重點涉及的一個部分。最後，在這本文集的附錄方面，編者也列入了《蜜蜂》、《嫩江》、《陝西日報》、《人民川大》等報刊雜誌上的批判文章。儘管這些參考僅有極少數的批判文章，但編者將其列入附錄中，以呈現《草木篇》批判的全國性影響。

如果說《「草木篇」批判集》（會議參考文件之七），是以批判文章或者說具體的歷史文獻，以編年式呈現「草木篇」批判的歷史脈絡的話，那麼《四川省文藝界大鳴大放大爭集》（會議參考文件之八）則是以相關的批判文章，更直接地重新建構一個「四川省文聯版」的《草木篇》批判歷史。《四川省文藝界大鳴大放大爭集》（會議參考文件之八），也是四川省文聯 1957 年 11 月 10 日編印的。而這個會議參考文件，並不僅僅是對「草木篇」批判的總結和建構，而是對整個四川文藝界大鳴大放歷史的梳理和建構。在書前也有《編者說明》：「今年 5 月，當資產積極反動派在全國範圍內從各方面向黨進攻的時候，我省文藝界右派分子借『草木篇』事件，趁機大興風浪，企圖篡改文藝工作的政治方向，篡奪黨對文藝工作的領導。經過大鳴、大放、大爭，我們粉碎了他們的政治陰謀，駁倒了他們的政治、思想觀點。這是一場尖銳的、深刻的階級鬥爭，也是文藝界一次最具體的、最生動的政治上的社會主義革命。對我們每一個文藝工作者，都是一次嚴峻的考驗。因此，我們編輯了這個集子。是這樣編的：1. 按問題的性質、同時按正方兩方面的意見編排的，編排時，也照顧到發言的先後次序。2. 有的發言，談了幾個問題，我們則依問題的性質分別編入各輯。為了避免重複，有的發言未選入。3. 這些發言主要是從報刊上收集的，也收集了一部分書面意見和文章。4. 發言的小標題，有的是沿用報刊的小標題，有的是編者加上去的。5. 重慶市文藝界大鳴大放大爭的發言，未收集在內。」〔註 96〕與《「草木篇」批判集》的內容不一樣的是，這本論爭集明確指出，這次文藝論爭，並非僅僅為「草木篇批判」的小問題，而是「草木篇事件」，是一場尖銳的、深刻的階級鬥爭的大問題。另外，在入選文章時間上，僅從 5 月開始，沒有將初期「草木篇批判」的相關文章選錄。最值得注意的是，在入選內容上，相關文章也都有刪節。如有些文章的標題，選入後就有修改。從這些編選原則來看，原來的「草木篇批判」，到這裡就已經演變為「草木篇事件」。進而，這本會議參考文件，更加鮮明地體現出了《草木篇》批判涉及的人員多，波及的面廣。該會議參考文件總共包括七編，《第一編　草木篇事件》批判流沙河及其《草木篇》；《第二編　粉碎老右派分子的政治陰謀》主要是批判張默生及其為「草木篇」辯護的「詩無達詁」理論；《第三編　聲討「文匯報」右派擴大「草木篇」事件，在全國範圍內放火的罪行》》批判的范琰及《文匯報》；《第四編　關於黨的領導》批判支持「草木篇」的李劼人等人，《第五編　揭露以右派分子石天河為首的右派小集團》批判石天河；《第六編　右派分子把持「星星」事件》批判白航；《第七編　打退話劇、戲劇、曲藝、音樂界右派分子的猖狂進攻，掃清文藝界的妖氛邪氣》批判文藝界其他右派。〔註 97〕所以，從目錄可以看出，「草木篇事件」僅僅是「四川省文藝界大鳴大放大爭」的一個部分而已。但從另外一個方面來看，「草木篇事件」排在了「四川省文藝界大鳴大放大爭」的第一位，也可以說是「草木篇」事件引起了整個四川文藝界的反右鬥爭，《草木篇》批判便是四川省文藝界反右的主要事件。所以，儘管《四川省文藝界大鳴大放大爭集》總體上分

〔註 96〕《編者說明》，《四川省文藝界大鳴大放大爭集》（會議參考文件之八），四川省文聯編印，1957 年 11 月 10 日。

〔註 97〕《四川省文藝界大鳴大放大爭集》（會議參考文件之八），四川省文聯編印，1957 年 11 月 10 日。

為了七編，或者說七個部分，但其他各部分又都與「草木篇事件」緊密相關，一起構成了四川文藝界的反右歷史。因此，在研究「草木篇」事件的過程中，必然牽連到其他幾編的內容。「草木篇」批判僅僅是一個點，「草木篇事件」才是這次運動的面。反過來說，《四川省文藝界大鳴大放大爭集》（會議參考文件之八），雖然是對整個四川文藝界大鳴大放歷史的梳理和建構，但實質上又是對「草木篇」批判的完整建構，成為了研究「草木篇」的重要背景。所以，我們對「草木篇」的研究，也就必須建立在對「草木篇事件」的整個四川文藝界大鳴大放大爭的歷史背景上。

那麼，「草木篇批判」怎樣發展到「草木篇事件」的呢？《四川省文藝界大鳴大放大爭集》中的《第一編 草木篇事件》，剛好提供了「草木篇事件」這樣一種歷史建構。在《第一編 草木篇事件》中，具體小標題如下：

第一編 草木篇事件

第一輯 「草木篇」事件是我省文藝工作兩條路線鬥爭的焦點

張默生「談大膽『鳴』『放』」向黨挑釁

李亞群同志認為「草木篇」應該批評，只是批評的方式有些粗暴。他表明領導貫徹「鳴」「放」方針的決心

曉楓為「草木篇」被批判鳴「不平」

李五丁認為批判「草木篇」對「百花齊放」起堵塞作用

陳欣說下面群眾擁護「草木篇」的批判

邱乾坤認為對「草木篇」批評的錯誤，不僅是方式方法的問題

山莓認為「草木篇」應該批判

蕭長濬認為「草木篇」的批評缺乏美學分析

陳志憲不同意對「草木篇」進行批評

袁珂認為「草木篇」是不好的詩，應批評，但批評應抱與人為善的態度

施幼貽認為對「草木篇」批判的文章也不應採取一棍子打死的辦法

李華飛認為「草木篇」並不是全部都是壞詩，對「星星」的批評使「一人犯罪，牽連九族」

陳思苓不同意把「草木篇」的問題提到政治原則的高度

山莓主張把「草木篇」應不應批評的問題和批評中的態度問題

分開。

人民日報記者姚丹在人民日報發表「在『草木篇』的背後」一文，揭露「草木篇」事件真象

**第二輯 駁斥「政治陷害」的謊言，右派分子流沙河歪曲、造謠，企圖擴大「草木篇」事件的陰謀敗露**

流沙河為「草木篇」翻案：造謠說批判「草木篇」是「人身攻擊」，「政治陷害」

關於對「草木篇」的評價

關於報紙刊物上對「草木篇」的批評

關於與批評「草木篇」同時進行的一些批評

張默生支持流沙河

陳欣認為不能把對草木篇的批評說成「政治陷害」

言無罪為流沙河辯護，否定對「草木篇」的所有批評

盧路認為言無罪為流沙河辯護是立場問題

王吾認為「草木篇」批評不應牽涉到政治問題上去，但這也不能說一切批評都是「個人報復」、「政治陷害」

何劍熏認為「草木篇」的批評方式簡單、粗暴，是由於把施於敵人的方式搬來施於人民

藍庭彬認為「草木篇」批評是和文聯、省委宣傳部的宗派主義分不開的

流沙河對他的反動言論即行狡賴

李累談所謂「政治陷害」的真相

報刊對「草木篇」的批評與文聯團組織對流沙河的批評使兩回事

所謂的「剝奪通信自由」的真相

關於侵犯「人身自由」的真相

白峽為流沙河開脫罪行

方赫說白峽的發言不符合事實，李累的發言是事實

工人、農民、知識分子寫信寫稿給四川日報，對流沙河的發言進行駁斥

山莓反對流沙河把批評說成侵犯人身自由

樊習三、楊志高等認為「草木篇」是毒草，及時即行批評是必要的

馮本深不同意「詩無達詁」的謬論，並質問流沙河作品寫給誰看，為誰服務？

金堂縣繡水鄉十一人農業社社員給四川日報寫信揭露仇恨新社會的階級根源、歷史根源（1957 年 6 月 19 日）

李友欣揭露流沙河所謂「人身攻擊」的謊言——李友欣說，流沙河對「白楊的抗辯」一文的解釋是主觀臆測。

楊樹青揭發流沙河反動言論

四川日報帥士熙同志就報紙批評「草木篇」及所謂壓制反批評的問題發言（6.13）

我們對善意的批評表示感謝，對於誣衊和辱罵絕不同意

對「草木篇」的批評是必要的，只是在批評方式上有缺點，全盤否定這個批評編者作者讀者都不同意

關於四川日報「壓制反批評」的真象

報紙為什麼沒有刊登石天河、流沙河、儲一天的文章，他們的文章是不是反批評的文章

流沙河等指責報紙壓制反批評，只不過是一種藉口

流沙河說報紙刪改某些批評文章，事實證明這是謊言

讓客觀事實來證明報紙報導的真實性，讓廣大讀者來辨別香花和毒草

肖然揭露流沙河仇恨共產黨的本質

流沙河對黨是恩將仇報，他把對他的批評和教育比為在犯人臉上烙金印

去年 9 月流沙河寫下反動文章，袒露靈魂深處的東西，對「殺父之仇」刻骨銘心

右派分子流沙河開始交代其罪行

流沙河只承認他站在右派立場向黨進攻，發言是撒謊造謠，草木篇是反社會主義的毒草。但他的交代很不徹底

流沙河交代出石天河從普通黨員辱罵到省委第一書記，宣傳「共產黨要垮臺」，妄圖使文聯變質，並且叫囂著要取消人事科。但

對自己的反動言行說得很少

流沙河交代出石天河進行陰謀活動的一個同夥。但自己充當了什麼角色避而不談

第三輯 揭穿右派分子邱原（即邱漾）借「草木篇」事件向黨進攻的真相

邱漾向黨的領導進攻了說文聯的「宗派主義集團」對他進行「政治陷害」

工人、農民、知識分子寫信寫稿到四川日報對邱漾（丘原）反動言論的駁斥

馬繼武說，丘原把共產黨描繪成對知識分子進行政治迫害，這是污蔑

愛容指出，丘原並不是在幫助黨整風，而是在進行無原則的謾罵

鄧科元說，丘原污蔑人民政府，把同志輕蔑成漢奸。

牛犇等抗議丘原污蔑今天的革命幹部。

馬健民對丘原誣衊靠近黨的人是洪承疇，曾國藩表示抗議。

邱原在群眾紛紛質問之下，發表了書面聲明

他說他在那次發言中說文聯的宗派主義集團對他進行政治陷害，並非事實

據邱原說他曾要求報社刪去他前次發言中把洪承疇、曾國藩喻蕭崇素一節

他同意沙汀所說，他自己上次發言把一些行政的、創作的、工作的問題攪在一起了

他認為四川日報發表的某些來信對他採取了一棍子打死的態度

他說他發表這個生命，完全出於自願

方赫說邱原的發言是不符合事實的

蕭崇素認為邱漾說文聯宗派主義集團對他進行「整治陷害」是無中生有的造謠

對文聯黨組織和領導的意見

對邱原同志發言的意見

第四輯　右派分子曉楓（即黃澤榮）誣衊四川地區是教條主義統治，力圖為資產階級文學開道的狂想破滅了

曉楓造謠說對他的反動小說的批評也是「圍剿」

《草地》編輯文辛駁曉楓的無恥讕言

《成都日報》編輯部揭露曉楓反動小說的實質

丁已批判曉楓的反動觀點

劉若揭露曉楓、流沙河之間的罪惡活動

成都日報工作人員王自柏等揭露曉楓的反共言行，閻凱揭發右派分子曉楓還是一個無惡不作的流氓

郊區農民揭露曉楓包庇地主、並用親身經歷駁斥曉楓誣衊統購統銷的反社會主義言論

文辛揭露曉楓與文聯的流沙河等右派分子相互勾結進行反共活動的情況

帥士熙說，曉楓是暗藏在新聞界的右派分子

李累指出曉楓和文聯的右派分子是一夥，他們在當前反擊右派鬥爭中，採取了完全一致的戰術

在四川省文聯對「草木篇事件」的歷史建構中，第一輯認為「草木篇」事件是兩條路線鬥爭的焦點，這為批判「草木篇」批判奠定了基調。然後以具體的文章，呈現出文藝界對於「草木篇」批判支持和反對的兩種態度和觀點，並將之歸納為兩條路線的鬥爭。其中，重點收錄了在「整風期間」，反對「草木篇」批判相關文章的觀點。最後以人民日報記者姚丹在《人民日報》發表的文章《在「草木篇」的背後》，肯定了「草木篇」批判的正確性。第二輯則以流沙河為核心，來呈現《草木篇》批判的歷史。第一個部分為流沙河「草木篇」翻案觀點，然後列出了張默生等幾人對流沙河支持的觀點，由此明確《草木篇》批判的具體對象。第二部分是李累談所謂「政治陷害」的真相，回應或者說批判流沙河的「翻案」並不真實。並且字內容上還補充了方赫的發言，以此證明李累的發言是事實。第三部分是以「讀者來信」展開對流沙河的批判。這裡既有工人、農民、知識分子代表給《四川日報》的來信，也有流沙河出生地金堂縣繡水鄉的十一人農業社社員給四川日報的來信。編選這些文章，既反駁了流沙河的言論，又挖掘出了流沙河仇恨新社會的階級根源、歷史根源，由此呈現了流沙河的嚴重問題有著歷史根源。第四部分是

四川省文聯成員李友欣、楊樹青、肖然，以及四川日報帥士熙對流沙河的批判和揭，從四川文藝界的角度，批判流沙河的翻案等言論。第五部分是流沙河交代其罪行。從流沙河的自身交代，來再次驗證了批判的正確。在這裡，流沙河不僅交代了自己的反動立場，同時交代了出了石天河的問題，進而又引出了對石天河的批判。總之，從這部選集可以看出，第一，在《駁斥「政治陷害」的謊言，右派分子流沙河歪曲、造謠，企圖擴大「草木篇」事件的陰謀敗露》中，並不是針對《草木篇》文本展開的，而是針對流沙河的觀點而展開的，所以批判的重點在於流沙河的言論。第二，由於這裡是四川文聯所建構起來的《草木篇》批判歷史，所以這一輯的目的並不在於細緻梳理《草木篇》批判的歷史，而在於批判《草木篇》作者的觀點。第三，在整個批判過程中，也呈現出一邊倒的趨勢。在編排上我們看到，流沙河有立論，就有相應的反駁。流沙河一個觀點一拋出來後，便立即會受到從四川省文聯到《四川日報》，從工人、農民、知識分子到社員的相應批判。第四，從省文聯的觀點來看，《草木篇》批判結束的主要表現在於「流沙河的交代」。也就是當流沙河交代後，特別是交代出「石天河的陰謀」活動後，《草木篇》批判就基本結束。而編輯的《四川文藝界右派集團反動材料》（會議參考文件之九）也進一步表明，「流沙河交代」後《草木篇》批判也就轉向反右鬥爭，或者說進入到「星星詩禍」階段了。

在這一編「草木篇事件」的《第三輯　揭穿右派分子邱原（即邱漾）借「草木篇」事件向黨進攻的真相》、《第四輯　右派分子曉楓（即黃澤榮）誣衊四川地區是教條主義統治，力圖為資產階級文學開道的狂想破滅了》這兩輯中，將邱原、曉楓與《草木篇》的關係，作為「草木篇事件」的主體來看。分別批判了邱原、曉楓的觀點。為何要將邱原、曉楓的問題，列入第一編「草木篇事件」呢？而張默生、李劼人、石天河、白航等的問題則是單列出來，單獨成輯呢？這讓我們看到，在四川省文聯對「草木篇」批判的建構，也就是對四川文藝界右派的認識中，邱原、曉楓與流沙河的問題是一體的。而張默生、范琰、李劼人、石天河、白航等人的問題單獨成輯，我認為主要是由於他們的身份特殊，他們在四川文藝界右派中，在整個事件中均具有一定的代表性。如張默生是四川民盟成員，范琰是《文匯報》記者，李劼人是文聯領導，白航是《星星》詩刊主編，所以要將他們單列出來。而石天河則問題最嚴重，被認為組織了「右派小集團」。而且在這幾編的所有標題中，僅有石天河被直接提出來，標題為「揭露以右派分子石天河為首的右派小集團」，成為整個運動中問題最嚴重的一個。

總之，1957 年 11 月 10 日四川文聯編印幾本會議參考資料，比較完整地呈現出了四川省文聯當時對「草木篇批判」以及「草木篇事件」的理解和歷史建構，這對我們研究「草木篇」有著重要的意義。對於這些發言，我們將在後面的論述中具體分析其背景及其觀點。但由於在這些文件在建構過程中，相關文章的內容不全，編者也沒有按照歷史時間順序來整理，並且是在編排過程中有著一定的刪減，這就在一定程度上影響了「草木篇事件」的真實歷史。由此，我們很有必要在這些參考文件的基礎上，重新呈現一個較為完整和真實的「草木篇批判」和「草木篇事件」的歷史。

## 三、流沙河「解凍說」

在《草木篇》批判之前，除了 1951 年對流沙河小說《牛角灣》的批判之外，還有就是對他「解凍說」理論的批判。對流沙河《草木篇》的批判，源於對曰白情詩《吻》的批判。對情詩《吻》的批判，又與流沙河的「解凍說」有關。所以，在進入「草木篇批判」之前，我們也必須瞭解對四川文藝界對流沙河「解凍說」的批判。

流沙河的「解凍說」這一觀點，來自於成都日報記者曉楓報導，「『星星』詩刊出版了，日內將與讀者見面。主編這個刊物的編輯興奮地告訴記者：『要是沒有黨中央提出的「百花齊放，百家爭鳴」方針，詩刊是辦不起來的。詩歌的春天來到了！不單是詩，整個文學也一樣，正在解凍。』」〔註 98〕就是這樣一個小小的報導，也出現了「小插曲」。一方面，曉楓當時所採訪的人是流沙河，但在行文中並沒有明確提出來。同時在行文中，他對流沙河身份的表達不太具體，說是「主編這個刊物的編輯」，並沒有說清楚到底是「主編」還是「編輯」。有意思的是，曉楓這次採寫中的這些「問題」，馬上就被發現了，並立即得到澄清和更正。1 月 19 日的《成都日報》，便刊登了星星編輯部的《來信更正》：星星編輯部未設主編，而且刊物的負責人同志也從來沒有提出過「解凍說」。〔註 99〕值得注意的是，黃澤榮（曉楓）也在同日的《成都日報》刊文，對相關問題予以回應，「這條消息是我採寫的，『主編』二字是我寫稿時措辭

〔註 98〕本報訊：《文壇上初開的花朵 「星星」出版》，《成都日報》，1957 年 1 月 8 日。
〔註 99〕星星編輯部：《來信更正》，《成都日報》，1957 年 1 月 19 日。

不當。消息中所引用的那段話是『星星』詩刊一個編輯——流沙河同志告訴我的。」〔註 100〕這背後發生了怎樣的歷史？實際上，在春生的批判文章之後，流沙河在《春天萬歲》中，也提到自己對《成都日報》的記者說了「春天來了」、「正在解凍」的觀點。「這裡，我有必要插一句『春天來了』『正在解凍』云云，是我對成都日報的一位記者說的。我是說那句話，並無算舊賬之意。神經衰弱的人卻把掌聲誤聽為炮聲了，而真正的炮聲尚未響呢。可笑。」〔註 101〕在這裡，流沙河不僅提到了「解凍說」，也提到了「神經衰弱的人」，表明了「解凍說」背後複雜的歷史問題。因此，曉楓的《文壇上初開的花朵「星星」出版》報導一出來，相關話題就被人關注，並引得《星星》詩刊和曉楓本人登報澄清。總之，《星星》詩刊一出刊，就已經陷入了輿論的漩渦之中。流沙河的「解凍說」，就是其中一個關節點。

關於「解凍說」問題，此後流沙河在 5 月 17 日的發言中，較為詳細地回顧了具體歷史細節，「『草木篇』被批評的前幾天捱了一頓，這就是向成都日報記者曉楓談整個文學正在解凍的問題。我的話是：『要是沒有黨中央提出的百花齊放百家爭鳴的方針，刊物是辦不起來的。詩歌的春天來到了！不單是詩，整個文學也一樣，正在解凍。』以後，常蘇民同志聽有關方面說我這話不對，把過去否定了。我說，話沒有錯，對任何一字負責。但隨後四川日報就拋出兩篇文章，一篇是春生寫的『百花齊放與死鼠亂拋』，說這是對現實的歪曲，認為像『吻』這類東西應凍結；另一篇是金川寫的『從墳場和解凍想到的』，認為這是把過去成績一筆抹殺。我寫了反批評文章，報社未發，但打了若干小樣，內部發行。石天河、儲一天也寫了文章。請常蘇民同志我伍陵同志把稿件刊出，在一天自找伍陵同志三次，終於碰壁。不久前看文匯報上許多人在談『解凍』，黃裳寫的一篇通訊的題目叫『解凍』。我那時說，詩歌的春天來到了，我說早了；我說整個文學正在解凍，說錯了，是正在結冰。」〔註 102〕此後，曉楓在《我所經歷的新中國 第一部〈翻天覆地〉》的回憶中，也引述了流沙河的這段發言。從在這裡可以看到，第一，在曉楓最初在採訪中，並沒

〔註 100〕黃澤榮（曉楓）：《是我措辭不當》，《成都日報》，1957 年 1 月 19 日。

〔註 101〕流沙河：《春天萬歲》，《是香花還是毒草？（會議參考文件之十）》，四川省文聯編印，1957 年 11 月 10 日，第 142 頁。

〔註 102〕《省文聯邀請部分文藝工作者繼續座談 圍繞「草木篇」問題發表意見》，《四川日報》，1957 年 5 月 17 日。

有直接提出「解凍說」的「主編這個刊物的編輯」是流沙河，但流沙河明確表明是自己提出來的。第二，從兩次流沙河談「解凍說」的記錄來看，表述是完全一樣的。雖然有一點區別是，流沙河的發言中說的是「刊物」，而曉楓的訪談中是「詩刊」，但這完全不影響流沙河「解凍說」的含義。流沙河認為，有了「雙百方針」，才有《星星》詩刊的創辦。《星星》詩刊能創辦，是整個文學繁榮，或者說解凍的一個表徵。所以，他以《星星》詩刊的創辦，來證實了文學的解凍。總之，流沙河提出「解凍說」，首先是出於他對《星星》詩刊創辦的欣喜。更重要的是，流沙河提出「解凍說」，也是對黨「雙百方針」熱烈歡迎。

但流沙河歡迎「雙百方針」的「解凍說」，卻首先遭到了常蘇民的反對。四川文聯副主席常蘇民成為了「解凍說」的重要批判者。流沙河說，「常蘇民同志聽有關方面說我這話不對，把過去否定了。」可見，此後李亞群在 1 月 14 日正式批判「解凍說」之前，流沙河 1 月 8 日在《成都日報》上發表的「解凍說」就已經在文聯傳開了，並受到了質疑。那麼，常蘇民何以說「解凍說」不對呢？「解凍說」理論本身，可以說是一把雙刃劍。流沙河提出「解凍說」，目的是高度讚揚「雙百方針」，但在一定程度上又否定了黨此前的文藝方針。更為重要的是，「解凍」一詞是從蘇聯傳過來的，相關文學作品帶有批判現實、揭露黑暗的特徵。眾所周知，「解凍」是愛倫堡的小說。《解凍》第一部一發表後就在社會上引起了轟動效應，「解凍才是《解凍》的主人公」。小說第一部以斯大林逝世後蘇聯國內的社會改革為背景，以伏爾加河河岸一家工廠在 1953 到 1954 年間的變化為中心，抨擊了官僚主義，高揚了人道主義精神，小說以「解凍」來影射了斯大林個人崇拜時代的結束。「寫真實」和「干預生活」，是小說《解凍》的主要特點。所以，在小說《解凍》之後，不僅形成了一股「解凍文學」潮流，而且延伸為一種批判現實、揭露現實缺點的社會思潮。但是，不久之後，這股「解凍」思潮發生了轉變。波匈事件後，赫魯曉夫 1957 年 5 月在波蘭華沙召開世界共產黨工人黨會議上正式宣布結束「解凍」，使得一些持不同政見的人流亡海外。換而言之，「解凍文學」從一開始，就並沒有得到社會主義文學的官方認可。當然，在中國「解凍」問題也一樣的複雜。一方面，面對波匈事件毛澤東提出了「雙百方針」，開展整風運動，其實本身也是「解凍」的表現，「東歐一些國家的基本問題就是階級鬥爭沒有搞好，那麼多反革命沒有搞掉，沒有在階級鬥爭中訓練無產階級，分清敵我，分清是非，分清唯心論和唯物論。現在呢，自食其果，燒到自己頭上來了。……我準備在明年展開整風運動。整頓三風：一整主觀主義，二整宗派主義，三整官僚主義。」〔註 103〕另一方面，毛澤東又極為看重思想動態的問題，「對於搞匈牙利事件那樣的反革命暴亂的極少數分子，就必須實行專政。」〔註 104〕因此，中國文學界就專門批判過小說《解凍》和「解凍說」，如馬鋼鐵廠工人理論小組、安徽師範大學理論小組的文章《「解凍」就是變天——評愛倫堡的反動小說〈解凍〉》，就是一種表現。〔註 105〕面對這樣的複雜背景，常蘇民否定了流沙河的「解凍說」是完全可以理解的。

而常蘇民僅僅是口頭反對而已，第一次真正對流沙河「解凍說」展開批判的則是李亞群。在《百花齊放與死鼠亂拋》一文中，他將流沙河的「解凍說」與曰白的情詩《吻》結合起來展開批判。他從流沙河的「解凍說」引出批判對象曰白的《吻》，再以曰白的情詩《吻》為例來批判流沙河「解凍說」的錯誤。「對此說法，有些同志大不以為然，認為這是對現實的歪曲，因為這無異乎說在『百花齊放，百家爭鳴』的方針公布之前，文藝是被凍結了的，也即是說根本沒有文藝的。這是把已經糾正的，文藝思想上的某些教條主義的缺點誇大到無邊了。的確，如其『解凍』一詞的含義作如此解說的話，我也是大不以為然的。」〔註 106〕在這篇文中，李亞群的批判的重心指向的是曰白的《吻》，那他為什麼還要同時對流沙河的「解凍說」展開批判呢？正如李亞群在文中所說，「有些同志大不以為然」，這裡「有些同志」首先就指向常蘇民。所以，流沙河在《成都日報》上提出的「解凍說」，「有關方面」不僅向常蘇民作了彙報，也向李亞群作了彙報，進而引發了李亞群的批評。換言之，作為省委宣傳部副部長的李亞群，是非常關注毛澤東所提出的「雙百方針」問題。但是在李亞群的關注中，他並不是去關注「雙百方針」本身的含義和具體實施方案，而是探討「雙百方針」的「正確理解」，特別是創作者的立場問題。有了這樣的思考後，他關注的重點便是與「雙百方針」同時出現的「凍結說」。因此，雖然李亞群在文中首先是對流沙河展開批判，但卻完全沒有涉及到流

〔註 103〕毛澤東：《毛澤東選集》，第五卷，北京：人民出版社，1977 年，第 313～329 頁。

〔註 104〕毛澤東：《毛澤東選集》，第五卷，北京：人民出版社，1977 年，第 330～362 頁。

〔註 105〕馬鋼鐵廠工人理論小組、安徽師範大學理論小組：《「解凍」就是變天——評愛倫堡的反動小說〈解凍〉》，《安徽師範大學學報（人文社會科學版）》，1975 年，第 2 期。

〔註 106〕春生：《百花齊放與死鼠亂拋》，《四川日報》，1957 年 1 月 14 日。

沙河的諷刺詩《草木篇》，而是主要批判流沙河的「文學解凍」這一觀點。李亞群認為流沙河在接受《成都日報》採訪時提到的「文學解凍」的說法，不但否定了「雙百」方針公布之前的文藝，歪曲了歷史事實，而且還把文藝思想上教條主義缺點的無限誇大，否認了黨的文藝政策，這是嚴重的政治問題。而曰白的作品，正好是「解凍」之下放出來的「壞作品」。李亞群將目標指向《吻》，則如譚興國所說，「他沒有談《草木篇》，而批評《吻》。在五十年代那個既純樸又保守的社會風氣之下，談性色變，男女之間連在大街上拉拉手都會被認為『作風問題』，《吻》還能不受批評？他似乎是想藉此『小題大做』，提醒『星星』的編者，要正確貫徹雙百方針，不能什麼都亂放一氣。」〔註 107〕可見，此時的流沙河，其「解凍說」的問題，遠遠大於《草木篇》的問題。

由於有了李亞群的批評，在他文章刊出後的第二天，《成都日報》便立即刊出了星星編輯部的《來信更正》，從「『星星』詩刊並未設有主編」到否定「不單是詩，整個文學也一樣，正在解凍。」〔註 108〕值得注意的是：第一，這封《來信更正》主要是針對曉楓在《成都日報》上對「星星」創刊號出版的新聞而引起的，而並沒有談論「解凍說」。因此在內容上主要是更正了一個問題，即星星詩刊並未設主編，更為重要的是星星負責人也並未提出過「解凍說」。第二，比較奇怪的是，《來信更正》也否定了《四川日報》同日出版的金川《從「墳場」和「解凍」想到的》一文所引述的「解凍說」。為什麼同日的《成都日報》能引述同日《四川日報》上的文章呢？為什麼星星編輯部要如此迅速地發表「更正」，說明星星詩刊未設主編，而且負責人也未提出過「解凍說」，以此來撇清與「解凍說」之間的關係呢？我們知道，在 1 月 14 日李亞群發表文章批判「解凍說」和曰白的《吻》之後，1 月 15 日金川又再次將批判的矛頭指向「解凍說」，這不得不讓星星編輯部感到了批判的壓力，所以不得不以編輯部的名義來澄清事實。第三，這篇《來信更正》以「刊物的負責同志」的口吻，所以應該是白航所為。他之所以要發表這樣一個《來信更正》，表明他也瞭解到了具體的歷史背景。但是，為了能讓《星星》能辦得更長久一些，所以白航也不得不以星星編輯部的名義，拋棄「解凍說」。

由於在李亞群的批判中，並沒有對流沙河的「解凍說」予以具體分析，所以對「解凍說」展開具體的理論批判，成為了下一步的任務。這一任務，是

〔註 107〕譚興國：《草木篇事件的前前後後》，內部自費印刷圖書，2013 年，第 49 頁。
〔註 108〕星星編輯部：《來信更正》，《成都日報》，1957 年 1 月 19 日。

由金川來完成的。而在金川的文章中，他首先提到了「墳場說」：「『草地』1956年 9 月號登載過一篇文章，慨歎『百花齊放，百家爭鳴』方針提出以前的一段期間內，我們的文藝園地『荒涼得像墳場』，在這座『荒園』裏，『只有那聒噪耳的不祥的烏鴉聲』，『零落地開放著並不十分鮮妍的野草閒花』。」進而在「墳場說」的基礎上，金川的文章進入到了流沙河的「解凍說」。而將「文藝園地荒涼得像墳場」的「墳場說」與「整個文學正在解凍」的「解凍說」相提並論，無疑認為「解凍論」與「墳墓論」有著相同的錯誤性質。可見，金川不僅能很快在李亞群之後就展開對「解凍說」的批判，而且也完全瞭解「解凍說」出自於流沙河。另外，從時間來看，《四川日報》在發表了李亞群的《百花齊放與死鼠亂拋》之後的第二天，便發表了金川的同樣內容的文章。應該說，雖然我們不知道署名「金川」的作者到底是誰，但《四川日報》對流沙河「解凍說」和曰白《吻》的批判，應該是一次有組織的事件。在論證過程中，金川針對「解凍說」還提出了如何估計過去一段時間文藝戰線上成績的「解凍之前」的問題，然後以中國作協、四川文藝界的創作實績說明，「解凍之前」的文藝戰線上也取得了豐碩的成績。「『墳場』和『解凍』的含意，無外乎是詛咒過去而已。……昨天並沒有錯，不要為了歌頌今天就全盤否定昨天。今天值得歌頌，而且應當努力地去歌頌；但今天的一切，與昨天是有血緣關係的。」〔註 109〕最後他認為，為了歌頌今天就全盤否定昨天的「解凍說」，這種觀點是完全錯誤的。金川在批判流沙河的「解凍說」時提到這些「運動」，無形中便將流沙河的問題提升到了資產階級唯心主義問題、胡風問題的嚴重程度。

雖然這李亞群、金川對「解凍說」的批判，均沒有點流沙河的名。但由對流沙河「解凍說」的批判，引發了對《星星》詩刊的批判，最後引來了作為《星星》執行編輯石天河、「解凍說」作者流沙河和儲一天的三篇反批評文章〔註 110〕，成為了一個大事件。石天河與儲一天的文章我們後面再談，這裡主要分析流沙河的文章。流沙河的《春天萬歲》〔註 111〕便是直接反駁李亞群和金川的「解凍說」文章。在文中，他以雜文的筆法來回應春生的批評，「阿 Q 一向怕聽『光』『亮』『燈』等等字眼。因為他害過癩瘡，髮脫甚多，頭皮既

〔註 109〕金川：《從「墳場」和「解凍」想到的》，《四川日報》，1957 年 1 月 15 日。

〔註 110〕三篇文章後來均收入四川省文聯編印的《是香花還是毒草？》（會議參考文件之十）。

〔註 111〕流沙河：《春天萬歲》，《是香花還是毒草？》（會議參考文件之十），四川省文聯編印，1957 年 11 月 10 日，第 142 頁。

『光』且『亮』，頗似一盞『燈』之故。」流沙河這樣的反駁，實質上帶有一定人身攻擊。然後他接著說，「詩歌的『春天』來了嗎？來了。北京辦『詩刊』，成都辦『星星』，『長江文藝』出詩歌專輯，大批新人湧現詩壇，一些停筆多年的老詩人提筆了，愛情詩的公開路面，舊體詩取得合法的地位，詩歌題材領域的廣闊化，感情領域的豐富化……這不是『春天來了』，又是什麼來了呢？」進而提出，「教條主義曾經鎖住了文學的某些領域，真正的文學依舊存在著，掙扎這，奔跑著。我還不會那樣糊塗，認為既然『凍』了，也就『根本沒有文藝了』。」在文章的最後，流沙河激動地喊出了「春天萬歲」、「解凍萬歲」的口號。值得注意的是，第一，流沙河在這裡只回應了春生的觀點，並沒有提到 1 月 15 日金川的文章。而且，流沙河的這篇反批評文章，也並沒有直接回應春生文章中對「解凍說」的批判。第二，在文章中，在「正在解凍」的「解凍說」基礎上，提出「春天來了」，並喊出「春天萬歲！」「解凍萬歲！」的口號。這似乎表明，此時流沙河雖然竭力為「解凍說」辯護，但還是不想太突出「解凍萬歲」。第三，流沙河文章的標題，也不敢大膽地針對春生對「解凍說」而寫《解凍萬歲》，而取名為《春天萬歲》。這些表明，流沙河雖然竭力在為自己辯護，但他也意識到了「解凍說」理論本身有難以辨別清楚的政治問題。與其說在為「解凍說」辯護，毋寧說是一種不妥協的姿態。

但是，流沙河的《春天萬歲》這篇回應文章，與石天河的《詩與教條——斥「死鼠亂拋」的批評》和儲一天《「死鼠」與「吻」》一樣，都未能在《四川日報》上刊登，僅在內部傳閱。帥士熙的回憶，就專門提到了流沙河《春天萬歲》中的問題，「流沙河的文章則認為批評『吻』的人是『阿 Q』，是『髮脫甚多，頭皮既光且亮』，並且說批評他把文藝現狀刻畫為『解凍』的人就是神經衰弱者。這與他在文聯侮罵省委的部長的話是一回事情。流沙河在文章中還寫道：『這些人，把掌聲誤聽成炮聲了，而真正的炮聲還未響呢？』儲一天把『吻』與普希金和郭沫若的某些詩類比，把批評『吻』的春生形容為『打漁殺家裏的教師爺』。從這些罵人的話裏可以看出，他們的目的不在於討論文藝問題，不在於對某一文藝問題發表不同意見，他們只是假借反批評之名來辱罵黨對文藝工作的領導，以達到削弱黨對文藝的領導的目的。」〔註 112〕帥士

〔註 112〕《省文聯繼續舉行作家、詩人、批評家座談會 駁斥張默生流沙河等的錯誤言行 傅仇對文匯報歪曲報導有關「草木篇」問題提出抗議》，《四川日報》，1957 年 6 月 29 日。

熙認為流沙河以阿 Q 來映像批判他的人，這是對文聯領導的辱罵。這不僅辱罵了文聯領導，進一步來說，也是否定了黨對文藝工作的領導。所以帥士熙得出的結論是，流沙河的反駁文章《春天萬歲》，其目的是「為了削弱黨對文藝的領導」。其中最值得注意的是，帥士熙提到流沙河對文聯領導、省委領導的人身攻擊問題。加上流沙河在討論過程中的一系列過激言論，也就必然引起更大的反駁、批判。所以，此後流沙河的「解凍說」已經不再是關注的重點問題了，他的《草木篇》便被凸顯出來。而關於「解凍說」，也僅有《紅岩》上發表了楊甦的《論「解凍」及其他》。在《「解凍」以後怎麼辦？》這一節中，他對流沙河的「解凍說」展開了集中反駁，但這可算作對流沙河「解凍說」批判的餘音。楊甦直接批判「解凍說」是否定過去，「把過去說成一團漆黑，說成是墳地，說成是冰封的世界，……我們可以說，『百花齊放、百家爭鳴』的方針，是既往而開來。那些企圖把過去說成一團漆黑，說成是墳地和說成是冰封的世界的一切謊話，都是經不起事實的反駁的。」另一方面更進一步批判了流沙河的其他問題。「我們還暫時不去管所謂的『解凍』的謊話，我們還是來看一看，『解凍』以後怎麼辦？原來，與『解凍』的叫喊相呼應，在『星星』的創刊號中發出一片歡迎的呼聲。」在《「解凍」以後怎麼辦？》這一節中，在「解凍說」的基礎上，進一步延伸到「解凍以後」《星星》詩刊的《稿約》中的問題：取消社會主義文學的戰鬥任務，放鬆了或者放棄了文學為工農兵及革命知識分子服務的莊嚴使命，號召作家或詩人脫離實際鬥爭。〔註 113〕在這篇文章的另外一個部分，有題為《孤獨的幽靈》評論流沙河《草木篇》的專節，認為「解凍之後」作品《草木篇》是流沙河放出來的「蔑視現在」的「立身哲學」，「解凍說」理論本身的問題已經逐漸被淡化。

總之我們看到，在相關文章批判流沙河的「解凍說」之前，他的這個觀點就已經引起了省文聯的注意，並遭到了文聯相關領導如常蘇民的否定。但李亞群對流沙河「解凍說」和曰白《吻》的批判，卻引起了石天河、流沙河的過激反應。他們不僅在各種場合有過激的言論，也有過激的行為，進一步加劇了四川省文聯領導批判《星星》詩刊相關問題的決心。因此，文聯對流沙河「解凍說」和曰白《吻》的小型批判不斷升級、擴大，並逐漸聚焦到了流沙河的《草木篇》，直到最後形成四川省文藝界的右派集團。所以，此時文獻對

〔註 113〕楊甦：《論「解凍」及其他》，《紅岩》，1957 年，第 3 期。

流沙河「解凍說」的批判，已經結束。但對流沙河的批判卻剛剛開始，只不過從對「解凍說」的批判，轉向了對《草木篇》的批判。

## 四、《草木篇》問題的發現

關於流沙河的《草木篇》事件，其實在《草木篇》正式發表前，該文本就已經被關注了，特別是在省文聯、省委宣傳部就已被重點關注了。儘管鐵流說，「1956 年流沙河被文聯派往北京參加中國作協舉辦的『青年文學創作講習班』輪訓，10 月學成歸來。在回成都火車上寫成的。……寫好後一直棄置未用。1957 年 1 月《星星》創刊，恰好有一空白，白航叫他選一稿作補白，便將《草木篇》填上。」〔註 114〕但正如我們前面的論述所看到的，《草木篇》從《四川日報》上「星星創刊號內容預告」中「生活慢吟」中的一首詩，到最後《星星》正式創刊號中升格為一個「散文詩」專欄，這樣一個特別行為，肯定會引起特別的注意。

《草木篇》的第一個讀者是石天河，而《草木篇》問題的發現者則是李累。李累就有兩次提出過《草木篇》有問題，他與《草木篇》批判有著重要的關係。第一次是在《草木篇》發表前，石天河回憶了《草木篇》發表前的李累發現《草木篇》問題的細節。他說，「在《草木篇》由流沙河交給我的時候，發稿之前，李累曾拿去看過，並私下向我說：『這篇東西，有點像王實味的《野百合花》，是不是不發？』」〔註 115〕從這裡可以看出，流沙河首先將《草木篇》交給了石天河，石天河是《草木篇》的第一個讀者。同時由於是《星星》詩刊是官方刊物，是四川省文聯的「第二刊物」，所以「發稿前，李累曾拿去看過」。我們知道，李累當時是四川省文聯創研部部長（即作協主席），而且分管《星星》，是主管《星星》的負責人，所以《星星》詩刊創刊號這麼重要的一期，在發稿前他必須要瞭解和查看的。換句話說，《草木篇》問題的發現，是作為《星星》主管領導的李累，在審閱《星星》創刊號稿件過程中發現的。但他如何注意到《草木篇》的問題，或許就與《星星》詩刊在創刊號中特闢「散文詩」專欄，將《草木篇》升格有關。《星星》詩刊創刊號為《草木篇》特設的

〔註 114〕鐵流：《反右鬥爭前奏曲〈草木篇〉事件》，《我所經歷的新中國 第一部〈翻天覆地〉》，無版權頁，第 356 頁。

〔註 115〕石天河：《逝川憶語——〈星星〉詩禍親歷記》，香港：天馬出版有限公司，2010 年，第 25 頁。

如此醒目的一個專欄，而且又只有流沙河的一組散文詩，這肯定會引起李累的注意。不管是否是因為「設專欄」的這個原因，此時的李累是在審稿過程中發現了《草木篇》的問題。於是他便私下找到作為執行編輯的石天河，並對石天河說《草木篇》像《野百合花》，建議不發。不過，石天河卻有自己的想法，「我當時並不認為《草木篇》是多麼好的作品，只是覺得，在當時的詩壇上，學馬雅可夫斯基的『梯形句式』以豪言壯語作宣傳的朗誦詩、學伊薩可夫斯基寫『愛情＋獎章』的抒情詩、以及順口溜式的歌謠體詩、長期充斥於詩壇的情況下，『散文詩』已很少見到，要『百花齊放』，散文詩的形式，也是不可少的。而且，王實味的《野百合花》是雜文，《草木篇》是散文詩，並無相似之處。加上，我自己對《草木篇》那種『寄言立身者，勿學柔弱苗』的內涵，即提倡獨立人格的精神，是有同感的。感到它對在官僚主義領導長期壓抑下、人格尊嚴被壓扁了的知識分子，有激勵的作用。所以我對李累的話，不以為然，沒有去作仔細的思索，更沒有多作利害的考慮。便硬性地決定，發了。」〔註116〕在這一次，石天河堅持自己的詩學觀念和編輯思想，對「李累的話不以為然」，不僅沒有聽取李累的意見，也沒有向白航反映《草木篇》的問題，而是直接在《星星》創刊號上把《草木篇》硬性發出來了。所以，李累第一次對《草木篇》問題的提示，沒有引起石天河，或者說星星編輯部的重視。

李累第二次發現《草木篇》的問題，是《星星》詩刊正式創刊後。在1957年8月初，四川省文聯批判白航在「二河」的反共小集團中充當黨內坐探時，著重談到了李累發現《草木篇》問題細節，「《星星》詩刊創刊號出版以後，李累同志看了流沙河的《草木篇》，覺得味道不對，就當著文聯黨組書記常蘇民同志的面向白航提出自己的看法，說，看了流沙河的《草木篇》，很容易叫人想起王實味的《野百合花》，當然，絕對不是說流沙河在政治上和王實味一樣。」〔註117〕從這裡可以看出，由於石天河沒有採取李累「不發《草木篇》」的建議，在《星星》創刊號上發表了《草木篇》，引起了李累極大的不滿。於是在《星星》創刊號出版後，李累再次把草木篇的問題向星星編輯部主任白航反

〔註116〕石天河：《逝川憶語——〈星星〉詩禍親歷記》，香港：天馬出版有限公司，2010年，第25頁。

〔註117〕《省文聯揭發黨內右派分子白航 他在石天河流沙河的反共小集團中充當坐探》，《四川日報》，1957年8月8日。

映。在這第二次，李累是向白航所提到的《草木篇》的問題，與此前第一次給石天河提到《草木篇》的問題一模一樣。這表明，李累對《草木篇》的問題一直耿耿於懷。特別是由於第一次石天河並沒有按照他的意見來處理《草木篇》，這便使得李累對此事高度重視。由此，李累第二次提出《草木篇》問題的時候，為了引起星星編輯部的注意，不但是向白航反映，而且還當著四川文聯黨組書記常蘇民的面提出，表明問題的嚴重性。此時，他還當面向常蘇民、白航提到，省委宣傳部的一個同志對《吻》的意見。這其實是李累借省委宣傳部對《吻》的批判，表示省委宣傳部肯定支持對《草木篇》的批判。可以看出，在第二次，李累試圖借省文聯、省委宣傳部來影響星星編輯部，讓他們重視《草木篇》的問題，並立即對《草木篇》的問題作出處理。

但令李累失望的是，他兩次對星星編輯部的提醒，都沒有得到《星星》詩刊，以及省文聯的相應支持。在第一次，石天河沒有聽取李累的意見，還將《草木篇》發表在了《星星》創刊號上；而在第二次，星星編輯部主任白航也沒有聽取李累的意見，白航不但說這些意見是「絲毫不加考慮」的想法，甚至還認為這是李累故意挑毛病，認為省委宣傳部對新出刊的《星星》詩刊不支持。與此同時，白航還將李累的對於《草木篇》的意見轉給了石天河，而石天河又將這個意見轉給了流沙河，引起了星星編輯部的連鎖反應，引出了更大的過激行為。在《草木篇》的問題上，我們看到，李累發現了問題，但星星編輯部的白航、石天河、流沙河均不支持甚至毫不理會李累的觀點。可以肯定，星星編輯部的這些行為，特別是對李累意見的不重視，這肯定讓作為《星星》負責領導的李累極為不滿。而且從李累的第二次彙報來說，文聯的黨組書記常蘇民也沒有表態，應該是持中立態度。由此，向更高的領導反映《草木篇》的問題，尋求更高領導的支持，或許就成為了李累的選擇。關於更高的領導，也就是四川省委宣傳部領導是如何發現《草木篇》問題的，我們也沒有更多的資料來確證這與李累的彙報有關。當然也不能否認，是李累向上級作了彙報。但有一點是可以肯定的，由於李累對星星編輯部的不滿，使得他多次提到了《草木篇》的問題，或者在不同場合提到《草木篇》的問題，讓更多的人瞭解到這一事件。另外，李累在給省委領導彙報工作的過程中，就完全有提到《草木篇》的可能。正如石天河所說，「由於李累事先曾經警告我，說《草木篇》有點像《野百合花》。我想，肯定是他對《草木篇》的這種印象，提醒了宣傳部的幾位高幹，確定了對《草木篇》批判的意向，並以此加人對《星星》

打擊的強度。」〔註 118〕所以，《草木篇》能引起省委宣傳部的注意，乃至被後來確定為重點批判對象，就完全與星星編輯部漠視李累的意見有直接關係了。

正是由於李累對《草木篇》的「壞印象」，以及星星編輯部對李累意見的不支持，這使李累非常不高興，於是揪住《草木篇》的問題不放。與此同時，省委宣傳部的兩位副部長明朗、李亞群，也都發現了《草木篇》的問題，而且也不約而同地認為《草木篇》有問題。明朗回憶說，「我偶然翻《星星》詩刊，見到流沙河的這組詩，因我長期在部隊工作，強調的是集中統一，步調一致，於是冒叫了一聲：『這個詩味道不對啊！』引起李亞群同志的注意，他是分管文藝的內行，經他品評，也認為有問題，於是寫了批評文章。……如果說『鳴放』是以言定罪，《草木篇》則是當代的文字獄。這件事我雖是始作俑者，卻萬萬沒有料到演變成這樣的結果。」〔註 119〕明朗說他一看到《草木篇》，就覺得作品有問題，最後說自己的是《草木篇》批判的「始作俑者」，這或許也是真實情況。在這裡明朗提到自己偶然翻看《星星》詩刊，並不是由李累的彙報而發現了《草木篇》的問題的。並且還說，經由他的提醒，才引起了另外一位副部長李亞群的注意，進而寫出了批判文章。由於明朗特殊經歷，所以他偶然一下子就發現了《草木篇》的問題也是有可能的。譚興國提到此事說，「（明朗）解放後在川東行署任宣傳部長，合省後任四川省委宣傳部副部長，主管宣傳、文藝工作。西康併入四川，才將文藝工作交李亞群管。他寫詩，尤其擅長散文創作。黎本初的文章，就是明朗鼓動寫的。兩位副部長都發覺了《草木篇》的問題，這在省委大院自然就不是『秘密』了。壓力首先就落在了李亞群身上。文聯是歸他管轄的，《星星》詩刊是得到他的支持並由他向省委報告批准創辦的，連《星星》編輯部的人事安排也是文聯黨組提出經他批准同意的。他不能不表示態度。於是，他用擅長的雜文形式，寫下了那篇《百花齊放與死鼠亂拋》。」〔註 120〕明朗說是他提醒了李亞群后，李亞群才寫了批判文章。但我們看到，李亞群的文章《百花齊放與死鼠亂拋》，卻並不是批判《草木篇》的，而僅僅是批判了流沙河的「解凍說」。批判《草木篇》的第一

〔註 118〕石天河：《逝川憶語——〈星星〉詩禍親歷記》，香港：天馬出版有限公司，2010 年，第 29 頁。

〔註 119〕明朗：《「整風反右」》：《當代四川要事實錄》，第 2 輯，成都：四川人民出版社，2008 年，第 10 頁。

〔註 120〕譚興國：《草木篇事件的前前後後》，內部自費印刷圖書，2013 年，第 47～49 頁。

篇文章，卻是由《草地》主編李友欣來完成的。所以，明朗的相關回憶，將很多的事實混在了一起，有不確切之處。總之，不管明朗是否是《草木篇》批判的始作俑者，但從這裡可以看出，對《草木篇》批判已經從四川省文聯的層面上升到了省委宣傳部，乃至省委層面。

但如果回到事件的原初，李累最初又是如何盯上《草木篇》的呢？僅僅是因為《草木篇》欄目的「升格」嗎？他為何要緊緊盯著流沙河不放呢？他與流沙河之間有著怎樣的關係呢？除了在《星星》創刊號上為《草木篇》有特設醒目的「散文詩」專欄這個原因之外，曉楓、茜子、邱原等都認為對《草木篇》的批判，這「完全是人與人之間矛盾引起」。如鐵流回憶說，「又一晚我去茜子家打探，他告訴我說這組散文詩根本不是批評者所說的那回事，完全是人與人之間矛盾引起。……流沙河年輕氣盛，又有點恃才傲物，加之性格較為坦誠直率，不知不覺地傷害了一些人。比如 1955 年『機關肅反』，他曾作為『打虎隊員』看管過我和茜子，結下宿怨，後來他發覺做得過火，主動公開向我們兩人道歉，才言歸於好。去年省文聯團支部改選支委，他在會上公然這樣說：『今天選出的五個支委我不同意，首先要反對四個人。第一個是我，因我不夠條件作支委；第二個是傅仇（詩人），因為他是國民黨的警犬（傅中共建政前為生活所迫，當過國民黨水上警員）；第三個我反對席向，因為他是國民黨打手（席中共建政前參加過三青團，並出任區分隊長）。還有楊樹青（曾充當過地主還鄉團的隊員），他殺過人……』一時搞得會場僵持，使大家下不了臺，你看看我，我看看你，而他說的又是事實，無法反駁，被指責的人當然只好將不滿深埋心裏，尋求報復機會。」〔註 121〕同樣，石天河也認為《草木篇》批判，與省文聯內部複雜的人事關係有關，「當時，我覺得，《星星》詩刊的橫遭批判，與我之受到進一步的打擊，……另一方面，也由於四川文聯內部，存在著宗派主義的傾軋。因為，四川文聯的文藝幹部，本來是從川東、川南、川西、川北四方面調到一起來的。人和人之間，一開始就不免會有一些感情隔膜、個性與作風不協調、領導與被領導關係不相適應的矛盾。加上，從『反胡風』、『肅反』運動中積累起來的人際關係被破壞而形成的嫌隙，互相猜忌、勾心鬥角的情況，便在暗中發展起來。」〔註 122〕同樣，這裡石天河

〔註 121〕鐵流：《我所經歷的新中國 第一部〈翻天覆地〉》，無版權頁，第 354～355 頁。

〔註 122〕石天河：《逝川憶語——〈星星〉詩禍親歷記》，香港：天馬出版有限公司，2010 年，第 35 頁。

也談到了他自己與李累之間的矛盾關係。在 1954 年石天河批判了李累表現農村統購統銷的劇本《螞蟥》，引起了李累的不滿，由此之後便有了李累對他的報復。

問題的複雜性在於，按譚興國的說法，李累與流沙河之間有著極好的個人關係，李累對流沙河也非常看重。「《草木篇》事件之前，流、李之間的關係是好的。李累對流沙河非常看重，出席北京的會議，李累是四川代表團的領導，推薦流沙河到『講習班』的是李累；四川大型文學創作會議，李累是主持人，他在總報告中，對流沙河、曉楓等人的創作，給予肯定；安排流沙河在詩歌創作組作總結發言人的是他；推薦流沙河作《星星》編輯的，也是他。」〔註 123〕同樣，李累在 1956 年的總結報告中，還還給了流沙河高度的評價，「偉大的農業合作化運動，是我們取之不盡，用之不竭的創作源泉。詩集『農村夜曲』和散文集『窗』（流沙河作），其中部分詩歌與散文，細緻，精巧地描寫了農民的平反生活，生動地刻畫出了人們的思想感情；特別是組詩『在一個社裏』，是受到許多讀者歡迎的好作品。」〔註 124〕但實際上，這些表面關係，也不能否定流沙河與李累二人之間掩藏著的深層矛盾。流沙河自己就談到過李累對他的不滿，「在肅反的會上，我和另一個叫丘原的好友，我們都是熱愛黨的，心裏就不安逸，就跟他遞了個條子。寫起打油詩，填起詞，譏諷。李累（文聯領導）看見了，走來一把就條子抓過去，李累大怒。條子是將就《紅樓夢》中間薛寶釵那個『縱然是齊眉舉案，到底意難平』，我填的是，『縱然是加薪添錢，到底意難平』。李累拍桌吼問，『啥子意難平？』多虧這個事情，我就沒有進入積極分子行列。本來是積極分子，後來我就被刮出來了，刮出來就只有資格去守老虎——去看守關起的那些人。」〔註 125〕此時，由於流沙河的人對肅反的不滿，也直接導致他了對李累的不滿。雖然流沙河在後來的回憶中以調侃的話語說，「多虧這件事，我就沒有進入到積極分子的行列」，但從這裡可以看到，此後流沙河被「刮出來」，就感覺不公道，心中不服。所以，他與李累之間矛盾由此而誕生，而且愈演愈烈，他們之間的友誼蜜月期也就徹底結束。

---

〔註 123〕譚興國：《草木篇事件的前前後後》，內部自費印刷圖書，2013 年，第 83 頁。

〔註 124〕李累：《我的文學創作——在四川省文學創作會議上的報告》，《草地》，1957 年，第 1 期。

〔註 125〕何三畏整理：《「如果不寫這個，我就來還要當右派」——流沙河口述「草木篇詩案」》，《看歷史》，2010 年，第 6 期。

李累與流沙河之間的矛盾越來越大。在 1957 年 6 月 13 日的文聯座談會上，李累就詳細談到了此前流沙河的「異常表現」。流沙河由於肅反事件後對李累，以及相關黨團生活不滿的進一步升級，也引起了文聯黨支部書記李累對流沙河的不滿，進而對《草木篇》予以「特別關注」。此時流沙河的「異常表現」是：第一，出席青創會的相關問題。李累說，「早在 1956 年 2 月，文聯團組織就召開大會，對流沙河同志進行過批評和教育。那時文聯黨組織向行政推薦流沙河為代表，出席全國青年文學創作者會議。當時，有一部分團員同志和青年同志，認為流沙河太孤高自大，驕傲自滿，平時自由主義很嚴重，不宜參加。黨支部為了說服大家，也為了幫助流沙河克服缺點，曾召開黨、團員聯席會議。讓同志們給他提了些意見，流沙河得以到北京開會，並留在北京中國作家協會文學講習所學習、深造。可是，流沙河自這一次會議後，對同志們的批評很不滿意。並說這些批評使他消沉，變得虛偽。」〔註 126〕第二，是關於流沙河的團生活問題。李累也提到，「1956 年 11 月初，匈牙利事件爆發以後，流沙河表現得更不好，對團組織就越來越疏遠。團的生活，他高興參加就參加，不高興參加就不到會，或是半途離席而去。團支部書記陳之光同志曾經向他徵求意見，他說：『我何必虛偽的坐在那裡呢？』在團小組會上，對知識分子思想改造問題，流沙河說：『過去對知識分子的思想改造是錯誤的，越改造越壞。』『我為中國的知識分子軟弱感到羞恥！』同時，流沙河把一部分團支委和靠攏黨的同志，譏笑為『逢迎拍馬』的『小人』。」第三，是流沙河散佈反蘇、反社會主義言論的問題。「這段時間，流沙河還散佈了一些反對蘇聯、誣衊蘇聯的言論，反對社會主義的言論，……鬧得機關烏煙瘴氣，個個同志憤慨。黨、團支部又對流沙河進行過批評教育，但無效果。」〔註 127〕從這些事實可以看出，作為創作輔導部的部長，特別是作為分管《星星》詩刊的李累，已經對流沙河有了徹底的轉變。雖然此前李累極為愛才，是在他的極力推薦下流沙河才參加了全國青年文學創作者會議，也是在他的推薦下流沙河才成為了《星星》的編輯。但經過這些「異常表現」，李累對流沙河的不滿已經達到了頂點。同樣在這次座談會上，李伍丁還補充了一些關

〔註 126〕《對流沙河進行所謂「政治陷害」是不是事實？省文聯昨日召開座談會弄清真相判明是非》，《四川日報》，1957 年 6 月 14 日。

〔註 127〕《對流沙河進行所謂「政治陷害」是不是事實？省文聯昨日召開座談會弄清真相判明是非》，《四川日報》，1957 年 6 月 14 日。

於流沙河的歷史問題，作為文聯的一員，他也不滿意流沙河的「異常表現」，這讓我們看到了李累要拿流沙河「開刀」的另一個重要原因，「那時我都感到必須向流沙河同志進言，因為發展得已經很不像話了。我找李累，建議他批評流沙河同志，必須對流沙河進行嚴峻的教育。……他說，流沙河同志這種言行，已經引起文聯內部的同志們的不滿。」〔註 128〕作為文聯的一份子，李伍丁也著重談到了流沙河的言行，不僅認為流沙河發展得「不像話」引起了文聯內部的同志的不滿，而且建議對流沙河進行嚴峻的教育，以打擊這股邪氣。

從這些敘述中我們看到，李累對《草木篇》不好印象，直接與流沙河本人有關。流沙河由於肅反後等一系列的事件而對文聯黨團領導不滿，形成了他在省文聯自由散漫的工作態度。對此作為文聯黨支部書記的李累對他很有意見，雖然一度給予了流沙河轉變的機會，但在 1956 年後的流沙河似乎並未領情，其「異常表現」更加變本加厲，這也就使得李累一直抓著《草木篇》不放，啟動了對流沙河散文詩《草木篇》的批判。

## 五、《草木篇》批判的第一篇文章

由於流沙河的「異常表現」，以及李累、明朗等領導對《草木篇》的「壞印象」，對《草木篇》的批判行動便正式開始了。很快，由《草地》主編李友欣寫出了批判《草木篇》的第一篇文章。我們先來看曦波（李友欣）《「白楊」的抗辯》的這篇文章，該文有兩個部分，並出現過三個版本。第一個版本是 1957 年 1 月 17 日《四川日報》的《「白楊」的抗辯（外一章）》，僅只有前兩章；第二版本是 1957 年《草地》8 月號上的《白楊的抗辯（續四章）》，只有後四章；第三本版本是 1957 年 11 月 10 日四川省文聯編印的《「草木篇」批判》（會議參考資料之七）中收錄的《「白楊」的抗辯（外五章）》，全文收錄。由於《白楊的抗辯（續四章）》發表於在後，故在《草木篇》早期批判中，並沒有涉及到該文後四章的內容。在前兩章中，李友欣就直接點名批判流沙河，「可是你呵，寫詩的流沙河！在鮮血綻出花朵，眼淚變為歡笑的今天、卻把我當作你筆下的奴僕，曲解我的精神，任意把我作賤！你沒有睜眼看看在我的周圍，在我們廣大的平原，已經栽種了一片片、一行行的樹苗。它們今天

〔註 128〕《對流沙河進行所謂「政治陷害」是不是事實？省文聯昨日召開座談會弄清真相判明是非》，《四川日報》，1957 年 6 月 14 日。

雖然幼弱，明天卻要拔地而起、枝幹參天！它們都是我的兄弟姐妹呵！看著它們，我高興得鼓掌歡笑，我一點也不孤單！……我望著她那蛇樣的身材，絲樣的手臂，不由得笑出聲來。……在今天，誰也沒有要你彎腰的時候，你的豪言壯語，只不過是作勢弄態。」〔註 129〕文章中，李友欣以《草木篇》筆調，讓「白楊」對流沙河抗辯。直接點了流沙河的名「可是你呵，寫詩的流沙河！」，所以此時《草木篇》批判的實質，是對有著「異常表現」的流沙河本人的批判。

在「草木篇批判」中，為什麼由李友欣來完成第一篇批判文章呢？最先發現《草木篇》問題是李累，此後省委宣傳部部長明朗、副部長李亞群也都發現《草木篇》的問題，但為什麼《草木篇》的第一篇批判文章是李友欣來完成呢？《草木篇》批判背後，不僅是由於省文聯、省委宣傳部的關注，而是有著更為複雜的歷史原因。石天河提到了這次批判背後的一些事實，「大概就在《白楊的抗辯》發表之後不久，在文聯召開機關大會對我進行批判之前，李友欣把我約到他的房間裏，向我談《草木篇》的問題。他認為，流沙河這個人，確實是對共產黨抱有『殺父之仇』之不滿情緒的，文聯領導瞭解他的很多情況，從他所表現的思想情感來說，那內心是很陰暗很反動的。……他當時可能已經知道了某些信息，上面已經確定了把《草木篇》作為批判的重心。他找我談話，顯然是想憑他與我的多年友誼，把我與流沙河拉開距離，以免我捲入事件的漩渦中心，遭到滅頂之災。」〔註 130〕顯然，作為省文聯領導的李友欣，是省委宣傳部對《草木篇》批判的部署和計劃的一個環節。按照石天河的說法，「其所以由李友欣寫第一篇批判文章，也可能是會商時決定的，或是李友欣自動請纓打先鋒的。」〔註 131〕由李友欣來寫第一篇批判文章，或許是會商決定的，也可能是李友欣主動請纓。但從相關歷史背景來看，承擔批判流沙河的《草木篇》這樣一項政治任務，讓與流沙河並無直接個人恩怨的李友欣來完成，也應該是四川省文聯的一個較為合理安排。據介紹，「李友

〔註 129〕曦波：《白楊的抗辯（續四章）》，《草地》，1957 年，第 8 期；《「白楊」的抗辯（外五章）》，《「草木篇」批判》（會議參考資料之七），四川省文聯編印，1957 年 11 月 10 日，第 3～5 頁。

〔註 130〕石天河：《逝川憶語——〈星星〉詩禍親歷記》，香港：天馬出版有限公司，2010 年，第 27～29 頁。

〔註 131〕石天河：《逝川憶語——〈星星〉詩禍親歷記》，香港：天馬出版有限公司，2010 年，第 29 頁。

欣是河南人，大概是從學生時期參加愛國進步活動，四十年代參加革命地下工作入黨，後來轉到解放區作新聞工作。南京解放後，在《新華日報》工作。從 1949 年 8 月，由南京出發，進軍西南，他和我就同在二野西南服務團川南支隊第四大隊（文化新聞工作幹部的大隊）。到川南瀘州後，我們又同在《川南日報》工作，他任副刊主編時，我先在他領導下作副刊編輯後調作『讀者服務組』組長。後來他調任川南文聯主席，由我接編副刊。我調川南區黨委宣傳部作秘書時，雖然不在一起，仍然常有往來。1952 年 9 月後，川南、川北、川東、川西四個行政區合為四川省，我們都到了成都。」〔註 132〕可以說，李友欣與身處川西文聯的流沙河完全無直接交集，所以他由寫出了批判《草木篇》的第一篇文章，體現出這次批判並無人際糾葛問題。另外，李友欣與石天河長期共處，也可以藉此孤立流沙河。所以，我們看到，此時李友欣就以關心的態度與石天河約談，希望石天河能明哲保身，不要捲入到《草木篇》批判中。

由於有省委宣傳部的支持，李友欣的《白楊的抗辯（外一章）》完全呈現出一種居高臨下，咄咄逼人的氣勢。如在批判流沙河《草木篇》中對「白楊精神」的歪曲時，完全體現出一種真理在我之手的霸氣：「在鮮血綻出花朵，眼淚變為歡笑的今天、卻把我當作你筆下的奴僕，曲解我的精神，任意把我作賤！」進而，文章批判了流沙河《白楊》四個方面的問題：第一，「孤伶伶地立在平原」的「孤獨情感」，體現出一種個人主義情感；第二，不懂真正的暴風雨，沒有與人民、真理結合；第三，「縱然死了」的悽厲的哀鳴，沒有從風暴的魔掌裏爭得生的權利、生的歡樂、生的驕傲的感情；第四，彎不彎腰的作勢弄態，缺少頑強戰鬥的精神。在曦波的批判中，為流沙河的《草木篇》圈劃出了個人主義情感、哀傷軟弱的情調，以及與人民、社會的脫節等諸多嚴重問題，這奠定了此後相關的理論基礎。此後，李友欣還在《仙人掌的聲音》這一部分中，批判流沙河對「仇恨」情緒。回頭來看，在《「白楊」的抗辯（外一章）》中，李友欣所抓住的流沙河《草木篇》的個人主義、仇恨社會、敵視人民的幾個嚴重問題，應該不只是他的個人觀點，而應該是經過文聯的會議討論後擬定的。但值得注意的是，在這第一篇批判文章中，李友欣用的卻是筆名，「對《草木篇》進行批判的第一篇文章，是李友欣寫的，題目叫《白楊

〔註 132〕石天河：《逝川憶語——〈星星〉詩禍親歷記》，香港：天馬出版有限公司，2010 年，第 27 頁。

的抗辯》。李友欣常用的筆名是『履冰』，而寫這篇文章卻用了個陌生的筆名『曦波』。大概是想暫時不讓別人知道，以避開『文聯領導幹部受宣傳部指示寫批評文章』之嫌。這篇文章雖然還沒有給《草木篇》扣上『反黨反社會主義』的大帽子，但它認定《草木篇》所流露的『孤傲』情緒，是宣揚『無原則的硬骨頭』，帶有『敵視人民』的傾向，從而大加撻伐，說『假若你仇視這個世界，最好離開地球。』」〔註 133〕李友欣常用的筆名是「履冰」，但寫這篇文章卻用陌生的「曦波」。這表明，儘管李友欣有省委宣傳部的「尚方寶劍」，但對《草木篇》的批判才剛剛開始，李友欣也不得不有所顧忌。即使有著這樣的一些複雜背景，在《草木篇》批判中《「白楊」的抗辯（外一章）》也是一篇非常重要有影響的文章。正是這篇《「白楊」的抗辯（外一章）》，開啟了《草木篇》批判的機器。一時間對《草木篇》批判的文章，大量出現。李友欣在文章中所提到《草木篇》的問題，在此後的批判中也都被無限的擴大。特別是該文所提出的《草木篇》「仇恨社會」問題，最後被上線上崗，貼上了嚴重的政治問題標簽。而這些「敵視人民」、「仇視現實」、「不滿社會主義」的觀點，也很好地契合了相關的政治問題。當然，這也並不是說是李友欣奠定了《草木篇》批判的理論，而是由於《草木篇》本身的問題，適合了政治鬥爭的需要。正如石天河所說，「其所以要從對《吻》的批判，轉到以《草木篇》為批判重心，顯然是由於《草木篇》的內涵和流沙河的家庭成份，更適合於提到『階級鬥爭』的議事日程上來、作為一個有重要意義的政治問題處理。」〔註 134〕所以，李友欣的這篇文章，不僅傳達了省委宣傳部對《草木篇》的基本看法，而且也揭示了《草木篇》本身隱藏政治問題，就為此後的《草木篇》批判定下了基調。

面對李友欣（曦波）對流沙河個人主義情感、仇恨社會的指責，流沙河的直接反應是抗議。1 月 17 日李友欣文章發表的當天，流沙河就寫了一篇抗議《白楊的抗辯（外一章）》的「信」寄給《四川日報》。流沙河曾提到，「曦波發表『白楊的抗辯』的當天，我給四川日報寫了一封信去，六百字，第一點，指出曦波文章係人身攻擊，我對這表示抗議；第二『草木篇』是好是壞，

〔註 133〕石天河：《逝川憶語——〈星星〉詩禍親歷記》，香港：天馬出版有限公司，2010 年，第 27 頁。

〔註 134〕石天河：《逝川憶語——〈星星〉詩禍親歷記》，香港：天馬出版有限公司，2010 年，第 29 頁。

讓群眾展開實事求是的討論。這封信沒有登，也沒有退，最近又去信問。說找到後即退，是否這信作為流沙河材料往上交了。如何現在還不退信，捱了打不准人叫痛。」〔註 135〕從這裡我們看到，流沙河對李友欣文章的反應是相當激烈的。在 1 月 14 日《百花齊放與死鼠亂拋》批判流沙河的「解凍說」，才過三天，1 月 17 日又發表了《白楊的抗辯（外一章）》批判他的《草木篇》，此時的流沙河應該感覺到滿含冤屈。不過，由於流沙河的這封信並未發表出來，此後也未收錄到相關的會議參考文件中，所以我們也難以瞭解該文的具體內容。但與此同時，非常值得注意的是，面對李友欣的批判，以及來自省文聯、省委宣傳部的各種批判動態，流沙河除了寫「信」抗議之外，他內心也其實發生了動搖，甚至開始「轉向」。在 1 月 24 日《四川日報》發表了曰白為自己辯護的文章《不是「死鼠」，是一塊磚頭》，文末注明寫作時間是 1 月 20 日。文章的具體內容，我們在《吻》批判中已經提及。而頗有意思的是，該文前還有一行「編者按」，「『星星』詩刊編輯人之一流沙河，為我們轉來『吻』的作者曰白寫的這篇文章，為了展開討論，特予原文刊載。」〔註 136〕這篇文章，並不是曰白自己給《四川日報》投稿，而是曰白寫給《星星》編輯部的申述信。從曰白自身來說，他給星星編輯部寫這封信，目的非常明確，就是為自己辯護。曰白並沒有表明是否要公開發表出來，而且從《編者按》還是可以看出，這確實是一封寫給星星編輯部的「信」。但問題的關鍵在於，在《不是「死鼠」，是一塊磚頭》這篇文章前有《編者按》，且重點強調了兩點：第一，這篇文章是「星星」詩刊編輯人之一流沙河轉來的；第二，刊載這篇文章，目的就是為了展開討論。如果從流沙河的立場來看，在相關的批判之後，他的反映是相當激烈的。但是，在 1 月 24 日，流沙河卻將曰白的信「轉」給了《四川日報》。當然，流沙河是先將「信」轉給了四川省文聯，還是直接就轉給了《四川日報》；以及他具體轉交給了哪位領導，具體過程是怎樣的，我們都不得而知。

那麼，問題是，此時挨批的流沙河為什麼要「轉交」曰白的「信」呢？我們推測如下：第一，流沙河已經感受到了批判的嚴重性。經過了《四川日報》上 1 月 14 日李亞群《百花齊放與死鼠亂拋》的批判，到 1 月 15 日《從「墳

〔註 135〕鐵流：《我所經歷的新中國　第一部〈翻天覆地〉》，電子版，紙質版無此內容。
〔註 136〕《編者按》：《不是「死鼠」，是一塊磚頭》，《四川日報》，1957 年 1 月 24 日。

場」和「解凍」想到的》的批判；再到《四川日報》1月17日上李友欣《白楊的抗辯（外一種）》、傅仇《這是什麼感情？》的兩篇文章的批判；以及到最後1月23日袁玉伯發表在《人民日報》上的《談「吻」》對「吻」的批判……這樣一系列的批判之後，作為被重點批判的人之一的流沙河，可能已經感受到了問題的嚴重性。第二，作為星星編輯部的成員，同時作為四川省文聯的成員，流沙河肯定也瞭解到了更多批判背景。流沙河被批判時，肯定被省文聯領導專門找去談過話，讓流沙河進一步瞭解到了《草木篇》批判的深層原因，使得他不得不做出一些妥協。第三，此刻深處漩渦中的流沙河，也在不斷地為自己辯護。由於他的兩篇批判文章，均沒有能正式發表，未能展開正常的討論，所以他也不得不另外為自己尋找脫身之計。因此，1月20日曰白的「抗議信」寄來之後，流沙河應該是看到了一點希望。那就是「交」出了曰白的信，讓整個批判的目光都聚集到《吻》上，這樣或許就會減少對流沙河自己與《草木篇》的關注。當然這最後一點，也僅為推測。流沙河是主動「轉向」，還是被動的「轉向」，我們也難以瞭解他當時的真實心態，但此時的他肯定有所動搖。更值得注意的是，流沙河這第一次「轉交信」的經歷，也使得他在此後批判運動中多次「轉交信」成為可能。雖然流沙河將曰白的信轉交給了《四川日報》，但是對《草木篇》批判，不僅沒有隨之結束，而更系統的批判卻才剛剛開始。

## 六、《草木篇》的系統批判

在1月17日《四川日報》上李友欣的《「白楊」的抗辯（外一章）》後，1月24日四川省文藝界便開始了對《草木篇》集中批判。批判文章密集地在《四川日報》刊登，這表明是對《草木篇》的批判，完全是四川省文聯一次有組織的部署和安排。我們無法瞭解到省委宣傳部和省文聯有著怎樣的具體安排，但從相關資料梳理來看，此時對《草木篇》的系統批判，主要有這樣兩條線：

第一條線，是通過省委宣傳部的黨委系統來開展。張默生在一次座談會上的發言，就專門提到了這個問題，「我們川大中文系就是奉命召開座談會的，川大黨委在城裏開會回來，問我看了草木篇沒有？叫我趕快看。還說，你們是中文系，如果學生中存在這種思想，你們應負責任，應該重視。不久報刊上展開了對『草木篇』的批評，由於我們中文系對參加這個批評不大願意，因此座談會遲遲往後拖，系上的政治秘書一再催我，還說省委宣傳部問過川大中文系，為什麼還不見他們的動靜？沒表示意見？川大黨委這時候也一再問我們，我們感到不開不行了。那次座談會是由我主持的，我在開會前把黨委宣傳部催我們現在不能不開等情況都說了。會上中文系同學對『草木篇』的批評，火力也不夠。事後，我就遭到指責，系上的政治秘書說我為什麼把省委宣傳部、學校黨委叫開會等真情實況都說出了來，說我太天真了。」〔註 137〕四川大學中文系對《草木篇》的批判，就是省委宣傳部對四川大學黨委的直接安排。而在這條線，應該是由四川省委宣傳部副部長李亞群負責，通過黨委宣傳部聯繫到各高校黨委，然後組織相關教師參與到《草木篇》批判中。

另外一條線是通過中國作協聯繫作協系統開展的。時任中國作家協會黨組副書記郭小川在 1957 年 2 月 8、9 號的日記中，有這樣的記載，「九時到大樓，給四川文聯的李友欣同志寫信，他提出了關於《星星》中的《吻》和《草木篇》的爭論問題，要求我們支持和提出意見。信寫得很長，用了二小時的時間」;「九時，參加《文藝報》的彙報會，楊志一從上海南京回來，侯敏澤從四川、武漢回來。成都流沙河、石天河一批人的情形實在令人擔憂，他們的思想實在已經具有反動的傾向了。」〔註 138〕李友欣給中國作協的郭小川寫信，請求他支持和提出意見，實際上也就是請求作協支持對《草木篇》展開批判。在這裡，四川省文聯就是通過相關的文聯機構，讓相應的作家參與對《草木篇》的批判。而這條線，應該是由省文聯創作輔導部的李友欣、李累共同負責，但分工不同。李友欣寫信給中國作協領導的郭小川，表明是負責對上聯繫，也就是與中國作協溝通聯繫的。李累則是負責聯繫下級文聯繫統，對下聯繫。陳欣就曾提到，「我說下面 80%的人擁護對『草木篇』的批評，是指在毛主席報告未下達以前，而且這 80%的人也是認為批評方式是粗暴的，我下去工作也不是完全為了調查『草木篇』的反映。」對此，邱原進一步提到，「陳欣的這個解釋完全是不老實的，下去是李累親手布置的，李累布置下去主要是瞭解對『草木篇』的批評的牴觸情況。」〔註 139〕可見，在文聯繫統對

〔註 137〕《省文聯邀請部分文藝工作者繼續座談 對教條主義和宗派主義進行尖銳批評》,《四川日報》，1957 年 5 月 21 日。

〔註 138〕郭小川：《郭小川 1957 年日記》，鄭州：河南人民出版社，2000 年，第 30～31 頁。

〔註 139〕《省文聯邀請部分文藝工作者繼續座談 圍繞「草木篇」問題發表意見》,《四川日報》，1957 年 5 月 17 日。

《草木篇》批判中，李累主要是負責對下聯繫，而且還從下級文聯、作協中組織力量調查對《草木篇》的反映。

由此我們看到，文聯已經形成了對《草木篇》批判的基本方案，負責《草木篇》批判的人有李亞群、李友欣、李累，他們從不同層面展開對《草木篇》的系統批判工作。而文聯的其他人，是如何分派批判任務的，我們難以瞭解。但《草木篇》批判，肯定是四川省委宣傳部和四川文聯聯合組織的一次批判活動。所以我們看到，這些相關的批判文章，主要集中在省文聯，以及相關的作家和研究者中。在這一階段，相關報刊上對《草木篇》以及《吻》批判的文章有：

春生：《百花齊放與死鼠亂抛》，《四川日報》，1957 年 1 月 14 日。

金川：《從「墳場」和「解凍」想到的》，《四川日報》，1957 年 1 月 15 日。

曦波：《白楊的抗辯（外一章）》，《四川日報》，1957 年 1 月 17 日。

傅仇：《這是什麼感情？》，《四川日報》，1957 年 1 月 17 日。

袁玉伯：《談「吻」》，《人民日報》，1957 年 1 月 23 日。

柯崗、曾克：《讀了「星星」創刊號》，《四川日報》，1957 年 1 月 24 日。

黎本初：《我看了〈星星〉》，《四川日報》，1957 年 1 月 24 日。

王季洪：《百花齊放中的一棵莠草》，《四川日報》，1957 年 1 月 24 日。

曰白：《不是「死鼠」，是一塊磚頭》，《四川日報》，1957 年 1 月 24 日。

席方蜀：《讀詩小記》、《四川日報》，1957 年 1 月 26 日。

程在華：《「草木篇」的不良思想傾向——給流沙河同志》，《四川日報》，1957 年 1 月 26 日。

芒果的：《這樣的磚砌不得社會主義花圃》，《四川日報》，1957 年 1 月 26 日。

袁玉伯：《談「吻」》，《四川日報》，1957 年 1 月 26 日。（原載人民日報）

袁珂：《「死鼠」和「磚頭」——讀曰白「不是『死鼠』，是一塊磚頭」有感》，《四川日報》，1957 年 1 月 26 日。

余輔之：《「草木篇」究竟宣揚些什麼》，《四川日報》，1957 年 1 月 28 日。
徐行：《評散文詩「草木篇」》，《人民川大》，四川大學校刊編輯室編，第 203 期，1957 年 1 月 28 日。
洪鐘：《是「堅強」？還是臨近危險的邊緣》，《四川日報》，1957 年 1 月 30 日。
虞進生：《駁「抗辯」》，《四川日報》，1957 年 1 月 30 日。
體泰：《靈魂深處的聲音》，《四川日報》，1957 年 1 月 30 日。
余薇野：《為什麼「吻」是一首壞詩》，《四川日報》，1957 年 2 月 5 日。
葉文：《「草木篇」是一棵毒菌》，《四川日報》，1957 年 2 月 5 日。
王季洪：《「草木篇」讀後》，《四川日報》，1957 年 2 月 6 日。
袁珂：《「愛情」和「立身」》，《四川日報》，1957 年 2 月 6 日。
李鐵雁：《「毒菌」在哪裏？》，《成都日報》，1957 年 2 月 6 日。
王克華：《含義玄隱的黝黑胡同——談〈草木篇〉》，《成都日報》，1957 年 2 月 6 日。
何小蓉：《「草木篇」抒發了個人主義之情》，《四川日報》，1957 年 2 月 9 日。
山莓：《也談「草木篇」和「吻」》，《四川日報》，1957 年 2 月 9 日。
黄鹿鳴：(李亞群)《〈草木篇〉書後》，《草地》，1957 年，第 2 期。
陳思苓：《談抒情詩的「情」》，《草地》，1957 年，第 2 期。
余音《不是死鼠，是過街老鼠》，《四川日報》，1957 年 2 月 11 日。
田原：《矛頭是指向人民內部的缺點還是指向人民？——駁「駁抗辯」》，《四川日報》，1957 年 2 月 12 日。
席方蜀：《「小題大做」及其他》，《四川日報》，1957 年 2 月 16 日。
譚洛非、譚興國：《為捍衛無產階級思想陣地而鬥爭》，《草地》，1957 年，第 3 期。
田原：《在論爭中所想到的》，《草地》，1957 年，第 3 期。
山莓：《愛情和色情》，《草地》，1957 年，第 3 期。
洪鐘：《「星星」的詩及其偏向》，《紅岩》，1957 年，第 3 期。
楊甦：《評「解凍」及其他》，《紅岩》，1957 年，第 3 期。

蕭薇：《評「草木篇」》，《紅岩》，1957 年，第 3 期。

羅泅：《評色情詩「吻」》，《紅岩》，1957 年，第 3 期。

碧濤：《與「星星」編者談「繆斯的七絃琴」》，《紅岩》，1957 年，第 3 期。

正谷：《讀「星星」稿約有感》，《紅岩》，1957 年，第 3 期。

這次對《草木篇》的批評文章，主要集中在《四川日報》、《草地》上。從這裡我們看到，從 1 月 14 日李亞群的批判開始，接著 1 月 15 日金川發表了批判流沙河「解凍說」的文章，1 月 17 日傅仇發表了批判曰白《吻》的文章。後面兩篇文章可以說是對李亞群文章中批判觀點的進一步展開和延伸。因此，在《星星》詩刊的批判過程中，省委宣傳部首先認為《吻》的問題更大，所以還在 1 月 23 日《人民日報》上發表了批判曰白《吻》的文章，擴大了影響。然而，很快形勢就發生了急轉彎，流沙河的問題凸顯出來，在 1 月 24 日的《四川日報》上有 3 篇批判流沙河文章。從 1 月 24 日開始，四川省文聯的批判重心就已經轉向了對整個《星星》詩刊和《草木篇》的批判。

我們先來看 1 月 24 日《四川日報》上與《草木篇》有關的批判文章。柯崗和曾克聯合署名的文章《讀了「星星」創刊號》，基本代表了整個批判的動向。在這篇文章中，他們並不僅僅針對《草木篇》，而是針對《星星》詩刊。由此，我們也不難理解，此前白航為何要以星星編輯部的名義，在《成都日報》上發表聲明，以澄清與「解凍說」之間的關係。柯崗、曾克抓住了《星星》創刊號的三大問題，即《稿約》的問題、《草木篇》的問題和《吻》的問題，展開了對《星星》詩刊的「三大批判」。第一，是他們首次開始了對《星星》詩刊「稿約」的批判。「這是不是說社會主義現實主義的詩歌就不是為人民呢？這是不對的。因為刊物的稿約是刊物取稿的原則態度，既然是百花齊放，何以對社會主義現實主義這朵主要的花不表示歡迎呢？我們認為應該首先歡迎社會主義現實主義的作品才好。」他們認為《星星》詩刊只提現實主義、浪漫主義，而不提社會主義現實主義，這是對社會主義現實主義的否定。第二，繼續對《草木篇》的批判，在這一點上還比較溫和，「我們覺得在草木篇的短短五段散文中，作者確乎是有所愛憎的，但表現得不明確，叫人從現實生活中無法觸摸，不知道他到底是擁護什麼，反對什麼。因而不能起教育人民的作用。」最後，他們對《吻》雖然有批判，但卻一筆帶過。〔註 140〕可

〔註 140〕柯崗、曾克：《讀了「星星」創刊號》，《四川日報》，1957 年 1 月 24 日。

以說，柯崗、曾克的文章，體現出四川文聯對《星星》詩刊批判轉向，即重《草木篇》而弱化《吻》。同時，值得注意的是，該文文末特別注明的寫作時間和地點「1957 年 1 月 19 日重慶」。那麼，由重慶作家的柯崗、曾克夫婦來展開對《星星》的批判，這也就進一步體現了《星星》詩刊問題的嚴重性。另外，柯崗、曾克夫婦都是典型的紅色作家，他們的身份也很有代表性。柯崗曾任為西南軍政委員會文教部文化處副處長等職，曾克原名曾佩蘭，為中國作家協會重慶分會副主席。在此之前，他們就參與過胡風批判，還發表過《一篇有嚴重毒害的作品——評劉盛亞的〈再生記〉》，批判重慶作家劉盛亞。所有，選擇由他們夫婦來展開批判，並不是偶然。他們這篇批判文章對《星星》詩刊的整體批判，以及他們特有的身份，對整個事件的推動，是有非常重要的影響的。

對於《草木篇》批判來說，刊登於《四川日報》上的黎本初《我看了「星星」》可以說是第一篇有著較強理論性的批判論文。李友欣《「白楊」的抗辯（外一章）》雖然是第一篇批判文章，但並不具有完整的論證邏輯，更像是一篇雜文，或者說隨筆。而黎本初的《我看了「星星」》，則有細緻的分析和充分的論證。在整體結構上，黎本初的文章與柯崗、曾克的文章是一樣的，也是對《星星》詩刊的「三大批判」。在第一部分《一群新星》中，作者首先對新生的《星星》給予了肯定，表揚了《星星》詩刊清新的格調，然後認為《吻》和《草木篇》是有錯誤的作品。黎本初在對《星星》詩刊的整體批評基礎上，展開了具體的批評。其第二部分《「吻」的錯誤》針對《吻》，認為該詩，只沉醉於官能的滿足。第三部分《「白楊」的錯誤》，以「白楊」為具體的例子，認為《草木篇》是毫無立場地在那裡提倡橫眉冷對一切人的硬骨頭，這樣的觀點就是錯誤的。在具體內容上，黎本初的這篇批判文章與李友欣的批判一樣，也重點選取了《草木篇》中的「白楊」進行批判。他們均認為《白楊》這篇作品中的感情最突出，最能代表《草木篇》的精神。黎本初通過與茅盾作品「白楊」對比，認為流沙河的這篇作品所提倡的精神是「沒有立場，沒有階級性的硬骨頭」。進而指出，這種精神既是知識分子優越感的體現，也是「敵視人民」、「敵視新社會」的思想體現。由此在第四部分「問題所在」中說，黎本初認為兩篇作品的核心問題在於：「是更好貫徹『百花齊放，百家爭鳴』，還是薰蕕不分，湊合雜伴呢？是為了建設社會主義的民族文藝而努力呢？還是讓文藝自由地向小資產階級、資產階級的文藝道路發展呢？是作者通過創作為人民服務呢！還是任意傳播自己的各種非無產階級思想情感呢？」〔註 141〕我們看到，黎本初的批判與李友欣的批判有著很多的相似之處：從內容上，他們均以對「白楊」的分析來呈現《草木篇》的精神追求；在主題思想上，他們的批判均落腳在「仇恨社會」和「敵視社會」方面。因此可以說，這兩篇批判文章，應該有著同樣的源頭。「兩位批評者都來自『省委大院』。黎本初，原先文聯創作輔導部的幹部，兼團支部書記，後調省委，做省委書記李井泉的秘書。……黎本初的文章，就是明朗鼓動寫的。」〔註 142〕所以，黎本初對《草木篇》批判，與李友欣的批判是完全一致的。

李友欣與黎本初對《草木篇》的批判集中於「白楊」，而曾克、柯崗的批判則試圖整體批判《草木篇》，但這些文章的內容還是都比較簡單，可以說並沒有深度展開。過了兩天，1 月 26 日《四川日報》上繼續發表了席方蜀和程在華的兩篇《草木篇》批判文章，可以說有了一定的深度。與柯崗、曾克與黎本初的文章不同的是，這兩篇文章都是針對《草木篇》中的五種草木，然後展開了綜合批判。席方蜀的《讀詩小記》〔註 143〕，雖為「小記」但實為「大論」，其內容就包括《「有木詩八首」和「草木篇」》、《「草木篇」中「藤」的一節的全文》、《一種「孤伶伶地」的情緒》、《個人主義者的叫喊》這樣四個部分。對於《草木篇》，該文首先提到了一個新問題，即抄襲問題。席方蜀通過分析對比，認為流沙河的《草木篇》，有模仿白居易《有木詩八首》的痕跡，甚至個別章節則近於抄襲。但從具體的作品來看，流沙河《草木篇》與白居易的《有木詩八首》其實並不能說是抄襲。我們知道，白居易的《有木詩八首》共描寫了弱柳、櫻桃、洞庭橘、杜梨、野葛、水檉、凌霄、丹桂等八種「木」，而流沙河的《草木篇》僅在題記中引用了白居易《有木詩八首 之七》中的最後一句「寄言立身者，勿學柔弱苗」而已。而此後批判中，認為流沙河抄襲白居易的人也並不多，不過將流沙河與白居易詩歌相比較，就大有人在了。另外，席方蜀還認為「藤」歪曲和咒罵現實；而「白楊」、「仙人掌」、「梅」這三種「草木」都有著共同的傾向，充滿了「沒落的情緒」。繼而他說，「流沙河在這些『草木』中，一齊發出了老子天下第一，個人主義萬歲的小合唱，脫

〔註 141〕黎本初：《我看了〈星星〉》，《四川日報》，1957 年 1 月 24 日。

〔註 142〕譚興國：《草木篇事件的前前後後》，內部自費印刷圖書，2013 年，第 47～49 頁。

〔註 143〕席方蜀：《讀詩小記》，《四川日報》，1957 年 1 月 26 日。

離了人民，體現出一種沒落階級的情緒，我自己認為我是最後笑的人，我把我的勝利期待於遙遠的將來。這幾種聲音狂妄地鼓吹個人主義，不疲倦地歌誦自己。」因此，席方蜀的批判，不僅內容更多了，而且也幾乎涉及到了《草木篇》中的所有作品，是對《草木篇》較為深入的一次批判。關於作者席方蜀，我們沒有更多的瞭解。但此後，他還在《草地》上發表過批判王季洪的文章《王季洪射出的兩支毒箭》，介入到相關的歷史之中。

同日《四川日報》上的另一篇程在華《「草木篇」的不良思想傾向——給流沙河同志》，則以公開信的形式批判《草木篇》「反人民」的錯誤立場。除了以公開信這樣一種特殊的方式之外，他這篇文章的另一個的特點就是，以毛澤東的文藝理論作為論點來展開《草木篇》批判。在文中，程在華三次引用毛澤東的話：文章前引用了毛澤東的《在延安文藝座談會上的講話》，「如果把同志當作敵人來對待，就是使自己站在敵人的立場上去了」；文章中再次引用，「你是資產階級文藝家，你就不歌頌無產階級而歌頌資產階級；你是無產階級文藝家，你就不歌頌資產階級而歌頌無產階級和勞動人民：二者必居其一」；在文章最後又引用了《毛澤東選集》中「關於小資產階級」的論述，「小資產階級出身的人們總是經過種種方法，也經過文學藝術的方法，頑強地表現他們自己，宣傳他們自己的主張，要求人們按照小資產階級知識分子的面貌來改造黨，改造世界。在這種情形下，我們的工作，就是要向他們大喝一聲，說：『同志』們，你們那一套是不行的……」。這樣，借助毛澤東的話，他為《草木篇》批判建立起了不可質疑的合法性。而在這篇文章中，與席方蜀的文章一樣，程在華也提到了這組散文詩「充滿了仇恨情緒」，「正像你所假設的『毒菌』一樣，你賦與你的一草一木的卻是『毒蛇吐的唾液』，讀者一沾上它，得到的不是美好的生活的真諦，相反地，倒是同你一起敵視友誼、敵視生活、敵視環境。」最終認為，流沙河把全部的同情寄託給了白楊、梅、仙人掌，是不折不扣是沒落的資產階級和地主階級的人性的表現。〔註144〕此時，程在華對《草木篇》的批判可以說十分尖銳。但值得注意的是，在進入「鳴放」期間，作為新華社記者的程在華，卻在5月8日《成都日報》上發表《本省文藝界討論檢查對〈草木篇〉批評的態度等問題》報導。該文不僅報導了四川文藝界對批判《草木篇》的檢討，也可以說是程在華對自己參加《草木

〔註144〕程在華：《「草木篇」的不良思想傾向——給流沙河同志》，《四川日報》，1957年1月26日。

篇》批判的檢討，甚至成為反對《草木篇》批判的一篇「檄文」。「批評以運動的方式出現。在短短一個月裏，每週出刊三次的四川日報副刊『百草園』發表了 14 篇對草木篇的批評文章，給被批評者和一些同情被批評者的通知一種不容爭辯的壓抑的感覺。大多數文藝界人士在談到當時批評的態度時，都認為有一些文章態度比較嚴肅，說理也比較強。如山莓的『也談草木篇和吻』，黎本初的『我看了星星』等文章。但他們在提到如洪鐘、余輔之、譚洛非等以扣帽子方式寫的批評文時，都認為失之粗暴。……有的文章超出了文藝批評的範圍，竟從作者的思想傾向談起，一直聯繫到作者的出身。有的文章還主張對草木篇這樣的作品要『一棍子打死』」。〔註 145〕作為新華社的記者，此時應該非常瞭解《草木篇》批判的歷史背景，所以能詳細地報導四川文藝界對《草木篇》批判過程。因此，在這篇報導中，他從參加《草木篇》的省委領導，到相關的文藝批評者，都作了一一梳理、記錄和反思。此後的反右中，程在華的這篇報導在整風座談會中被多次提到，但被否定，認為報導不實。可以說，程在華一直在追隨時代，而不斷調整自己的步伐的。但這種跟隨和調整，也並沒有改變他的命運。據記載，程在華，四川成都人，曾用程熙俊、林楠（蘭）等名，歷任新華社四川分社記者、編輯、文教組組長。有人曾回憶說，「他自幼貧苦，在舊社會當過工人，自學成才，通曉世界語，詩文俱佳，辦過華西晚報。因為思想進步，受反動派追捕，到處流浪。南京解放後，他到新華日報工作。這回他也參加西南服務團。」〔註 146〕另外，喻權域也對新華社的程在華作過相關介紹。〔註 147〕但對於這位多才多藝的新華社記者此後的命運，他們的記載並不多。在車輻回憶中，程在華參加過文協，也與陳白塵有密切的關係，但也並沒有得到上天的眷顧。按車輻的記載，他原名丁又文，曾參加中華全國文藝界抗敵協會成都分會，「在中華文藝界抗敵協會成都分會組織的一次晚會上，丁又文朗誦《火把》激動人心。丁又文被錯劃後死去，陳白塵為他十分難過。」〔註 148〕在車輻這裡的回憶中，程在華最後是在反右期間被錯劃右派而死去。如果車輻的回憶屬實，那麼這位積極、主動參與《草木篇》批判的程在華，最終也沒能改變自己悲慘的命運。

---

〔註 145〕《本省文藝界討論檢查對〈草木篇〉批評的態度等問題》，《成都日報》，1957 年 5 月 8 日。

〔註 146〕劉揚深：《到西南去》，《貴州青運史資料》，1988 年，第 3 期。

〔註 147〕喻權域：《痛悼良師諍友程在華》，《新聞業務》，1983 年，第 6 期。

〔註 148〕車輻：《車輻敘舊》，成都：四川科學技術出版社，2006 年，第 132 頁。

## 七、《草木篇》批判的升級

1月28日余輔之的文章《「草木篇」究竟宣揚些什麼》在《四川日報》上發表，這是對流沙河批判定性的重要標誌，表明了初期《草木篇》批判的升級。與此前的批判文章相比，余輔之不僅批判了《草木篇》錯誤思想的整體性和系統性，而且將《草木篇》問題直接升級為政治問題。此文非常具有代表性，也是《草木篇》批判中被提及較多的一篇文章。

與其他的批判文章相比，余輔之的批判更為系統，完整。第一，文章整體分析了《草木篇》所體現出來的「立身之道」和「人生哲學」。他說：「『草木篇』是作者去年十月的作品，共包括五首小詩，按內容恰好分成兩組。『白楊』『仙人掌』『梅』是一組，『藤』『毒菌』又是一組。前一組詩表現的是愛，後一組詩表現的是憎。通過愛和憎，正和反的組合，『草木篇』構成了一套完整的人生觀。」進而，作者認為《草木篇》歌頌的白楊、仙人掌、梅這些正面形象，是在歌頌孤高、硬骨頭、優越感和頑抗精神；同時又《草木篇》中的反面形象「藤」、「毒菌」其實也與正面形象是一樣的：仇視周圍的一切人、拒絕善意的批評和關懷。這樣，為《草木篇》構建了一個整體性的思想。第二，文章特別研究「草木篇」五首小詩排列順序，「這種排列是經過細緻的考慮的。一方面可以迷惑人們的視覺，使人感到不知究何所指；一方面又使整篇詩章的思想更加完整。」對於這個一結論，孟凡曾予以了反駁，「余輔之同志還進而從『草木篇』五首的排例結構，來分析作品的思想，由先後次序推論出了許多問題。對一篇文學作品，尤其是把思想感情提煉甚至抽象了的詩，一定要段段句句明其所指，我怕未必能得到什麼實實在在的結果。」〔註149〕由此，余輔之在這篇批判文章中，將《草木篇》的思想看成一個完成的思想體系，這是他的一大發現。進而，有著完整思想體系的《草木篇》，其核心就是「向人民發出的一紙挑戰書！」〔註150〕余輔之的結論，就徹底改變了《草木篇》問題的性質，由此《草木篇》不再是「有錯誤的作品」，也不是有思想問題的作品，而是具有嚴重政治問題的作品。余輔之這一名字，在當代文學中出現得並不多，應該是一個筆名。以這一筆名發表的文章還有《燒掉「才子氣」》、《欲擒故縱（文藝隨筆）》、《重視民間故事的搜集整理工作》、《激動人心的報

〔註149〕孟凡：《由對〈草木篇〉和〈吻〉的批評想到的》，《文藝學習》，1957年，第4期。

〔註150〕余輔之：《「草木篇」究竟宣揚些什麼》，《四川日報》，1957年1月28日。

告文學》〔註 151〕等文章，不過這些文章中，也都沒有透露出絲毫有關余輔之本人的任何具體信息。當然，不管是誰將《草木篇》定性為「向人民發出的一紙挑戰書」，《「草木篇」究竟宣揚些什麼》這篇文章已經傳遞出一種信息，對《草木篇》的討論已經不限於文學理論問題的討論範圍了，而是一個極其嚴重的政治問題。

由此，在余輔之《「草木篇」究竟宣揚些什麼》之後，以余輔之的結論為理論依據，深入挖掘《草木篇》的政治問題，就成為此後《草木篇》批判的方向。洪鐘就是這樣一個積極批判者。1 月 30 日洪鐘發表的文章，就對流沙河提出警告，認為《草木篇》不是「堅強」而是「臨近危險的邊緣」。洪鐘從流沙河與白居易的比較出發，先提出基於白居易的思想基調和整個人生觀，白居易的詩句是不能以抽象的「堅強」和抽象的「孤傲」去曲解它。進而他認為《草木篇》中「這種『堅強』和『孤傲』宣傳的客觀效果，是和人民、和革命背道而馳的。」〔註 152〕接著，3 月 2 日《四川日報》又發表了洪鐘文章《斥「多媽媽」論》，繼續展開對《草木篇》的批判。在文中，洪鐘斥責《草木篇》和《吻》是「不健康的媽媽」生出的「妨礙社會主義、反對社會主義的混蛋兒子」，「一切世紀末的文藝思想和流派，應該說她們是不健康的媽媽，她們是會養不出兒子，或甚至養一些妨礙社會主義，反對社會主義的混蛋兒子出來的。『草木篇』和『吻』，不就是這樣的寶貝『兒子』麼？」〔註 153〕在 3 月 7 日出刊的《紅岩》中，洪鐘再次發表文章《星星的詩及其偏向》，一方面對《星星》詩刊展開了全面的分析和批判，另一方面也再次批判了《草木篇》的反人民、反集體主義的「反動思想」，「凡是和集體主義思想牴觸的人，凡抱著個人主義思想和感情的人、凡有保存資產階級、小資產階級的生活偏見、政治偏見和藝術偏見的人，他們也能在『草木篇』裏找到共鳴。相互影響的結果，彼此都會加重了思想的報復，這對於要向社會主義邁進的人，不是累贅，啊？『草木篇』思想的反動實質，應該說是沒有什麼懷疑的了。」〔註 154〕從

〔註 151〕余輔之：《燒掉「才子氣」》，《草地》，1958 年，第 2 期；余輔之：《欲擒故縱（文藝隨筆）》，《峨眉》，1959 年，第 3 期；余輔之：《重視民間故事的搜集整理工作》，《民間文學》，1959 年，第 4 期；余輔之：《激動人心的報告文學》，《四川日報》，1960 年 4 月 9 日。

〔註 152〕洪鐘：《是「堅強」？還是臨近危險的邊緣？》，《四川日報》，1957 年 1 月 30 日。

〔註 153〕洪鐘：《斥「多媽媽」論》，《四川日報》，1957 年 3 月 2 日。

〔註 154〕洪鐘：《「星星」的詩及其偏向》，《紅岩》，1957 年，第 3 期。

這些文章可以看出，洪鐘可以說是初期《草木篇》批判最積極者參與者。那麼，洪鐘是誰？為何如此積極呢？據記載，洪鐘原名呂朝相，1949 年後歷任成都文聯副秘書長，川西文聯組聯部，創研部部長，曾在四川大學教授，《紅岩》編輯部主任，四川省文藝志編輯等任職。〔註 155〕2007 年洪鐘在《永遠的懷念》一方面回憶了自己與李劼人的交往，提到了自己是中共黨員，也是文協成都分會的成員。〔註 156〕2008 年洪鐘去世後，《華西都市報》報導中還提到，他愛書又知識淵博，沙汀叫他「洪百科」，以及上世紀 70 年代末他在西昌灣丘的五七幹校農場幹活，這樣一些歷史細節。〔註 157〕綜合來看，作為四川文藝界的老黨員，洪鐘的工作單位是在文聯。1957 年的洪鐘在《紅岩》編輯部工作時，也就接受了批判《草木篇》的任務。但對於洪鐘為何積極關注《草木篇》及對《星星》的批判，我們就不得而知了。正是由於洪鐘的積極批判，他也就被流沙河、石天河所注意。在《流沙河交代石天河的材料》中，流沙河就認為石天河是以寫詩的方式來攻擊洪鐘的，「他從峨眉山寄回的三首詩，最後一首《洪椿古樹》是罵洪鐘的，說他已經腐朽了。」〔註 158〕石天河的這首詩歌原文是這樣的，「聽說你活過三千年／真算得名山的老資格／可是你乾枯的枝幹／既不開花，也不長葉／你腐朽的根子／早作了螻蟻寄生的巢穴／唉，即使每天都是和風細雨／我怕你也活不了多少年月／／古樹呵，什麼時候／我能再看見你的一線生機／哪怕是一條柔弱的新枝／哪怕是一片纖細的嫩葉」。〔註 159〕但石天河自己卻說，這首詩並不是針對洪鐘的，「《洪椿古樹》，是抒發我對某些『老資格』的看法。我確實感到，當時像『春生』那樣的『老資格』，自己『既不開花，也不長葉』，只是憑『老資格』的聲譽地位，雄據一方。有些蟻附於『古樹』的人，實際上是利用腐朽的『老資格』為它們自己遮風蔽雨、牟名取利。在當時，這是我意識到的一種潛在的危機

〔註 155〕白庚勝、向雲駒主編：《中國民間文藝家大辭典》，北京：中國文聯出版社，2004 年，第 482 頁。

〔註 156〕見洪鐘：《永遠的懷念》，《李劼人研究：2007》，成都：巴蜀書社，2008 年，第 136～138 頁。

〔註 157〕《「洪百科」辭世 老成都少了個「書簍子」》，《華西都市報》，2008 年 4 月 1 日。

〔註 158〕流沙河：《流沙河交代石天河的材料》，《四川文藝界右派集團反動材料》（會議參考文件之九），四川省文聯編印，19957 年 11 月 10 日，第 51 頁。

〔註 159〕石天河：《逝川憶語——〈星星〉詩禍親歷記》，香港：天馬出版有限公司，2010 年，第 77～78 頁。

現象。」〔註 160〕儘管石天河認為並不是針對洪鐘而寫的，但從這裡我們看到，在《草木篇》批判過程中，流沙河對積極批判他的洪鐘是相當關注的。

就在臨近 2 月 8 日四川省文聯召開總結會前，《四川日報》仍然還在繼續刊登批判《草木篇》的文章，這應該是在為即將召開的《草木篇》批判總結會作鋪墊。如葉文說《草木篇》，「他憎恨現實，鄙視一切，唯我獨尊，高傲狂妄；他是極端個人主義者，他一方面神經質地感到自己十分孤立，危機四伏，發出了絕望的哀鳴，一方面卻妄想變天——把百花盛開的春天變為冰雪封凍的嚴冬，還緊咬著牙齒在那裡獰笑呢！……『草木篇』歪曲了我們的生活，簡直就是顛倒黑白。它的矛頭不是指向生活中的陰暗面，而是指向我們所熱愛的整個革命現實。……『草木篇』這首詩，不，它不是詩，它是『毒蛇吐的唾液』，它才是真正的『毒菌』呢！」〔註 161〕而王季洪在《「草木篇」讀後》中，則是談《草木篇》的憤世嫉俗的情緒，「我們看到作者歌頌的英雄只是充滿追求『個性解放』、『逃避現實』，充滿著『主觀戰鬥精神』的人物，他們不是人民所景慕的人物；作品詛咒著現世界的一切，除了以上的英雄以外。……『草木篇』是和人民合不了拍的。雖然形式上是表現了作者頑強的戰鬥精神，實際上沒有分清敵我界限，因而它的效果是不好的。」〔註 162〕其實在批判《草木篇》之前，1 月 24 日王季洪就發表過批判《吻》的文章《百花齊放中的一顆莠草》。另外，在 1956 年他就以「季洪」之名在《草地》上發表了獨幕諷刺劇《該誰負責》〔註 163〕，還在《草地文藝通訊》上發表了談「雙百方針」的《學習百花齊放，百家爭鳴後的感想》。〔註 164〕最值得注意的是，在隨之而來的「整風運動」中，王季洪再次轉向，積極參與到整風之中，從批判《草木篇》轉向了對省文聯領導「教條主義」的批判。在 1957 年的《草地》上，王季洪就發表了兩篇批判「教條主義」的文章《目前戲劇創作不振的根源》和《教條主義和清規戒律》，這讓我們看到對於領導的「教條主義」批判，他是非常的熱心和積極。他說，「我覺得是各種顧慮阻礙了百家爭鳴，清規戒律

〔註 160〕石天河：《逝川憶語——〈星星〉詩禍親歷記》，香港：天馬出版有限公司，2010 年，第 79 頁。

〔註 161〕葉文：《「草木篇」是一顆毒菌》，《四川日報》，1957 年 2 月 5 日。

〔註 162〕王季洪：《「草木篇」讀後》，《四川日報》，1957 年 2 月 6 日。

〔註 163〕季洪（王季洪）：《該誰負責（獨幕諷刺劇）》，《草地》，1956 年，第 10 期。

〔註 164〕王季洪：《學習百花齊放，百家爭鳴後的感想》，《草地文藝通訊》，1956 年 7 月 5 日。

還沒有完全解除，領導的教條主義是造成清規戒律的根源。」〔註 165〕所以，儘管他批判過《草木篇》，但由於王季洪轉向「反批判」，他自己也迅速成為了被批判的對象。席方蜀在一篇文章中，就認為《教條主義和清規戒律》和《學習百花齊放，百家爭鳴後的感想》是王季洪射出的兩支毒箭。〔註 166〕到了 1957 年 11 月，他的這三篇文章均被收入到了《是香花還是毒草？》中：《該誰負責（獨幕諷刺劇）》收錄到《戲劇、曲藝》欄目中，《目前戲劇創作不振的根源》、《教條主義和清規戒律》收錄到該書的《理論》欄目中。席方蜀甚至說，此時的王季洪已經成為「反黨反社會主義的資產階級右派分子」。〔註 167〕但實際上，王季洪初期積極參加到《草木篇》的批判中，然後在整風中又轉向對「教條主義」的批判，實際上都是在緊跟時代的要求。顏雲在其《集句悼王季洪》中曾提到，「王君季洪，河南大學中文系畢業，新舊文學均有根抵，解放初從事新聞工作，後以錯劃右派停職勞動。七九年解凍後受師專之聘，講授古代漢語，為學子所愛戴。不圖教學期年，舊病復發，竟爾不起，逝世於中州故里，遺囑埋骨黃瓜山。」〔註 168〕他在這裡提供了王季洪建國後的三個重要信息：解放初從事新聞工作、劃為右派停職勞動、文革後受聘於師專講授古代漢語。而在《暮年再生》中，顏雲又補充說，「講古代漢語的王季洪老師，河南人，河南大學中文系畢業，對古代漢語文學和現代漢語文學都有一定基礎。解放初幹文化宣傳工作，後來被打成右派，勞教二十年，這次重上講堂，頗受學生歡迎。」〔註 169〕這裡，認為王季洪在解放初期是從事文化宣傳工作的。那麼，在《草木篇》批判初期，王季洪應該是從事的要麼是新聞工作，要麼是文化宣傳工作。不管從事那種工作，在新聞宣傳系統的王季洪都就能及時瞭解了四川文聯的整個批判動向，也能在整風運動期間積極「鳴放」。但從實際情況來看，王季洪雖然在新聞部門或者說宣傳部門工作，也並非是核心人物，更未能真正瞭解政治運動的瞬息風雲變幻。所以王季洪那些緊跟時代節奏的文章，當風向一變之後便成為了違反政策的文章，乃至於個人生命受到牽連。有人曾提到，「文藝界友人王季洪，1957 年因流沙河冤

〔註 165〕王季洪：《教條主義和清規戒律》，《草地》，1957 年，第 6 期。
〔註 166〕席方蜀：《王季洪射出的兩支毒箭》，《草地》，1957 年，第 9 期。
〔註 167〕席方蜀：《王季洪射出的兩支毒箭》，《草地》，1957 年，第 9 期。
〔註 168〕顏云：《集句悼王季洪》，《桂山詩薈》，中國人民政治協商會議四川省永川市委員會文史資料委員，1993 年，第 2 輯，第 121 頁。
〔註 169〕顏云：《平凡的一生》，香港：天馬圖書有限公司，2003 年，第 106 頁。

案株連，流放邊遠山區勞改。」〔註 170〕而這裡說王季洪由於流沙河冤案株連，而被流放邊遠山區勞改，但這並不是事實，實際上他是積極參與到了對流沙河的批判隊伍中。從這裡的梳理來看，王季洪初期是《草木篇》批判的積極介入者，同時也是整風期間對「教條主義」批判的熱心人。王季洪之所以被劃為右派，並非由於支持了流沙河，而在於他批判了領導的「教條主義」，這正是歷史的弔詭之處。歷史已逝，平反後的王季洪來到江津師專教授古文，便對永川這片給予了溫暖的土地，產生了深厚的感情，「如果你是從星湖校區一食堂大樓背後直接攀登黃瓜山，在上山的途中需要繞過一片墳塋，其中一塊屹立的墓碑上刻著『王季洪』三個字。原重慶師專黨委書記熊秉衡老人告訴我們，王季洪老師畢業於河南大學，是我校原中文系的一名教師，因患尿毒癥被弟弟接回河南治療，後病逝在家鄉河南省，臨終前卻對家人千叮嚀萬囑咐，一定要把自己的骨灰送回重慶永川來，埋在當年自己曾經『戰鬥』並感到過人間溫暖的黃瓜山麓，還把自己的藏書也贈送給了我校的前身原江津師專。」〔註 171〕雖然王季洪只是《草木篇》批判中極小的一部分，但從這我們也看到了，在複雜、動盪的歷史中，劫後餘生並重獲生機的王季洪，其內心情感應該是相當複雜的。

## 八、《草木篇》批判的擴大

在《草木篇》批判初期，批判的主要陣地是《四川日報》。之後，《人民川大》、《成都日報》等報刊，也都不斷刊登相關的批判文章。此時，可以說《草木篇》批判也就在不斷擴大。

其實四川大學很早就已經參與到《草木篇》批判中了。張默生曾提到，「我們川大中文系就是奉命召開座談會的，川大黨委在城裏開會回來，問我看了草木篇沒有？叫我趕快看。還說，你們是中文系，如果學生中存在這種思想，你們應負責任，應該重視。」〔註 172〕所以，由於四川省委宣傳部的部署，四川大學中文學也早就介入到《草木篇》批判之中。張默生提到，由於中

---

〔註 170〕胡金元：《留得冰心如日月，藝術江河萬古流——憶已故注明書法家篆刻家楊允中先生》，《家庭與生活報》，1989 年 3 月 14 日。

〔註 171〕夏明宇，陳摯編著：《記憶文理：厚重而輕靈的文化烙印》，成都：西南交通大學出版社，2011 年，第 107 頁。

〔註 172〕《省文聯邀請部分文藝工作者繼續座談 對教條主義和宗派主義進行尖銳批評》，《四川日報》，1957 年 5 月 21 日。

文系教師對參加這個批評不大願意，所以座談會並沒有按時召開，而是一再推遲。直到 2 月 8 日，四川大學中文系主任張默生才主持召開中文系教師集會，座談「星星」創刊號上發表的「吻」和「草木篇」。在座談會上發言的有：張默生、劉思久、王克華、李昌陟、陳志憲、華忱之、李夢雄、陳思苓等，並對「吻」和「草木篇」進行了具體的分析。〔註 173〕雖然批判大會沒有召開，只召開了座談會，但也有一些老師發表了專門的批判文章。1 月 28 日的《人民川大》就發表了兩篇相關文章，其中徐行的文章批判流沙河的《草木篇》，思苓（陳思苓）文章批判曰白的《吻》。從主題上看，這兩篇與《四川日報》上的完全一樣，所以這兩篇文章也是由四川大學統一安排的「命題作文」。當然，我們也不清楚四川大學為什麼選擇了徐行和陳思苓來開這的第一炮的具體原因。陳思苓的文章《略談抒情詩——讀「星星」詩刊「吻」篇有感而作》，我們在《吻》批判中已經有了介紹，這裡主要介紹徐行的《評散文詩「草木篇」》。在文中，他更多就是直接喊出觀點，「一切個人主義者，與我們今天的社會採取對立態度的人，永遠是孤獨的。他們的孤獨，被『暴風』拔掉，被逐出『花園』，毫不能令人同情，而是活該。」〔註 174〕由於參加批判是一項任務，所以寫《評散文詩「草木篇」》的徐行，應該是一個筆名。在社團史料「四川大學文藝研究會」的主要活動之二「舉辦文藝研究座談會」中，曾提到過「徐行」〔註 175〕，但不知是否就是批判《草木篇》的徐行。由於徐行沒有身處在文聯的批判中心，還不太瞭解整個《草木篇》批判的進度，所以他的文章的不僅沒有提出一些新的內容，也沒有對整個文藝界的批判有所回應，僅體現了一種批判姿態而已。所以，徐行和陳思苓的批判文章在《人民川大》上發表，更多的是體現了川大積極參與並支持相關批判的一種姿態。

與此同時，《成都日報》也開始刊登《草木篇》批判的文章。我們知道，1957 年 1 月 8 日《成都日報》的《文壇上初開的花朵 「星星」出版》，刊登了流沙河提出的「解凍說」〔註 176〕，引火燒身。正是由於《成都日報》所刊

〔註 173〕《中文系教師座談「吻」和「草木篇」》，《人民川大》，四川大學校刊編輯室編，1957 年 2 月 16 日，總第 204 期。

〔註 174〕徐行：《評散文詩「草木篇」》，《人民川大》，四川大學校刊編輯室編，1957 年 1 月 28 日，第 203 期。

〔註 175〕范泉主編：《中國現代文學社團流派辭典》，上海：上海書店，1993 年，第 212～213 頁。

〔註 176〕《文壇上初開的花朵 「星星」出版》，《成都日報》，1957 年 1 月 8 日。

登的「解凍說」引起了批判，之後在對《草木篇》批判不斷升級的態勢之下，《成都日報》也得積極參與到相關的批判中。因此，在 2 月 6 日的《成都日報》上，就發表了李鐵雁、王克華的批判文章。當然，由於 2 月 8 日之後四川省文聯召開了總結會，《成都日報》對《草木篇》的批判也就沒有進一步繼續開展。李鐵雁的《「毒菌」在哪裏？》同時批判了《草木篇》和《吻》的問題。在對《草木篇》的批判中，該文包含了《「草木篇」的分析》、《不是厚此薄彼》、《給編輯的建議》這部分。文章的模式，也是按照柯崗、曾克和黎本初所提出的「三大批判」進行的，也就是對《草木篇》、《吻》和《星星》詩刊這三個方面來展開批判。李鐵雁的觀點是，《草木篇》是「不為人民服務，不為社會主義服務」的「毒菌」。另外，在《給編輯的建議》中批判了《星星》詩刊「歌唱一切」的編輯主張。「百花齊放，百家爭鳴是有立場的。我們決不可讓人民的刊物，去為那些毒害人民和敵視人民的亂鳴作廣播臺，決不可讓那些帶著毒氣的花混在人民的園地裏，向人民散發毒氣。『詩歌，為了人民！』，這不能作為一句應付門面的空話，硬是要這樣做，請『星星』詩刊的編輯同志再思，三思。」〔註 177〕總的來看，李鐵雁的文章沒有理論高度和新的觀點。但由於他的文章是發表在《成都日報》，所以就具有重要的象徵意義，讓我們看到了《成都日報》對《草木篇》批判的重視。而作者李鐵雁與詩歌界也沒有多大的關聯。作為峨眉電影製片廠編輯室編輯的李鐵雁，在 1964 年與人共同編著有曲藝、演唱《歌唱我們的生產隊》〔註 178〕，1986 年改編有《田漢戲劇故事選》〔註 179〕，其實與詩歌界關聯並不大。但他加入批判，不管他是被動接受任務，還是主要參與批評，也僅是《星星》詩刊，以及《草木篇》、《吻》問題嚴重性的一種象徵。同日《成都日報》上的另外一篇王克華的批判文章，則是在黎本初文章的基礎上，重點批判了《草木篇》中的「硬骨頭」精神，「這樣的態度與行動，是為人民所不稱道和不能接受的。這種態度會妨礙我們的團結，會妨礙我們的社會主義的建設事業。」〔註 180〕在發表該文的同時，王克華還在《草地》上發表過《王熙鳳論》。〔註 181〕此時，王克華是四川大學

〔註 177〕李鐵雁：《「毒菌」在哪裏？》，《成都日報》，1957 年 2 月 6 日。

〔註 178〕李鐵雁等編著：《歌唱我們的生產隊》，成都：四川人民出版社，1964 年。

〔註 179〕李鐵雁改編：《田漢戲劇故事選》，成都：四川少年兒童出版社，1986 年。

〔註 180〕王克華：《含義玄隱的黝黑胡同——談〈草木篇〉》，《成都日報》，1957 年 2 月 6 日。

〔註 181〕王克華：《王熙鳳論》，《草地》，1957 年，第 2 期。

的青年教師，也與流沙河沒有直接的關聯。據張文勳記載，1954 年王克華參加了北京大學中文系文藝理論進修班，「這個班是教育部委託北大中文系舉辦，目的就是要為全國各綜合大學中文系培養一批馬克思主義文藝理論教師。為了學習蘇聯的馬克思主義文藝理論專門從蘇聯青睞了文藝理論專家畢達可夫教授來主講文藝理論課。學習課程有三門：《文藝學引論》、《文學理論》、《文藝批評》，預計需要兩年半的時間。此外，還有兩門輔修課：《辯證唯物論和歷史唯物論》、《俄羅斯文學史》，由兩位蘇聯專家主講。」〔註 182〕在五六十年代王克華就發表了一些較有深度的理論文章，如《試論文學的思想性和藝術性》、《文藝的戰鬥方向——讀〈我們的文藝是為什麼人的〉劄記》、《情節散論》〔註 183〕。那麼，在《草木篇》批判之時，選擇讓王克華參加批判，就應該是與他的專業有密切的關係了。王克華的文章並沒有在《人民川大》上發表，而是《成都日報》上發表，這應該是省文聯的組織安排。雖然在 5 月 14 日「省文聯第一次整風座談會」上，他也提出了反對意見，「認為四川日報在開展對『草木篇』的批評的過程中，沒有很好的聽取群眾意見。在四川大學，有些老先生說批評過火。有些老先生最近談出，因為看見報紙上對『草木篇』的批評，增加了對『鳴』和『放』的顧慮。」〔註 184〕但是，作為教育部專門培養出來的馬克思主義文藝理論家，王克華必須以自己的專業素養深度介入到《草木篇》批判，提升批判的理論高度。由此，在 12 月王克華還發表了《徹底批判右派分子的反黨謬論》〔註 185〕一篇長文，對整個《草木篇》批判進行了完整的理論清理，「將石天河、流沙河等所放射的反動的資產階級文藝思想的另一批毒箭予以駁斥，揭開他們的毒包，讓馬克思列寧主義的陽光殺死這些害人的細菌。」當然，此時《草木篇》事件已經塵埃落定了，王克華的文章只是在「打死老虎了，也不可能有任何的理論交鋒。此後，在 1979

〔註 182〕張文勳：《心影屐痕——張文勳的學術人生》，北京：北京大學出版社，2012 年，第 3 頁。

〔註 183〕王克華：《試論文學的思想性和藝術性》，《四川大學學報（哲學社會科學版）》，1959 年，第 4 期；王克華：《文藝的戰鬥方向——讀〈我們的文藝是為什麼人的〉箚記》，《語文》，1960 年，第 8～9 期；王克華：《情節散論》，《四川十年文學論文選（1949～1959 年）》，四川十年文學藝術選集編輯委員會編，成都：四川人民出版社，1960 年。

〔註 184〕本報記者石尋：《四川地區「放」和「鳴」有何障礙 省文聯邀請部分文藝工作者座談》，《四川日報》，1957 年 5 月 15 日。

〔註 185〕王克華：《徹底批判右派分子的反黨謬論》，《草地》，1957 年，第 12 期。

年 6 月四川大學錦江文學社編的《錦江》創刊號的「指導老師」一欄便有王克華，而更為重要的是作為四川大學文藝學教授，他主要教授馬克思主義文藝理論，繼續發表了一系列與馬克思主義相關的理論文章，如《關於形象思維》、《評王熙鳳之死》、《我對人性和人道主義的一些理解》、《對人道主義要作歷史的具體分析》等〔註 186〕。而對《草木篇》的批判，也只不過是王克華專業研究的一次理論實踐而已。

在《人民川大》、《成都日報》展開對《草木篇》批判之時，《四川日報》並未停下批判的腳步。在省文聯的《草木篇》、《吻》總結座談會期間，2 月 9 日的《四川日報》還發表了山莓（張舒揚）、何小蓉（余薇野）的兩篇批判文章。其中，由余薇野化名為何小蓉的文章《「草木篇」抒發了個人主義之情》，將《草木篇》與同期《星星》詩刊中的詩歌作品進行比較，分析出了流沙河的孤高憤世之情，認為他有著頑強的個人主義立場。〔註 187〕在介紹初期《星星》詩刊時，我們已經介紹了山莓的《某首長的哲學》被批判，以及他此後的基本情況。雖然他積極批判了流沙河的《草木篇》，但他的諷刺詩《某首長的哲學》和《有一位編輯主任》均被收錄如四川文聯編印的《是香花還是毒草？》中，也成為被批判的對象，乃至最後被劃為右派。相關歷史此前已有介紹，這裡就不再贅述。山莓的文章《也談「草木篇」和「吻」》包括兩部分，第一部分是批判《草木篇》的，第二部分是批判《吻》的。關於《草木篇》，他的觀點，「這是教讀者反抗現實，這種教育是危險的，是有害的。」〔註 188〕在《草木篇》批判中，山莓也是一個比較複雜現象。山莓與流沙河之間的個人關係，我們不清楚；但山莓與石天河之間的關係卻應該說是相當不錯的。石天河多次回憶了他與山莓之間極好的關係，以至於石天河在編完《星星》第二期被停職之後，他就準備讓山莓來《星星》編輯部，「當時準備向常蘇民建議，把山莓從四川音樂院調來，接替我在《星星》的位置，以免《星星》落到李累、傅仇手裏。」〔註 189〕不過，事與願違，此後的山莓卻並沒有站在石天

〔註 186〕王克華：《關於形象思維》，《四川大學學報（哲社）》，1978 年，第 1 期；王克華：《評王熙鳳之死》，《四川大學學報》，1979 年，第 1 期；王克華：《我對人性和人道主義的一些理解》，《社會科學參考資料》，1982 年，第 3、4 期；王克華：《對人道主義要作歷史的具體分析》，《社會科學研究》，1984 年，第 1 期。

〔註 187〕何小蓉：《「草木篇」抒發了個人主義之情》，《四川日報》，1957 年 2 月 9 日。

〔註 188〕山莓：《也談「草木篇」和「吻」》，《四川日報》，1957 年 2 月 9 日。

〔註 189〕石天河：《逝川囈語——〈星星〉詩禍親歷記》，香港：天馬出版有限公司，2010 年，第 32 頁。

河一邊，反而是對石天河落井下石，「最可笑的是，當我去向常蘇民建議，把山莓調來接替我的時候，我還不知道，山莓的夫人，已經寫了一份 3000 多字的檢舉材料，把我和他們夫婦來往的一言一行，都向文聯作了檢舉，並明確表示他們夫婦已經堅決和我劃清了界限。」〔註 190〕這段歷史，石天河在《讓良心發言——作為參加座談會的補充發言》中也還有完整的記載，「山莓是批評的參加者，在李累派遣傅仇、席向等人，羅織我的罪名的時候，曾因某種『誤會』而和我作過短時間『朋友』的山莓夫婦，這時，就把我平日在他們家裏說過的隻言片語，都加油加醬地編造成了一份『反革命罪證』材料，作為李累等對我進行迫害的最主要的『把柄』。」〔註 191〕雖然我們不瞭解這段歷史中山莓具體心路歷程，但由於個人原因，他積極主動地參與到了對石天河的批判中。而且在整個《草木篇》批判的過程中，山莓可以說是非常積極的。在 5 月 22 日、5 月 26 日的省文聯的整風座談會上，都有他的發言。如 5 月 22 日的《山莓的發言》中，山莓肯定了對《草木篇》和《吻》的批判，雖然他也認為有些批判的態度確實有問題，「有些文章批評態度粗暴，首先使人感到帶有威嚇性質，這樣不但不能解決問題，反而增加問題。希望批評文章多說理，另外，也希望有不同意見應加以發表。」〔註 192〕不過在 5 月 26 日的座談會上，山莓再次闡釋了應將《草木篇》「應不應該批評」和「批評中的態度」分開的觀點，進一步肯定了對《草木篇》的批判，「對『草木篇』提出批評，對讀者是有好處的，我們學校中（西南音專）有些同學在未展開對『草木篇』的批評前，看了『草木篇』後就不明確，這說明有向讀者說明的必要。省委宣傳部應注意這個問題，注意這方面的思想問題是完全應該的。」而且，山莓還提出，「報紙上很多同志發言都提到，對『草木篇』的批評是有組織、有計劃的，對作者進行人身攻擊，政治陷害，在讀者中造成了誤解不明真象。他建議文聯把真象說明一下。」〔註 193〕正是山莓在批判中的積極表現，引起了石天河的極度不滿。6 月 8 日，石天河在給流沙河的信中，就專門提到了山

〔註 190〕石天河：《逝川囈語——〈星星〉詩禍親歷記》，香港：天馬出版有限公司，2010 年，第 33 頁。

〔註 191〕石天河：《讓良心發言——作為參加座談會的補充發言》，《四川文藝界右派集團反動材料》（會議參考資料之九），四川省文聯編印，1957 年 11 月 10 日，第 23 頁。

〔註 192〕《省文聯邀請部分文藝工作者繼續座談 討論有關對「草木篇」的批評等問題》，《四川日報》，1957 年 5 月 22 日。

〔註 193〕《省文聯舉行作家詩人批評家座談會》，《四川日報》，1957 年 5 月 26 日。

莓，說他已經成為了「教條主義」核心人物。「目前，以沙汀為主帥，以李累作中軍，以山莓、王吾、蕭崇素、李伍丁輩偽正人君子為過河卒，打夥串演的假鳴放，其基本情緒，自然仍是一種反整風、反民主的情緒，外放內收、陽放陰收、小放大收、以及你所說的那種待機反撲，都是必然的事。」〔註 194〕這當然不是石天河無的放矢，因為此後的山莓又寫出了一批非常激進的批判文章。如《斥『藝術超階級論』者》中說，「流沙河、丘原、茜子、遙攀等對於契訶夫作了無恥的誣衊。而誣衊，是所有反動的文學家們所共有的手段。……此外他們還妄言什麼『良心』之類，真是無恥得很。他們的心是黑的，是像毒蛇一樣的有毒！揭開他們的畫皮，就會看到他們猙獰的本質了。」〔註 195〕到了 1957 年 10 月，山莓也沒有停下了批判的腳步，甚至還擴大了他批判的範圍，寫出了《公木支持了什麼——「懷友二首」讀後》一文，將批判矛頭指向了公木。他此時的文章，相當的激進和偏激，「公木的《懷友》二首，所抒之情，對黨所抱的態度，可用三個字來說明，即怨、怒、恨。『怨』者，怨黨之不明；『怒』者，怒黨之不公；『恨』者，恨黨之不情。『不明』、『不公』、『不情』，何以服人。此公木之所以要對黨恨恨有聲的原因了，也即是『似有所感，因成此詩』的原因了。」〔註 196〕此外，他還在 1958 年《星星》詩刊第 1 期上，發表了一篇完整批判流沙河文藝理論的文章《流沙河的「個性」》〔註 197〕。

那山莓為何如何積極地介入到相關批判中呢？我們看到，從 2 月 9 日批判《草木篇》，到五月份座談會上的兩次發言，再到 10 月份對公木的批判，以及 1958 年再次對流沙河文藝理論的批判，山莓可以說幾乎參與到了與《星星》詩刊相關的所有批判中。關於山莓的生平，於明的《他們仍活在我們心裏——記幾位去世的藝宣隊戰友》、辛揚的《詩人山莓》以及戴俊平的《大運河水孕育的詩魂——紀念詩人山莓〈山莓詩選〉代序》都有記載。其中，於明的記載最為簡潔和清晰，「張勁民：江蘇邳縣人，後改名張舒揚，筆名山莓，是藝宣隊富有才華的詩人之一。……他深愛襄河邊的山山水水和勤勞的人民。為此，他寫出了著名的新詩《綠色的春天》。這首詩後來發表在胡風主編的《七月》雜誌上，繼又收入《我們是初來者》詩集中。1940 年春，他任兒童工作

〔註 194〕石天河：《六月八日石天河給流沙河的信》，《四川文藝界右派集團反動材料》（會議參考資料之九），四川省文聯編印，1957 年 11 月 10 日，第 23 頁。
〔註 195〕山莓：《斥「藝術超階級論」者》，《草地》，1957 年，第 9 期。
〔註 196〕山莓：《公木支持了什麼——「懷友二首」讀後》，《星星》，1957 年，第 10 期。
〔註 197〕山莓：《流沙河的「個性」》，《星星》，1958 年，第 1 期。

指導員時，曾在戴子騰、王克平等同志協助下，為童工隊成立一週年紀念，編了一本紀念刊《一年》，內容和印刷均屬上乘。1943年，他離藝宣隊去重慶，翌年，以共產黨嫌疑罪名被特務逮捕，至1945年抗戰勝利後始釋出。以後，繼續在重慶、成都新聞出版界工作。新中國成立後，他一直在西南音樂學院任教，並參加入了中國共產黨，同時創作了許多優美的詩篇。『文革』期間、他遭受『四人幫』在四川的爪牙的嚴酷迫害，鬱憤成疾，於1970年7月與世長辭，終年50歲。」〔註198〕我們看到，山莓原名張勁民，用過筆名張舒揚，但有的地方也寫為「張舒陽」。此外，辛揚的文章〔註199〕、戴俊平文章，也都進一步補充了山莓在這些事件中更為具體的細節。在這些事件中，最值得注意的是山莓與胡風的關係，特別是他在胡風主編的《七月》上發表過詩歌。1941年9月胡風主編的《七月》第七集第1、2期合刊中便刊登了山莓《綠色的春天》、《紅色的知更鳥》、《蒲公英》、《河岸上》的四首詩。1942年胡風選編《我是初來的》（七月詩叢第一集）由桂林南天出版社出版，其中也入選了山莓的《綠色的春天》。〔註200〕正是由於在胡風主編的刊物，選編的詩集上都發表過這首作品，在1955年山莓成為了「胡風集團分子」。不過，令人感歎的是，胡風居然不認識作為「胡風集團分子」的山莓。1984年在《〈胡風評論集〉後記》中，胡風就提到他完全不認識的詩人山莓，「1955年起，凡是和『七月』在工作中發生過一點關係的人，幾乎都難幸免。幾年前在成都曾聽到這樣一個例子。大概是《七月》後期，我收到署名『山莓』的一位作者投來的幾首小詩。它抒寫了對自然的清新感受，表現了自然植物的生命力。這是能夠引起讀者對開始加強的黑暗的社會壓力的反抗感情的。於是我高興地把它發表了。到我的問題發生後，有人居然從這個筆名查出了他是誰，把他找到了，要他表示態度。他當然承認了錯，但還是挨了嚴酷的整。到反右的時候，他又挨了嚴酷的整，終於死掉了。怎樣死的？不知道。我連他的真姓名一直不知道。」〔註201〕在這裡，胡風記錄了山莓《綠色的春天》等詩歌的發

〔註198〕於明：《他們仍活在我們心裏——記幾位去世的藝宣隊戰友》，《老河口文史資料　第23輯　藝宣隊史料專輯》，中國人民政治協商會議老河口市委員會文史資料委員會編，1990年，第206～207頁。

〔註199〕辛揚：《詩人山莓》，《烽火少年——抗日戰爭中的一支兒童工作隊》，政協老河口市委員會等編，第76～79頁。

〔註200〕胡風選編：《我是初來的》（七月詩叢第一集），桂林：南天出版社，1942年。

〔註201〕胡風：《〈胡風評論集〉後記》，《胡風評論集（下）》，北京：人民文學出版社，1985年，第415頁。

表經過，以及他對山莓詩歌的評價，同時也記載了1955年胡風案中山莓被牽連的狀況。那麼，在這次胡風事件中，是誰查出了「山莓」這個筆名的主人？山莓又怎樣認錯？以及最後又「挨了怎樣嚴酷的整」？這些我們都沒有相關的詳細史料。在胡風表述中，他不僅不認識山莓，而且對山莓的瞭解也是不準確的。胡風認為，山莓是由於有了1955年胡風案中對山莓的批判，所以才在反右期間進一步遭受了批判，並在反右期間死掉。但實際上，在反右期間山莓並沒有挨「整」，而是在積極地「整」別人，批判他人。而且山莓實際上是死於文革期間的，並非死於反右期間。雖然胡風對於山莓的記載，有這樣一些不完整和不確切的地方，但他卻提供了山莓為何在《草木篇》批判期間，積極介入到相關批判的重要背景。本來，山莓在抗戰後積極參與到爭取和平、民主的運動，並已經獲得了組織的認可。如戴俊平所說，「直到『雙十協定』簽訂之後，舒陽才得以取保獲釋。這時的舒陽真的如同猛虎歸山，但他所能做的，只有利用手中的筆。他便和張兆麟、孟超、韓勁風、姚北樺等一批進步朋友們一起編輯《西南日報》。在地下黨組織的領導下，他們利用這個報紙積極地進行反對內戰、呼號和平、推動民主、抨擊黑暗現實，當時在重慶起到了相當大的影響。」〔註202〕而且在建國初，山莓不僅受聘於四川音樂學院，而且在《星星》等刊物上發表了詩歌作品，在創作上有了一些影響。如洪鐘在《「星星」的詩及其偏向》對整個《星星》詩刊創刊號展開了批判，但卻對山莓詩歌予以高度評價，「山莓的『泉水邊』，是首優秀的情詩。作者以熟練的詩的構思和凝練的語言，給我們描繪了一幅迷人的圖畫：維吾爾青年男女在泉水邊相愛。作者描寫這種相愛的情景時時不同凡響的。詩人獨特地，也是巧妙地用紅蓮、蘋果花、蜜蜂、菱草、水、水珠、銀盃這些物象組成了絢麗的圖畫。在這幅圖畫裏，生動地蘊藏著男女青年質樸的熱愛的感情。」〔註203〕但是，不久後風雲突變，胡風案徹底轉變了山莓的命運。儘管胡風在《〈胡風評論集〉後記》中，並沒有完整描述出在1955年胡風案中山莓受牽連的具體歷史細節，但可以肯定是，在1955年胡風案這次全國性的歷史事件中，山莓肯定是受到了嚴重的衝擊和影響。在這樣的背景下，我們再重新來看1957年山莓積極介入到批判的心理，就非常容易理解了。從1957年四川省文聯發起

〔註202〕戴俊平：《大運河水孕育的詩魂——紀念詩人山莓〈山莓詩選〉代序》，電子版。

〔註203〕洪鐘：《「星星」的詩及其偏向》，《紅岩》，1957年，第3期。

對《草木篇》、《吻》的批判開始，雖然遠離了四川省文聯，身處四川音樂學院的山莓，卻一直在關注著整個事態的發展動向。此時，山莓認為自己必須積極介入到相關的批判中，以洗清自己歷史上的與胡風有牽連的沉重負擔，由此重新開始自己人生新途。所以，《四川日報》發起對《草木篇》和《吻》的批判之後，儘管山莓在《星星》創刊號發表了作品，他也要積極主動地展開對《星星》的批判，並且很快就寫出了批判《草木篇》和《吻》的文章〔註 204〕。同時，為了能撇開自己與《星星》詩刊的關係，特別是與石天河等人之間的關係，他和夫人甚至開始在收集朋友石天河的「材料」，且一發而不可收拾。

由此，在此後省文聯的批判大會上，山莓也才會表現得如此積極，以至於他這種激進的姿態被石天河認為「已經與李累成為了一夥」。從這裡我們可以看到，山莓的這種努力，確實得到了文聯的肯定。不過，頗有意思的是，山莓對於《草木篇》等批判卻一直持有一種矛盾的態度。在文章或者發言中，他一方面肯定應該對《草木篇》展開批判，認為省委宣傳部重視這個問題，完全是應該的。但另一方面，他又不斷在說批判中有的態度粗暴。甚至在發言中，山莓還要求文聯說明對《草木篇》的批評是否是有組織、有計劃的批判，觸及到文聯的敏感之處。但如果結合到 1955 年中的事件，我們明顯看到，山莓在批判流沙河的同時，也在試圖通過這次事件，能為自己曾經被批判的歷史辯護。不過，事情並沒有山莓想像得那麼簡單，那麼容易「雙贏」。在石天河、流沙河被認定為「四川文藝界右派集團」之後，山莓也很快就明白了這一點。所以，《草木篇》事件之後，山莓就完全不能再在自己的文章中表現出一點猶豫，必須徹底劃清與胡風、與流沙之間的界限，必須重新選擇批判對象，以展示自己的左派形象。此時，山莓批判公木，其實就是為了進一步劃清自己與胡風之間的關係；山莓再次批判流沙河，便是在否定自己曾經對流沙河批判中的猶豫和矛盾之處。應該說，山莓所有的這些努力，都是他在 1955 年胡風案之後心有餘悸的表現。當然山莓的這些積極的表現，使得在反右鬥爭中沒有受到任何的影響，似乎走向了光明大道。然而，山莓最終還是沒有逃脫胡風案的影響，而難逃一劫。據戴俊平記載，「作為一個單純而又正直的中國人，尤其是一個天真得孩子般的詩人，舒陽雖曾躲過了五七年那場災難，但他卻因此受到了許多嚴重的打擊，從此黯啞了歌喉。『史無前例』到來，舒陽晉升為學院的『著名反動學術權威』，審查、批鬥、逼供、

〔註 204〕山莓：《也談「草木篇」和「吻」》，《四川日報》，1957 年 2 月 9 日。

關押……一九七零年二月十一日，『中國』終於又少了一個五十二歲的『敵人』」。〔註 205〕同樣，石天河也有過簡單的記載，「山莓是一個很誠實的人，他提出要文聯說明真相，大概意在辯白那檢舉材料『不是夫婦同寫的，內容也並無惡意，是為了幫助石天河改正錯誤』，等等。山莓在『文革』中，受到嚴重迫害，肝臟被打壞致死。『文革』後，四川音樂學院才給他平反並開了追悼會。」〔註 206〕從山莓自身來說，他參與到《草木篇》批判之中，可以說是完全他自己的一次主動的討好行為，或者說自我主動的思想改造行為，但最終還是沒能逃脫厄運。而從整個《草木篇》批判歷史來說，山莓等人的主動參與，又讓《草木篇》批判成為了整個文藝界，乃至社會共同關注的焦點。由此，正是由於不同的人，以及他們各自不同的原因和目的，共同參與或者說一起推動著《草木篇》批判滾滾向前。

## 九、《草木篇》唯一的支持者

在初期這次《草木篇》的系統批判中，僅有虞進生的一篇支持文章。《草木篇》批判和《吻》批判是由省委宣傳部、省文聯統一安排部署的，所以這段時間相關報刊都是以發表批判文章為主，完全不刊發反對批判的辯護文章。在這種情況下，1 月 30 日的《四川日報》所發表的兩篇反批判文章，就很值得注意了。一篇是虞進生為《草木篇》辯護的《駁「抗辯」》，另外一篇是體泰為《吻》辯護的《靈魂深處的聲音》。而在《草木篇》批判中，我們能看到的，卻僅有虞進生的這一篇辯護文章。

虞進生的文章很短，觀點也不複雜，「我認為流沙河同志的『草木篇』是一篇很好的詩，它的主題也正如副標題的詩句：『寄言立身者，勿學柔弱苗』（白居易）一樣，作者以熱情洗煉的詩句，通過幾種草木的形象告訴人們：應該怎樣對待生活，應該怎樣對待生活中的『暴風』、『藤』、『毒菌』，……而這些美好的詩句都非常不幸，遭到粉飾生活的『抗辯』。不難理解，在我們的生活裏是存在有肮髒東西的，因循、苟且、懶惰、官僚主義。……顯然，曦波同志是把生活看的太簡單了，以為今天的『白楊』就是繼承它的『光榮傳統』，

〔註 205〕戴俊平：《大運河水孕育的詩魂——紀念詩人山莓〈山莓詩選〉代序》，電子版。

〔註 206〕石天河：《逝川囈語——〈星星〉詩禍親歷記》，香港：天馬出版有限公司，2010 年，第 124 頁。

今天雖然幼弱，明天卻要拔地而起，『枝幹參天！』其實這和原詩的意思是一樣的，流沙河同志也是這樣認為。既然『她的腰不肯向誰彎一彎』，曦波同志又怎樣會設想它不會拔地參天呢？我認為曦波同志『抗辯』的根本錯誤，就是無視生活裏的複雜和新與舊的尖銳鬥爭，而這也是文學作品公式化、概念化的根本原因之一。」〔註 207〕通過文章，可以看出作者虞進生並不清楚曦波的身份，以及這次批判背景。所以在他的文章中，直接稱呼曦波，而完全未提到李友欣。而且虞進生還毫無保留地提出自己的觀點，「流沙河同志的『草木篇』是一篇很好的詩」，「曦波同志把生活看的太簡單了」，最後得出結論「我認為曦波同志『抗辯』的根本錯誤，就是無視生活裏的複雜和新與舊的尖銳鬥爭」。這篇文章的一個重要特點就是，抓住批判源頭，從反駁第一篇批判《草木篇》的曦波的文章開始，想從澄清源頭來為《草木篇》辯護。但虞進生文章，不僅內容非常短小，而且在論證分析以及學理上，並沒有理論深度，甚至完全沒有抓住曦波文章論證的核心。可以說，這僅為一篇支持《草木篇》的表態性的文章而已。當然，也正式由於這篇文章水準較低，才能被「放」出來供進一步的批判。問題是，虞進生是誰呢？為什麼要在這個時候為《草木篇》辯護呢？而且是以這樣一篇「低水平」的文章展開反擊的呢？根據記載，虞進生是四川大學中文系 56 級的學生。〔註 208〕那麼，在 1957 年 1 月，虞進生還是剛剛進校不久的中文系大一學生。這樣，由於虞進生根本不瞭解整個《草木篇》批判的背景，所以才敢於直言，僅憑一腔熱血為流沙河辯護。但就是這樣一篇沒有理論深度的文章，也受到了相應的批判，並且還是兩篇批判文章。此時，虞進生是高校學生，所以相關的批判任務，也就主要是由相關科研院校來完成的。第一篇反駁虞進生文章，是來自四川省社科院袁珂 2 月 6 日發表的《「愛情」和「立身」》。該文是針對體泰《靈魂深處的聲音》和虞進生的《駁「抗辯」》兩篇文章而寫。對於虞進生，袁珂說，「寄望固然不錯，但是我很懷疑這些英雄是否能夠擔當起這一場嚴重鬥爭的任務。照我看來是不能的。其所以不能，正因為詩裏所歌頌的英雄們的『立身』，是不合時宜地表現了形形色色的孤高。」〔註 209〕袁珂著重對虞進生所列舉的菡子同志

〔註 207〕虞進生：《駁「抗辯」》，《四川日報》，1957 年 1 月 30 日。

〔註 208〕曹順慶、熊蘭主編：《走向新世紀——四川大學校慶 110 週年文學與新聞學院紀念文集》，成都：四川大學出版社，2006 年，第 388 頁。

〔註 209〕袁珂：《「愛情」和「立身」》，《四川日報》，1957 年 2 月 6 日。

揭露的「小蘭的死」的例證展開批判。他認為，虞進生的文章文理不通，而且《草木篇》中的「孤高」本身就十分危險的。所以，為「草木篇」辯護，是無益而有損的。

其實，虞進生的文章論爭不周密，袁珂的分析也並不嚴謹。重要的是，袁珂在文章中，不僅批判了流沙河，也批判了辯護者虞進生。當然，此時的袁珂，還是有所保留。5 月 26 日省文聯第五次整風座談會的報導中，袁珂就首先否定了余輔之，「我不贊成余輔之的批評方式，把流沙河說成是對人民的挑戰，是站在反革命立場，並且作了些主觀的設想，用自己的心思去推度作者的心思。」然後回顧了自己對「兩篇反批評文章」的關注，以及自己寫作的經過，由此表達了自己對《吻》和《草木篇》批判相對中性的態度。「『草木篇』和『吻』不同，『吻』的作者我只見他寫過這首詩，要否定只能全部否定，而『草木篇』的作者流沙河卻還寫過其他詩作，因之在批評『草木篇』時，還應聯繫其他詩作來談，不能因一篇『草木篇』就把流沙河全部否定了。」〔註 210〕當然，這次發言是在「整風」期間，所以袁珂為《草木篇》辯護，也是形勢使然。那麼，為什麼袁珂要關注一個初生牛犢的虞進生，並對之予以批判呢？袁珂作為建立中國神話學的學者為人熟知。在袁珂《袁珂自述》中，他對自己生平有一個完整的介紹。在袁珂對自己的自述中有兩個重點，一是自己建國前的求學歷程，二是建國後他對中國神話的研究。值得注意的是，袁珂的自述中著重介紹過自己的「臺灣經歷」，「1945 年到重慶，創辦文化新報社，任社長，並編輯《文化新報》。1946 年應臺灣編譯館館長許壽裳之邀請，在臺灣省編譯館編輯，臺灣省教育廳編審委員會編審，開始系統地研究中國神話傳說。寫出了〈山海經〉裏的諸神》（連載於 1948～1949 年見的《臺灣文化》）。1949 年初，離開臺灣，回到成都在《川西日報》副刊任編輯。」〔註 211〕如果回到歷史，袁珂的臺灣經歷，在建國初應該是非常敏感的，因為就有人提到了「袁珂白旗」這樣的說法，「從 1950 年至 1960 年這 10 年間，……袁珂參加了土地改革運動、肅反運動、整風反右運動，到重慶南桐煉過鋼，被下放到成都南郊永豐公社勞動鍛鍊。在重慶參加反覆莫測的整風反右運動

〔註 210〕《省文聯舉行作家、詩人、批評家座談會 對「草木篇」問題的討論逐漸深入》，《四川日報》，1957 年 5 月 26 日。

〔註 211〕袁珂：《袁珂自述》，《世紀學人自述》，第五卷，北京：十月文藝出版社，2000 年，第 230～241 頁。

中，袁珂被多次拔過『白旗』但未劃為右派，眼見其同行在運動中一個個都跌倒了，他『更是視政治為畏途』，於是申請退出了中國民主同盟，成了無黨無派人士。一個被錯劃為右派的詩人曾驚詫於『袁珂白旗安然無恙』。袁珂卻自嘲說白旗是投降的旗幟，向無產階級繳械投降，自然可以不倒，可以『安然無恙』。」〔註 212〕按照袁珂自己的說法，「白旗」就是投降的旗幟。從這裡他申請退出中國民主同盟看來，建國初的袁珂確實在運用各種方式來保護自己。所以，他介入到《草木篇》批判，也是為了保護自己的一種手段而已。此前袁珂在《重慶日報》發表過批判胡風的文章《胡風發售的不是萬應靈膏，是糖衣毒藥》〔註 213〕，另外在《紅岩》上聯合署名《此後剝開右派分子、市儈「作家」張曉的畫皮》一文中，也有袁珂。〔註 214〕所以袁珂對曰白、體泰、虞進生、流沙河的批判，還有他對張默生的批判〔註 215〕，以及他最後並未被劃為右派，就應該與他主動「插白旗」有關。

另外一篇反駁虞進生《駁「抗辯」》的是田原的文章。他的觀點是，「我認為虞進生同志的論點是不能成立的。……我們說：『草木篇』的矛頭不是指向人民內部的缺點，而是指向人民。他鼓勵人們脫離和敵視周圍的一切，把自己和人民對立起來。我們說這首詩的思想實質是反人民的，正是指的這一點。」〔註 216〕田原對虞進生展開批判，應該是虞進生是四川大學學生這一背景，所以必須讓四川大學出面對虞進生予以批判。而選擇田原，也完全與他的經歷有關。我們前面談到，1951 年田原在《川西日報》上發表了《讀者建議展開文藝的批評》一文批判牛角灣，此時的田原還是四川大學外文系的一名學生。他於 1953 年四川大學外國語言文學系英語專業畢業後，在四川大學校刊編輯室當編輯。在「牛角灣批判」之後，作為四川大學校刊編輯的田原一直都比較關注文藝界的批判動態，並且還組織了一些批判文章。如李昌隣

〔註 212〕范華銀：《中國神話學大師袁珂》，《新都文史》，中國人民政治協商會議成都市新都區委員會文史資料委員會編，2002 年，第 18 輯，第 214～215 頁。

〔註 213〕袁珂：《胡風發售的不是萬應靈膏，是糖衣毒藥》，《重慶日報》，1955 年 5 月 12 日。

〔註 214〕《此後剝開右派分子、市儈「作家」張曉的畫皮》，《紅岩》，1957 年，第 12 期。

〔註 215〕袁珂：《從張默生〈談西遊記〉到他的〈西遊記研究〉》，《草地》，1957 年，第 9 期；袁珂：《剽竊大師——張默生》，《紅岩》，1957 年，第 12 期。

〔註 216〕田原：《矛頭是指向人民內部的缺點，還是指向人民？——駁「駁『抗辯』」》，《四川日報》，1957 年 2 月 12 日。

就說過「川大中文系好多人都出席過文聯的座談會，也寫過批評文章，說全出於被動，不是事實，我在川大校刊上寫批評『吻』的文章，固然是由校刊編輯田原組織我寫的，但我是心甘情願，感到有寫的必要。」〔註 217〕而且在《吻》批判中，四川大學中文系所召開的批判《吻》、《草木篇》的座談會，田原肯定是其中的組織者之一。不過，田原最初並沒有親自動手，撰寫批判文章。而當四川大學中文系學生虞進生發表為《草木篇》辯護的文章時，才引起了作為四川大學《草木篇》批判組織者之一的田原的注意，所以他就展開了對虞進生的批判。田原對虞進生的《駁「抗辯」》的批判，實際又是在繼續使用他對流沙河批判的固定模式。而此前，田原在《讀者建議展開文藝的批評》中就說過，「『牛角灣』的問題，已經不昌一個單純的寫作技巧問題，而是作者的階級立場和創作態度的問題。」〔註 218〕所以，這次在反駁了虞進生之後，田原又進一步寫出了《在論爭中所想到的》一文，系統梳理了「吻」批判和「草木篇」批判的歷史。更為重要的是，在第二部分《圍繞「草木篇」的爭論》中，田原提出要「追查作者家庭成分」，「在現實生活中，有這樣一部分人，或者是由於自己的家庭或家庭中的某些成員是我們民政權專政的對象，在社會改革中受到了正義的打擊，因而心懷不滿；或者由於堅持自己的資產階級個人主義立場而碰了壁；或者是在歷史上、政治上或思想上犯了嚴重錯誤受到批評、處分，但仍無心悔改；以及其他等等。這樣的人雖然不是反革命，但是如果他們不轉變自己的立場，他們的思想感情就很容易和今天的社會、和黨、和人民群眾對立起來。這種思想矛盾從性質上說，也帶有對抗性。」〔註 219〕特別值得注意的是，田原還在多個場合中提到要追查同情流沙河的人的家庭成分。如藍庭彬曾提到，「他認為一些文藝理論批評工作者以馬列主義者自居，對自己看不慣的東西就排斥，田原就在去年文聯舉辦的除夕茶會上說同情『草木篇』的人的父母親一定是鎮壓的，或者他本人在『三反』『五反』中挨過整。」〔註 220〕可以說，田原對虞進生的批判，最終落腳到了「追查家

〔註 217〕《李昌隲對張默生及其倡導的「詩無達詁」論發表意見》，《四川日報》，1957 年 6 月 29 日。

〔註 218〕讀者田原：《讀者建議展開文藝的批評》，《川西日報》，1951 年 6 月 24 日。

〔註 219〕田原：《在爭論中所想到的》，《草地》，1957 年，第 3 期。

〔註 220〕《藍庭彬認為幾次座談會上，發言者都不敢提宗派主義。他認為爭鳴中領導上可以發言》，《省文聯邀請作家、教授、批評家繼續座談》，《四川日報》，1957 年 6 月 5 日。

庭成分」建議，要挖流沙河的老底。

正是由於田原這一「要挖老底」的建議，立即引起了流沙河的注意。他在 5 月 17 日的座談會上發言說：「像田原，1951 年打了我一棒，那時他未成為『理論家』，寫的是『讀者來信』。我不知誰授權田原在文章中追查別人的政治歷史面貌，但田原要如此說也非偶然的。這使我聯想到契訶夫筆下的普希里別葉夫中士。」〔註 221〕可見，由於田原在 1951 年批判過流沙河，所以流沙河對於田原也是時刻銘記在心的。但田原「追查家庭成分」的建議，後來確實發生在了流沙河身上。而且在流沙河的歷史被追查之後，田原還寫了一篇《所謂「追查政治歷史」之類》的文章，為自己的建議提供理論依據，「追查政治歷史不是我的任務。流沙河的作為地主少爺的『九老少』的歷史，現在已經被他的家鄉的農民揭發出來了，人們不難從『九老少』和《草木篇》之間找到內在聯繫的。至於我有沒有追查流沙河的政治歷史問題，是不難解答的。……我只強調作者的政治立場等等和他的創作有聯繫的一面，而忽略了它們之間的界線，他們之間的嚴格區別。但是，如果從根本上否定這種說法，並且據此就給批評者加上一條『追查政治歷史』的罪名，我是不敢苟同的。……他們企圖以所謂『追查政治歷史』的口實來否定文藝批評的政治標準。不過是徒勞無益的妄想而已。」〔註 222〕但是，儘管有田原的自我辯護，他「追查政治歷史」的建議，對流沙河的影響和傷害極大，對整個文藝生態的發展也是極為有害。但此後田原並沒有進一步參與到《草木篇》的批判之中，在批判中主動消失了自己的身影，這或許是他對自己「追查政治歷史」血腥建議的一種反思吧。

我們再來看為《草木篇》辯護的虞進生。面對這樣來自四川省文聯的袁珂以及四川大學田原的批判，作為大學生的虞進生毫無反駁之力。而且在這樣的有組織的批判形勢之下，虞進生也肯定受到了來自四川大學中文系的相關「教育」。之後到底發生了什麼，我們難以知曉。不過，到了此後反右鬥爭的白熱化階段，虞進生也「轉」了。1 月 30 日虞進生寫《駁「抗辯」》為「草木篇」辯護，到 6 月 28 日，他卻寫材料揭發川大中文系主任張默生，特別是張默生「在學生中散佈的反對黨的領導、反對社會主義的右派言論」的問題。

〔註 221〕《流沙河談有關對「草木篇」的批評的種種問題》，《省文聯邀請部分文藝工作者繼續座談 圍繞「草木篇」問題發表意見》，《四川日報》，1957 年 5 月 17 日。

〔註 222〕田原：《所謂「追查政治歷史」之類》，《草地》，1957 年，第 8 期。

在材料中，虞進生揭發了張默生的種種問題：如為何劍熏打「抱不平」、反對「三反」「肅反」、認為很多人在胡風問題中受了冤枉、認為丁玲在原先的胡也頻選集中對他作了歪曲、對黨員的缺點和錯誤感興趣、誣蔑這次黨整風運動、贊同孫大雨在上海的發言、贊成對沙汀的抗辯、拉攏大學生等〔註223〕。這些在《四川日報》上所發表的虞進生的揭發材料，其具體內容我們就不再闡釋了。值得注意的，我們絲毫看不到1月30日以後，或者說袁珂、田原對他文章批判之後，虞進生的具體情況。在現有的這些揭發材料中，虞進生似乎有意迴避了自己為何為「草木篇」辯護，以及他的《駁抗辯》被批判之後自己的經歷。而且虞進生完全沒有提到流沙河的問題，以及對流沙河的批判，而直接將矛頭指向了張默生。這應該是由於虞進生與流沙河並不熟悉有關，所以無法寫出揭發流沙河的材料。更為重要的是，此時的張默生由於「詩無達詁」理論，已經成為《草木篇》批判中在流沙河之外第二號重要人物。所以，虞進生對張默生的揭發，也就是對《草木篇》的批判。虞進生為何要寫揭發張默生材料？他寫作時的具體心境怎樣？以及他此後的生活是否受到影響？由於材料缺乏，我們也無法知曉。他或許會為自己學生時代寫《駁「抗辯」》的揮斥方遒而欣喜不已，或許他也會為自己作為一枚棋子而寫出揭發張默生的材料並獲「自保」而心有餘悸。

## 十、《草木篇》批判的「高峰」

在整個批判過程中，作為四川省委宣傳部主管的報紙《四川日報》，是《草木篇》批判的主戰場。而作為四川省文聯主管的刊物《草地》，更作為四川官方的文學刊物，當然也必須要承擔起相應的批判任務。2月10日出版的《草地》，其《編後記》中就專門記載了這次批判活動或者說任務，「四川地區的詩刊——『星星』創刊後，其中不少抒人民之情、反映各族各界人民生活的優秀詩歌，受到了讀者的歡迎。但其中敵視現實、褻瀆人民感情的壞詩——『草木篇』和『吻』，也激起了廣大讀者公正的批判。四川日報上已就這兩首詩和有關問題展開了熱烈的討論，本刊編輯部也收到了不少這方面的來稿。因出版時間的限制，本期只選登了兩篇，下期我們打算就這兩首詩所涉及到

〔註223〕《四川大學中文系學生虞進生揭發 張默生在學生中散佈右派言論 說黨中央在利用民革打擊民盟和其他民主黨派，並說某些胡風分子受了冤枉》，《四川日報》，1957年7月1日。

的問題，系統地開展討論。這是對正確地貫徹『百花齊放』的文藝政策是有益處的。我們熱切地歡迎大家就這一問題發表意見，踊躍地參加討論；對本刊的缺點和錯誤也請嚴肅地提出批評。通過這一討論，使我們的文學創作，使我們的文藝刊物，能夠更好的在正確的道路上健康發展。」〔註 224〕由此，1957 年《草地》第 2、3 期，也都集中刊發了批判《草木篇》的文章，使得《草木篇》批判達到了高峰。由於《草地》是月刊，所以在時間上不能及時地跟上整個批判的需要。因此我們看到，《草地》上的《草木篇》批判文章的時間節點，是完全落後於《四川日報》的。雖然這樣，但《草地》上的批判文章理論性更強，如陳思苓《漫談抒情詩的「情」》、山莓《愛情和色情》以及田原的《在論爭中所想到的》，批判力度就更勝《四川日報》一籌。

最值得注意的文章是，在 2 月 10 日的《草地》上，李亞群化名為黃鹿鳴的所發表的文章《「草木篇」書後》。流沙河極為重視這篇文章，他說，「據統計，『四川日報』、『成都日報』、『草地』上共發批評『草木篇』文章二十四篇。發展到『草地』2 月份上刊出的黃鹿鳴寫的『草木篇書後』是高峰，這篇文章是聲討宣言，提出了很多問題，可以看成要組織更大規模的第二期圍剿。」〔註 225〕這篇被流沙河稱之為「《草木篇》批判的高峰」和對《草木篇》批判的「聲討宣言」的文章，此後還被後入 1960 年編的《四川十年雜文選》中〔註 226〕。那麼，李亞群的這篇文章，到底為何引起了流沙河的「批判高峰」的感受呢？這篇《「草木篇」書後》，分為四個部分：第一部分分別談《草木篇》中「白楊」「藤」「仙人掌」「梅」「毒菌」的主題；第二部分將五小篇連合起來，綜合解讀《草木篇》的主題。這兩個部分內容，主要是回顧並綜合了前期《草木篇》批判文章的相關觀點。第三部分探討《草木篇》的立場問題；第四部分析《草木篇》的精神錯位問題，最後得出結論，「『草木篇』的歌頌和詛咒的對象，盡可以作各種解釋，但從全篇的傾向性看來，他對現實是敵視和否定的。」從這裡我們可以看到，黃鹿鳴這篇文章，之所以是初期《草木篇》批判的高峰，首先在於他既單獨分析了五個小篇的主題，又綜合呈現了《草

---

〔註 224〕《編後記》，《草地》，1957 年，第 2 期。

〔註 225〕《流沙河談有關對「草木篇」的批評的種種問題》，《省文聯邀請部分文藝工作者繼續座談 圍繞「草木篇」問題發表意見》，《四川日報》，1957 年 5 月 17 日。

〔註 226〕《四川十年雜文選》，四川十年文學藝術選集編輯委員會編，成都：四川人民出版社，1960 年，第 7～11 頁。

木篇》的整體傾向，可以說是前期《草木篇》批判的一次小型總結。同時，也更為重要的是，這篇文章不僅清晰地論證了《草木篇》向人民挑戰、反人民的立場，更談到了流沙河這種立場的歷史根源，「站在已經被消滅的階級立場」。所以，這篇文章對《草木篇》的批判中，作者流沙河的立場問題和歷史根源問題，被集中凸顯出來。〔註 227〕在 1 月 14 日李亞群曾化名為春生寫出了《百花齊放與死鼠亂抛》，這次他又化名為黃鹿鳴寫出《「草木篇」書後》。李亞群為何又在這一時間，再次出手親自批判《草木篇》呢？我們看到，整個《草木篇》和《吻》批判，可以說是由李亞群一手發動起來，並安排和部署的。所以，對於《草木篇》批判的進程，李亞群應該是時時在關注。本來，初期的批判是《草木篇》和《吻》批判同時開展，但是李亞群的這篇文章完全沒有談《吻》，而只將目光盯著了《草木篇》，流沙河的問題被集中關注。李亞群對《草木篇》集中批判，最初是與流沙河的「解凍說」有關。當李亞群在《百花齊放與死鼠亂抛》批判「解凍說」放出了《吻》之後，流沙河寫出了《春天萬歲》予以回擊。正如我們在前面所說，流沙河寫這篇文章的時候，不但知道春生就是李亞群，而且還在《春天萬歲》一文中對李亞群展開了人身攻擊。因此，儘管流沙河交出了曰白的信，又在機關大會上交代了石天河的問題，但他的《春天萬歲》還是讓李亞群耿耿於懷。所以，在 2 月 8 日四川省文聯召開座談會，總結《草木篇》和《吻》批判的時候，李亞群就寫出了這樣一篇具有綜合性、總結性的批判文章。

總的來看，從 1 月到 2 月初對《草木篇》的集中批判，是四川省文聯、四川省委宣傳部統一組織的一次大批判，而且還向中國作協請求支持，並在基層組織展開過調查，所以這次對《草木篇》的集中批判，是一次有組織的、自上而下的批判事件。而且在批判過程中，也僅只有一篇反對批判的被正式發表文章，其他的全是贊成《草木篇》批判的文章，使得批判呈現為一邊倒。另外，這次批判的特點，是從對《草木篇》文本的細讀來展開批判。特別是細緻地分析了《草木篇》中「五種草木」每個形象的意義，以及「五種草木」形象的整體意義，這使得這些批判文章有著較強的文藝爭鳴色彩。最後，這次批判，具有鮮明的政治化傾向。相關文章通過對具體的「草木形象」的分析，從政治立場、階級鬥爭角度對其上綱上線的批評，最後進入到對作者家庭歷史、政治意識的審查，這樣使《草木篇》批判上升為政治批判。由此，從 1 月

〔註 227〕黃鹿鳴：《「草木篇」書後》，《草地》，1957 年，第 2 期。

14 日開始，在《四川日報》等報刊雜誌上所開展的《草木篇》批判，在四川省文藝界掀起軒然大波。而且通過對流沙河《草木篇》的集中批判，從文本上完全揭示出了《草木篇》「反人民」本質，可以說已經基本上完成了四川省委宣傳部、四川省文聯原初所設定的對《草木篇》批判目標。而通過對以虞進生為代表的辯護文章的批判，以及李亞群的總結性批判，使四川省委宣傳部、四川省文聯認為，《草木篇》批判已經獲得了完全一致的意見，獲得了整個社會的一致認同。由此，按照建國初的一般的批判模式，在批判了作家作品，並同時對相應的辯護者展開批判之後，就應該由作者作自我批判，然後進入到總結階段。

## 十一、總結座談會

四川省文聯文藝理論批評組分別於 2 月 8 日、2 月 12 日兩次邀集成都部分文藝工作者和文化藝術部門的五十多人召開座談會，對《吻》和《草木篇》展開批評和討論，表明初期《草木篇》批判進入到總結階段。在會議開始前的 2 月 6 日，四川省文聯以四川省文學藝術工作者聯合會創作輔導委員會的名義發出了會議通知，內容如下：

> 通知
>
> 從四川日報 1 月 14 日發表的「百花齊放與死鼠亂拋」一文以及 1 月 17 日發表「白楊的抗辯」一文以後，省委文藝界展開了對「吻」和「草木篇」兩首詩的評論。有的地方也舉行了一些小型座談會，為了進一步對兩首詩進行分析，對評論兩首詩的文章進行研究，特邀請本市詩人，詩作者、讀者與文聯理論批評組的同志聯合舉行一次座談會。希望你盡可能抽出時間，準備你的意見，來參加這次討論。
>
> 座談會地點：四川省文聯接待室。
>
> 時間：二月八日（星期五）上午九時。
>
> 參考文章：
>
> 1.（「吻」、「草木篇」附後。）
>
> 2. 四川日報 1 月 14 日後「百草園」有關兩首詩的文章，以及 2 月 6 日的成都日報有關兩篇詩的評論文章。
>
> 四川省文學藝術工作者聯合會創作輔導委員會

1957 年 2 月 6 日〔註 228〕

另外，關於會議召開的過程，據《四川日報》報導，「2 月 8 日和 12 日，四川省文聯文藝理論批評組，兩次邀集成都部分文藝工作者和文化藝術部門的有關仝志五十多人，座談『星星』詩刊創刊號上發表的散文詩『草木篇』和情詩『吻』，以及最近四川日報上正在展開的對這兩首詩的批評和討論。」座談會內容，以《成都文學藝術界座談「草木篇」和「吻」》〔註 229〕為題在《四川日報》上發表，包括《對「草木篇」和「吻」的意見》、《對幾種論調的批評》和《星星」編輯人和「草木篇」作者的發言》三個部分。關於《吻》批判的相關內容，我們在前面已經有了論述，這裡只關注對《草木篇》的批判。

奇怪的是，本來為期一天的會議，卻是分 2 月 8 日和 2 月 12 日兩天召開。通過《四川日報》的報導，我們推測這兩天會議的一些基本情況。按照四川日報的總結來看，可以說是這一次完整的、總結批判大會，而且原計劃會議為期一天，即 2 月 8 日。而這一天是星期五，應該說文聯將會議安排在這一天，就是要一天將會議開完。所以，報導中的第一部分《對「草木篇」和「吻」的意見》基本確定了會議的主要基調，就是否定和批判《草木篇》和《吻》，「座談會上的發言，大都對『草木篇』和『吻』持否定的意見，對最近報紙上發表的有關『草木篇』和『吻』的批評文章的論點，基本上表示同意。對於『草木篇』，發言者認為是一篇表現極端個人主義的作品，它反映了作者錯誤的立場，宣揚了與人民和集體對立的情緒。……李累說它是對今天的現實不滿，對人民群眾的憎惡。譚洛非說，它宣揚了極端個人主義思想。王季洪說它是向人民發出一紙挑戰書。婁凡說它的鋒芒是指向我們今天的整個社會制度，指向人民的。」可見，原初設定為期一天的會議，其想法和安排是：會議的第一議程，對《草木篇》的批判，主要發言（或者說有準備發言）的有李累、譚洛非、王季洪、婁凡；會議第二個議程，對《吻》的批判，主要發言人有李累、李昌隲。在這兩個議程中，李累都是主要發言者。而且從報導來看，也是由李累最先發言奠定會議的基調後，再由其他人發言。當然，所選擇的這些發言人也應該是有選擇的。李累最先發現了《草木篇》的問題，而且又是文聯的領導，所以由他第一個發言，也是非常合理的。譚洛非、王季

〔註 228〕《通知》，《四川省文聯（1952～1956）》，建川 127～130，四川省檔案館。

〔註 229〕《成都文學藝術界座談「草木篇」和「吻」》，《四川日報》，1957 年 2 月 14 日。

洪則都發表過批判《草木篇》的文章，李昌隲也發表過批判《吻》的文章，所以由他們來補充。可以說，整個會議按照原初的設定，2 月 8 日的完成了會議的議程。但是，實際會議上的討論，卻似乎並沒有按照會議安排著的意圖而進行，因為出現了較多的「反對之聲」，沒有達到會議原定的目的。如這次報導的第一部分《對「草木篇」和「吻」的意見》的最後提到，「2 月 8 日座談會上，邱乾昆、曉楓、沈鎮、華劍等發言支持『草木篇』和『吻』，認為它們不應該受到人們那樣的批評。……他們這些發言，由於缺乏對作品的具體分析和必要的論據，受到與會者的批駁。」所以，正是由於有了這些「反對聲音」，會議還得繼續召開，進一步與這些「反對者」展開辯論。當然，從會議報導中我們看不出這些「反對的論調」是在會議的何時出現的。但不管是在主題發言之中，還是在主題發言之後，就在 2 月 8 日這一天座談會上，這些「反對論調」的出現，就完全改變了總結會議的議程和目標。我們看到，這篇會議報導中就重點提到，有反對意見是邱乾昆、曉楓、沈鎮、華劍等四人，而且還專門列舉了邱乾昆、曉楓、沈鎮的具體觀點。會議報導這一節中，僅提到他們發言觀點，會議中似乎還並沒有對這些觀點予以反駁。我估計，這是該是與會議時間有關，由於一天的會議時間即將結束，所以這天的座談會沒法繼續開展。其結果便是，總結會議延期繼續召開。對這些「反對論調」批判，便成為了繼續召開座談會的原因和主要任務。經過相關的調整後，在 2 月 12 日即星期一繼續召開的。根據這次報導，我們看到繼續召開的座談會的主要議題有兩個：第一是批判「反對論調」，這體現在報導第二部分《對幾種論調的批評》中。「座談會上對『草木篇』和『吻』表示支持意見的人，雖然沒有提出說明自己論點的論據，但在其他問題上，他們卻又提出了一些不同的論調。很多同志在座談會上都對這些論調提出了意見。」在以 2 月 8 日為主的座談會的《對「草木篇」和「吻」的意見》中，提到了邱乾昆、曉楓、沈鎮的具體觀點。在 2 月 12 日所繼續開展的座談會的《對幾種論調的批評》中，又提到了他們五人的觀點，並對這些觀點展開了專門的批判。報導最後在結論中，也再次肯定了對《草木篇》的批判，「會上很多同志的發言都支持報紙對『草木篇』和『吻』展開討論，認為報紙展開討論是及時的、必要的，報紙的態度是正確的，沒有什麼不公道之處。」經過第二次會議對五人的反駁，《草木篇》的總結工作才算完成。

我們來看這次會議上的五個反對者。成都日報的曉楓，我們在後面還將多次提到，這些就不做介紹。這裡重點介紹一下持有「反對論調」的邱乾昆、沈鎮、華劍、肖長濬這四人。邱乾昆，有的地方也寫作邱乾坤，與曉楓同為《成都日報》記者，但與流沙河卻並沒有交往。在會議上他提出，「《草木篇》在客觀上起了不好的效果，但不能把客觀效果和作者的主觀意圖劃個等號，而認為作者主觀思想上有反人民的情緒」。他的觀點其實也並沒有什麼太大的問題，但受到了質疑和批評。他反對批判《草木篇》，我個人認為一方面受到同為《成都日報》記者的曉楓的影響，另一方面與他此前曾採訪過李劼人有關〔註 230〕，應該也受到了李劼人的一些影響。於是在 5 月 17 日的座談會中，他再次「整風」並發言說，「這次座談會如果不繼續舉行，我覺得不好。這次座談會還沒有接觸到中心問題——是甚麼妨礙了四川地區的『放』和『鳴』，特別是關於對『草木篇』的批評問題。他說，新華社記者最近關於『草木篇』批評問題的報導，好像在作結論，我不同意，據我所知，有些同志也不同意，我覺得對『草木篇』批評的錯誤不只是方式方法問題，而且還包括這次批評的組織領導和對人還是對作品的問題。」〔註 231〕此時仍是整風階段，而且在 6 月 1 日，邱乾坤還隨著沙汀、李亞群、張東升、段可情、場蘇明、林如稷一起去走訪李劼人，暢談繼續鳴放的問題。〔註 232〕所以，此時他的發言，實際上遵照「鳴放」要求的。不過，邱乾坤這次反對批判《草木篇》的發言，此後被收入《四川文藝界大鳴大放集》的《「草木篇」事件》中〔註 233〕，可見其觀點具有一定的代表性。於是，隨著反右鬥爭的擴大，便出現了專門針對邱乾昆展開批判的內容。在 8 月 17 日的《四川日報》上，他與黃澤榮、梁正心捆綁在一起，被認為是「隱藏在該報社中的右派分子黃澤榮（又名曉楓）、梁正心、邱乾昆等反共、反社會主義、反人民的罪惡陰謀，一一敗露，現出魑魅魍魎的原形。」〔註 234〕不過，該文重點批判的是黃澤榮、梁正心的觀點，而在批判邱乾昆的時候卻絲毫沒有提到《草木篇》問題，「邱乾昆在同

---

〔註 230〕楊蓓、邱乾坤：《深居菱窠，重寫〈大波〉》，《成都日報》，1956 年 12 月 15 日。

〔註 231〕《省文聯邀請部分文藝工作者繼續座談》，《四川日報》，1957 年 5 月 17 日。

〔註 232〕楊蓓、邱乾坤：《「菱窠逢佳會」，劼老話「放」「鳴」》，《成都日報》，1957 年 6 月 1 日。

〔註 233〕《四川省文藝界大鳴大放大爭集》（會議參考文件之八），四川省文聯編印，1957 年 11 月 10 日，第 4～5 頁。

〔註 234〕《堅決粉碎右派分子對人民新聞事業的進攻》，《四川日報》，1957 年 8 月 17 日。

一時期也散佈著同樣的謬論，並提出將成都日報改辦為『晚報』，以免受市委機關報的『限制』。邱乾昆為了達到篡改黨報性質的陰謀，還公開散佈所謂：『黨報的編委會應該有非黨員參加』，在編輯部煽動改組由黨員組成的編委會。與此同時，他還在與編輯部另一女工作人員商討後，提出了一個改組編輯部領導成員的『名單』，並聲稱他們的根據是什麼『新形勢』的發展需要等。」〔註235〕從這裡我們也已經看到，對於邱乾昆來說，此時他的問題已與《草木篇》並沒有多大關係，而是「攻擊人民新聞事業」的另一個大問題。但顯而易見，對邱乾昆的批判顯然是因為《草木篇》而起。更值得注意的是，邱乾坤反對批判《草木篇》，其觀點也完全是按照整風的要求來提出的，但最後依然得受到相關的處分。石天河而回憶說，「據我所知，邱乾坤後來是劃了『右派』的；楊蓓是一個女記者，是否劃右，我不清楚，但至少是受了批評處分的。」〔註236〕這個過程中邱乾昆有著怎樣的波折，以及他此後有怎樣的表現和結果，我們也難以得知。

第二個「持反對論調」的是華劍，他認為報紙上的有關批評「草木篇」和「吻」的文章，是教條主義者製造出來的。據5月21日《四川日報》的會議記錄，華劍此時在四川大學，也提出了批判「教條主義」的觀點，「四川大學華劍發言，他認為四川地區『鳴』、『放』得很不夠，省委宣傳部李亞群副部長要負主要責任，李亞群同志雖然檢討了，但不深刻。他建議文聯領導上把李累找回來，使他頭腦清醒清醒，石天河也應該找回來。他說，石天河受了委屈，要讓他發言。」〔註237〕在這次發言中，華劍直接點名說李亞群要負主要責任，要求把李累找回來。正是由於華劍將矛頭指向了李亞群和李累，此後他就被屢屢提及，「流沙河對川大一個叫做華劍的學生講，說川大校刊室編輯田原向李累說過擁護『草木篇』的都是地主、資本家的少爺和肅反對象。事實上，田原並沒有向李累說過。華劍回川大後即據此向共產黨員田原進攻，在川大點起了一把火。」〔註238〕華劍是四川大學的一名學生，但與流沙河有

〔註235〕里予：《右派分子黃澤榮梁正心邱乾昆妄圖篡改成都日報的政治方向》，《四川日報》，1957年8月17日。

〔註236〕石天河：《逝川憶語——〈星星〉詩禍親歷記》，香港：天馬出版有限公司，2010年，第291頁。

〔註237〕《省文聯邀請部分文藝工作者繼續座談》，《四川日報》，1957年5月21日。

〔註238〕胡子淵：《省文聯機關工作人員向右派分子追擊 揭露流沙河石天河狼狽為奸的黑幕 文藝界右派的哼哈二將篡改「星星」詩刊的政治方向，率領著黑幫嘍囉，處心積慮地向黨進攻》，《四川日報》，1957年8月3日。

一定的關聯。流沙河曾提到他發過華劍的詩，「文聯內外許多右派分子都有稿子給《星星》。通過我的手，發了陳謙、遙潘、白堤、華劍、沈鎮（我親自為他修改抄寫）等人的詩。」〔註 239〕應該說正式因為這個原因，華劍才義無反顧地為《草木篇》辯護。進而，華劍被認為是《星星》詩刊重點培養的對象，「他們從來稿中物色對黨對新社會不滿的青年，加以重點『培養』，這些青年如成都的華劍。」〔註 240〕這也最終導致華劍被列入到四川文藝界右派集團的 24 人名單之中。另外一個反對者是沈鎮。他在這次座談會上有三個觀點：「吻」不是黃色的；「草木篇」只是有些含糊並沒有錯；四川日報編輯部開展對「草木篇」和「吻」的批評討論是一家獨鳴，違反了「百家爭鳴」的政策，態度不公平。在這次座談會上被批判之後，此後的一系列發言，我們均沒有看到沈鎮的發言，以及對他的進一步批判。但是，到了最後，沈鎮卻與華劍、曉楓，一起被列入到四川文藝界右派反黨集團中〔註 241〕。對此，石天河補充了一些歷史，「沈鎮是我在南京《中國日報》工作期間，報社的印刷工人，在地下工作中入黨。進軍西南後，在《川南日報》工作。1957 年時，在《四川日報》印刷廠工作。『反右』時，因說了一句『說石天河是反革命，鬼才肯信。』後來，竟被劃入四川文聯『以石天河為首的右派集團』。造成了家庭離異、子女失學的悲劇。平反後，在成都的第三印刷廠作工會工作，他是這個冤案中唯一的一個工人出身的『右派共產黨員』。」〔註 242〕但這裡，石天河說沈鎮僅僅因說了一句「石天河是反革命，鬼才肯信」，就被劃為右派，也不可信。對於沈鎮本身也沒有其他相關的史料，我們也難瞭解他更多的相關的歷史細節。但他在初期《草木篇》批判總結大會上的發言，應該是他最後被劃為右派的一個重要原因。

最後一位反對者是蕭長濬（或肖長濬），但他的觀點比較新穎。在 2 月 8 日的這次發言中，蕭長濬的觀點有兩面性：一方面他肯定「草木篇」是一篇壞作品，但同時另一方面他也不同意報紙上一些文章對《草木篇》的批判。

〔註 239〕流沙河：《我的交代 1957.8.3.至 8.11.》，《四川文藝界右派集團反動材料》（會議參考文件之九），四川文聯編印，1957 年 11 月 10 日，第 8 頁。

〔註 240〕《右派分子把持「星星」詩刊的罪惡活動》，《星星》，1957 年，第 9 期。

〔註 241〕《石天河、流沙河、白航等右派分子把持「星星」的罪惡活動 常蘇民代表發言摘要》，《四川日報》，1957 年 8 月 31 日。

〔註 242〕石天河：《逝川囈語——〈星星〉詩禍親歷記》，香港：天馬出版有限公司，2010 年，第 122 頁。

他認為「草木篇」的錯誤主要是由於使用語言的不當而造成的，因此提出要對《草木篇》展開一次「馬克思主義的美學分析」，「對於『草木篇』的分析，既要看到作家思想感情與藝術形象的矛盾，特別藝術構思存在混亂；又要看到比喻的跛腳的缺陷；而評論家又偏偏地拋開了它的不能克服的矛盾與跛腳的缺陷不去理解，自然就會作出偏激的結論來了！」〔註 243〕而蕭長濬的這次書面發言，最後也以《蕭長濬認為「草木篇」的批判缺乏美學分析》為標題，收入到《四川省文藝界大鳴大放大爭集》（會議參考文件之八）的《「草木篇」事件》中。〔註 244〕此後，蕭長濬有怎樣的影響，我們也不得而知。但 1957 年 7 月號《草地》上，他就發表了《「草木篇」究竟是一首什麼樣的詩》，繼續展開並完成他對《草木篇》的「藝術分析」，但也讓我們看到了他的轉變，「我所以說『草木篇』是一組壞詩，不是從道德上來給它評價，而是從它的感情、思想傾向來看的。作為正確反映現實，響著時代音調的優美詩篇來要求，『草木篇』不是這樣的詩。它怎麼能算好詩呢！」〔註 245〕為了完成自己所提出的對《草木篇》的「美學分析」，蕭長濬在這篇文章中對《草木篇》也就專門做了一次細緻的「美學分析」，並得出了《草木篇》「不是好詩」的結論。此後，他以肖長濬為名發表的文章《我們的文藝批評——為紀念毛主席「在延安文藝座談會上的講話」發表十五週年而作》，也被收入到《是香花還是毒草？》中〔註 246〕，成為「毒草」。在一次批判中，蕭長濬說他「上午有課」，他應該是一位教師，而且 1956 年四川文藝界「生活真實和藝術其實」的討論中，他還發表過相關文章〔註 247〕。另外，在石天河的回憶中，蕭長濬還是民盟盟員。但蕭長濬有怎樣的經歷，以及他具體的生平歷史怎樣，我們也難以瞭解。

從 2 月 8 日到 2 月 12 日之間，我們並不清楚四川省文聯到底發生什麼，也不清楚文聯是如何進一步組織和安排相關批判的。到了 2 月 12 日，座談會

〔註 243〕《省文聯邀請部分文藝工作者繼續座談 討論有關對「草木篇」的批評等問題》，《四川日報》，1957 年 5 月 22 日。

〔註 244〕《蕭長濬認為「草木篇」的批判缺乏沒美學分析》，《四川省文藝界大鳴大放大爭集》（會議參考文件之八），四川省文聯編印，1957 年 11 月 10 日，第 6～7 頁。

〔註 245〕肖長濬：《「草木篇」究竟是一首什麼樣的詩》，《草地》，1957 年，第 7 期。

〔註 246〕肖長濬：《我們的文藝批評》，《是香花還是毒草？》（會議參考文件之十），四川省文聯編印，1957 年 11 月 10 日，第 122～123 頁。

〔註 247〕《新華社新聞稿》，1956 年 10 月 10 日，第 2316 期，第 11 頁。

繼續召開。這次會議增加的另外一個內容，就是白航、流沙河的自我檢查。具體內容，以《「星星」編輯人和「草木篇」作者的發言》為題刊登。他們兩人的發言，完全可以看作是《星星》編輯部的自我檢討。首先是星星編輯負責人白航的自己彙報，或者說自己檢討。雖然白航還保留了一些個人意見和觀點，但其基本態度，仍然是歡迎批判、接受錯誤。他說，「從批評中，我體會到兩個問題：第一，『百花齊放，百家爭鳴』需要『放』，需要『鳴』，但是，首先應該有立場的『放』，有立場的『鳴』。……第二，在稿約上，我們沒有提社會主義現實主義，這確是個錯誤。在詩刊第三期上，我們準備把它提出來。」然後是《草木篇》作者流沙河，也誠懇地接受批判，「我對四川日報對我的作品展開討論批評是擁護的，我願意冷靜地考慮，並從中吸取教訓。」〔註 248〕所以，隨著《星星》詩刊負責人發表了自我檢討，《草木篇》作者也作了自我檢討，這就完全肯定了《草木篇》批判的正確性。所以，2 月 8 日與 2 月 12 日這兩次總結座談會，從對作家作品的否定和批判，到對辯護者和辯護理論的批判，再到刊物和作家的自我批判、自我檢討，讓我們看到了這次批判的結束。

巧合的是，四川大學中文系也在 2 月 8 日這一天組織座談會，討論《草木篇》和《吻》。當然，四川大學中文系與四川省文聯座談會在同一天召開，這應該不是巧合。而 2 月 8 日下午四川大學中文系召開的座談會，在 2 月 9 日上午的《四川日報》刊登出來，其與省文聯的座談會完全一樣的。四川大學中文系的座談會，也是對《吻》和《草木篇》是全面一致的批判。值得注意的是，第一，這個報導雖然簡單，但重點卻在批判《吻》。對於《草木篇》的批判，僅有一句話，「散文詩『草木篇』，反映出作者的立場是錯誤的，它宣揚了與人民對立的情緒。〔註 249〕這表明，四川大學還沉浸在《吻》批判之中，老師們或許並不知道，此時《草木篇》問題的嚴重性，已經大大超過了《吻》。第二，在四川大學中文系，並沒有出現持不同意見的人。正如該報導最後所說，四川大學中文系的發言，沒有支持《草木篇》和《吻》。當然，正是由於沒有著力展開對《草木篇》的批判，所以四川大學的這次座談會上就不會有

〔註 248〕《成都文學藝術界座談「草木篇」和「吻」》，《四川日報》，1957 年 2 月 14 日。

〔註 249〕《四川大學中文系教師座談「吻」和「草木篇」》，《四川日報》，1957 年 2 月 9 日。

太大的分歧。對於這次座談會，2 月 9 日《成都日報》也予以了簡單報導，「昨天下午，四川大學中文系教師座談了『吻』和『草木篇』。對這篇作品進行了分析和批評，都同意報紙上批評文章的論點。認為，『吻』是黃色的，有毒素的作品；『草木篇』反映了作者的立場是錯誤的，作者的情緒是與人民對立的。教師們還認為，抒情詩應該是『書人民之情』，不能如『吻』那樣宣揚色情，沒有給人以高尚的情操的感受。」〔註 250〕與《四川日報》的報導相比，《成都日報》的報導更加簡潔。此後 2 月 16 日，四川大學校刊《人民川大》刊登了《中文系教師座談「吻」和「草木篇」》〔註 251〕，也對 2 月 8 日四川大學中文系的這次座談會予以報導。這篇報導，與《四川日報》上的報導並沒有多大的區別。由於《四川日報》的報導中重點提到了《吻》的問題，所以同日的《人民川大》就專門刊登了李昌隲的文章《一首宣揚色情的詩——談「吻」和休泰同志對它的評論》，進一步展開對《吻》的批判。總之，四川省文聯、四川大學中文系、《四川日報》、《成都日報》、《人民川大》，不管是從批判內容上，還是從批判的形式上，對《草木篇》、《吻》的批判是基本上是步調一致的。儘管相關報導的內容較為簡潔，但以眾多的相關報導已呈現出一個基本態勢，此時《草木篇》批判接近尾聲了。

## 十二、機關大會

我們看到，省文聯雖然有了座談會上對《草木篇》批判的總結，還要對主要參與人和當事人的流沙河、石天河等展開批評，初期《草木篇》批判才能圓滿結束。在對散文詩《草木篇》展開批判的同時，四川文聯共青團就組織了對流沙河的思想批判。此時，文聯就以機關大會的形式，多次展開對流沙河進行批判。如石天河就相關的回憶，「在四川文聯共青團組織對流沙河進行了思想批判以後，過了幾天，文聯領導接著就以機關大會的形式，對我們進行批判。我和流沙河、儲一天、茜子、丘原，都是批判對象。究竟那 2 月上旬的個把星期內，開了幾次會，我現在已經記不清了。我只記得對我批判的那次機關大會，有一些情節，對我印象很深。那次大會的排場很大，連省委宣傳部的文藝處長，都請來了。大會由文聯黨組書記常蘇民主持，黨委的

〔註 250〕《川大中文系教師討論「吻」和「草木篇」》，《成都日報》，1957 年 2 月 9 日。

〔註 251〕《中文系教師座談「吻」和「草木篇」》，《人民川大》，四川大學校刊編輯室編，1957 年 2 月 16 日，總第 204 期。

幾個主要成員和文聯副主席段可情（民主人士，創造社老作家，與郭沫若同期的詩人）也參加了。文聯機關幹部大部分都參加了。」〔註 252〕

對流沙河的「團內批評教育」的具體歷史，卻有多種說法。我們先看流沙河的說法，他在《流沙河談〈草木篇〉》中，痛訴了四川省文聯對他的「壓制」,「還有好幾位同志在搞我的會議上說:『你，流沙河，作為一個青年團員，對《草木篇》應該寫檢討發表。』團內對我的批評，頗似變相鬥爭。報上用『仇視現實』、『敵視人民』之類的帽子扣我的作品，團內則用同樣的帽子扣我個人，還要外加一根『反蘇、反共、反人民』的棍子，只是還沒有罵出『反革命』來，使我有口難辯有話難說。我只好抑鬱終日，夜深流淚。說實話，我那時曾有過自殺的念頭。」〔註 253〕對流沙河的「團內批評」，李累也專門回顧了相關的歷史。但他認為，對流沙河的團內批評教育，與《草木篇》批判無關,「報刊對『草木篇』的批評和文聯團組織對流沙河的批評，是兩回事:『草木篇』的爭論，是文藝問題；團內對流沙河的批評，是團組織對一個團員的錯誤言行的教育問題，必須區別開來。」而且還他舉出了具體的事實,「早在 1956 年 2 月，文聯團組織就召開大會，對流沙河同志進行過批評和教育。那時文聯黨組織向行政推薦流沙河為代表，出席全國青年文學創作者會議。當時，有一部分團員同志和青年同志，認為流沙河太孤高自大，驕傲自滿，平時自由主義很嚴重，不宜參加。……這段時間，流沙河還散佈了一些反對蘇聯、誣衊蘇聯的言論，反對社會主義的言論，……鬧得機關烏煙瘴氣，個個同志憤慨。黨、團支部又對流沙河進行過批評教育，但無效果。」〔註 254〕對此，譚興國也曾提到,「對流沙河的批評發生在《草木篇》之前:那是 1956 年開春之時，文聯黨組織（李累是黨支部書記，主持機關日常工作）提議參加全國青年文學創作會議的人選中，有流沙河，找到了機關內許多人的反對，尤其是共青團員。那時候，他還沒有寫《草木篇》還沒有什麼名氣，反對的理由，無非是說他『驕傲自滿』、『無組織無紀律』一類年輕人的毛病。全國的會議是團中央參與主辦的，出席的代表，必須基層組織推薦。如果民主選舉，流沙河肯定落選，恐怕連他後來的親密夥伴當時也不會投他的票，怎麼辦？

---

〔註 252〕石天河:《逝川憶語——〈星星〉詩禍親歷記》，香港：天馬出版有限公司，2010 年，第 21 頁。

〔註 253〕范琰:《流沙河談〈草木篇〉》,《文匯報》，1957 年 5 月 16 日。

〔註 254〕《對流沙河進行所謂「政治陷害」是不是事實？省文聯昨日召開座談會弄清真相判明是非》,《四川日報》，1957 年 6 月 14 日。

文聯黨組織提出，有共青團出面，開一個小會，讓大家給他提提意見，幫助他認識自己的缺點，同時，也讓大家出出氣，使他能夠去北京參加會議。」〔註 255〕我們這裡且不去探討，對流沙河的批判到底是因為他的《草木篇》，還是因為他 1957 年前的行為和言論。而且，我們也不清楚，到底有多少次機關大會，以及有怎樣的內容。不過我們也從這裡看到了，在 1957 年 1 月，流沙河確實受到了來自文聯的批評。當時省文聯團支部書記陳之光回憶了一次團支部會議的情況，「會議在文聯會議室舉行，那是整個文聯最漂亮的一個喜事客廳，彩色玻璃門窗，沙發座椅，對面不到十公尺遠便是小戲臺，解放前的達官貴人可以坐在客廳沙發上席上欣賞演出。流沙河住的小房，就在戲臺旁的角落裹，走十多步路便到。支部的人到齊了，就差流沙河，三清不到，支部陳之光只好親自登門去請，終於答應參加。他腳上踏這一雙綠色錦緞的繡花拖鞋，手上端著茶盤，盤裏是盛著咖啡的杯子，『叭嗒、叭嗒』地走進會場，選一個角落坐下，引來的自然是小聲的議論和責難。是輕蔑，是挑釁？或是啊是他內心的孤獨？在這樣對立的情緒下，批評會能開成什麼樣子是可想而知的。」〔註 256〕可見，按照李累、譚興國、陳之光所說，由於流沙河的孤高自大、驕傲自滿，在 1956 年文聯確實已經展開了對流沙河的批判，並不是因為《草木篇》才開始的。

不過，就在 1957 年的批判之後，流沙河開始「轉變」了，「流沙河就在批評之後，在一次小小民主會裏，向沙汀、常蘇民、帥雪樵等六個同志，反映了他聽到的一些錯誤言論。他們自稱：『我們這裡就是裴多菲俱樂部』，誣衊『毛主席是最大的個人英雄主義！』說『胡風不是反革命』等等！流沙河談到這些情況時，甚至自己也感覺到這樣發展下去，是很危險的。」〔註 257〕也正是在「小小民主會」，這些對流沙河的批判之後，流沙河發生了轉變，他向省文聯轉交了曰白的信。而且從 1 月 17 日流沙河寫《春天萬歲》，到 1 月 24 日《四川日報》發表流沙河轉交曰白《不是「死鼠」，是一塊磚頭》這篇文章來看，省文聯對流沙河的批判，時間應該在 1 月 24 日之前。換句話說，正是因為有了省文聯對流沙河的批判，才有了流沙河的轉變，向文聯轉交了曰白

〔註 255〕譚興國：《草木篇事件的前前後後》，內部自費印刷圖書，2013 年，第 82 頁。
〔註 256〕譚興國：《草木篇事件的前前後後》，內部自費印刷圖書，2013 年，第 103 頁。
〔註 257〕《對流沙河進行所謂「政治陷害」是不是事實？省文聯昨日召開座談會弄清真相判明是非》，《四川日報》，1957 年 6 月 14 日。

的來信。我們看到，這些機關批判大會，雖然是對流沙河的批判，到了最後流沙河卻以「檢討」，具體而言實以「交代」石天河等人的問題而過關。石天河說，「批判會（他們叫「機關教育大會」）的進程，是事先安排好了的，常蘇民講話後，先叫流沙河檢討。流沙河的檢討，表面上是檢討他自己，但著重的是檢舉別人。主要談了這樣幾點：一是他的錯誤思想，是受了石天河的影響；還說：在匈牙利事件時，石天河說過『假如我在匈牙利，說不定我也要殺人。』流沙河還特別深沉地說：『石天河這個人，我對他摸不透。』（表示他對石天河很隔膜，感到石天河內心陰暗、莫測高深的意思。）二是在檢討『波蘭、匈牙利事件』期間他的一些思想言行時，順便檢舉了茜子（陳謙）、丘原（邱漾）等人。其中如：有一次，在茜子家裏，他和他的另外幾個朋友（按：是流沙河與茜子共同的朋友），大家談論起匈牙利的『裴多菲俱樂部』時，茜子的妻子問『裴多菲俱樂部是啥子？』茜子說，『有什麼大不了，無非是青年人在一起自由的談話，像我們這樣，人家還不也可以說是『裴多菲俱樂部』？』——流沙河談到這裡，特別聲明：『我當時連忙說：我們現在還不需要，不需要！』當時把茜子弄得很尷尬，大家不歡而散。云云。又檢舉丘原說過『毛主席就是最大的個人英雄主義者。』遙攀（潘克廉）說過『肅反時的自我檢討是『抓屎糊臉』。』等等。（流沙河機靈善變，他的這次金蟬蛻殼式的『檢討』，雖然給他自己減輕了負擔，卻因這『檢討』中涉及他人的地方，有『檢舉材料』的同等效用，後來，在『反右』時，茜子就因為那一句話，被劃為『裴多菲俱樂部』的組織者。所以，它造成的後果是嚴重的。——這是後話，暫且不表。）流沙河檢討以後，接著便是其他人發言，對我進行揭發批判。」〔註 258〕從流沙河的檢討，或者說交代來看，流沙河雖然檢討了自己的錯誤思想。但是在檢討過程中，卻以揭發他人的錯誤為主，特別是檢舉了石天河的「我要殺人」，茜子的「裴多菲俱樂部」，邱原的「最大個人英雄主義者」等言論，轉移了焦點。可以說，正是因為這些檢舉使得流沙河在初期《草木篇》批判中輕鬆過關。

就這樣，被流沙河檢舉的石天河，因此遭到「停職處理」。流沙河的這次檢舉，直接的受害者是石天河。「批判會（他們叫『機關教育大會』）的進程，是事先安排好了的，常蘇民講話後，先叫流沙河檢討。……文藝處的張處長，

〔註 258〕石天河：《逝川憶語——〈星星〉詩禍親歷記》，香港：天馬出版有限公司，2010 年，第 21～22 頁。

原本是幹部管理處長，對文藝工作並不內行，似乎也說不出什麼理論。他聽流沙河檢舉我說過『要殺人』的話，便著重的在講話時說：『殺人，怕什麼？他要殺人，我們就對他專政！』然後，常蘇民代表文聯黨委，宣布給予我『停職反省』處分。批判會便到此結束。」〔註 259〕換句話說，初期《草木篇》批判，因為流沙河的檢舉揭發，最後以石天河停職反省而結束的。雖然流沙河沒有受到懲罰，但由於有了石天河的停職反省，有人為《吻》和《草木篇》受到了處分，初期《草木篇》批判也就告一段落。

## 十三、「出題作文」

在四川省文聯召開了總結大會後，對《草木篇》和《吻》的批判已經告一段落。正如我們前面所看到，在總結座談會中，由於出現了較多的反對者，所以不僅將總結座談會延期，從省文聯來看展開持續的批判是非常必要的。2 月 16 日《四川日報》就發表了席方蜀的《「小題大做」及其他》，繼續批判《草木篇》是與無產階級思想針鋒相對的毒草，「『草木篇』作者的立場和這首詩所反映的思想感情正是一種階級意識的反映。如像許多批評文章正確地指出的：作者借草木寓意，歪曲和詛咒整個革命現實，把自己擺在與人民對立的立場上；作者提倡『老子天下第一』，提倡個人主義思想，反對集體主義思想；作者在社會主義革命基本勝利以後傷感畢至，同時又歌頌沒落階級的幻滅和絕望情緒。」〔註 260〕席方蜀從 1 月 26 日的《讀詩小記》，到 2 月 16 日的《「小題大做」及其他》，他是一直關注著《草木篇》批判的。此後，他還在 6 月 28 日的《四川日報》上發表的文章《從右面來的批評》，到 9 月號批判王季洪的文章《王季洪射出的兩支毒箭》，一直是處於批判中心位置的。雖然我們不知道署名「席方蜀」的人是誰，但他一直抓著階級意識對《草木篇》展開批判，應該是代表了文聯的聲音。進而，四川文聯從直接對《草木篇》、《吻》的批判，轉向更深問題的討論。王季洪就曾說，「四川日報有毛病，主要是教條主義。對『吻』和『草木篇』批評以後，四川日報搞了一次出題作文，其中有些論點很值得考慮。」〔註 261〕而四川日報的這次「出題作文」，或者說這種組稿的具體內容，此後席方蜀在批判王季洪的《王季洪射出的兩支毒箭》中，

〔註 259〕石天河：《逝川憶語——〈星星〉詩禍親歷記》，香港：天馬出版有限公司，2010 年，第 23 頁。

〔註 260〕席方蜀：《「小題大做」及其他》，《四川日報》，1957 年 2 月 16 日。

〔註 261〕王季洪：《教條主義和清規戒律》，《草地》，1957 年，第 6 期。

專門列出來了。「出題作文」的具體內容如下：

××同志：

從 1 月 14 日起，本報副刊「百草園」開展的對《草木篇》和《吻》的討論，已經歷時一個月，經過這段時間的討論，《草木篇》和《吻》究竟是什麼樣的貨色？它的基本傾向是什麼？已大體明確。因此，今後對《草木篇》和《吻》的討論，擬轉入對此類討論中以及省文學創作會議上反映出來的一些文藝思想問題進行探討。

據我們瞭解，大體上有如下一些論調：

一、有人企圖根本否認文藝為工農兵服務的方針，認為它是妨礙創作，產生公式化概念化的根源。

二、認為我們現在既然強調「百花齊放、百家爭鳴」，文藝為工農兵服務的方針就可以不必強調了。

三、社會主義現實主義創作方法既然不是唯一的，也就不必要堅持了，甚至有人對社會主義現實主義創作方法產生懷疑，認為它是產生公式化、概念化的原因。

四、認為寫了工農兵就必然產生公式化概念化，因之，擴大題材範圍就是客服公式化、概念化的唯一途徑。

五、有人藉口反對公式化概念化來反對文藝應為政治服務，文藝作品可以不顧它的思想性。主張純美，把美和思想性割裂開來。

六、認為寫重大主題就要產生公式化概念化，因而有人主張專寫日常日常生活小事和個人閒情逸致的東西。

七、認為要克服公式化概念化就要反對「階級框子去套文藝作品」（實際是否認人的階級性），主張描寫自然的人，認為「評論作品中的人物應把共產黨員、戰鬥英雄、人民功臣等等這些概念撇開來考察他在作品所描寫的典型環境中的活動」。

八、對待作品中的矛盾衝突，有人主張不要寫主要矛盾，只寫次要矛盾；不要寫必然，寫必然就是宿命論。

九、把干預生活僅僅當做暴露醜惡和揭穿黑幕。認為暴露得愈多，揭穿得愈厲害，這個作品就最大膽，最有生命。因而就到處去尋找生活中所謂的陰暗面。認為對生活作全面的、實事求是的認識，就是四平八穩，就是公式，就是老一套。

我們十分希望你能就以上情況為我們撰寫文章，可以聯繫到《草木篇》和《吻》所顯示的思想傾向來分析，也可以不聯繫。選好題目後請給我們一封信，以便我們有計劃地安排發稿。

頌

撰安

四川日報文藝組

2 月 19 日〔註 262〕

從這份轉引的文件來看，第一，「四川日報文藝組」所發出的「出題作文」，認為《草木篇》和《吻》批判的討論已基本結束。這種觀點，應該也是四川省文聯和四川省委宣傳部的共同觀點。而且 2 月 8 日和 2 月 12 日總結座談會的召開，也表明了《草木篇》和《吻》批判的結束。第二，這篇「出題作文」，主要是討論「九個問題」。這是所提出了九個問題，是由《草木篇》和《吻》批判所引出來的問題。所以，這次「出題作文」，是對《草木篇》、《吻》批判中所提出相關理論的深入研究。第三，在文件中，明確提出這此理論分析可以不聯繫《草木篇》和《吻》。因此，這次「出題作文」，重點並不在《草木篇》本身，而是一次更為深入的理論爭鳴。

但在四川日報文藝組的「出題作文」之後，3 月 2 日洪鐘的《斥「多媽媽」論》，3 月 26 日蕭崇素的《我們需要的愛情詩》等文章，也都還是緊緊圍繞《草木篇》和《問》，繼續批評了相關的觀點。所以，在「出題作文」後的相關批判中，《草木篇》和《吻》其實又並沒有淡出批評者的視野。甚至我們看到，在《草地》和《紅岩》雜誌上的批判文章中，《草木篇》和《吻》不但沒有淡出批評視野，而且又一次成為焦點，相關的批判之火也燒得更猛。在 1957 年《草地》、《紅岩》的第 3 期上，都刊登了集中批判《草木篇》和《吻》的文章。這期《草地》雜誌上有譚洛非、譚興國的《為捍衛無產階級思想陣地而鬥爭》、田原的《在論爭中所想到的》和山莓的《愛情和色情》3 篇批判文章，《紅岩》雜誌上有洪鐘的《「星星」的詩及其偏向》、楊甦的《評「解凍」及其他》、蕭薇的《評「草木篇」》、羅泅的《評色情詩「吻」》、碧濤的《與「星星」編者談「繆斯的七絃琴」》和正谷的《讀「星星」稿約有感》6 篇批判文章。《草地》比起《紅岩》少了一半的批判文章，表明地處成都的《草地》對於《草木篇》的批判，已經降溫。而相對遠離漩渦中心的重慶，卻才剛剛啟動

〔註 262〕席方蜀：《王季洪射出的兩支毒箭》，《草地》，1957 年，第 9 期。

對《星星》詩刊、《草木篇》和《吻》的全面批判。《草地》雜誌對於《草木篇》批判的降溫，一方面在於此前第 2 期已經刊發了相關的批判文章，另一方面大部分作家已經參加了初期的《草木篇》批判，並且也已經瞭解到了《草木篇》批判的座談總結，所以還有熱情的人不多了。《紅岩》雖然沒有及時跟上《草木篇》批判腳步，這一期也刊登了 6 篇批判文章，但第四期很快也沒有了相關批判文章，這一切都表明初期《草木篇》事件在逐漸淡化。

雖然這是初期《草木篇》、《吻》批判的最後一次集中呈現，其中也出現了一些重要的觀點，值得注意。《草地》上的三篇批判文章，田原和山莓的文章在前面的論述中已經提到，這裡著重談一下譚洛非、譚興國的文章。他們提到，「從關於『吻』和『草木篇』的討論中使我們得到了有益的教訓：我們必須堅持思想領域上的兩軍對戰，為捍衛無產階級思想陣地，為抵制和擊退資產階級思想的侵襲而鬥爭。」〔註 263〕在這篇文章中，譚洛非與譚興國對《草木篇》批判，一來就站立在「無產階級思想與資產階級思想兩軍對戰」的立場上展開批判，實際上又一次將《草木篇》為問題上綱上線。可以說，這篇文章再次將《草木篇》問題政治化。譚洛非、譚興國為什麼要對《草木篇》展開這麼嚴重的批判呢？對於譚洛非，石天河曾提到，「張默生教授任組長，而由川大校黨委宣傳部長譚洛非和我兩人同任副組長。就這樣，我和默老、譚洛非同志聯繫後，開過兩次會，理論批評組便成立起來並展開活動了。」〔註 264〕此時，譚洛非是四川大學黨委宣傳部部長，而且還兼任四川文聯理論批評組的副組長。所以，從譚洛非的位置來看，他也是非常清楚這場批判的整個過程的。甚至可以說，整個四川大學對《吻》和《草木篇》的批判，譚洛非都應該是組織者之一。從譚洛非自身的經歷來看，他也是一直在宣傳部門的核心位置上。譚洛非 1951 年在郫縣參加土改，任工作組組長；1954 年畢業於四川大學政治系，歷任四川大學校刊室編輯、黨委宣傳部副部長、政治部宣傳處負責人、黨委宣傳部負責人。所以對《草木篇》展開批評，應該是他在完成「出題作文」這一任務，他也沒有進一步介入到相關歷史的之中。此後，譚洛非出任四川省社科院副院長，並專心於學術，在巴金、郭沫若研究方面有

〔註 263〕譚洛非、譚興國：《為捍衛無產階級思想陣地而鬥爭——兼評「吻」和「草木篇」》，《草地》，1957 年，第 3 期。

〔註 264〕石天河：《憶默老》，《重慶散文大觀》，黃濟人、傅德岷主編，重慶：重慶出版社，1999 年，第 15～16 頁。

較多的成果。譚興國是譚洛非的弟弟，1958 年畢業於四川大學中文系，歷任《草地》月刊編輯、評論組副組長，《四川文學》雜誌副主編。而從譚興國的經歷來看，他既是譚洛非的弟弟，也剛好在四川大學中文系求學，所以譚興國參與到《草木篇》批判，應該是由譚洛非授意的。所以，發表在《草地》上的這篇文章，其主題和內容是由譚洛非確定的，而具體的材料收集和理論闡釋應該是由譚興國完成的，這使得譚興國對《草木篇》事件有了更多的瞭解和思考。因此，在譚興國的生命歷程中，《草木篇》事件並非只是小插曲了。直到 2013 年，他還出版了一本回顧《草木篇》事件的著作《草木篇事件的前前後後》。雖然此書沒有在大陸正式出版，而且也主要是為了反駁流沙河在新時期相關言論而寫，但由於譚興國一直在四川省文聯工作，所以也披露了一些非常重要的內部資料，對於我們重新瞭解這段歷史有重要的意義。另外，從譚興國自身來看，從研究巴金、艾蕪，到對流沙河《草木篇》的研究，讓我們看到，《草木篇》事件，已經深深地影響了四川文藝界。

我們再來看《紅岩》雜誌上的批判。由於《紅岩》雜誌社在重慶，所以對《草木篇》的批判就要滯後一些。綜合這 6 篇批判文章，《紅岩》的批判正好從三個方面展開：第一是對《星星》詩刊及其稿約的批判，有洪鐘《「星星」的詩及其偏向》、碧濤《與「星星」編者談「繆斯的七絃琴」》、正谷《讀「星星」稿約有感》三篇文章。第二是對《吻》的批判，這僅有羅泅的《評色情詩「吻」》一篇批判文章。第三是對流沙河及其《草木篇》的批判，有 2 篇文章。而這三個批判向度，也正好是柯崗、曾克和黎本初最初所確定的「三大批判」方向。《紅岩》的這次批判，也完全是按照對《星星》詩刊，以及對《吻》、《草木篇》的這三個方面而展開的。在《紅岩》雜誌上的這次批判中，如果回到對流沙河的批判歷史來看，其實也可以說又是一次對流沙河的全面反駁和系統批判。其中楊甦的《評「解凍」及其他》提及流沙河的「解凍說」，從批判解凍說開始，進一步展開對《草木篇》的批判，完成了對流沙河的整體批判。而且該文《孤獨的幽靈》一節，是對《草木篇》的集中批判。〔註 265〕當然，與《草地》上尖銳而且上綱上線的批判相比，《紅岩》上的這篇文章已沒有了濃濃的火藥味。文章僅從《草木篇》所體現出來的立身哲學展開批判，認為詩歌中孤獨的幽靈，其實質就是「蔑視現在」。值得注意的是，雖然這篇文章沒

〔註 265〕楊甦：《論「解凍」及其他》，《紅岩》，1957 年，第 3 期。

有以更強的火力來批判《草木篇》，但卻將流沙河的「解凍說」與《草木篇》結合起來批判，體現出一種新的批判思路。這種思路，也是對流沙河批判的深化，目的是呈現出了流沙河思想的連續性，以及問題的嚴重性。根據相關介紹，「楊甦，曾用名楊文淵，楊更生，筆名丁東，四川德陽人。……建國後一直在重慶從事編輯工作，擔任《紅岩》文學雙月刊編輯部副主任、副主編，《美的研究與欣賞》叢刊執行副主編。」〔註 266〕在另外的介紹中，也都提到「楊甦」，「四川德陽人。歷任小學教師，圖書管理員，《群眾文藝》、《奔騰》、《紅岩》及《美的研究與欣賞》校對、記者、編輯、副主任、副主編，重慶市作家協會副主席。」〔註 267〕從這些生平來看，此時的楊甦是在重慶市作協任職。所以，他對流沙河的批判，也是重慶文聯安排的「出題作文」。在這期《紅岩》中，蕭薇的《評「草木篇」》則是一篇集中對《草木篇》的批判文章，「通過『草木篇』所反映出來的社會，乃是一個『黃鐘毀棄，瓦釜雷鳴，讒人高張，賢士無名』的社會，是一個昏暗的社會。顯然，這是對我們社會的嚴重的歪曲……『草木篇』是一篇宣揚極端個人主義的作品，我反對它；虞進生的辯護，毫無根據，在客觀上是保護個人主義，我也反對它。」〔註 268〕與楊甦將流沙河的多種觀點統一在一起批判相比，蕭薇的批判則深入挖掘了《草木篇》反社會主義的實質。批判者蕭薇，應該是一個筆名。我們無法瞭解到他參與到批判的具體細節。但從對《草木篇》批判的熟悉程度，以及文章的批判力度來看，這應該是重慶市精心組織的一篇批判文章。

最後，在初期《草木篇》批判中，姚文元的《論詩歌創作中的一種傾向》，也提到《星星》詩刊並批判了《草木篇》。在這篇文章中，姚文元以資產階級和小資產積極的角度，對《草木篇》展開批判，「如果用資產階級或小資產階級的感情去體驗生活，自己的思想感情同工人階級和勞動人民思想感情有距離，就不可能充分地感受和反映生活中的美，常常會自覺或不自覺地以自己對低下的、乃至醜惡的東西的感情當作真正的美，代替了生活或自然界本身的美。例如『星星』中受到批評的『草木篇』就是一個令人深思的例子。」但

〔註 266〕「楊甦」條目，見《四川人才年鑒（1979～1994）》，劉茂才主編，成都：四川人民出版社，1996 年，第 1491～1492 頁。

〔註 267〕《中國作家大辭典》，中國作家協會創作聯絡部編，北京：中國社會出版社，1993 年，第 248 頁。

〔註 268〕蕭薇：《評「草木篇」》，《紅岩》，1957 年，第 3 期。

是姚文元只選取了《草木篇》中一首《白楊》來展開批判，他說，「這是一種孤獨狂傲的、個人利益得不到滿足就仇恨周圍的一切的極端個人主義的象徵。在新社會中，建設新生活的人民根本不可能對白楊有這種奇怪的感受。詩人沒有發揚他心中光明的共產主義的感情，卻把他內心的某些陰暗的個人主義的感情硬貼到白楊身上，結果是歪曲了白楊的美。」〔註269〕姚文元的文章，也落腳在對《草木篇》中的極端個人主義的批判，以及對社會主義、工人階級情感的偏離等問題上。實際上，姚文元的觀點，在整個《草木篇》批判中並沒有多大的特色。那麼，為什麼上海的姚文元，也會這麼深入到《草木篇》批判呢？從姚文元的寫作歷史來看，在反右期間他就對王若望、施蟄存、徐中玉、徐懋庸、陸文夫、王蒙、鄧友梅等都展開過一系列的批判。所以姚文元對流沙河的批判，僅僅是他自己整個批判序列的一個小細節而已。但回到《草木篇》的批判歷史，姚文元對《草木篇》的展開批判，又表明：此時的《草木篇》事件，已經不再是四川省文藝界的小問題，而成為了全國文藝界共同關注的大問題。同樣，由於姚文元為代表的批判，又進一步擴大了《草木篇》在全國的影響。

## 第三節　《草木篇》反批判

經過初期《草木篇》的系統批判，到了2月8日和2月12日，四川省文聯召開了總結性座談會。雖然在3月號的《草地》和《紅岩》上以及《四川日報》上，陸續展開了批判。但從三月開始，由於全國範圍內整風運動的開展，也使四川文藝界對《草木篇》批判，轉向了「為《草木篇》辯護」的「反批判」。

### 一、整風

關於整風運動的歷史，簡而言之，「這次整風運動應當以毛澤東同志今年二月在擴大的最高國務會議上和三月在中央召開的宣傳會議上代表中央所作的兩個報告為思想的指導，把正確處理人民內部矛盾的問題作為當前整風的主題。毛澤東同志的這兩個報告已經在廣大的幹部和知識分子中傳達，以後還要繼續在全體黨員和人民群眾中傳達。這兩個報告的傳達引起了黨內黨外

〔註269〕姚文元：《論詩歌創作中的一種傾向》，《文藝月報》，1957年，第3期。

的熱烈討論，就我們黨來說，實際上，這就是整風運動的開始。」〔註 270〕當然，整風運動歷史，並不是只是這兩次會議而發動的，而有著更為複雜的歷史背景。如毛澤東在八屆二中全會中，就是如何防止波匈事件在中國重演，在 1956 年 11 月 15 日的總結報告時，就提出了「整風」〔註 271〕。進而，1957 年 2 月 27 日毛澤東在最高國務會議第十一次（擴大）會議上發表《關於正確處理人民內部矛盾的問題》的講話，提出在科學文化工作中實行「百花齊放，百家爭鳴」，重申了「雙百」方針，鼓勵大「鳴」大「放」。「這個講話廣泛傳達以後，在北京、上海、天津等幾個大城市的民主人士和文化科學工作者重價起了鼓舞作用。」〔註 272〕3 月 12 日中共中央邀請了科學、教育、文藝、新聞、出版各界 160 多名非黨人士參加，在這次講話中，毛澤東著重講了知識分子問題、準備整風問題和加強黨的思想工作問題，強調要繼續貫徹執行「百花齊放，百家爭鳴」的方針〔註 273〕。徐鑄成回憶說，「毛主席講話一向很風趣，如談到整風時，說這不再是狂風大雨，也不是中雨，是小雨，是『毛毛雨』，下個不停的和風細雨。從錄音裏聽到他在講話時，不時引起哄堂大笑，並聽到劉少奇、馬寅初等同志插話，真是輕鬆愉快，談笑風生，我們聽了錄音，也感到興奮、舒暢。聽畢，我和傅雷同志即相約赴中山公園聊天，我們覺得雙百方針實在正確，黨真英明，都認為今後更應響應黨的號召，為社會主義建設多盡力。正如《傅雷家書》所載，他當時給他兒子信中所寫的，他衷心感到社會主義的可愛，感到社會主義國家很多，而『毛澤東全世界只有一個』（天下無雙）。可見他那時正是最熱愛共產黨、熱愛和由衷尊敬毛主席的。」〔註 274〕傅雷也回憶說，「那種口吻，音調，特別親切平易，極富於幽默感。而且沒有教訓的口氣，速度恰當，間以適當的 pause（停頓）。筆記無法傳達。他的馬克思主義是到了化境的。隨手拈來，都成妙諦，出之以極自然的態度，無形中滲透聽眾的心……他的胸襟寬大，思想自由，和我們舊知識分子沒有分別，加上極靈活的運用辯證法，當然國家大事掌握得好了。毛主席是真正

〔註 270〕《中國共產黨中央委員會關於整風運動的指示》，《人民日報》，1957 年 5 月 1 日。

〔註 271〕《毛澤東選集》第五卷，北京：人民出版社，1977 年，第 313～329 頁。

〔註 272〕黎澍：《毛澤東和「百家爭鳴」》，《書林》，1989 年，第 1 期。

〔註 273〕見毛澤東：《在中國共產黨全國宣傳工作會議上的講話》，《建國以來重要文獻選編》，第十冊，北京：中央文獻出版社，1994 年。

〔註 274〕徐鑄成：《親歷 1957》，武漢：湖北人民出版社，2003 年，第 17～18 頁。

把古今中外的哲理融會貫通了的人。」〔註275〕毛澤東的講話，促進了知識分子「鳴放」。正像費孝通所說，「百家爭鳴實實在在地打中了許多知識分子的心」，「百家爭鳴的和風一吹，知識分子的積極因素應時而動了起來」。〔註276〕由此，不僅僅是知識分子在談鳴放，整個文藝界、整個社會都在以不同方式參與到「鳴放」之中。5月1日，中共中央在《人民日報》上正式發出《中國共產黨中央委員會關於整風運動的指示》，「這次整風運動，應該是一次既嚴肅認真又和風細雨的思想教育運動，應該是一個恰如其分的批評和自我批評的運動。開會應該只限於人數不多的座談會和小組會，應該多採用同志間談心的方式，即個別地交談，而不要開批評大會，或者鬥爭大會。不論在座談會、小組會上，進行批評的時候，或者個別交談的時候，都應該放手鼓勵批評，堅決實行『知無不言，言無不盡；言者無罪，聞者足戒；有則改之，無則加勉』的原則，不應該肯定自己的一切，拒絕別人的批評。」〔註277〕整風運動在全國範圍正式展開。接著5月2日，《人民日報》發表社論《為什麼要整風》〔註278〕，5月4日中共中央下發《中共中央關於繼續組織黨外人士對黨政所犯錯誤缺點展開批評的指示》〔註279〕。5月8日到6月3日中共中央統戰部召開了13次各民主黨派負責人、無黨派民主人士座談會；從5月15日至6月8日，中共中央統戰部、國務院第八辦公室也聯合召開了25次工商界人士座談會。另外，地方各級黨政機關、高等院校、科學研究機構、文化藝術單位的黨組織也都召開各種形式的座談會和小組會，聽取黨內外群眾的意見，形成了整個社會「大鳴」「大放」的局面。

在四川方面，整風運動也轟轟烈烈地開展，「5月2日，四川省委舉行常委會議，學習和討論了中央關於整風的指示。會議責成省級領導機關在近期內向省委提出人民內部矛盾的幾個主要方面的情況和解決辦法的意見，以備

〔註275〕傅雷：《傅雷家書》，北京：三聯書店，1994年，第158頁。

〔註276〕沈志華：《一九五七年整風運動是如何開始的》，《中共黨史研究》，2008年，第5期。

〔註277〕《中國共產黨中央委員會關於整風運動的指示》，《人民日報》，1957年5月1日。

〔註278〕《為什麼要整風》，《人民日報》，1957年5月2日。

〔註279〕《中共中央關於繼續組織黨外人士對黨政所犯錯誤缺點展開批評的指示(一九五七年五月四日)》，《建國以來重要文獻選編》，第十冊，中共中央文獻研究室編輯，北京：中央文獻出版社，1994年，第246～247頁。

省委在擬定具體計劃時參考。」〔註 280〕緊接著，四川省委統戰部也開始了整風運動，「1957 年 5 月上旬，四川省委統戰部部長程子健、副部長金再光等就率領了七個工作組，到各專區展開調研。」〔註 281〕而在四川鳴放之前即 5 月 4 日，四川省委專門向中央報告了四川各界開始整風後反映出來的一些問題，「在目前政治生活的重大轉變中，黨內一部分同志思想認識上對於敵我形勢的變化，對於工作中的正確和錯誤還缺乏敏銳的觀察和全面的分析；處置人民內部較為複雜的矛盾也缺乏系統的經驗，這是一部分同志引起顧慮的主要原因。」〔註 282〕不過，雖然有這些顧慮，四川省委統戰部還是在 5 月 10 日邀請了各民主黨派和無黨派人士，座談如何幫助共產黨整風，「在 10 日四川省委統戰部召開的座談會上，四川各民主黨派和無黨派民主人士，暢所欲言，對黨提出許多批評和意見，以幫助四川整風運動開展。」發言的就有民盟四川省委主任委員潘大逵、民建四川省委副主任委員黃憲章、農工民主黨四川省委主任委員劉星垣、民革四川省委副主任委員李紫翔、鍾體乾等人。〔註 283〕此時，四川省委已經在開始全面部署「整風運動」了，「1957 年 5 月 13 日～16 日，中共四川省委召開第一屆第四次全體會議。會議討論四川全黨開展整風運動問題，並制定了關於執行中央整風運動指示的計劃。決定省、市委書記處即為領導小組，各地、縣委和省、市各系統黨的組織（包括大專學校、大的工廠）按工作系統分成 5 至 9 人的整風學習領導小組。」〔註 284〕此後，5 月 16 日四川省委發出了《執行中央〈整風運動指示〉的計劃》，「整風運動的時間定為 3 至 4 月，大體分為三個階段：第一段學習文件；第二段著重檢查分析思想和工作中的各種矛盾；第三段著重結合業務總結經驗，提高思想，改進工作，建立制度。省委書記處即為整風領導小組，各地縣委和省市級各

〔註 280〕《中國共產黨四川歷史大事記(1950～1978)》，中共四川省委黨史研究室著，成都：四川人民出版社，2000 年，第 145 頁。

〔註 281〕《中國共產黨四川歷史大事記(1950～1978)》，中共四川省委黨史研究室著，成都：四川人民出版社，2000 年，第 145 頁。

〔註 282〕《中共四川省委關於復中央 4 月 19 日電向中央報告》，中共四川省委報告，總號（57）076 號，1957 年 5 月 4 日。轉引自《中國共產黨四川歷史（1950～1978）》，中共四川省委黨史研究室著，北京：中共黨史出版社，2011 年，第 133～134 頁。

〔註 283〕《四川民主人士幫助黨內整風 提出黨和國家體制有矛盾》，《人民日報》，1957 年 5 月 13 日。

〔註 284〕《當代四川大事輯要》，成都：四川人民出版社，1991 年，第 112 頁。

系統黨的組織、大專院校、大型廠礦按工作系統分別成立了 5 至 9 人的整風領導小組。」〔註 285〕從 5 月 17 日開始，四川整風運動便大規模有計劃、有組織、有序地進行。四川各地方上也如期開始了對全體黨員的整風運動，如成都東城區，4 月 17 日區委召開第 72 次常委會議研究區級機關進行整風的方法、組織領導和參加整風學習的對象，5 月 17 日區級機關全體黨員開始整風。〔註 286〕另外，四川省委統戰部，就行邀請各民主黨派和無黨派人士舉行座談會，直到 5 月 23 日才休會。〔註 287〕6 月 7 日，四川省委統戰部邀請民主黨派和無黨派人士為幫助共產黨整風的座談會復會。並稱，「在座談會暫停的兩周裏，統戰部同各方面人士就過去幾天座談會上反映出來的意見進行了分類排隊的工作，感到過去『放』得不夠，希望大家繼續深入地放。有人顧慮我們要收，我們體會這個『放』的方針是永遠不變的，因為建設社會主義就必須擴大民主，必須反掉『三個主義』。在放中對不同意見的爭論是必須的，因為只有經過爭鳴，才能明辨是非，改進我們的工作。」〔註 288〕在《中國共產黨成都歷史大事記》中，更為詳細地介紹了成都市整風運動的開展情況，「5 月 4 月中共成都市委召開了領導幹部會議，貫徹執行中共中央關於整風運動的指示和成都市開展整風運動的計劃。25 日，市委發出《關於貫徹執行「中共四川省委執行中央整風運動的指示計劃」的通知》。市委書記處組成整風領導小組統一領導全市的整風運動。黨群、統戰、政法、文教、財貿、基建、工業、東西城、郊區區委 10 個系統，成立 10 個整風領導小組，分別領導各口的整風運動。整風運動開始後，市委宣傳部、市政協、市委統戰部、市人委，先後召開話劇、戲劇、美術、文化館、各大專院校教授、中學教師、科技界工程技術人員、中西醫生、民主黨派、市人委非黨員負責幹部座談會，座談當的基層組織與民主黨派、非黨人士的合作共事等問題。」〔註 289〕

〔註 285〕《中國共產黨四川歷史（1950～1978）》，中共四川省委黨史研究室著，北京：中共黨史出版社，2011 年，第 131 頁。

〔註 286〕《成都市東城區志》，錦江區地方志編纂委員會編纂，成都：成都出版社，1995 年，第 22 頁。

〔註 287〕《中國共產黨四川歷史大事記（1950～1978）》，中共四川省委黨史研究室，成都：四川人民出版社，2000 年，第 147 頁。

〔註 288〕《中國共產黨四川歷史大事記（1950～1978）》，中共四川省委黨史研究室，成都：四川人民出版社，2000 年，第 148 頁。

〔註 289〕中共成都市委黨史研究室編，《中國共產黨成都歷史大事記（1919.5～2005.5）》，北京：中共黨史出版社，2005 年，第 135 頁。

在整風運動背景之下，四川文藝界對《草木篇》的批判中，轉向了為《草木篇》辯護的「反批判」。

## 二、毛澤東談《草木篇》

《草木篇》批判的轉向「反批判」，不僅與毛澤東的整個「整風運動」有關，而且還與毛澤東直接有關。毛澤東談《草木篇》的觀點，直接影響到了《草木篇》批判的進程。流沙河曾多次說到，由於毛主席的影響，才致使《草木篇》問題不斷擴大，「1957 年『反右』運動中，因《草木篇》把毛主席親自點名：『假借百花齊放之名，行死鼠亂拋之實』，在全國上下被批到批臭，後連續接受多種『勞動改造』。」〔註 290〕當然，在流沙河的回憶中，他這裡的說法並不確切。我們在前面提到，「百花齊放與死鼠亂拋」，這是李亞群化名，並不是毛澤東提出來的。另外，李亞群的這篇文章，並不是批判《草木篇》，而是針對流沙河的「解凍說」以及曰白的《吻》。雖然流沙河的回憶有不確切之初，但毛主席對《草木篇》的評論，的確在整個《草木篇》批判中有著重要的意義。以至於流沙河就曾說，「《草木篇》並非寫得如何，全靠毛澤東做廣告，一次又一次，共做了四次。每次幾句，一句又當一萬句。這樣的廣告做下來，誰也得出名。」〔註 291〕實際上，為《草木篇》辯護的「反批判」，也與毛澤東有關。

那麼，毛主席是怎樣關注到《草木篇》的呢？按照明朗的說法，在全國宣傳會議期間，即 3 月 6 日召開部分省、市委宣傳部長座談的時候，毛澤東第一次提到了《草木篇》，而且是毛澤東直接向李亞群詢問《草木篇》的問題。「1957 年，他到北京參加會議，毛主席找部分省、市委的宣傳部長座談，他被邀請參加。毛主席問他：『你們四川批《草木篇》的文章是誰寫的？』他回答：『蜀中無大將，廖化作先鋒。第一篇文章是我寫的。』」〔註 292〕之後明朗的回憶則更為詳細，進一步補充了一些細節，「這本來是文藝批評的常事，沒想到中央召開宣傳會議，李亞群率四川代表出席。毛主席接見部分省市代表，

〔註 290〕何三畏整理：《「如果不寫這個，我後來還要當右派」——流沙河口述「草木篇詩案」》，《看歷史》，2010 年，第 6 期。

〔註 291〕敵人韋小寶：《笑可笑，非常笑：流沙河片論》，《閑話中西》，天涯社區閒閒書話社區編，上海：上海人民出版社，2006 年，第 3 頁。

〔註 292〕明朗：《半生坎坷，一身正氣——亞群同志誕辰八十週年祭》，《不廢江河萬古流：明朗詩文選》，成都：四川文藝出版社，2007 年，第 257 頁。

四川也參加了。不知道為什麼這件事被毛主席知道了，他老人家當場表態說《草木篇》是毒草，並且問什麼人寫了批判文章。李亞群回答：『蜀中無大將，廖化作先鋒』。承認第一篇文章是他寫的，引得毛主席大笑。主席還說寫批判文章要以理服人，不能粗暴簡單。李亞群等人回來向省委做了彙報。省委主要負責人聽取後極為重視，那段時間大會小會他都要講批《草木篇》。」〔註293〕我們看到，在明朗的回憶中毛澤東對《草木篇》的意見，並沒有明確的時間，或許是在部分省市宣傳部長座談，也或許是在接見部分省市代表的時候。從明朗的表述來看，是毛澤東主動問道四川文藝界批《草木篇》的情況，然後才有李亞群的介紹。陳晉也在《文人毛澤東》中記錄了一些情況，他說，「在開幕當天晚上，九個省市宣傳文教部長正在座談的時候，毛澤東來了」，「有人提出，百家爭鳴中，黨內外有人動不動就說庸俗社會學。毛澤東說：簡單的口號是嚇不了人的，我們應當去研究馬克思主義的美學，文章要有說服力。《星星》這個詩刊上的《草木篇》是應該批評的，如不批評，就真是讓毒草長起來了……，毛澤東還說：領導思想鬥爭的方法，要研究。過去是對敵鬥爭，現在問題是複雜的，有科學、文藝、高校，還有《草木篇》。他能寫，我就不能寫。《詩經》、《楚辭》是什麼呀？大部分是《草木篇》。」〔註294〕按陳晉的敘述，在這次座談中並沒有四川幹部的發言，也沒有李亞群等人向毛澤東彙報《草木篇》的問題。當然，這裡也就沒有說明，毛澤東是如何發現《草木篇》問題的。從這裡可以看到，毛澤東在回答一些問題的時候，直接就談到了《草木篇》。從明朗的回憶來看，這一次毛澤東認為《草木篇》需要批判，對《草木篇》是持否定態度的。

而這次彙報，譚興國在他的著作《草木篇事件的前前後後》中，也補充了一些細節，他看到了毛澤東較為複雜的態度，「四川的幹部談到流沙河的詩《草木篇》，說曾經打算封閉刊登這篇作品的詩刊《星星》。毛澤東說，《草木篇》是應該批評的，如不批評這是讓毒草長起來了。但他也不贊成封閉《星星》。他說，這次會議一開，資產階級與小資產階級思想又會冒出來，不要急，我們不忙於理它，它又有勁頭了。你們不是反映有些教授說，『百花齊放，百家爭鳴』是誘敵深入嗎？我們對資產階級和小資產階級思想有兩條：一、必

〔註293〕明朗：《「整風反右」》：《當代四川要事實錄》，第2輯，成都：四川人民出版社，2008年，第10頁。

〔註294〕陳晉：《文人毛澤東》，上海：上海人民出版社，1997年，第410頁。

須批評；二，必須批評得好。因此必須要有準備，要有說服力，毒草在中國長了幾千年，再長七八年也不要緊。而且我們還是要做事情的。他們一肚子氣，可以讓他們講，毒草不可怕，如用壓下來的辦法，還是要翻的。有人插話：《星星》所謂七君中二個有殺父之仇。毛接著說：『這樣，《星星》出現那些東西是有歷史原因的，我們如何對付不正確思想？要有方法，不要急躁，不要簡單；應該研究方法。』」〔註 295〕從這裡來看，這次座談會中，不僅有李亞群彙報批判《草木篇》的基本情況，其他的四川幹部，也彙報了《星星》詩刊是否停刊，以及流沙河有「殺父之仇」等歷史問題。從這裡看，此後毛澤東在 3 月 12 日的總結大會中提到流沙河的「殺父之仇」，也就肯定是通過這次彙報瞭解到的。同樣，石天河在回憶中，也記載了這次座談毛澤東對《草木篇》的態度，在支持批評《草木篇》的基礎上，也強調要「必須批評得好」。雖然石天河的回憶，把此後發生的事情全部也都混在了一起，但總體上他的回憶還是呈現出四川省委宣傳部向毛澤東彙報《草木篇》的基本情況，「1957 年 4 月間，四川文聯黨組書記常蘇民從北京開會回來，在機關裏召開了幹部大會，傳達了毛澤東在全國宣傳工作會議上的講話……在傳達毛澤東接見少數與會人員情況時，常蘇民還特別鄭重地講到了毛澤東對《星星》和《草木篇》問題的態度。我現在記得的，大致有這樣幾點：一、毛澤東帶著點幽默的笑，問大家：『《草木篇》你們都看了沒有？好文章嘛，沒有看的，應該找來看一下。』（那語氣中，『好文章』是帶著訕笑的反話。）二、『關關雎鳩』的問題嘛，我看就算了。三、刊物不要停，要繼續辦下去。四、有『殺父之仇』的人，還是可以教育改造的。對流沙河，還是要團結教育。對犯錯誤的人，都應該採取『團結、教育、改造』的方針。對我們自己的（犯錯誤的）同志，更應該團結。五、『百花齊放』的方針是要『放』，放了『毒草』也不要怕，『毒草』鋤了可以肥田，完全沒有『毒草』是不可能的。六、批評，不要『一棍子打死』，要允許人家反批評；不要壓，蘇聯現在還在壓，我看不好。從毛澤東說的這些話，可以想見，四川文聯是把《星星》詩刊和《草木篇》的問題，向中央作了全面彙報的。那彙報的內容，必然是按照他們認定的那樣，說《星星》『違反黨的文藝方針』、發表了『淫穢』的、『反黨、反社會主義』的作品；甚至連我為曰白的情詩《吻》作辯護的反批評文章，以及流沙河有『殺父之仇』，等

〔註 295〕譚與國：《草木篇事件的前前後後》，內部自費印刷圖書，2013 年，第 114 頁。

等，也彙報上去了。對犯錯誤的人如何處分？刊物是否要停辦？也是向中央請示了的。」〔註 296〕從這裡來看，是毛澤東主動關注到《草木篇》批判，然後由四川省委宣傳部相關人員對此做了具體的、全面的彙報。在這次座談會上，毛澤東所瞭解到的還不僅僅是《草木篇》的問題，而是整個四川省文聯的對《星星》批判的問題。所以，這次毛澤東對於作品《草木篇》、《吻》的問題、對於作者流沙河的歷史問題、停辦刊物《星星》詩刊的問題，以及對於石天河等人的處理問題，都有了一定的瞭解。在聽取了四川省委宣傳部的彙報後，毛澤東也表明了自己的態度和意見：對於《吻》這樣的情詩，則明確說算了，不用再批判了。因此，我們看到，此後的批判中，《吻》就沒有被進一步批判，與毛澤東的指示有關。還有如《星星》詩刊是否停刊的問題，也是毛澤東表態不停的。而對於《草木篇》則認為需要批判，同時也提出「允許反批評」。按照石天河的敘述，向中央彙報主要的人，是省委宣傳部副部長李亞群。正如前面所述，李亞群也是最早開始批判《星星》的人之一，也是瞭解了《草木篇》問題的領導。更為重要的是，他批判了流沙河的「解凍說」之後，流沙河在《春天萬歲》中對他予以人生攻擊，所以他向中央彙報《草木篇》的問題，也是應該是合理的。

而毛澤東第二次提到《草木篇》，也就是在公開場合正式提到《草木篇》是在 3 月 8 日同全國文藝界代表談話。毛澤東在這一天對《草木篇》批評公開發表了自己的看法，在一定程度上對《草木篇》表示支持，甚至「允許反批評」。這在《毛澤東文集》中有明確的記載，「放一下就大驚小怪，這是不相信人民，不相信人民有鑒別的力量。不要怕。出一些《草木篇》，就那樣驚慌？你說《詩經》、《楚辭》是不是也有草木篇？《詩經》第一篇是不是《吻》這類的作品？不過現在發表不得吧？那《詩經》第一篇，我看也沒有什麼詩味。不要因為有些《草木篇》，有些牛鬼蛇神，就害怕得不得了！」〔註 297〕與此前在座談會上對《草木篇》的交流來看，他這裡的發言可以說是相當簡單的，但支持《草木篇》意思也非常明確。在這裡毛澤東並沒有對《草木篇》問題予以展開。雖然這次發言的內容簡單，但這是毛澤東提到《草木篇》的最權威

〔註 296〕石天河：《逝川憶語——〈星星〉詩禍親歷記》，香港：天馬出版有限公司，2010 年，第 62 頁。

〔註 297〕毛澤東：《同文藝界代表的談話》，《毛澤東文集》，第七卷，中共中央文獻研究室編，北京：人民出版社，1996 年，第 257～258 頁。

的原始資料。也正是由於此，毛澤東的這些觀點，被廣泛引用。胡尚元、蔡靈在《流沙河與〈草木篇〉冤案》中提到了毛澤東對《草木篇》意見，其內容就完全依據是《毛澤東文集》中的這些內容。〔註 298〕那麼，毛澤東在同全國文藝界代表談話中，專門提到了《草木篇》和《吻》，這也就表明他已經完全掌握了《草木篇》的情況，並引起了高度重視。但是按照《毛澤東文集》中毛澤東《同文藝界代表的談話》的談話內容，毛澤東應該是在 3 月 6 日後從《有關思想工作的一些問題彙集》中瞭解到《草木篇》批判的：「你們的會議開了幾天？開得怎樣？彙集的那三十三個問題，我都看了。還有什麼問題嗎？……從彙集印發的那三十個問題，可以看出來問題很多。要求答覆，一個人怎麼答覆得了？我看還是大家自報公議，一個人念，大家討論，大家答覆。」〔註 299〕其中毛澤東所說的「彙集印發的三十三個問題」，是中共中央宣傳部辦公室 1957 年 3 月 6 日印發的《有關思想工作的一些問題的彙集》，共彙集了三十三個問題。不過，在《建國後毛澤東文稿》中《關於〈有關思想工作的一些問題的彙集〉批註》中「三十三個問題」中，並沒有直接提到《草木篇》和《吻》。〔註 300〕那毛澤東瞭解到《草木篇》問題的渠道，也就只能是通過座談會中四川省委宣傳部、省文聯的彙報瞭解。那麼，在這同全國文藝界代表談話之前的省市委宣傳部長座談中，應該是李亞群等人向毛澤東彙報了《草木篇》的問題。

毛澤東第三次提到《草木篇》，是在 3 月 12 日的總結大會上了。與前兩次完全不一樣，毛澤東這次對《草木篇》給予了非常嚴厲的批評，「毛澤東這次講話的重點是放在知識分子應該受教育的一面，即他反覆講的教育者要受教育。同時他又一次批評了陳其通等人和鍾惦棐文章，很嚴厲地批評了《草木篇》。……有人寫了個《草木篇》，就怕了。《草木篇》不好，四川的同志，我同意你們向它開火。有殺父之仇，隔些日子給你來一篇《草木篇》。印發了沒有？（有人答：沒有）。印一下讓大家看看。批評是時機問題，是方法問題，現在放的還不夠。當晚印發了《草木篇》。毛澤東的這個講話當時沒有發表，直到一九六四年又作了重大修改，加強了階級鬥爭和反對修正主義的內容，

---

〔註 298〕胡尚元、蔡靈芝：《流沙河與〈草木篇〉冤案》，《文史精華》，2005 年，第 1 期。

〔註 299〕毛澤東：《同文藝界代表的談話》，《毛澤東文集》，第七卷，中共中央文獻研究室編，北京：人民出版社，1996 年，第 257～258 頁。

〔註 300〕毛澤東：《關於〈有關思想工作的一些問題的彙集〉批註》，《建國以來毛澤東文稿 1956.1～1957.12》，第六冊，北京：中央文獻出版社，1992 年，第 406～416 頁。

選入當時編輯的《毛澤東著作選讀》甲種本中。」〔註 301〕之後，黎之在《文壇風雲錄》增訂版中，又提到毛澤東的這次講話，「接著他講到流沙河的《草木篇》。毛澤東說：四川的同志，你們向《草木篇》開火（當時四川報刊上在批評剛創刊的《星星》詩刊上發表的《草木篇》和《吻》），我同意你們開火。《草木篇》不好，有殺父之仇，隔兩天，給你來一個『草木篇』。開火是對的，只是方法問題，時機問題。現在放的不夠，不要怕批評，不要怕亂，不要怕毒草。」〔註 302〕同樣，舒蕪口述自傳中也提到了毛澤東這一次向《草木篇》「開火」的歷史，「那次毛澤東在講話中，還提到一個流沙河，說：還有一個流沙河，寫了個《草木篇》，那是有殺父之仇的人……接著他就講《草木篇》的事，講著講著又講回來了：我們要團結一切人，包括有殺父之仇的流沙河，也是我們團結的對象嘛！流沙河的《草木篇》是個組詩，是曾經引發反右運動的幾個作品之一，當時就說它以草木影射『殺父之仇』的想法。毛澤東的講話不是我一個人聽到的，會場上那麼多人，包括王蒙，也在場。後來我曾問過王蒙，他記得跟我記得一模一樣。毛當時就是這麼講的，一點不錯。只是發表出來的講話稿沒有這些了，給他（王蒙）定案的文件上沒有這些了。」〔註 303〕由此，我們看到，在 3 月 12 日毛澤東對《草木篇》的態度發生了重要的轉變，對《草木篇》給予《草木篇》嚴厲批判，並專門提到了作者有「殺父之仇」！他要求將《草木篇》印發大家看看，於是 1957 年 3 月 20 日中共北京市委宣傳部辦公室印發的《宣傳工作會議參考資料》，並在最後一頁將《草木篇》編入，〔註 304〕這完全符合毛澤東「懷仁堂講話」中的「印一下讓大家看看」的意見。而問題在於，毛澤東在 3 月 8 日同全國文藝界代表談話中對《草木篇》「不要怕」的態度，然後到 3 月 12 日對《草木篇》嚴厲批判態度，這樣一個急轉彎，其中的真實背景，我們難以瞭解，也是非常耐人尋味的。

總的來說，毛澤東提到《草木篇》主要就是這樣三次，而且他的基本態度也是肯定《草木篇》批判的。但此後對於這段歷史的記錄，大部分是將這三次的內容混在一起來說的，由此忽視了毛澤東的這個基本態度。比如，譚

〔註 301〕黎之：《文壇風雲錄》，鄭州：河南人民出版社，1999 年，第 85～86 頁。

〔註 302〕黎之：《文壇風雲錄（增訂本）》，北京：人民文學出版社，2015 年，第 104～105 頁。

〔註 303〕舒蕪：《舒蕪口述自傳》，北京：中國社會科學出版社，2002 年，第 272～273 頁。

〔註 304〕見《宣傳工作會議參考資料》，中共北京市委宣傳部辦公室印發，1957 年 3 月 20 日。

興國就將毛澤東兩次講話的內容合在一起，「有那麼一篇詩，叫《草木篇》，印了沒有？趕快印一下，在座的是不是都看呀？好文章，很值得見識見識。你們四川同志不要以為我這一講就說我是贊成這個《草木篇》的。我不是根本反對你們去批評的，而是講你們可以等一會，徵求讀者的意見，可以放它一下。還是『放』，還是『收』？可以『放』一下，現在還『放』得不夠，不是『放』的有餘。不要怕『放』，不要怕批評，不要怕亂，也不要怕牛鬼蛇神，也不要怕毒草。」〔註 305〕流沙河也是這樣，「毛主席在 2 月份跟 3 月就兩次講話。一次全國宣傳工作會議，還有一次是講人民內部矛盾。兩次講話都提到，一個提到王蒙，一個提到《草木篇》。毛澤東講的是，王蒙是思想問題，王蒙的小說叫《組織部新來的年輕人》，是小資產階級思想，《草木篇》是『政治思想問題』。中間用了什麼樣的句子呢？『我們在民主革命的運動中，傷害了一些人的感情，那些有殺父之仇，殺母之仇，殺兄之仇，殺弟之仇，殺子之仇的人，時候一到就會來一個草木篇。』——如何的嚴重！我的家底毛主席都知道了。但是，毛主席又說了，你們現在這種批判，太粗暴了，你們沒有好生給人家講理。你們這種簡單粗暴的批判方式是要不得的。然後，毛主席說，我們今後是要團結五百萬知識分子——包括那個寫《草木篇》的人。最後說，我們要通過百花齊放百家爭鳴的政策，把廣大知識分子，包括那個寫《草木篇》的，都要團結起來。他這樣一講，所有批《草木篇》的突然就停了下來。1957 年 3 月的時候，毛澤東這個講話，通過各級機關傳達下來，傳達下來，而且傳達很詳細，是用講話稿子念的，要念整整半天。」〔註 306〕以至於流沙河最後在談到毛澤東對《草木篇》的觀點時候，重點提到了毛澤東充滿辯證思想的意見，這是值得注意的：一方面，「對敵人可以用真刀真槍，簡單明瞭。對付同志，對付朋友，對付《草木篇》，對付思想問題，不能用粗暴的方法」。另一方面，「我們要團結所有的人，包括那些有殺父之仇，殺夫之仇，殺子之仇等的人。他們一有機會，就是《草木篇》一篇。」〔註 307〕這實際上是將毛澤東的兩次公開談《草木篇》的講話內容，合在了一起。正如流沙河所提到的毛澤東關於《草木篇》的辯證思想，使得此後的《草木篇》批判的雙方，都

〔註 305〕譚興國：《草木篇事件的前前後後》，內部自費印刷圖書，2013 年，第 115 頁。

〔註 306〕何三畏整理：《「如果不寫這個，我後來還要當右派」——流沙河口述「草木篇詩案」》，《看歷史》，2010 年，第 6 期。

〔註 307〕左泥：《鮮花重放二十春——〈重放的鮮花〉編輯雜憶》，《文學報》，1998 年 11 月 12 日。

在引用毛澤東的觀點作為自己的理論支撐。

而在流沙河的回憶中，此後毛主席第四次還提到過《草木篇》，「1980 年，在石家莊，劉紹棠來找到我說，老兄呢，1962 年毛主席曾經說到我們兩個你知不知道？我說我不知道。他說，是這樣子說的。1962 年夏天，毛主席在北戴河游泳，突然想起喊那個毛遠新來，毛遠新興沖沖地趕到北戴河來，找主席，說主席在海邊，到海邊去找到。主席說你下來嘛。毛遠新說我游不來水的嘛。毛主席說，游不來水你下來學。吃兩口水自然就會了。你看人家劉紹棠，也是游不來水呀，吃了兩口水，後來人家就學會游泳了。只有那個流沙河，才沉到海底下去了。」〔註 308〕此時，《草木篇》事件早已塵埃落定，但毛澤東似乎一直沒有忘記流沙河。不管這是否是事實，但對整個《草木篇》批判歷史來說，此時毛澤東的觀點已經並不重要了。

如果回到源頭，《草木篇》問題應該是由李亞群向毛澤東作的彙報，所以毛澤東才能對相關的事實有如此清晰的瞭解。那麼，李亞群又是怎樣向毛澤東彙報《草木篇》的問題的呢？他有可能直接在宣傳工作會議上向毛澤東彙報之外，肯定還借助過中國作協的力量。流沙河就認為，《草木篇》問題是張光年向毛主席彙報的，「中國作協書記處的書記張光年，老革命，在 1999 年紀念中華人民共和國建國 50 週年，中央電視臺講建國五十來的歷史，中間專門的一章，就是張光年談到草木篇事件。我就很注意地看。變了。張光年說，當初我和另外三個中國作協的負責同志，去跟毛主席彙報，毛主席說，《草木篇》哪首不好就批哪首嘛，怎麼能一鍋煮呢，其中有兩首就好嘛。毛主席背了中間一首，又背了中間另一首，毛主席說，這兩首就可以嘛。」〔註 309〕根據流沙河的線索，我們查閱了建國 50 週年的紀錄片第 3 集《共和國的腳步 1955～1957》，卻沒有看到相關的敘述，可能流沙河所說並不是這一個紀錄片。當然由中國作協向毛澤東彙報《草木篇》的問題也是可能的。我們知道，在開始組織批判《草木篇》和《吻》的時候，四川省文聯已經將《吻》和《草木篇》的問題向中國作協彙報，並請求中國作協的支持。時任中國作家協會黨組副書記郭小川在 1957 年 2 月 8、9 號的日記中，就有「李友欣提出了關於

〔註 308〕何三畏整理：《「如果不寫這個，我後來還要當右派」——流沙河口述「草木篇詩案」》，《看歷史》，2010 年，第 6 期。

〔註 309〕何三畏整理：《「如果不寫這個，我後來還要當右派」——流沙河口述「草木篇詩案」》，《看歷史》，2010 年，第 6 期。

《星星》中的《吻》和《草木篇》的爭論問題，要求我們支持和提出意見」的記載，同時還提到「成都流沙河、石天河一批人的情形實在令人擔憂，他們的思想實在已經具有反動的傾向了。」〔註 310〕但不管怎樣，面對《草木篇》問題「嚴重政治問題」，作為中國作協黨組副書記的郭小川，肯定是將四川文藝界的批判運動向，以及相關具體問題中國作協彙報了。因此，四川文藝界展開對《草木篇》和《吻》的批判，中國作協不但非常清楚，而且也應該是大力支持的。那麼，李亞群通過郭小川、張光年等向中國作協彙報《草木篇》的問題，再由中國作協借機向毛澤東彙報，這也是可能的。

總之，不管毛澤東是怎樣瞭解到《草木篇》批判的，但在毛澤東瞭解到《草木篇》的情況後，三次公開表明了自己態度，而且是肯定《草木篇》批判的。雖然他的態度有辯證之處，但他鮮明的「不要怕」，「允許反批判」以及「我們要團結一切人，包括有殺父之仇的流沙河，也是我們團結的對象嘛！」的這一姿態，又讓《草木篇》的辯護者看到了希望和方向，並無限放大。由此，毛澤東的講話，以及整風運動的持續開展，特別是通過四川省委宣傳部副部長李亞群的傳達，使得四川省幾乎停止了對《吻》和《草木篇》的批判。換句話說，毛澤東辯證地談《草木篇》之後，對《草木篇》的批判告一段落，「反批判」文章逐漸冒出來。

## 三、孟凡的文章

由於毛澤東對《草木篇》的辯證態度，《草木篇》批判出現了轉機。在這樣的背景下，1957 年《文藝學習》1957 年第 4 期刊出孟凡的文章《由對「草木篇」和「吻」的批評想到的》。雖然該文不是為《草木篇》、《吻》辯護，但卻認為在《草木篇》批判過程中粗暴態度。「『草木篇』和『吻』的缺點是嚴重的，應該受到批評。但我認為，在我們的文藝批評、思想鬥爭中還嚴重地存在著片面、主觀、簡單化、粗暴這些毛病。」進而，孟凡的文章認為，「對『草木篇』和『吻』，短短一個多月的時間裏，在一個報紙（四川日報）上，集中發表了幾十篇批評，篇篇聲色俱厲，令人感到像一次『運動』。」〔註 311〕總結

〔註 310〕郭小川：《郭小川 1957 年日記》，鄭州：河南人民出版社，2000 年，第 30～31 頁。

〔註 311〕孟凡：《由對〈草木篇〉和〈吻〉的批評想到的》，《文藝學習》，1957 年，第 4 期。

來看，孟凡的這篇辯護文章，一方面承認了《草木篇》和《吻》的嚴重錯誤，但另一方面卻又重點反映了在《草木篇》批判中存在著片面、主觀、簡單化、粗暴的問題，一定程度上是在為《草木篇》辯護。可以說，他的文章完全是按照毛澤東「出現了《草木篇》不要怕」、「允許反批判」、「即使有殺父之仇的流沙河也要團結」的思路來批評對《草木篇》展開批判的。

那孟凡為何要為流沙河辯護呢？僅僅是因為整風運動嗎？根據記載：孟凡，即李庚，原名李賡。1949 年夏調北京任全國青聯副秘書長、團中央國際聯絡部副部長、團中央出版委員會主任，1950 年創辦上海少年兒童出版社。1953 年參與成立中國青年出版社，參與創辦《中國青年報》。1955 年前後創辦中國少年兒童出版社。〔註 312〕特別值得注意的是，此時孟凡身份是《文藝學習》的編委之一〔註 313〕，他不僅有在《文藝學習》上發表文章的機會，也有了更多瞭解當代青年作家創作動向的契機。而關注青年作家，便是《文藝學習》這個刊物工作的重心，「本刊是一個普及刊物，它的任務主要是向廣大青年群眾進行文學教育，普及文學的基本知識，提高群眾的文學欣賞和寫作能力，並為我國的文學隊伍培養後備力量。」〔註 314〕此前《文藝學習》就專門組織過對王蒙《組織部新來的年輕人》的討論，此時李庚不僅是《文藝學習》的編委，並從 1952 年起任中國青年出版社的副社長兼總編輯。孟凡非常關心青年作家的成長，注意發掘青年作家。當時被批判的蕭也牧，就是他從團中央宣傳部調到中國青年出版社文學編輯室的。黃伊曾說，「通過李庚、江曉天他們的有效的活動，組織了全國各地的著作界、作家、翻譯家、編輯直接或間接地為中青社服務，為廣大青年服務。」〔註 315〕張羽也提到，「總編輯李庚和文學編輯室主任江曉天都已注意到了這個問題，要把工作重心轉移到我國自己的創作書稿上來。在這次大會前，李庚就帶領文學編輯室的兩位負責人江曉天和蕭也牧等人分頭到全國幾個重要地區和省份，瞭解青年文學創作者的情況，提供大會參考。同時，派我作為大會的工作人員，一方面參

〔註 312〕見「李庚」條目，《中華文化名人錄》，北京：中國青年出版社，1993 年，第 403 頁。

〔註 313〕韋君宜：《憶〈文藝學習〉》，《韋君宜文集》，第 4 卷，北京：人民文學出版社，2013 年，第 280 頁。

〔註 314〕《發刊詞》，《文藝學習》，1954 年，第 1 期。

〔註 315〕黃伊：《篳路藍縷 創業維艱——中國青年出版社早期文學讀物出版活動的回憶》，《編輯之友》，1986 年第 4 期。

加大會的工作，另一方面加強與青年作家的聯繫，視條件組稿。我白天參加會議，晚上和休會期間到代表們的住處開展外交公關，組織稿件。同時編輯室指定我協同作協青年作者創作委員會負責人馬烽、公木等同志編輯出版《青年文學創作選集》的任務，擔任選集的責任編輯。經過幾天的活動，得到很大的收穫。通過與大會組織者和代表團的接觸交往中，我知道了許多創作情況和青年作家們的寫作計劃，為出版《青年文學創作選集》作了充分的準備。」〔註 316〕由於李庚的工作性質，所以他與流沙河有著特別的淵源。可以說，正是孟凡與蕭也牧的「發掘青年作家的使命」，流沙河才在中國青年出版社出版了自己的第一本短篇小說集《窗》。「一九五五年秋，中國青年出版社李庚與蕭也牧來四川省文聯組稿，叫我把已發表的一些短篇小說收編成集，給他們出版。」〔註 317〕也正是這段淵源，孟凡（李庚）便在毛澤東的講話之後，為《草木篇》辯護。與推介出版流沙河短篇小說集《窗》的目的一樣，孟凡此時介入到《草木篇》批判，可以說既是他的工作職責，也體現了他對青年作家一以貫之的關懷。由於李庚的身份，他這樣具有「中和性」的反批判觀點，就被四川文藝界的「反批判」文章引為重要的理論依據。「儘管流沙河自己已承認『草木篇』不是一篇好作品，但卻有些人最近看到報紙上關於『草木篇』問題的討論，以及前些日子『文藝學習』第四期上孟凡寫的《由對『草木篇』和『吻』的批評想到的》一文後，便又覺得『草木篇』是一篇好作品了。」〔註 318〕

本來孟凡在文章中首先是肯定了對《草木篇》的批判的，但他明確支持《草木篇》，提出「《草木篇》是一篇好作品」等觀點，所以在此後的反右鬥爭中，孟凡的文章便受到了批判。1957 年第 8 期《紅岩》刊出余斧的文章，便對孟凡的觀點的全面批判，「孟凡不僅縮小了《草木篇》的錯誤，更重要的是，孟凡的這種觀點還導致很壞的結果。」他還認為，孟凡在批評中，誇大了批判中的「人身攻擊」和「粗暴態度」問題，這種論斷不符合事實。「第一，他對於『草木篇』的性質作了錯誤的論斷，把它從一個反社會主義的作品變成了一個一般的壞作品；第二，他在估計這一場批評的缺點時，採取了斷章取義。歪曲事實的方法，對缺點作了過分的誇大。這就使得這篇文章在客觀上

〔註 316〕張羽（鐵鳳）整理：《〈紅岩〉與我——我的編涯甘苦》，無版權頁，第 108 頁。

〔註 317〕流沙河：《惭憶蕭也牧》，《晚窗偷得讀書燈》，北京：新星出版社，2015 年，第 130 頁。

〔註 318〕《省文聯舉行作家、詩人、批評家座談會 對「草木篇」問題的討論逐漸深入》，《四川日報》，1957 年 5 月 26 日。

支持了反社會主義的『草木篇』，成了流沙河的辯護人。另一方面，由於過分誇大了缺點，這就在一定程度上抹煞了這一場論爭取得的成績，從而削弱了這一場鬥爭的重大意義，也妨礙人們取得正確的經驗和教訓。」〔註 319〕作者「余斧」是一個筆名，我們無法瞭解他的真實身份。不過，鑒於此時孟凡的地位，批判者就只能用筆名來批判。進入到反右鬥爭中，孟凡受到牽連在一定程度上與支持《草木篇》有關。據記載「中國青年報有 17 人被打成『右派』」〔註 320〕，孟凡也就是其中的右派之一。李霖則比較簡略地記錄了孟凡的這段歷史，「正當青年讀物的出版事業蓬勃發展的時候，反右風暴猛烈刮向了他。他被誣陷為右派分子，左傾錯誤路線的執行者對他無情無理地批判，降級降薪，控制使用。他申訴無門，含冤負重，還是相信總有一天，黨會糾正錯誤，平反冤案。」〔註 321〕但是，對於這段歷史，孟凡自己並沒有相關的回憶。

在整風運動的形勢之下，由《草木篇》「批判」轉向「反批判」是一大趨勢。此時，除了孟凡質疑初期《草木篇》批判中的粗暴之外，啟明在《談毒草》〔註 322〕中大膽地「放」，呼籲我們不必怕毒草，羅蓀的《毒草辨》提出「我以為要貫徹『百花齊放、百家爭鳴』的方針，首先就要破除一切清規戒律，先打自己頭腦裏的標尺，框框清除一下，要有勇氣面對現實。只有用科學的態度，親嘗百草，才能辨別益害。」〔註 323〕這些都表明，《草木篇》具備了「反批判」很好的輿論環境，更多的「反批判」文章將汩汩地冒出來。

## 四、四川文藝界整風

在中央整風運動開始後，四川也開展了相關的整風，啟動了一些系列的鳴放工作會，進一步強化了《草木篇》反批判的態勢。4 月份的四川省政協第一屆委員會第三次全體會議，一個重要的主題就是宣傳鳴放方針。李亞群在省政協第一屆委員會第三次全體會議上發言中，就專門承認對《草木篇》和

〔註 319〕余斧：《錯誤的縮小和缺點的誇大——讀孟凡的「由對『草木篇』和『吻』的批評想到的」》，《紅岩》，1957 年，第 8 期。

〔註 320〕陳利明：《從紅小鬼到總書記：胡耀邦》，北京：人民日報出版社，2014 年，第 200 頁。

〔註 321〕李霖：《他們是新中國的脊樑！——懷念大哥李庚和他的南京學聯戰友》，《南京大學共產黨人》，華彬清、錢樹柏主編，南京：南京大學出版社，2002 年，第 158～159 頁。

〔註 322〕啟明：《談毒草》，《人民日報》，1957 年 4 月 25 日。

〔註 323〕羅蓀：《毒草辨》，《文匯報》，1957 年，第 6 期。

《吻》的批方式方法有些粗暴，並就文藝工作者如何在現有成績的基礎上，繼續貫徹百花齊放、百家爭鳴的政策，「對『草木篇』和『吻』的批評，據我看，在鑒別工作上是合乎實際的。……但是在對這兩篇作品批評的方式方法有些粗暴（是大張旗鼓的，不是和風細雨的），有些批評文章說理不夠，有用教條壓服人的成分。」〔註 324〕李亞群在政協的表態發言，特別是談《草木篇》批判方式的粗暴，就很具有象徵意義的。而且在閉幕會上，政協會議再次指出《草木篇》等文藝問題是「人民內部矛盾」的問題〔註 325〕。因此，作為四川文藝界的最高領導的李亞群，他在政協的公開發言可以說開啟了四川文藝界的「大鳴大放」。與此同時，省委宣傳部也在積極布置宣傳領域的「鳴放會」。4 月 18～29 日中共四川省委召開宣傳工作會議，特別指出存在教條主義思想妨礙繼續「齊放」和「爭鳴」。相應地，四川各高校也提出了貫徹「放鳴」方針的具體要求，「他們都熱情地發表了自己的意見。」〔註 326〕「至於進行政治思想工作的基本方法，一致認為只能說服，不能壓服。工作方式也要靈活和多樣。一位同志用八個字總結了政治思想工作的方法，就是：『群眾路線，和風細雨』。」〔註 327〕總而言之，此時的各項工作中，都強調群眾路線，加強團結。進而，四川文藝界由此也全面開展了「大放大鳴」。4 月 15 日，四川文聯、中共音樂協會成都分會、省文化局美工室聯合邀請省市文學藝術界人士座談「百花齊放、百家爭鳴」，「希望擔任文藝界的領導工作的同志和報紙刊物，為大膽地放、大膽地鳴創造更好的條件。」〔註 328〕所以，這次座談會主要是討論貫徹執行「百花齊放，百家爭鳴」方針中出現問題，認為對「放鳴」政策理解不夠，貫徹不夠。正是在這樣的環境下，一些作家便開始了「大膽的放」、「大膽的鳴」。如老作家段可情首先表態，「我的意見，搞批評，今後應體會毛主席報告的精神，採取說服辦法而不採壓服辦法，使大家都能大膽的

〔註 324〕《在省政協第一屆第三次全體會議上的發言 大膽的放，大量的放》，《四川日報》，1957 年 4 月 19 日。

〔註 325〕夏群：《從省政協第三次全體會議看政協處理人民內部矛盾的作用》，《四川日報》，1957 年 5 月 3 日。

〔註 326〕《大膽放手貫徹「百花齊放、百家爭鳴」的方針 教授們談「百花齊放、百家爭鳴」》，《四川日報》，1957 年 4 月 29 日。

〔註 327〕本報記者史希：《堅決執行「放」的方針 省委宣傳工作會議高等學校小組討論側記》，《四川日報》，1957 年 4 月 30 日。

〔註 328〕《省市文學藝術界人士座談「百花齊放、百家爭鳴」》，《四川日報》，1957 年 4 月 17 日。

放，大膽的鳴。」〔註329〕一些作家也開始「大膽地鳴放」，「競華說：我覺得是存在缺點的，這就是『放』得不夠，『鳴』得不夠，從全國、全省的範圍來說，是開始『放』起來了，開始『鳴』起來了，在一些局部地方，卻似乎還沒有什麼動靜。……黃佩蓮和記者談到自己對『百花齊放、百家爭鳴』方針的理解問題時，說：所謂『百花齊放、百家爭鳴』，就是『各人一套』的問題；所謂『放』，所謂『鳴』，就是無論糟粕或精華，都把它們搬出來，在廣大群眾中鑒定，通過自由討論的方式，去其糟粕，取其精華。」〔註330〕川大華忱之為此還專門批判了教條主義，「不過從總的來看，我們的花還是『放』得不夠的。這裡面重要的障礙之一，他認為是教條主義這東西在許多人中還沒有得到清除。……華忱之教授認為，目前『百花齊放』還只是長出了幼苗，需要各方面的大力扶持。有許多人至今還有思想顧慮。這便不僅是宣傳、提倡的問題，更重要的是付諸行動。」〔註331〕這讓我們看到了，文藝界對於「大膽地放、大膽的鳴」的期待。另外，蕭崇素還發表了《四川文化潛力與「百花齊放、百家爭鳴」方針》，對如何貫徹「放鳴」方針，提出了具體的意見〔註332〕。在這些對「鳴放」呼喊聲音中，作為四川省文聯主席沙汀的意見很值得注意。他在部分文學藝術工作者在成都舉行的一次座談會上的作了發言，「沙汀同志認為現在是放得不夠，應該繼續放的問題。他說：從北京的報刊上反映的情況看，一致認為放得不夠，還有春寒的感覺，四川也不例外。」他並未像其他人一樣說「大膽的放，大膽的鳴」，而是說「放得不夠」的問題。然後沙汀重點分析了如何避免教條主義的問題，最後分析了如何研究意見如何評論和如何創作的問題〔註333〕。不過，從這裡可以看出，沙汀也並沒有明確地提大膽的放，大膽的鳴。第二，沙汀僅簡單地提了一下以後批評要以理服人，並沒有闡述如何執行「放鳴」。可以說，沙汀對「放鳴」政策還是有一定的保留。

〔註329〕石尋：《教條主義的批評給人以很大束縛——作家段可情談「百花齊放」》，《四川日報》，1957年4月29日。

〔註330〕何倫武：《為「放」和「鳴」創造條件與環境 川劇演員競華、黃佩蓮談「百花齊放」》，《四川日報》，1957年4月30日。

〔註331〕房子固：《讓百花競豔，各吐芬芳——華忱之教授談「百花齊放、百家爭鳴」》，《四川日報》，1957年4月30日。

〔註332〕蕭崇素：《四川文化潛力與「百花齊放、百家爭鳴」方針》，《四川日報》，1957年5月10日。

〔註333〕石尋：《現在還放得不夠，要繼續的放——作家沙汀談「百花齊放」》，《四川日報》，1957年5月1日。

從省委宣傳部副部長李亞群在省政協會上承認對《草木篇》批判粗暴，到省文聯主席沙汀對教條主義的檢討，這些加劇了作家們支持「放鳴」方針的心態。另外，4 月 30 日李劼人在《成都日報》的採訪時說，「目前，部分黨內外人士對大膽放，心存顧慮，怕天下大亂，認為過去把話慭在肚內，默在心中是對的，天下才太平。事實上，對待人的思想認識，不能用壓制的辦法，使其在腦子裏糜爛，而是要讓他放，然後在探討、爭論中求得統一。……今天主張大膽『放』和『鳴』，目的是非常明確的。」〔註 334〕與此相應，各高校也在積極主動地展開「大鳴大放」，張默生是其中的代表。他說，「不是放的不夠，而是沒有放」、「爭鳴應有共同的基礎，馬列主義肯定是指導思想」、「百家爭鳴不是拒絕批評的擋箭牌」〔註 335〕。此外，徐中舒的「我校在貫徹百家爭鳴中存在的主要問題是形式主義，整個學校還沒有形成一種濃厚的學術空氣」；繆鉞的「教條主義者害怕百家爭鳴，因為他們不能獨立思考，沒有真正的學問，會因此喪失市場，喪失地位」；楊明照的「古典文學方面放的不夠，一個重要的原因是這部分教師教學任務中，擠不出多少時間來搞研究，寫文章」等言論，也從不同角度，肯定了「百家爭鳴」。

此時張默生的發言，成為《草木篇》事件的一個重要轉折點。5 月 14 日《成都日報》發表了張默生的《克服兩種傾向，大膽「鳴」「放」》，讓我們看到了從《草木篇》批判向為《草木篇》辯護的「反批判」的啟動。張默生提出，「四川地區沒有很好地貫徹『百花齊放，百家爭鳴』的方針；『左』的教條主義占著上風。『星星』詩刊第一期發表的『草木篇』和『吻』，這兩篇作品應該受批評，但批評方式粗暴，當時我們覺得過分；其中有的文章缺乏說服力，氣勢洶洶，甚至把『草木篇』幾首詩排列的次序也加以追索，認為作者別有居心，躍躍欲試地把文藝思想問題引渡到政治邊緣。不少人感到這次批評，不是自下而上，而是自上而下發動的。這對貫徹『百花齊放，百家爭鳴』的方針，當然是有阻礙的。」〔註 336〕此文之所以是一個重要的轉折點，是因為在《四川省文藝界大鳴大放大爭集》的《第一編 草木篇事件》中，該文放在《第一輯 「草木篇」事件是我省文藝工作兩條路線鬥爭的焦點》的第一篇，並更

〔註 334〕《老作家李劼人暢談「百花齊放，百家爭鳴」》，《成都日報》，1957 年 5 月 4 日。

〔註 335〕《打開僵局，「鳴」起來，「放」出來——張默生教授談「百家爭鳴」中的幾個問題》，《人民川大》，四川大學校刊編輯室編，1957 年 5 月 4 日，第 211 期。

〔註 336〕張默生：《克服兩種傾向，大膽「鳴」「放」》，《成都日報》，1957 年 5 月 14 日。

名為《張默生「談大膽『鳴』『放』」 向黨挑釁》。我們看到，張默生的這篇文章從《克服兩種傾向，大膽「鳴」「放」》，更名為《張默生「談大膽『鳴』『放』」向黨挑釁》後，文章的性質完全發生了的變化。其實在這篇文章中，張默生首先認為《草木篇》和《吻》應該受到批評。只是在張默生的文章中，一開頭就談到四川地區沒有很好地貫徹「百花齊放，百家爭鳴」的方針。並以《草木篇》為例，特別談到了四川文聯對《草木篇》的批判有著粗暴性、自上而下的特點。而且張默生文章的最終落腳點是對「領導同志」的批評，如「領導上要加以正確的掌握和指導」、「領導上大力號召」、「領導同志對方針政策首先要加以深刻的專研和體會」，由此才被認為是為「向黨挑釁」。但從張默生來說，他其實也是與沙汀一樣，同樣是針對教條主義和機會主義的批判。沙汀重點批判的是教條主義，而張默生更多的是批判「左的教條主義」。另外，此時臧克家在談「雙百方針」的發言中，也專門提到了《星星》詩刊和《草木篇》，值得注意。作為《詩刊》的主編臧克家，更是作為詩人的臧克家，他的發言對於《草木篇》，特別是對於《星星》詩刊來說，是非常最重要的支持。他說，「我覺得應該看得遠一點，放的寬一點，『草木篇』，雖然對新社會表現了一種孤傲抗拒的情緒，不好；『吻』的趣味也低級庸俗了，刊登『草木篇』和『吻』，算得了什麼？可是……這事情又與社會輿論有關了，正因為登了『草木篇』和『吻』，好像『星星』這刊物也要不得了。可是我覺得，『星星』裏也有較好的詩，而它大膽的放出了『草木篇』和『吻』，正是符合『百花齊放、百家爭鳴』的方針。這一種開風氣的精神，是可貴的。」〔註337〕儘管在這裡，臧克家毫無保留地批判了《草木篇》和《吻》，但卻對《星星》詩刊給予了極大的肯定。所以，儲一天就提到，「不久以前，四川日報上開展對『吻』和『草木篇』的批評，已經無聲無息的結束了。許多人說這次批評太粗暴了，連老詩人臧克家同志也發表了意見，而四川日報卻沒有表示態度。」〔註338〕他在發言中，就援引臧克家的發言，作為支持理論。所以，張默生此時的鳴放，也並非是個案。

回到四川文藝界，我們看到，在進入「鳴放」時便開始反思全面初期《草木篇》批判中存在的問題了。5 月 8 日新華社記者程在華的報導《本省文藝界

〔註337〕姚芒藻：《作家曹禺老舍臧克家——漫談「齊放」與「爭鳴」》，《文匯報》，1957 年 4 月 29 日。

〔註338〕儲一天：《不要怕算舊賬》，《四川日報》，1957 年 5 月 18 日。

討論檢查對〈草木篇〉批評的態度等問題》，對此後的《草木篇》反批判有重要的影響。這篇文章，作者是以新華社記者的身份來報導，更顯示了這次報導的權威性。在程在華的報導中，他首先提出，從毛澤東的有關解決人民內部矛盾的兩次講話到政協四川省第三屆會議上和中共四川省委宣傳會議，然後到中共四川省委書記處書記李大章、宣傳部副部長李亞群、作家沙汀等的意見一致認為：《草木篇》應該批評，但認為批評的態度和方法上有教條主義思想。然後作者梳理了《草木篇》批判歷史過程，「四川日報恰是這樣的『不適時』地在『草木篇』發表後十多天，發出一系列的批評文章。成都日報以及在成都和重慶出刊的文藝雜誌『草地』、『紅岩』，也相繼加入批評的行列。批評以運動的方式出現。在短短一個月裏，每週出刊三次的四川日報副刊『百草園』發表了 14 篇對草木篇的批評文章，給被批評者和一些同情被批評者的同志一種不容爭辯的壓抑的感覺。」進而對山莓、黎本初、洪鐘、余輔之、譚洛非等的文章予以一一反駁〔註 339〕。實際上，程在華的這篇報導與所有的談「雙百方針」文章一樣，也有兩面性、辯證性：一方面肯定了《草木篇》的錯誤，另外一方面也呈現了整個《草木篇》批判過程中教條主義的嚴重性。由此，此後對於這篇報導，也就呈現出兩方面不同的態度。如在 5 月 17 日的座談會上，流沙河反對這篇報導，「我不同意新華社記者程在華所寫的通訊中說的：『作者流沙河在詩裏宣揚對現社會的不滿情緒』，這幾個字，我覺得有解釋的必要。」〔註 340〕而在 5 月 21 日的座談會上，儲一天則肯定了這篇報導對教條主義的揭露，「報刊上有好多消息不發表。如對陳其通的文章的分歧意見，常蘇民接見記者批評教條主義，新華社程在華寫的對『草木篇』的報導也不發表，把消息封鎖起來。」〔註 341〕由此，這篇報導作包含著的兩面性，其實也正是當時思想膠著，形勢不明朗的一種體現。此時，文藝界一方面要展開對《草木篇》的批判，另外一方面又得反思批判的粗暴，但都不能有明確的姿態。但不管怎樣，在整風的背景之下，程在華的這篇報導，也重點突顯了四川文藝界初期《草木篇》批判中的方式、方法存在問題，也就成為了

〔註 339〕《本省文藝界討論檢查對〈草木篇〉批評的態度等問題》，《成都日報》，1957 年 5 月 8 日。

〔註 340〕《省文聯邀請部分文藝工作者繼續座談 圍繞「草木篇」問題發表意見》，《四川日報》，1957 年 5 月 17 日。

〔註 341〕《省文聯邀請部分文藝工作者繼續座談 對教條主義和宗派主義進行尖銳批評》，《四川日報》，1957 年 5 月 21 日。

《草木篇》批判轉向的重要文章。只是程在華報導中的這種「兩面性」，並沒有影響到文藝界對「百花齊放、百家爭鳴」的熱忱。如正谷就說，「放吧！大膽地放吧！是鮮花當然好，是毒草也不必怕。首先要放，大膽地放，才能出現爭豔鬥媚、萬紫千紅的繁榮景象，推動我們的事業前進！」〔註 342〕

不過在《草木篇》批判向「反批判」的轉向過程中，也出現了一個小插曲。儘管在「放鳴」政策之下，也並不是一邊倒的支持《草木篇》，都反對批判《草木篇》。也有文章，不僅肯定了此前的《草木篇》批判，而且還認為必須繼續對《草木篇》展開批判，西安的姚虹就是其中的代表。他說，「奉勸『草木篇』的作者以及被這樣的思想引起共鳴的朋友們，對著舉世公認的魯迅遺留給我們的生活信條——俯首甘為孺子牛，你們還是拋掉私心所設想的『白楊』的形象，還是『彎一彎』腰吧！」〔註 343〕與這個時候從《草木篇》批判轉向為《草木篇》辯護的反批判文章不同，姚虹的這篇文章，完全延續了初期《草木篇》的粗暴批判方式。那麼，姚虹為什麼要在李亞群等人的自我批評之後，還要展開對《草木篇》的激烈批判呢？對於姚虹，我們只能有一個側面瞭解。毋燕曾提到了作為「筆耕組」成員的姚虹，「他們本著發揚 17 年現實主義文學批評傳統，以自覺的文化責任感和擔當意識大膽創新，從深切的閱讀體驗出發，視野開闊，思理朗然。」〔註 344〕1952 年姚虹與閻瑤蓮共同出版了以「五反」為主題的獨幕話劇《上火線》。〔註 345〕而在 17 年文藝評論中，姚虹可以說是一個積極分子：在批判胡適的時候他寫了《魯迅和瞿秋白筆下的胡適》，在批判胡風的時候他寫了《胡風怎樣反對馬克思主義》，在反右派的時候他寫了批判張賢亮的《人民的洪流將席捲一切右派分子而去——斥張賢亮的「大風歌」》，以及批判馮雪峰的《揭穿馮雪峰的「現實主義」的魔術》。〔註 346〕所以，當流沙河及其《草木篇》被廣泛關注之後，遠在西安的姚

〔註 342〕正谷：《放呢，不放》，《紅岩》，1957 年，第 5 期。

〔註 343〕姚虹：《「白楊」和「牛」》，《陝西日報》，1957 年 5 月 8 日。

〔註 344〕毋燕：《新時期陝西文學批評研究報告》，《陝西藍皮書．陝西文化發展報告（2013）》，北京：社會科學文獻出版社，2013 年，第 180～181 頁。

〔註 345〕姚虹、閻瑤蓮：《五反劇本：上火線》（獨幕話劇），西安：西北人民出版社，1952 年。

〔註 346〕姚虹：《魯迅和瞿秋白筆下的胡適》，《文藝報》，1955 年，第 3 號。姚虹：《胡風怎樣反對馬克思主義》，《劇本》，1955 年，第 4 期。姚虹：《人民的洪流將席捲一切右派分子而去——斥張賢亮的「大風歌」》，《延河》，1957 年，第 9 期。姚虹：《揭穿馮雪峰的「現實主義」的魔術》，《人民文學》1957 年，第 12 期。

虹積極參與到批判之中，實際上也符合他一貫的文藝思想的。當然，也正是由於姚虹身處西安，並沒有在四川文聯的漩渦中，所以即使是進入到整風階段了，但他還是以初期《草木篇》批判的思維，來全盤否定《草木篇》。對於《草木篇》，姚虹也只是一時的關注而已，此後在評論中姚虹則重點評論和推介陝西的作家、作品。〔註 347〕

正是在全國、全省「整風」運動，「百家爭鳴」方針的影響下，整個四川文藝界對《草木篇》的態度從「批判」走向了「反批判」。由於《草木篇》批判是一次省文聯、省委宣傳部組織的一次運動，所以按照省文聯組織的幾次座談會來呈現《草木篇》「反批判」相關歷史的脈絡，應該是最恰當的。

## 五、第一次座談會

四川省文聯的整風座談是與四川省委的整風運動是同步的。從 5 月 13 日開始，四川省委討論和制定執行整風運動的計劃，「1957 年 5 月 13 日～16 日，中共四川省委召開第一屆第四次全體會議。會議討論四川全黨開展整風運動問題，並制定了關於執行中央整風運動指示的計劃。決定省、市委書記處即為領導小組，各地、縣委和省、市各系統黨的組織（包括大專學校、大的工廠）按工作系統分成 5 至 9 人的整風學習領導小組。」〔註 348〕5 月 16 日四川省委發出了《執行中央〈整風運動指示〉的計劃》，作為四川整風運動的具體操作方案。在這個時間節點上，四川省文聯在 5 月 14 日也召開了「四川省文聯第一次整風座談會」。對於這次會議，其主要議程，以及 5～9 人的整風學習領導小組的成員情況，我們不得而知。而這次四川省文學藝術工作者聯合會邀請省市部分文藝工作者舉行的座談會，可以說是省文聯的第一次「放鳴座談會」，或者說第一次「整風座談會」。會議的主題，如《成都日報》記載，「四川省文聯召開了一次座談會，探討本省在貫徹『百花齊放，百家爭鳴』方針中存在的問題，研究『鳴』得不夠，『放』得不夠的根本問題。……座談

〔註 347〕姚虹：《從寫人的技巧看王汶石的短篇》，《文藝報》，1957 年 5 月 5 日，第 5 期。姚虹：《新的人 新的風格——讀〈陝西新民歌三百首〉》，《讀書》，1958 年，第 21 期。姚虹：《寫出人民的革命幹勁——杜鵬程〈鐵路工地上的深夜〉》，《延河》，1958 年，第 3 期。姚虹：《手執紅旗的農民形象——談〈紅旗譜〉裏的朱老忠》，《語文學習》，1958 年，第 9 期。姚虹：《略論〈人生〉的主題》，《陝西日報》，1982 年 10 月 14 日。

〔註 348〕《當代四川大事輯要》，成都：四川人民出版社，1991 年，第 112 頁。

會的目的，是希望大家幫助黨整風、幫助檢查在執行『百花齊放 百家爭鳴』政策中存在的問題。」〔註 349〕座談會由省文聯副主席常蘇民主持，省委宣傳部副部長李亞群參加了座談會。在會上，曉楓、楊威、王克華、蕭蔓若等也都提出自己看法。〔註 350〕從《四川日報》報導來看，這次發言的主要有李亞群、曉楓、楊威和張海平等人。

在《四川日報》的報導中，5 月 14 日的四川省文聯第一次整風座談會最主要的內容，是突出主管四川文藝的省委宣傳部副部長李亞群《李亞群自我批評》的發言。我們知道，在 4 月 15 日的四川省政協第一屆委員會第三次全體會議中，他承認了初期《草木篇》和《吻》批判中批方式方法有些粗暴。現在在四川文聯「第一次整風座談會」上，他再次對初期的《草木篇》批判做了「自我批評」。「他說明他在四川省政協會議上的發言中所指出的對『草木篇』的批評粗暴，首先是指自己的思想而言。……『草木篇』的性質和王蒙寫的『組織部新來的青年人』的性質不同，是應該批評的，問題是方式方法粗暴。這種粗暴，我要負主要責任。他反覆說明今天的口號叫百無禁忌，希望大家有什麼，說什麼，有多少，說多少，對『草木篇』的評價如果有不同的意見可以談，黨員同志對領導有意見也可以談。」〔註 351〕李亞群發言中的三個關鍵詞是「自我批評」、「方式粗暴」、「百無禁忌」，這既總結了初期《草木篇》批判的歷史，也指出了此後討論的方向。同時李亞群在這裡強調了兩點：一是指出現在「放鳴」的主要方向就是幫助共產黨整風，二是強調了對《草木篇》的批判方式粗暴並表示負主要責任。從這些可以看到，李亞群在參加了 3 月份的全國宣傳工作會議之後，始終按照毛澤東觀點來對待《草木篇》批判的，既充分肯定了《草木篇》批判的合理性，又承認批判的粗暴。但對於四川文藝界來說，特別是李亞群在省文聯座談會上「自我批評」，更加直接推動了《草木篇》的「反批判」趨勢。

在這第一次整風座談會上，《四川日報》報導還突出了《成都日報》曉楓的發言。他說，「四川地區沒有很好的『鳴』起來，『放』起來，其原因是領導上不放手，領導上未號召。……他又說，李亞群同志在政協發言不符合四川

〔註 349〕《成都日報》，1957 年 5 月 15 日。

〔註 350〕石尋：《四川地區「放」和「鳴」有何障礙 省文聯邀請部分文藝工作者座談》，《四川日報》，1957 年 5 月 15 日。

〔註 351〕石尋：《四川地區「放」和「鳴」有何障礙 省文聯邀請部分文藝工作者座談》，《四川日報》，1957 年 5 月 15 日。

的實際情況，據我看，四川是教條主義統治，教條主義嚴重。文藝部門的領導應亮出底子來，到底是『放』還是『收』。」〔註 352〕值得注意的是，《成都日報》對曉楓的言論，在《「草木篇」該批評，但「圍剿」做法不好》中有不同的記錄，「曉楓認為四川今天是教條主義占統治地位，如談話劇劇目的『從臘肉說起』，如對『草木篇』和『在執行命令過程中』的批評，如田原、譚洛非等人寫的批評文章都表現了這種情緒。甚至田原的文章中某些提法還追查起作者政治歷史來了。……曉楓還說省文聯召開的兩次討論『草木篇』的座談會上，有人發表反對這種批評，也立即遭到『圍攻』的做法也不好。他說：這次批評後，許多年青人不敢寫干預生活的作品了。」〔註 353〕可以看到，《成都日報》對於曉楓言論的記載更詳細。在這次整風座談會上，曉楓重點批判的是「教條主義」。而此時曉楓之所以如此積極地介入到對四川省文聯「教條主義」的整風之中，一方面是因為他與流沙河之間的特殊關係，同時也更為重要的是他自己的三篇作品《給團省委的一封信》、《向黨反映》、《上北京》也受到過批判，所以「整風」一開始，「鳴放」最積極的就是曉楓。在此前 2 月 8 日的文聯總結座談會上，曉楓也有「我非常痛恨」的激進態度。另外，楊威的發言中說，雖然僅一句話談到《草木篇》，但確實值得注意的，「他認為『草木篇』和『吻』應該受到批評，但方式方法粗暴」。此後由於整風運動的推動，楊威的意見並沒有止步。在 6 月的座談會上，楊威還提出了「文聯衙門化」這樣更加尖銳的問題，「四川人民出版社楊威認為省文聯已經衙門化，並對文聯在去年創作會議時準備各種有關本省文學狀況的報告不走群眾路線，因而片面主觀提出意見。」〔註 354〕但是，到了 6 月份李累在座談會上「辨別是非」，整風形勢發生逆轉的時候，楊威也又轉了，從《草木篇》「反批判」回到了「批判」，「我認為批評是應該的，指出『草木篇』是有嚴重錯誤的作品，指出這篇作品反映了作者對於新社會那種不滿、對立情緒的錯誤是對的。」〔註 355〕當然，這並不是說楊威有著怎樣的投機心理，從整個形勢來看，楊威也只不過

〔註 352〕石尋：《四川地區「放」和「鳴」有何障礙 省文聯邀請部分文藝工作者座談》，《四川日報》，1957 年 5 月 15 日。

〔註 353〕《四川省文聯召開座談會討論 「鳴」「放」得不夠的根本原因何在？》，《成都日報》，1957 年 5 月 15 日。

〔註 354〕《省文聯邀請作家、教授、文藝批評家繼續座談 就黨對文藝工作的領導等問題提出意見》，《四川日報》，1957 年 6 月 4 日。

〔註 355〕《對流沙河進行所謂「政治陷害」是不是事實？ 省文聯昨日召開座談會弄清真相判明是非》，《四川日報》，1957 年 6 月 14 日。

是所有轉變者中的一位。還有一位為曲藝呼籲的是張海平，在這次鳴放中只提出了不重視曲藝，以及曲藝編輯中的宗派主義問題，並沒有直接針對《草木篇》。不過，此後他與李華飛、葉一發表了《曲藝為什麼不被重視》的文章，最後也被認為是與李華飛一起組成反黨黑幫奪黨對曲藝界的領導權。〔註 356〕

但《成都日報》對「第一次整風座談會」的報導，又有著完全不同的側重點。對於這次座談會，5 月 15 日《成都日報》也發表了《四川省文聯召開座談會討論 「鳴」「放」得不夠的根本原因何在？》為題，分為《「草木篇」該批評，但「圍剿」做法不好》、《不是「治病救人」而是「借病殺人」》、《曲藝創作變成應景的宣傳品》、《戲劇工作中的教條主義》這樣四個部分。這篇報導雖然在開始介紹了李亞群的自我批評，但非常簡略，並沒有全部照錄。另外，與整個《四川日報》的報導不同的是，《成都日報》還突出了報導了蕭蔓若的《不是「治病救人」而是「借病殺人」》，記錄了蕭蔓若發言的「可以寫知識分子」、「英雄人物也還是有缺點」、「有些批評是『借病殺人』」等觀點。雖然，蕭蔓若的觀點並沒有直接涉及到《草木篇》，但他大膽的「鳴放」肯定會引起關注。此後他也多次參加會議，並在「省文聯第七次整風」上繼續「整風」，「他指出粗暴的文藝批評威脅著一個文藝工作者的政治生命和政治前途。他說，我現在相信黨的方針，不害怕打擊報復，我聽見『百花齊放、百家爭鳴』的方針公布後，聽見黨要整風，喜而不寐。」〔註 357〕不過，歷史就是這樣，到了 6 月 13 日的「第九次整風座談會」，蕭蔓若也開始批判《草木篇》，「認為流沙河的『藤』和『毒菌』兩節詩，冷酷陰森，這是和作者的思想立場分不開的。」〔註 358〕而在整個《草木篇》事件中，他最還後以一篇《為了社會主義》文章總結了自己對《草木篇》批判，「流沙河同志的錯誤，是他為了個人主義和個人主義的泄忿——說得文雅一點，是抒情：抒個人主義的私情，乃在政治思想上忘記了社會主義，在創作方法和創作原則上忘記了社會主義現實主義（這裡有一個假定：流沙河同志是贊成社會主義現實主義的）。……更值得我們引為警惕——也許想起來會不寒而慄的，是我們有時候居然還不

〔註 356〕《組織小集團、壟斷曲藝園地、反對黨的領導 李華飛是曲藝界的反黨把頭》，《四川日報》，1957 年 9 月 25 日。

〔註 357〕《省文聯邀請作家、教授、文藝批評家繼續座談 就黨對文藝工作的領導等問題提出意見》，《四川日報》，1957 年 6 月 4 日。

〔註 358〕《大膽展開批評，在爭鳴中明辨是非 省文聯昨日繼續邀請文藝工作者座談》，《四川日報》，1957 年 6 月 13 日。

自覺地作了反社會主義言論的俘虜。」〔註 359〕可以說，在整風過程中，蕭蔓若「反批判」也好，「批判」也好，都只是緊緊隨時代而動而已。

總之，由於全省的整風計劃還沒有出臺，省文聯的第一次整風座談規模不大，參加人數也不多。但儘管如此，由於李亞群參加了全省的相關會議，也瞭解了相關動態，所以率先在文聯啟動整風運動，並確定了此後的整風方向。特別是在這次座談會上，李亞群的自我批評，使得對《草木篇》的批判轉向了為《草木篇》辯護的「反批判」，這是一個重要的轉折點。與此同時，從這次參加整風座談會的人員來看，除了省委、文聯的領導李亞群之外，還包括了成都日報的曉楓、四川人民出版社的楊威、成都市曲藝的張海平和四川大學的王克華、四川師範大學的蕭蔓若，所以參加整風人員的範圍也還是有一定的代表性。通過這次座談，我們看到此時四川文藝界對初期的《草木篇》批判有了如下反思：一是在回顧整個《草木篇》批判歷史的基礎上，承認了這是一次自上而下、有組織、有計劃的批判。二是針對作品《草木篇》本身，一致認為該文本應該受到批判。三是對於此前《草木篇》批判，都認為批判過程簡單、粗暴，存在著嚴重的教條主義。

## 六、流沙河的兩次「鳴放」（第二次座談會）

儘管在 5 月 15 日毛澤東向黨內發出指示《事情正在起變化》，但是整個社會並不瞭解，還在狂熱地開展「大鳴大放」。在四川省的大環境中，5 月 13 日～16 日，中共四川省委召開第一屆第四次全體會議，會議討論四川全黨開展整風運動問題，並制定了關於執行中央整風運動指示的計劃。〔註 360〕5 月 16 日，四川省委又發出了《執行中央〈整風運動指示〉的計劃》。有了這樣的大背景，流沙河便在 5 月 17 日四川省文聯召開的「省文聯的第二次整風座談會」中「大鳴大放」。

雖然大環境呈現出「大鳴大放」的熱烈景象，但此時流沙河的心態也是比較複雜的。在 5 月 15 日流沙河給徐航的回信中，我們看到了在「兩次大鳴大放」之前，流沙河的一些思想動態。在徐航的來信中，徐航簡單提到了 5 月 3 日下午石天河、流沙河、徐航的聚會，進而談到了他自己的關於《草木篇》的認識，第一是肯定《草木篇》的「立身之道」，第二反對文聯《草木篇》批

〔註 359〕蕭蔓若：《為了社會主義》，《草地》，1957 年，第 7 期。

〔註 360〕《當代四川大事輯要》，成都：四川人民出版社，1991 年，第 112 頁。

判中的「教條主義」，第三是準備展開對教條主義的反批判。在這封信中，徐航特別提到了爭取支持的問題，其中就重點提到了石天河，「在未識石先生之前，我的射擊是盲目的、分散的；（流沙河注：不知石天河怎樣教了他）今後，我將要有計劃有目的的地集中射擊。反教條主義鬥爭是長期複雜的工作，但我不辭勞苦，願意在探索真理的道路上為後來者掃清絆腳石，我以加入這個鬥爭的洪流為終身愉快。」〔註 361〕徐航的言論，成為此後石天河受到批判的一個重要證據。對此，5 月 15 日流沙河很快就給徐航回了信。對於流沙河的這封回信，首先值得注意是時間。徐航寫於「5 月 14 日晚」的信，流沙河在第二天就收到了，並回了信。那麼，徐航與流沙河的通信如果是真實的話，那麼他們之間的通信就可能並不是通過郵局正常郵寄，而是由人直接帶流沙河的。其次，面對徐航的青春和熱情，流沙河卻顯得相當冷靜，這是非常值得注意的。流沙河一再提醒徐航，說到他的純潔、激情、幼稚的問題，「信收到了。謝謝你的一顆純潔的心！我個人榮譽無所計較。教條即拴不住我、棍子也打不死我。我倒是覺得——請原諒我的直率——你的純潔的激情中還帶著幼稚。」〔註 362〕而對於徐航在長信中所提到的《草木篇》問題、教條主義批判問題，流沙河反而都沒有一一予以回應。最後，對於徐航在信中所要尋求支持的幾個人，流沙河也並沒有全面表明自己的意見，不過有些態度卻確顯得異樣。如對於「曦」，即李友欣，流沙河的評價是「修養差，但直梗，還是好的。」但如果回到初期《草木篇》批判，我們看到《草地》主編李友欣的《「白楊」的抗辯（外一章）》，是批判《草木篇》的第一篇文章。而且在文章中，李友欣完全是以一種居高臨下、咄咄逼人的氣勢，批判《草木篇》的個人主義、仇恨社會、敵視人民等等問題。當時，流沙河就非常生氣，並於 1 月 17 日當天就寫了一篇抗議《白楊的抗辯（外一章）》的「信」寄給《四川日報》。甚至在 5 月 16 日《文匯報》的訪談中，流沙河也還專門批評了李友欣的人身攻擊。「在《白楊的抗辯（外一章）》中說從小就看見我向狂風暴雨彎腰屈膝，無中生有地暗示讀者：流沙河的歷史有問題。甚至連我瘦瘦的身材也錯了，被他描寫成『蛇樣的腰身，絲樣的手臂』。這位作者還在另外一章中說：『假

〔註 361〕《五月十四日　徐航給流沙河的信》，《四川文藝界右派集團反動材料》（會議參考文件之九），四川文聯編印，1957 年 11 月 10 日，第 15～16 頁。
〔註 362〕《五月十五日　流沙河給徐航的信》，《四川文藝界右派集團反動材料》（會議參考文件之九），四川文聯編印，1957 年 11 月 10 日，第 15～16 頁。

若你仇視這個世界，你最好離開地球！』這句話翻譯出來，就是叫我去自殺，去死！」〔註363〕那為什麼在5月15日的信中，流沙河卻說李友欣「還是好的」的呢？另外，對於山莓，流沙河的態度也有些異樣。山莓在2月9日發表了《也談「草木篇」和「吻」》批判流沙河，而在信中流沙河卻並沒有指責山莓。這些，在流沙河的這封回信中都顯得比較奇怪。更為奇怪的是，在這次回信中流沙河對於作為「同盟」的儲一天卻反而大為不滿。我們知道，在李亞群的批判文章之後，流沙河、儲一天、石天河一同寫了反批判文章，並一同到四川日報社找伍陵論理。並且就在流沙河的省文聯座談會上談《草木篇》後，5月18日的《四川日報》上刊登了儲一天的《不要怕算舊賬》，為流沙河和《草木篇》辯護。但是5月15日這天，在流沙河給徐航的這封回信中，卻說儲一天「順風倒」，表達了對儲一天的不滿情緒。總之，從流沙河的回信來看，此時流沙河的心態是比較複雜的。他說曾經批判過他的李友欣、山莓「是好的」，而曾經與他一起「反批判」的儲一天卻成為了「順風倒」，這背後的原因我們很難考察。我們推測，這或許是流沙河真實複雜心態的體現，但或許流沙河的這封「回信」並不真實，因為在當天的訪談中，他就義無反顧地「鳴放」。也就是說，最後編入《四川文藝界右派集團反動材料》的這些「信」是誰上交的？內容是否真實？還有著較多未解的歷史細節。

我們再來看流沙河在《文匯報》上的「鳴放」文章。回到流沙河自身，他在給徐航的信中如此的小心謹慎，而在大會上卻如此激烈地「大鳴大放」。當然，經過各種「鳴放」政策的鼓勵，省委宣傳部副部長李亞群的自我批評，沙汀談鳴放，李劼人談鳴放，張默生談鳴放，這一系列的談鳴放，特別是5月16日省委整風運動計劃的實施，才促使了流沙河公開談論《草木篇》。流沙河曾兩次公開談論《草木篇》，一次經范琰整理後發表在《文匯報》上，另外一次經曉楓整理後發表在《四川日報》上，這兩次談《草木篇》的內容有很多相似的地方。流沙河的這兩次「大鳴大放」，在整個「草木篇」事件中意義重大。「毛的講話傳達後，最初的座談會還是各抒己見，心平氣和的。最激烈的雙方，有的沒到會，到會的也沒發言。就在這樣的氣氛中，主角登場了，流沙河在進過充分醞釀準備之後，十六日出席會議，作長篇發言，把反批評的聲浪推向高潮，由對作品、評論的爭論，變成了全國矚目的『政治事件』。」〔註364〕所以，流

〔註363〕范琰：《流沙河談〈草木篇〉》，《文匯報》，1957年5月16日。
〔註364〕譚興國：《草木篇事件的前前後後》，內部自費印刷圖書，2013年，第136頁。

沙河這兩次談《草木篇》，不僅為瞭解《草木篇》事件提供了更多的細節，而且也成為轉向為《草木篇》辯護的「反批判」的一個標誌，並最終將《草木篇》事件推向了更危險的境地。流沙河第一次談《草木篇》的「大放」，就引起了全國文藝界的關注。這篇訪談是文匯報記者范琰寫的，最後以《流沙河談〈草木篇〉》為題，發表於 1957 年 5 月 16 日的《文匯報》。這是《草木篇》批判後，流沙河的第一次公開發言。在這篇報導中，流沙河全面闡釋了他自己對《草木篇》批判的看法。訪談分為五個部分：「前言」、「作者自己對《草木篇》的看法」、「作者對《草木篇》批評做法的一些意見」、「對四川省文聯的一些意見」、「對今後文藝批評的看法」。總體來看，訪談層次脈絡非常清晰，觀點也非常明確。在前言中，范琰首先談到，流沙河是因為「怕」而不願寫文章，因此在機關大會之後流沙河對於《草木篇》批判完全沒有發表過意見。而現在因為「鳴放」政策的「解凍」，流沙河才發表了自己的看法。在《作者自己對〈草木篇〉的看法》在這一部分，流沙河主要闡釋了自己寫作《草木篇》初衷和主題。他首先認為自己的寫作並沒有針對整個社會，但確實存在著小資產階級思想，認為對《草木篇》的批評是應該的。進而，在訪談中流沙河重點反對了《草木篇》批判中「向人民發出的挑戰書」、「變天思想」、「罵共產黨和革命同志」、「反動的叫囂」這幾種觀點。在第二部分《作者對〈草木篇〉批評做法的一些意見》中，流沙河則具體談到了對《草木篇》批判方法的幾個問題：「把他與王實味（胡風）相提並論」、「對他進行人身攻擊」、「說他有歷史問題」、「一邊倒一家獨鳴」等。而流沙河這次談話中真正引起爭議的觀點，主要在第三部分《對四川省文聯的一些意見》和第四部分《對今後文藝批評的看法》中，實際上就是在給四川省文聯提意見。流沙河主要的不滿是：1. 沒有通信自由。「文連線關內部領導通過行政機關來壓制，特別是憲法上所給予的通信自由都受到了阻礙」。2. 變相鬥爭。「文聯沒有民主，團內批評，頗似變相鬥爭。」3. 不能發表作品，沒有創作自由。4. 作品被作為內部文件，在政協擴大會議上分法。「報上用『仇視現實』、『敵視人民』之類的帽子扣我的作品，團內則用同樣的帽子扣我個人，還要外加一根『反蘇、反共、反人民』的棍子，只是還沒有罵出『反革命』來，使我有口難辯有話難說。我只好抑鬱終日，夜深流淚。說實話，我那時曾有過自殺的念頭。」〔註 365〕在

〔註 365〕《文匯報》記者范琰：《流沙河談〈草木篇〉》，《文匯報》，1957 年 5 月 16 日。

這裡，流沙河完全是以一個受害者的形象出現，特別是「有過自殺的念頭」的表述，也博得了很多人的同情。

那麼，范琰又是如何關注到《草木篇》的呢？范琰對《草木篇》的關注，與徐鑄成以及《文匯報》的編輯方針有關。徐鑄成說，「宦邦顯是我派他去四川『採訪』的，而且親自『指示』他去『搜集知識分了中的問題』，就是明確叫他去煽風點火，煽動牛鬼蛇神起來反黨。」〔註366〕此時，作為《文匯報》記者的宦邦顯，也就是范琰，目的是想瞭解一下整個《草木篇》事件的真實情況，「當時，文匯報駐四川記者范琰（本名宦邦顯）就想到了訪問流沙河，想瞭解一下詩人本身對這些批評究竟是怎麼看的，持的什麼態度？他去訪問時，原想請流沙河寫一篇《草木篇》遭批評後他自己的一些看法。但詩人對此有顧慮，於是就改用訪問記的形式，由范琰一邊提出問題，一邊詳細記錄。流沙河向范琰反映了自己在發表《草木篇》後的一系列遭遇，談了自己對《草木篇》的看法，對批評《草木篇》做法上的一些意見，對當地有關領導部門的一些意見，以及對今後文藝批評的看法。」〔註367〕當然，范琰以及所有人都沒有想到的是，這篇訪談進一步推動了《草木篇》事件的事態發展，也影響了《草木篇》事件的整個格局。《文匯報》在發表《流沙河談〈草木篇〉》之後的第二天，就全文刊登了流沙河的《草木篇》。並附有「編者按」：「本報刊出訪問記『流沙河談草木篇』後，讀者要求看到『草木篇』原作，現特刊出，共讀者參閱。」〔註368〕由此，《文匯報》進一步擴大了《草木篇》事件的影響。

接著就是流沙河在「省文聯第二次整風座談」中的「鳴放」。與《文匯報》上的專篇文章不同的是，次日的《四川日報》發表了《省文聯邀請部分文藝工作者繼續座談 圍繞「草木篇」問題發表意見》，其中只有一個部分是流沙河談《草木篇》。雖然不是整篇文章談《草木篇》，但這可以說是流沙河第二次「大鳴大放」。5月16日上午和下午，四川省文聯邀請在成都的部分文藝工作者舉行的座談會繼續進行，是「省文聯的第二次整風座談會」。根據《四川日報》和《成都日報》的報導，這次參與的人員除了省委宣傳部副部長李亞

〔註366〕徐鑄成：《交代我在舊〈文匯報〉為大毒草〈草木篇〉翻案的滔天罪行（1971.1.10）》，《徐鑄成自述：運動檔案彙編》，北京：三聯書店，2012年，第310頁。

〔註367〕《關於〈草木篇〉問題的報導》，《文匯報史略（1949・6～1966・5）》，文匯報報史研究室編寫，上海：文匯出版社，1997年，第182頁。

〔註368〕《草木篇・編者按》，《文匯報》，1957年5月17日。

群、省文聯副主席常蘇民之外，發言的有省文聯的邱原、李伍丁、陳欣、席向、流沙河、肖然；成都市話劇團王肇翰、鄧輔治、黃化石；成都日報的邱乾昆、曉楓；以及吳若萍、龔儀宜；另外還有四川青年報社劉冰的書面發言。如果我們回到「省文聯的第一次整風座談」，那次整風主要提出的三個問題是「《草木篇》的問題」、「不重視曲藝的問題」和「曉楓作品的問題」。所以這「第二次整風座談會」上，省文聯就主要邀請了文聯、成都話劇團和成都日報這三個方面的人員參會，就此三個問題展開「座談」和討論。正如《成都日報》所說，「發言者集中地談了文藝領導上存在的教條主義和宗派主義，盡情傾吐積壓了很久的意見，有的發言達一點多鐘。」〔註 369〕實際上，這次會議卻只凸顯出了一個主題，那就是流沙河《草木篇》的問題。按照《四川日報》報導的記載，座談包括三個部分：1. 邱原批判文聯的宗派主義；2. 流沙河談《草木篇》；3. 其他人討論《草木篇》。那麼，這次整風座談會上，應該首先是邱原發言，接著是流沙河發言，然後是其他人討論。而 5 月 17 日的《成都日報》也以最大的篇幅《「草木篇」作者流沙河的發言》為標題予以報導〔註 370〕，其他的座談內容則以《省文聯座談會昨日舉行舉行 流沙河、邱原發表對於批評「草木篇」的意見》為總標題，主要包括《宗派主義障礙著「鳴」、「放」》、《批評「草木篇」的做法影響了「放」和「鳴」》、《市話劇團領導同志有「官威」省文聯排斥外部業餘作者》、《如何繁榮本省話劇創作》這四個小部分予以報導。所以，在《成都日報》的報導中，也重點突出了流沙河、邱原的發言。

也正是由於流沙河這第二次「大鳴大放」，引出了更大的爭議，使得整個四川文藝界將目光又都聚焦到了《草木篇》上。流沙河的這次發言即《四川日報》的《流沙河談有關對「草木篇」的批評的種種問題》，在整體結構上，與《文匯報》的《流沙河談〈草木篇〉》完全是一樣的，而且在內容上也沒有多大的差別。應該說，這是流沙河在接受《文匯報》訪談後，又在把訪談的內容在省文聯的座談會上作為發言內容。所以，他的兩篇談《草木篇》的文章，結構和內容有很大的相似之處。只不過流沙河在《四川日報》上的「大鳴」，是他《文匯報》上「大鳴」的補充。在《四川日報》上的這篇報導中流沙河的

〔註 369〕《省文聯座談會昨日舉行舉行 流沙河、邱原發表對於批評「草木篇」的意見》，《成都日報》，1957 年 5 月 17 日。

〔註 370〕《「草木篇」作者流沙河的發言》，《成都日報》，1957 年 5 月 17 日。

發言，也是五個部分，包括《前言》、《關於對「草木篇」的評價》、《關於報紙刊物上對「草木篇」的批評》、《關於與批評「草木篇」同時進行的一些批評》、《關於今後批評的三點建議》。《前言》中，與此前的訪談一樣，流沙河說由於氣氛緊張，不願意發表個人意見。並認為，「但直到現在，我不承認『草木篇』反人民、反社會主義。說它是毒草，為時過早。」進而，流沙河認為這次批判是教條主義與宗派主義聯合的結果。在談到「解凍說」時，流沙河不僅回顧了「解凍說」，還將之上升，進一步提出「結冰說」。最後，流沙河重點批評了李累的宗派主義問題，「其所以如此，與李累有最密切的關係，李累說過，『草木篇』有王實味的『野百合花』氣味，過了不久，成都果然出現了一個作者寫的這樣的文章，把『草木篇』與王實味、胡風相提並論。李累不但這樣對待我，而且在內部搞我。團內開會批評我——那時我還是團員——把報紙上的帽子給我戴，而且外加反蘇、反共、反人民，會上有黨員，有常蘇民同志在，不加制止，為何如此顛倒黑白，叫人痛心。」〔註 371〕比較流沙河談《草木篇》的兩篇報導，流沙河在《文匯報》上的發言，相對而言，要隱晦一些。雖然兩次發言的內容和結構上都完全一樣，但流沙河在省文聯的座談上更為尖銳和具體，完全指名道姓地批判了省文聯的領導。如：不同意李亞群批判《草木篇》的觀點，不同意李友欣批判中的人身攻擊，特別是直接批判了李累宗派主義集團的壓制的問題。所以，流沙河的這兩次談《草木篇》，雖然體現了「鳴放」政策的深入，但又進一步加劇了《草木篇》批判中人與人之間的矛盾。為何此時的流沙河的發言如此膽大，又如此激進的「整風」呢？這顯然與整個中國火熱的整風運動有關。

然而問題嚴重的是，流沙河、邱原對《草木篇》批判的「整風」意見，特別是否定此前的《草木篇》批判，並沒有得到省文聯的支持。就在流沙河、邱原發表了不同的看法後，會上立即就有人反對。第一個反對者是黃化石。他從側面批評了《星星》詩刊，他說，「『星星』創刊前，我很高興，積極支持。但『星星』剛把稿約拿出來後，有的人就擺出了一副相當驕橫的面孔，在創作會議上，有個編輯說，我們的『星星』與別的刊物不同，我們不像他們那樣（意思是說不像他們那樣糟），這種驕橫的口吻和氣勢，在以後相當長時期中還在流露。如他們常說：『我們這期刊登了好多好多作品，還有莫斯科寄來的

〔註 371〕《省文聯邀請部分文藝工作者繼續座談 圍繞「草木篇」問題發表意見》，《四川日報》，1957 年 5 月 17 日。

哩。』這樣的態度，這樣的刊物怎能聯繫更多的作者呢？」〔註 372〕同樣，在《成都日報》上也記載黃化石的觀點：「星星詩刊的編輯非常驕橫，沒有很好考慮如何使廣大作者團結在刊物周圍，而形成了一個小小的宗派。」〔註 373〕按照會議的安排，黃化石主要是談曲藝界的問題的。但事實上，黃化石也非常清楚《草木篇》批判的來龍去脈，「流沙河說：有位同志寫了一篇批評『草木篇』文章，只是其中有很多『沙河同志』之稱，四川日報編者勸作者刪掉這些字樣。作者不同意，於是這篇文章就沒有發表。事實是怎樣呢？黃化石同志寫了一篇批評『草木篇』的文章，篇幅較長，本報編輯王石泉建議他刪去與批評這篇作品關係不大的一部分，並說明這是建議，刪改與否，由作者決定。這一事實，黃化石同志已在文聯舉行的一次座談會上說明過。」〔註 374〕黃化石的這篇批評文章有怎樣的內容，什麼時候寫的，我們不得而知。但撰寫這樣一篇有關《草木篇》的長文，足以表明黃化石在《草木篇》問題上，是下過工夫的。所以，當聽到流沙河的發言的時候，黃化石便主動地轉向了對《星星》編輯部的批判。黃化石，原名黃華實，重慶綦江人。曾主編《文莽》月刊，1949 年開始先後任《川西日報》、川西人民廣播電臺、四川廣播電臺記者和編輯組長。所以，他與流沙河的個人交往並不多。黃化石在這次座談會上轉向對《星星》、《草木篇》批判，我認為並不是黃化石這次發言的主題，而完全是由於流沙河發言而臨時引起的。不過，此後黃化石也並沒有進一步介入到《草木篇》的批判中。而黃化石自己，也不知為何原因，在 1958 年也被下放到西昌。

第二個反對者是陳欣。在這次座談會上，陳欣就提出不能完全否定對「草木篇」的批評，「最近我到外地走了一趟，那時毛主席的兩次講話尚未在群眾中傳達，我在下面和一些同志的接觸中，聽到他們對『草木篇』和『吻』的批評意見，這些意見和李伍丁同志所說的不一樣。他們當中 80%以上的人是擁護對『草木篇』的批評的，只有個別同情流沙河的人才不同意。特別是對『吻』的批評，有 90%以上的人表示贊同，因為這首詩在群眾中起了有害

〔註 372〕《省文聯邀請部分文藝工作者繼續座談 圍繞「草木篇」問題發表意見》，《四川日報》，1957 年 5 月 17 日。

〔註 373〕《省文聯座談會昨日舉行舉行 流沙河、邱原發表對於批評「草木篇」的意見》，《成都日報》，1957 年 5 月 17 日。

〔註 374〕《省文聯繼續舉行作家、詩人、批評家座談會 駁斥張默生流沙河等的錯誤言行》，《四川日報》，1957 年 6 月 29 日。

的影響。」〔註375〕在這裡，陳欣發言中提到的「80%以上的人是擁護對『草木篇』的批評的」，又引起了流沙河等反批判者的關注和質疑。於是，在「第四次整風座談會」上，陳欣不得不就對此問題予以補充和澄清，「我說下面80%的人擁護對『草木篇』的批評，是指在毛主席報告未下達以前，而且這80%的人也是認為批評方式是粗暴的，我下去工作也不是完全為了調查『草木篇』的反映。」〔註376〕同樣的，《成都日報》也報導了陳欣的補充意見，「他說下面有80%的人擁護『草木篇』的批評，是他第一次下去（3月份）時，根據自貢市、宜賓等地座談會上情況估計的，不是精確統計數字。人民日報社論（「繼續放手，貫徹『百花齊放、百家爭鳴』方針」）發表後情況有改變，下面議論紛紛，說報刊批評是教條主義、粗暴的。就是以前那80%中的人，也說作品應該批評，使他們思想認識有所提高；但恐怕做法為作者所受不住，同情流沙河。」〔註377〕但陳欣的觀點，立即就遭到了邱原的反駁，「陳欣的這個解釋完全是不老實的，下去是李累親手布置的，李累布置下去主要是瞭解對『草木篇』的批評的牴觸情況，陳欣一貫是文聯內部宗派集團的爪牙。在鬥爭石天河的會上，陳欣就說石天河是特務分子，陳欣下去後每週必給李累寫個書面彙報，你既然這樣，下去後人家當然不給你說真心話，全是假象。」〔註378〕邱原對陳欣相關歷史的披露，可以說讓陳欣毫無還擊之力，處於了尷尬的境地。由此在「第五次整風座談會」上，陳欣迴避了這個尖銳的問題，而是將矛頭轉向了李伍丁〔註379〕。但此後，因為陳欣參與過收集調查《草木篇》反映的歷史，他便幾乎消失在《草木篇》批判中，雖然也參加了好幾次會議，但都不再發言。根據介紹：陳欣，原名陳明中，筆名非非、陳欣等。曾是四川南風社摩登劇社發起人，建國後任川西文聯秘書、戲劇組副組長、組長，省劇協、省文化局劇目工作室幹部，省文聯研究員。作為文聯幹部，他介入《草木篇》，

〔註375〕《省文聯邀請部分文藝工作者繼續座談 圍繞「草木篇」問題發表意見》，《四川日報》，1957年5月17日。

〔註376〕《省文聯邀請部分文藝工作者繼續座談 對教條主義和宗派主義進行尖銳批評》，《四川日報》，1957年5月21日。

〔註377〕《四川省文聯繼續舉行座談會 「鳴」「放」很熱烈紛紛遞條子要求發言》，《成都日報》，1957年5月21日。

〔註378〕《省文聯邀請部分文藝工作者繼續座談 對教條主義和宗派主義進行尖銳批評》，《四川日報》，1957年5月21日。

〔註379〕《省文聯舉行作家、詩人、批評家座談會 對「草木篇」問題的討論逐漸深入》，《四川日報》，1957年5月26日。

也算是他工作任務的一部分而已。此後李中璞曾還提到了他，「在省文聯舉行的一次座談會上，陳欣說流沙河收到石天河從峨眉山寄給他的一份萬言書，人們也許很關心這份萬言書是些什麼內容，右派分子石天河究竟在峨眉山幹些什麼勾當。」〔註 380〕我們看到，流沙河首先是將石天河的信交給了陳欣，此時陳欣與流沙河的關係是比較好。所以，他此時不再介入《草木篇》批判，也與他們的私人關係有關。

此外的反對者還有席向和李友欣。在流沙河的發言之後，席向、李友欣的發言雖然簡短，但都抓住問題要害，席向提到，「流沙河和邱原今天的發言，有很多情況是不符合事實的。比如說報紙上批評『草木篇』，文聯機關就『整』流沙河，邱原同情流沙河，文聯機關就『整』邱原。省文聯李友欣也說流沙河和邱原的發言有許多地方與事實不符。」〔註 381〕於是席向、李友欣的發言，又引出「整風」中更大的事件，需要進一步澄清歷史。由於席向與邱原的個人關係，邱原的態度就比較曖昧。一方面邱原認為席向曾經專門收集過他的材料，「作為李累的宗派主義集團中之一分子的席向、陳之光均係黨員，因為我經常發牢騷，就整理我的材料，叫做『裴多菲俱樂部』。」〔註 382〕另一方面，不管他們之間有著怎樣的個人恩怨，隨著「整風」向「反右」的轉變，邱原自己去不得不站來出澄清這個事實，又否認了自己的發言，「我在那次發言中說文聯的宗派主義集團對我進行政治陷害，並說李累唆使席向和陳之光收集我的材料『裴多芬俱樂部』的話，現經對證和瞭解，並非事實，而是由於背後的流言蜚語所造成的一場誤會。」〔註 383〕當然，那時邱原的轉向，已經成為四川文聯整風轉向反右的一個重要信號。問題在於，席向、李友欣所指責的流沙河、邱原的發言「很多不符合事實」到底是什麼？此時席向、李友欣也都沒有說清楚到底是什麼事實，所以「什麼才是事實？」就成為了大家一致關心的問題。於是，6 月 11 日《四川日報》刊文，就要求「澄清事實真相」，「雅安解放軍某部李成俊來信，……這些事實又較為嚴重，有些與法律是牴

〔註 380〕李中璞：《右派分子石天河在峨眉山進行的反共活動》，《四川日報》，1957 年 7 月 22 日。

〔註 381〕《省文聯邀請部分文藝工作者繼續座談 對教條主義和宗派主義進行尖銳批評》，《四川日報》，1957 年 5 月 21 日。

〔註 382〕《省文聯邀請部分文藝工作者繼續座談 圍繞「草木篇」問題發表意見》，《四川日報》，1957 年 5 月 17 日。

〔註 383〕《大膽展開批評，在爭鳴中明辨是非 省文聯昨日繼續邀請文藝工作者座談》，《四川日報》，1957 年 6 月 13 日。

觸的。既然不符合事實，席向、李友欣最好能把不符的部分提出來，使廣大讀者不至於偏聽一面之詞而造成對某些人的錯覺。……川大二宿舍讀者周能要求席向、李友欣談出流沙河、邱原的發言那些地方不符合事實。」〔註 384〕於是，由席向、李友欣所提出的，在《草木篇》事件中流沙河、邱原的「很多不符事實」的歷史問題，就被文聯提上了日程。在「省文聯的第二次整風座談」後，文聯「整風」工作的重心發生了轉向，不再是對宗派主義、教條主義的批判，而是對各種「事實」和「真相」的挖掘和梳理。可以說，此後李累在座談會上的「辨別真相」，以及對流沙河致命的「金堂來信」，就是在「省文聯第二次整風座談會」後開始醞釀的。

流沙河的「鳴放」，他兩次談《草木篇》的文章發表後，確實引起了文藝界的很大震動，並得到了極大的支持。正如石天河所提到，「在《吻》和《草木篇》遭批判的時候，《星星》編輯部確實收到過許多讀者和青年詩人的來信來稿，大部分都對刊物表示了同情、支持、鼓勵與安慰。當時沒法刊出，除個別覆信退稿外，只好丟進字紙簍。據流沙河說，他個人曾收到過 200 多封中學生對他表示同情的信，只可惜，後來『反右』運動中流沙河作交代時，把那些信也一起交上去了。聽說，後來，許多中學生也因此而受了批判。」〔註 385〕特別是通過文聯領導的自我批評，以及流沙河兩次「鳴放」，流沙河的支持者增多，也引出更多人的「反批判」，政保永便是其中一位代表。1957 年 11 月 10 日編印的《四川文藝界右派集團反動材料（會議參考文件之九）》所收錄的《政保永給流沙河的信》就可見一斑。在信前有「編者按」，「六月四日，流沙河給石天河的信中說，有很多的『同情我的信』，十分得意。流沙河自己交出了一部分信件，現選一封發在這裡。」〔註 386〕政保永說，「想來你也不會認識我的，而我確實非常由衷的敬你，這是因為什麼呢？很簡單，就是因為你是一位非常正直的不屈服於惡力，不受收買的當代罕有詩人，因之，我對你的『草木篇』不僅認為寫得好，而且在揭露社會的本質方面還嫌不夠哩！……我清楚您是比較堅強的一個詩人，但願能在奴才們的圍攻下而不怕，硬著頭

〔註 384〕《工人、農民、知識分子來信參加爭鳴 對張默生等人的發言提出不同意見》，《四川日報》，1957 年 6 月 11 日。

〔註 385〕石天河：《逝川憶語——〈星星〉詩禍親歷記》，香港：天馬出版有限公司，2010 年，第 33 頁。

〔註 386〕《五月十九日 政保永給流沙河的信》，《四川文藝界右派集團反動材料（會議參考文件之九）》，四川省文聯編印，1957 年 11 月 10 日，第 46 頁。

皮堅持到最後，凡是被收買了的奴才的特性都是得寸進尺的，豈止才進一尺呢。朋友，我支持你，同情你，但也只能這樣作個同情，我本想在寫點比較尖銳的反批評發的文章大鳴一下，但是，根據以往經驗：凡是被所謂『共產黨』領導下的編輯部，又怎能刊登得出？……請你千萬沉著，難道你就甘願屈服於惡勢力下？我說：中國這塊聖潔的土地上豈能讓他們的××玷污了它，願你做一個真正的有為詩人。」〔註 387〕作者落款為「且寫個假名：政保永」，但可以說，流沙河在《文匯報》和《四川日報》上的兩次「大放」，確實贏得了一些讀者的支持，政保永便是其中一位支持者。而這個「政保永」是誰的假名，我們無法瞭解他的具體情況。作者政保永在信中留下了聯繫地址，「西安東火車站第五號」，但他最後的寫信地址卻是另外一個「五月十九日於渝沙坪壩」。關於這封信的真偽，我們也無法考證。而且從這封來看，似乎又與流沙河的兩次「大放」無關，而是直接從流沙河的《草木篇》開始談。但不管怎樣，「政保永」的出現，讓我們看到反批判者中出現了比較激進的言論，如：叭兒狗們的狂吠、牠們、奴才、領導（其實是豬玀）……。由此，在一些相關文章中，也出現了更為激進的「大鳴大放」的觀點。如有人將矛頭指向了省委書記李井泉，「李井泉同志有歷史性的對文藝工作不感興趣」。如在談到上級領導對劇院的不聞不問，有人說「業務方面一直是混亂的，是『一家獨鳴』，從來沒有展開過藝術討論。」〔註 388〕流沙河的發言，推動著《草木篇》事件的相關問題繼續惡化。另一位支持者，是儲一天。流沙河在省文聯座談會上談《草木篇》後的第二天，作為流沙河的盟友的儲一天，便在《四川日報》上刊登了寫於 5 月 17 日的《不要怕算舊賬》，積極響應流沙河。儲一天希望《四川日報》在《草木篇》批判問題上表態，並提出「要算舊賬」。「為什麼要迴避矛盾呢？一句話：有的人在害怕算舊賬，害怕承認錯誤。這一點小小的害怕情緒，大大地阻礙著『鳴』，影響著『放』。……朋友們！不要害怕算舊賬，打開窗子說亮話吧！」〔註 389〕值得注意的是，雖然儲一天提出了諸多的意見，但當日的《四川日報》卻在此文末刊有《本報編者注》，表示本報歡迎繼續發表意見，大膽「鳴」「放」，而絲毫沒有表明對《草木篇》批判的態度。從這裡

〔註 387〕《五月十九日　政保永給流沙河的信》，《四川文藝界右派集團反動材料》（會議參考文件之九），四川文聯編印，1957 年 11 月 10 日，第 46～47 頁。

〔註 388〕《蕭錫荃、王克、鄭波文說：四川人民藝術劇院矛盾尖銳　光做不說在這裡算是進步，仗義直言在這裡不能相容》，《四川日報》，1957 年 5 月 20 日。

〔註 389〕儲一天：《不要怕算舊賬》，《四川日報》，1957 年 5 月 18 日。

我們可以看到，儲一天也並沒認識到問題的嚴重性。因為此時整風是主要的內容，5 月 20 日的《文匯報》持續跟進對《草木篇》問題的報導，「中共四川省委宣傳部副部長李亞群首先在會上進行了自我批評。……在文學藝術領域的批評工作中習慣於用簡單、狂風暴雨的方法。他說，這種粗暴，他要負主要責任。他希望大家大膽地提意見，幫助文藝界的共產黨員整風。」「其他人在發言中也談到『草木篇』的批評在文藝界造成恐懼情緒」。〔註 390〕他們都認為，《草木篇》反批判遇到了良好的歷史時機，還需乘勝追擊。

而非常值得注意的是，流沙河雖然經過了兩次「大鳴大放」，卻一下子又變得更加小心了。正如他在《五月二十二日給石天河的信》中所寫，「我小鳴了一下，暫時不想大鳴，因阻力太大之故也。友欣思想轉不過彎來，牴觸頗大。李亞群則變相潑水。我已在會上聲明：『逢人且說三分話，未可全拋一片心。還有好些話，不想鳴了。』『文匯報』上看出了對我的訪問記，四千字，在上海頗震動。那裡氣候不同。我勸你不要回來，以免鳴而不暢，自討氣嘔，還是隱身雲海深處尋覓格律為佳耳。『西北望長安，可憐無數山。』京華春色為峰谷所阻、巴蜀依舊微寒。無聊，無聊！」〔註 391〕從這裡我們可以看到，流沙河認為自己只是「小鳴」了一下，暫時不想大鳴。而且流沙河還專門提到了李友欣、李亞群的態度，此時的他應該有所警覺。所以，雖然流沙河一方面為自己在《文匯報》上的訪談所引起震動而興奮，另外一方面又為前景的黯淡而傷感。但是，流沙河自己內心的波動和文聯要澄清一些歷史事實的動向，以及整個中國歷史形勢的變化，並沒有被大多數人所瞭解。由於流沙河在《文匯報》、《四川日報》上的這兩次「小鳴」，更多的人認為這是「大鳴大放」的前奏，由此支持《草木篇》、為流沙河辯護的「反批判」，成為了此時四川文藝界最響亮的聲音。

## 七、第三次座談會

5 月 20 日省文聯召開的座談會，在「傾聽黨外意見 推動整風運動」為總欄目之下，以《省文聯邀請部分文藝工作者繼續座談 對教條主義和宗派主義

〔註 390〕《四川文聯連續座談三天 探討鳴放不夠原因 李亞群承認對「草木篇」批評方式粗暴》，《文匯報》，1957 年 5 月 20 日。

〔註 391〕《五月二十二日 流沙河給石天河的信》，《四川文藝界右派集團反動材料》（會議參考文件之九），四川文聯編印，1957 年 11 月 10 日，第 20 頁。

進行尖銳批評》〔註 392〕為題發表《四川日報》上，成為「四川省文聯第三次整風座談會」。

從「傾聽黨外意見 推動整風運動」的欄目設置來看，這是在省委整風計劃之後的省文聯的第一次的整風。所以，此次四川省文聯的整風座談，就應該有完整的整風計劃，和整風領導小組成員。從會議的整個內容來看，首先應該是按照 5 月 16 日四川省委發出的《執行中央〈整風運動指示〉的計劃》的要求來執行的，即在「在文教部門和知識分子方面，主要是檢查對待知識分子政策中存在的問題。對於知識分子的黨員，要教育他們樹立為人民服務的思想，克服個人主義和自由主義傾向，加強黨性。」〔註 393〕在這次整風座談會上，主要是「檢查對待知識分子政策中存在的問題」，所以整個會議在繼續挖掘《草木篇》批判中存在的問題的基礎上，傾聽黨外意見，目的是幫助省文聯整風。另外，座談的會議內容，也應該是對第一、二整風座談會所涉及到的問題，包括流沙河、曉楓、邱原等的問題進一步探討。這次座談的參會人數也是較多的一次，除了省委宣傳部副部長李亞群、省文聯副主席常蘇民之外，還有：四川大學的張默生、陳志憲、華劍、鄭冠群；四川文聯的陳欣、儲一天、邱原、席向；業餘作者王吾、李漁；四川青年報的劉冰；李華飛、袁箴、張開書、蕭賽、張海平、蕭崇素等。在《四川日報》上刊登的發言就有《張默生談對「草木篇」和「吻」的批評》、《王吾說，不要把一切批評都歸之於「個人報復」、「政治陷害」》、《陳志憲說，要糾正高級知識分子揣摸風氣之學》、《李漁說，流沙河對教條主義的批評缺乏具體分析》、《儲一天談四川地區的教條主義、宗派主義的老根》五個部分，其他人的發言內容，也融入到了這幾個標題之下。對於這次會議，《成都日報》也以《四川省文聯繼續舉行座談會 「鳴」「放」很熱烈紛紛遞條子要求發言》為總標題，介紹了這次會議。具體包括《張默生談對「草木篇」的批評的意見》、《陳欣的說明》、《「爪牙」與「以牙還牙」》、《葉一說：省文聯有宗派主義情緒》、《陳志憲說批評應該從真理出發》、《王華輪問：要不要寫干預生活的作品》、《李魚說：省文聯理論批評組不務正業》、《李華飛呼籲扶持曲藝》、《儲一天發言》、《袁箴希望

〔註 392〕《省文聯邀請部分文藝工作者繼續座談 對教條主義和宗派主義進行尖銳批評》，《四川日報》，1957 年 5 月 21 日。

〔註 393〕《中國共產黨四川歷史（1950～1978）》，中共四川省委黨史研究室著，北京：中共黨史出版社，2011 年，第 131 頁。

省委宣傳部召開編輯人員座談會》、《張海平說：文藝領導部分對他安排不當》、《肖賽說省藝幹校工作不正常》〔註 394〕等這十二個部分。在這「兩報」的會議報導中，都同時凸顯了張默生、陳志憲、李漁和儲一天 4 人的發言。而《成都日報》的報導，還將陳欣、葉一、王華倫、李華飛、袁箴、張海平、肖賽的發言單獨列了出來。值得注意的是，《文匯報》也報導了這次會議。但《文匯報》的報導，此後卻又被認為是有「歪曲」事實之嫌，而受到了批判。

在《四川日報》上的記載中，這次發言最多的是張默生和儲一天，他們全力支持流沙河，成為「第三次整風座談會」上最重要的事件。而且在《四川日報》和《成都日報》報導中，都是將張默生的發言放在第一位的。這是張默生 5 月 14 日在《成都日報》上發表《克服兩種傾向，大膽「鳴」「放」》之後的第二次公開發言。張默生的這次發言內容，首先支持流沙河，「我在報上讀到流沙河同志的發言，我對他的發言表示同意並且願意支持，儘管在會上有同志認為他的發言有些不符合事實，那是可以對證的。」其次，張默生在這次座談會中首次提出了「詩無達詁」的理論，「『詩無達詁』，一首詩不可能有一種固定的解釋，最好是讓作者自己去加注解，任何時代的詩也是如此。……現在流沙河把他的詩加以注解了，前天他已發言，說他只是影射少數人，不是有心反人民，反現實，反社會主義。如果按照這種解釋法，群眾對這次批評的看法就可能大大不同。」立足「詩無達詁」的理論，張默生為《草木篇》辯護。第三，認為《草木篇》批判，會導致「寸草不生」。「聽說，除『草木篇』的作者受到鬥爭外，『星星』的編輯之一石天河也受到嚴厲處分，其中具體原因我不清楚，但從這些地方看，是在讓百花齊放呢？還是使寸草不生？我想，無論怎樣解釋，當時批評情況是不符合毛主席的『百花齊放，百家爭鳴』文藝方針的，因為批評不是自下而上，而是自上而下，而且超過了文藝批評的界限。」第四，提出《草木篇》批判是一次有領導有組織的批判運動，「我們川大中文系就是奉命召開座談會的」。第五，最後認為對於這次批判，「省文聯文藝理論批評組的同志們也可以自己檢查一下。」〔註 395〕總之，我們看到，在張默生的發言中，主要是同情並支持流沙河。然而，他的「詩無達詁」和

〔註 394〕《四川省文聯繼續舉行座談會 「鳴」「放」很熱烈紛紛遞條子要求發言》，《成都日報》，1957 年 5 月 21 日。

〔註 395〕《省文聯邀請部分文藝工作者繼續座談 對教條主義和宗派主義進行尖銳批評》，《四川日報》，1957 年 5 月 21 日。

「寸草不生」的觀點，也成為多次爭論的焦點。可以說，張默生在這次座談會上的發言，又將此後的《草木篇》批判推向了一個新領域。這次座談會的另外一個重點是儲一天。他在發表了《不要怕算舊賬》一文後，繼續在座談會上為《草木篇》辯護。在這次座談會上，儲一天還提出了令人震驚的觀點：「教條主義、宗派主義的老根不在省文聯，而在省委宣傳部，有好多文章，都是從那裡搞出來的，文聯開的好些會也是這樣。」由此，這一觀點的基礎上，儲一天展開了對省委宣傳部的批判，認為「省委宣傳部文藝處對中央精神抗拒，對下面的群眾意見打擊壓制」。在儲一天的這次談話中，他還否定文聯有「七君子」。「說文聯有七君子，是造謠，是小人行為」。由此看到，儲一天將矛頭指向教條主義和宗派主義，認為「宗派主義的根在宣傳部」，他這樣一個激進的觀點也將受到進一步的批判。此外，其他的人也提出了一些批判的觀點。如葉一認為「對『草木篇』和『吻』的批評，不僅使寫作者感到難處，也使作編輯的無所適從」；王肇翰提出「對『草木篇』的批評，就是一個突出的不准寫落後的事例」；李華飛認為「開展對文藝作品的批評，不能弄成一邊倒，真理只有通過正面和反面的交鋒、爭論，才會愈辯愈明。這便首先需要造成真正的學術探討的氣氛」；袁箴說「批評『草木篇』時，領導指示我們出版社『關要把守緊』、還要注意編輯室的人員，以小產階級思想意識來反對黨，造成空氣很緊張」等等。〔註 396〕不過，雖然他們也積極整風，但這些觀點此後並沒有得到更多的關注。

在這裡座談會上，值得注意的是流沙河的發言。他說，「李漁發言說我的提法不妥當，我要作個解釋。我並沒有那個意見認為四川搞理論批評的人都是教條主義，我是說教條主義的批評是受到宗派主義支持的。他還說，上次座談會我未開完，第二天在報上看見李友欣、席向的發言，說我的發言有很多不符合事實，這點叫我不太明白。我不知道這兩個同志是否這樣說的，如果說了，是否考慮不太周到。上次座談會的第二天早晨席向向我解釋，說他的談話主要針對另一同志；我與李友欣交換意見，彷彿他也基本上同意我的發言。我希望這兩個同志也表示一下態度，不然別人會認為我在造謠。說我造謠也沒有什麼，寒霜烈日皆經過，這點也不算什麼。邱原也接著發言，他說，上次我的發言是確切的，沒有不符合事實之處，沒有造謠，如果有人要來追查，我還是願意負

〔註 396〕《四川省文聯繼續舉行座談會　「鳴」「放」很熱烈紛紛遞條子要求發言》，《成都日報》，1957 年 5 月 21 日。

責。」在這裡，流沙河主要是為自己上一次發言辯護，特別以席向、李友欣、邱原為證人，來證實他發言的真實性。但是，由於《草木篇》問題的嚴重性，「追查歷史」的問題就被進一步凸顯出來，並非一兩次辯解可以過關的。

對於這「省文聯第三次整風座談會」，不僅《四川日報》、《成都日報》作了報導，《文匯報》也作了相關的報導。與前兩篇報導相比，范琰在《文匯報》上的報導《成都文藝界舉行座談吸取批評〈草木篇〉的教訓》〔註 397〕，內容雖然簡單，但完全省略了這次座談會中肯定批判的意見，只重點報導了這次座談會上的反批判聲音。由於此，《文匯報》的「片面報導」，又一次將《草木篇》的反批判在全國推向了一個高潮。第一，在這篇報導中，范琰對張默生發言的總結與《四川日報》的記載差不多，但卻省略了張默生的具體觀點如「詩無達詁」、「寸草不生」等等，所以並不完整和全面。但在對張默生說到的「百分之八十的人同意對《草木篇》的批評，那是因為報紙轟得太凶，有意識地搞」時，《四川日報》和《成都日報》都同時介紹陳欣的反駁補充意見，但范琰的報導似乎是有意省略了這點。第二，在《四川日報》中陳志憲的發言題為《陳志憲說，要糾正高級知識分子揣摸風氣之學》，也與《文匯報》的報導有一定差異：「『草木篇』和『吻』是不好的，但它沒有起到多大的作用，沒有什麼了不得的地方，我對『草木篇』的批評是不同意的，是小題大做。……對待學術問題上看權威的風氣，是會阻礙『百花齊放、百家爭鳴』的，這種風氣的造成，與宗派主義、教條主義、主觀主義分不開。他最後希望領導上對過去足以妨礙群眾自由爭鳴的做法予以糾正」。〔註 398〕與《成都日報》上的報導相比，也有一定差異，「他對當時批評『草木篇』的做法是不同意的。……有些人作一件事要先看大的風氣如何，揣摩與觀察領導意圖，有是開一個會也要先摸症候才考慮發言。……我在中文系，就要先聽系主任的意見如何，他又要聽黨委的。如果大家都要如此看領導、看風氣，學術討論上看權威，便會影響『百花齊放、百家爭鳴』。他說，之所以造成這種情況，也與宗派主義、教條主義分不開。」〔註 399〕但范琰在《文匯報》中把陳志憲的發言簡化

〔註 397〕《成都文藝界舉行座談吸取批評〈草木篇〉的教訓》，《文匯報》，1957 年 5 月 21 日。

〔註 398〕《省文聯邀請部分文藝工作者繼續座談 對教條主義和宗派主義進行尖銳批評》，《四川日報》，1957 年 5 月 21 日。

〔註 399〕《四川省文聯繼續舉行座談會 「鳴」「放」很熱烈紛紛遞條子要求發言》，《成都日報》，1957 年 5 月 21 日。

為「四川大學教授陳志憲說，現在有不少人，因為害怕而揣摸領導氣色，這種風氣是『三大主義』造成的。」所以，范琰的報導，確實有不完整之處。其實，陳志憲也參加了 2 月 8 日的四川大學中文系的座談會，並沒有提出直接針對《草木篇》的觀點。但在這次整風座談會上，他卻首先認為《草木篇》批判是小題大做，其次是在《草木篇》批判中，確實存在教條主義宗派主義的揣摩風氣之學。陳志憲之所以為流沙河辯護，當然也是因為他與流沙河有著密切的師生關係。「流沙河說，國文老師陳志憲，新中國成立後到川大中文系當主任了。『這位老先生如何講課？』記者問，流沙河在客廳裏踱著方步，向記者模仿老師講課的夫子樣。『他給我們講辛棄疾的詞《摸魚兒》，『更能消幾番風雨？匆匆春又歸去。惜春長怕花開早，何況落紅無數……』韻味十足。不需要講段落大意、中心思想，就這樣繪聲繪色，一下就把學生帶進去了。』」〔註 400〕此後，陳志憲並沒有參與《草木篇》事件之中。不過，雖然處在四川大學，他也無法逃避，從流沙河的辯護者成為了張默生的有力批判者。在 6 月 25 日的川大民盟的批判會上，他就提到張默生的問題，「對川大黨委布置中文系討論『草木篇』的情況一再擴大，大肆刻畫和形容，陳志憲還列舉事實說明張默生對黨委退出學校是很感興趣的，他說，我從張默生身上嗅到了右的傾向。」〔註 401〕到了 7 月 8 日，陳志憲則更全面揭發和批判了張默生的反社會主義言行，「張默生是一個『老奸巨滑、投機取巧、胸無實學的冒牌學者』。張默生表面上裝著擁護共產黨，馬列主義的口號也喊得很響亮。但實際上他卻在用明槍、暗箭向黨進攻。……陳志憲接著列舉出張默生與流沙河暗中勾結一唱一和的反黨事實。」〔註 402〕從陳志憲個人來看，他與張默生都是民盟成員，所以在這個時候，他也必須撇清與張默生之間的關係。所以，此時的陳志憲，就完全從一個《草木篇》的反批判者，成為了《草木篇》的批判者。

第三，范琰的報導中，相對於《四川日報》的報導，他對王吾、李魚的觀

〔註 400〕吳曉鈴：《著名學者流沙河：老來回歸傳統文化幸好碰到一批好老師》，《四川日報》，2014 年 9 月 5 日。

〔註 401〕《川大盟員不滿支部負責人在反右派鬥爭中消極退縮 要求川大民盟支部把右派的活動攤出來 張默生郭士堃散佈右傾言論造成不良影響》，《四川日報》，1957 年 6 月 25 日。

〔註 402〕《四川大學師生員工集會 揭發和批判張默生反社會主義言行》，《四川日報》，1957 年 7 月 8 日。

點也有所簡化。在《四川日報》上王吾的發言以《王吾說，不要把一切批評都歸之於「個人報復」、「政治陷害」》為標題，發言說「如果把對方都當成敵人，那就不是解決人民內部矛盾了。」〔註 403〕此後，王吾還在「第四次整風座談會」上以《王吾的書面發言》形式，進一步補充了自己的觀點，「解決人民內部矛盾，我認為一個主要的原則，就是：凡事都從對方是一個好人的基礎出發。如果把對方認做敵人，那就不是解決人民內部矛盾了；如果對方確是壞人，確是存壞心做壞事，那就恐怕要訴諸法律，也不是整風範圍內的事了。」〔註 404〕再次強調了《草木篇》批判「混淆敵我矛盾和人民內部矛盾的問題」。但到了 6 月 4 日的「省文聯第七次整風座談會」，在《王吾不同意張默生對沙汀的抗辯》中，王吾也不得不展開了對張默生的批判，「我不同意張默生同志對沙汀同志的抗辯。……近日的討論中，確實有人用以牙還牙、以棍子對棍子的方式來反對教條主義，反對粗暴的批評，而又有人以為這樣批評黨是不對的，因此沙汀同志才說出這個笑話，說黨不是紙糊的，挨得起棍子，意思是叫大家不用耽心。若是從這一點就引而申之，推而遠之，以為這是暗示批評黨的人就是在揮舞狼牙棒，以期達到封口的目的，我認為是神經過敏。」〔註 405〕正是由於王吾這樣的特別表現，所以石天河說，「以沙汀為主帥，以李累為中軍，以山莓、王吾、蕭崇素……偽正人君子為過河卒」。〔註 406〕我們沒有王吾的具體材料，我們無法瞭解他生平的具體情況，但在《文匯報》中的報導中，也僅有王吾積極展開批判的一面，確實有偏頗之處。最後，對於李魚的發言，范琰的報導也有一定的差異。在《四川日報》中發言者為「李漁」，而在《成都日報》和《文匯報》中為「李魚」，實際上應該是同一人。在《四川日報》上，李魚的發言為《李漁說，流沙河對教條主義的批評缺乏具體分析》。在李魚的發言後，還附上了流沙河長長的發言，「李漁發言說我的提法不妥當，我要作個解釋。我並沒有那個意見認為四川搞理論批評的人都

〔註 403〕《省文聯邀請部分文藝工作者繼續座談 對教條主義和宗派主義進行尖銳批評》，《四川日報》，1957 年 5 月 21 日。

〔註 404〕《省文聯邀請部分文藝工作者繼續座談 討論有關對「草木篇」的批評等問題》，《四川日報》，1957 年 5 月 22 日。

〔註 405〕《省文聯邀請作家、教授、文藝批評家繼續座談 就黨對文藝工作的領導等問題提出意見》，《四川日報》，1957 年 6 月 4 日。

〔註 406〕《省市文藝界人士集會聲討右派分子 揭發石天河用明槍暗箭向黨猖狂進攻的罪行》，《四川日報》，1957 年 7 月 20 日。

是教條主義，我是說教條主義的批評是受到宗派主義支持的。」〔註 407〕而在《成都日報》上，李魚的發言為《省文聯理論批評組不務正業》，「他不同意說『草木篇』只是針對幾個人。因為評論作品是從作品流露出來的情緒來看，讀者並不了解讀者。他說：『草木篇』是流露了敵對情緒的。他還說，有人在討論『草木篇』的座談會上，提出應從作者所有作品來分析作者是一貫如此，或者是誤入歧途？好作品多多或壞作品多？然後決定作者主要傾向是什麼。」〔註 408〕而《文匯報》上的報導則是「李魚說，《草木篇》的批評是以政治代替學術批評，而沒有從流沙河整個作品來分析他的創作偏向。」〔註 409〕總的來看，范琰的報導，確實有簡化的偏頗之處。

總之，我們可以看到，對於「四川省文聯第三次整風座談會」，《四川日報》、《成都日報》、《文匯報》都予以了報導。雖然這三個報導，各有側重點，但從《文匯報》概括總結來看，確實存在以偏概全的問題。特別是在范琰的報導的最後點出，省委宣傳部李亞群副部長表示「同意大家提出的批評」，這無疑是借李亞群之名，徹底否定此前的《草木篇》批判歷史。但是在《四川日報》和《成都日報》的報導中，並無「李亞群同意大家提出的批評」這樣的表述。所以，范琰的這篇報導，不僅簡化了「省文聯第三次整風座談會」的具體內容，而完全將這次會議變成了《草木篇》的翻案會。但是如果回到歷史現場，在這次《文匯報》的報導中，范琰所體現出來的這種積極的「整風心態」，其實也就是整個文藝界在「整風」之下的一種主要表現。因為就在省文聯整風座談內容在《四川日報》上刊出的同一天，《人民日報》發表臧克家的《我們需要諷刺詩——毛主席：「諷刺是永遠需要的」》，積極開展「整風」並提倡「諷刺詩」，「解放後這幾年來，諷刺詩的產量越來越少，真正優秀的作品，也不多見。廣大讀者吵著要諷刺詩，為它的歉收焦心。……詩人們寫這些諷刺詩，目的在揭露一些詩人認為不平的事件，以便引起當道的注意，因而得到改善。這些詩，不是為了否定當時的政治制度，相反的，而是為了更好地

〔註 407〕《省文聯邀請部分文藝工作者繼續座談 對教條主義和宗派主義進行尖銳批評》，《四川日報》，1957 年 5 月 21 日。

〔註 408〕《四川省文聯繼續舉行座談會 「鳴」「放」很熱烈紛紛遞條子要求發言》，《成都日報》，1957 年 5 月 21 日。

〔註 409〕《成都文藝界舉行座談吸取批評〈草木篇〉的教訓》，《文匯報》，1957 年 5 月 21 日。

維護它。諷刺了壞的，是為了使『聞之者足以戒』。」〔註 410〕我們清楚地看到，雖然臧克家的文章僅僅是純粹地談「諷刺詩」，也並沒有直接談到《草木篇》。而且在 4 月 29 日的《迎風戶半開》中發言中，臧克家也沒有承認《草木篇》是好作品〔註 411〕。但臧克家對「諷刺詩」的呼喚，無疑被很多人認為就是對《草木篇》的支持。臧克家在《人民日報》上發表的這篇文章，也就被四川文藝界作為《草木篇》反批判的重要支持理論之一。所以，在整風運動之下四川文藝界的《草木篇》反批判情緒更加高漲。

## 八、第四次座談會

四川省文聯並沒有停止整風座談的步伐，僅隔一天，5 月 21 日四川省文聯繼續舉行座談會討論有關對《草木篇》的批評等問題，成為省文聯的「第四次整風座談會」。值得注意的是，這次《四川日報》的《省文聯邀請部分文藝工作者繼續座談 討論有關對「草木篇」的批評等問題》報導，卻沒有了「傾聽黨外意見，推動整風運動」這一欄目。四川文藝界大部分作家，也都沒有注意到這樣一個重要的信息。這次參會的人員更多，範圍也更廣了。從《四川日報》的報導來看，主要的內容有《吳遠勳的發言》、《山莓的發言》、《李伍丁的發言》、《李亞群的說明》、《蕭長濬的書面發言》、《王吾的書面發言》這樣六個部分。而在《成都日報》上《省文聯邀請部分文藝工作者繼續座談》的報導中，則包括《山莓說：批評應該以理服人》、《白峽說：「星星」曾經是箭靶子》、《李伍丁發言》、《吳遠勳說：黨委不是以教條主義領導文藝》、《肖長濬的書面發言 希望對「草木篇」作一次美學分析》這樣五個部分。與前幾次的會議報導有一定的差異相比，兩份報紙的這次會議報導，內容比較接近。當然，在總體內容的報導上，《四川日報》還是要更全面些，特別是增加了《李亞群的說明》和《王吾的書面發言》這兩部分內容。在第四次整風座談會中，白峽、山莓、肖長濬、王吾的觀點，我們在前面都有提到，這裡我們就不再分析。

在這次座談會中，吳遠勳的參會和發言耐人尋味。吳遠勳的發言，直接指向李亞群：「從這幾天所談的事實看，我認為李亞群副部長身上存在有教條

〔註 410〕臧克家：《我們需要諷刺詩——毛主席：「諷刺是永遠需要的」》，《人民日報》，1957 年 5 月 21 日。

〔註 411〕姚芒藻：《作家曹禺老舍臧克家——漫談「齊放」與「爭鳴」》，《文匯報》，1957 年 4 月 29 日。

主義。……對『草木篇』的批評，李亞群同志和其他同志非正式交談是無可厚非的，這不能視為領導者的命令，不然一個負責人就連說話的權利都被剝奪了。但『草木篇』登出來後，領導者不要過早發言，應首先聽聽群眾的意見。但群眾還未發表意見時，省委宣傳部就提出意見了，報社也組織稿件批評，因而就形成一股風。所以我認為省委宣傳部應先放手，讓群眾來鑒別，不必急忙出來打戰鼓。」〔註 412〕在這系列整風座談會中，吳遠勳是四川廣播電視臺的第一位參會代表。《四川日報》的報導將他的發言放在首位，肯定是由於他發言的火力很「猛」。吳遠勳一上來，就直接批判李亞群，認為從創作會議到川劇音樂改革，再到《草木篇》批判等問題，李亞群都有著嚴重的教條主義。他不僅批評了李亞群，由此也進一步批判了省委宣傳部、省文化局等部門的領導。但是，在整個批判過程中，他僅僅有這樣的曇花一現。吳遠勳為什麼會被邀請參會？參會之後的吳遠勳又有著怎樣的歷史？他個人對《草木篇》有著怎樣的具體觀點，我們都沒有相關的史料。當然，他的發言，其實也非常清晰地體現出了此時的「整風」大趨勢。

另外，李伍丁及其「鳴放」，在這次座談會上也值得注意。他發言同樣火藥味十足，他說，「我看見報紙上有一個同志的發言說，整風不要光整梅香、小姐，也要整老夫人，我很同意這個說法，因為家法在老夫人手中，老夫人應該吹風。邱原認為批評『草木篇』的風是以李累為首吹起來的，或者如儲一天所說，是省委宣傳部文藝處吹起來的。我感覺這股風是從省委吹起來的，……省委用了極大的威信，非常強大的黨的組織來貫徹這個意圖，因此這股風非常強大，因此我希望在整風中省委要檢查，如果省委在知識分子問題上採取不適當的措施，問題就比較大。」〔註 413〕其實，李伍丁在提出「整風要整省委」的尖銳觀點之前，他就在 5 月 16 日省文聯的第二次整風座談會中就提出過「中央在『放』，下面在『收』」的尖銳觀點〔註 414〕。當然我們看到，在那次發言中，李伍丁的「中央在放，地方在收」發言，當場就受到反駁、被批判了。因此他在這第四次整風座談會上，又進一步提出了「整風要

〔註 412〕《省文聯邀請部分文藝工作者繼續座談 討論有關對「草木篇」的批評等問題》，《四川日報》，1957 年 5 月 22 日。

〔註 413〕《省文聯邀請部分文藝工作者繼續座談 討論有關對「草木篇」的批評等問題》，《四川日報》，1957 年 5 月 22 日。

〔註 414〕《省文聯邀請部分文藝工作者繼續座談 圍繞「草木篇」問題發表意見》，《四川日報》，1957 年 5 月 17 日。

整省委」的觀點。對於這一尖銳的觀點，《四川日報》緊接著的就是《李亞群的說明》予以回應，「對『草木篇』的批評的方式粗暴，我應負主要責任。他又對記者說，關於省委執行黨對知識分子的政策等問題，我有不同看法，留待以後繼續討論。」李亞群只承認了《草木篇》批判的方式粗暴，並不認為省委執行黨的知識分子政策有問題，其實也就否定了李伍丁的「整風要整省委」的觀點。當然，李伍丁的「要整省委」尖銳觀點，也就成為了此後省文聯關注的一個重點。在5月25日的「第五次整風座談會」上就遭到了陳欣的質疑，「我覺得上述到處在『搞知識分子的思想』的話，畢竟說得含混一些，甚至是危言慫聽。也可能引起誤解，認為知識分子的思想問題可以不聞不問，不必進行教育、改造了；或者說，過去對待知識分子的思想問題，都把政策搞錯了，這我卻很難同意。」〔註415〕同樣，也是在這次整風座談會議上，沙汀更是點名批判了李伍丁，「李伍丁談在批評『草木篇』同時，全省在用『三反』『五反』的方法對待知識分子。我抱歉得很，孤陋寡聞，雖然也在下面跑，但舉不出實例來。當然，我們在執行黨對知識分子的政策上有毛病，如果有事實，那是給省委提的意見；你我這樣孤陋寡聞的人，也作為一股風，聞一聞，因為事實荒唐。」〔註416〕在這裡，沙汀反對李伍丁將《草木篇》批判與「三反」「五反」相提並論，認為這不是事實。然而，在全國的整風運動的喜人形勢之下，此時的李伍丁並沒有屈服，而是更加深入地介入到「大鳴大放」之中。在6月4日「第七次整風座談會」上，題為《李伍丁不同意沙汀和陳欣對他上次發言的批評》的發言中，繼續鳴放，「他說上一次他的發言有些話說得過分一些，但發言的精神是值得考慮的，並非如四川日報引陳欣的話所提出的『甚至是危言聳聽』。他認為沙汀上次發言對他的批評不夠實事求是，把他的主要的精神刮掉了。」〔註417〕同樣，李伍丁的反駁觀點又引起出相關的反駁。在6月12日的「第八次整風座談會」上，李伍丁的觀點再次被提到，「業餘作者王益奮發言，他說，李伍丁在過去的一次座談會上的發言，說與批評『草木篇』同時，省委用三反、五反方法整全省的知識分子，這是缺乏現

〔註415〕《省文聯舉行作家、詩人、批評家座談會 對「草木篇」問題的討論逐漸深入》，《四川日報》，1957年5月26日。

〔註416〕《省文聯舉行作家、詩人、批評家座談會 對「草木篇」問題的討論逐漸深入》，《四川日報》，1957年5月26日。

〔註417〕《省文聯邀請作家、教授、文藝批評家繼續座談 就黨對文藝工作的領導等問題提出意見》，《四川日報》，1957年6月4日。

實根據的。李伍丁係省文聯幹部，他跑過什麼地方，作過什麼調查研究，帽子夠大，可惜缺乏事實根據。有些人平時說別人教條主義，等到自己批評別人時，一下就戴大帽子，帽子下面空洞無物，我看，這種情況並不比教條好多少。」〔註 418〕由此我們看到，李伍丁從《草木篇》批判中提出的一系列尖銳觀點，已經被沙汀、陳欣、王益奮盯上，並逐一反駁。而他們又分別代表省文聯領導、專業作家和普通作者，身份也具有象徵意義。換句話說，李伍丁的觀點，此時已經是一個大問題。

李伍丁為什麼堅決地要為流沙河辯護呢？後來又怎樣呢？李伍丁的反批判，除了時代「大鳴大放」的風向之外，還在於李伍丁與流沙河有著非同一般的個人關係。李伍丁筆名伍丁，1951 年從藝，任四川省文聯編輯、副編審、四川省通俗文藝研究會副秘書長〔註 419〕。在李伍丁去世的時候，《成都商報》在對李伍丁的報導中提到了一些重要信息，「李伍丁一生熱愛文學。50 多年前在省文聯單身宿舍裏，他和流沙河是室友，後來又一起在文聯工作，兩人關係一直很好，甚至會通宵聊天，夜不歸宿，家人都已習慣。」〔註 420〕因此，在 50 年代的文聯中，作為室友，李伍丁與流沙河是有非同一般的感情的。在另外一篇文章中，也有著同樣的記載，「四川省文聯《四川文藝界》原編輯部主任李伍丁是流沙河的摯友，二人聊天經常通宵達旦，探討文學創作等話題。2009 年 11 月 5 日早上 6 時許，李伍丁病逝，當天上午 10 時許，靈堂未搭好，流沙河就來到李伍丁家弔唁亡友，他是為李伍丁送行第一人，由此可知流沙河是多麼重情！」〔註 421〕這裡，流沙河對李伍丁的感情，也恰好讓我們看到了他們之間的私交。所以，作為室友，也是作為摯友，這成為了整風運動中李伍丁竭力為流沙河辯護的主要原因。當然，面對權力，人性始終也是軟弱的。儘管李伍丁與流沙河有著這樣的特殊情感，政治形勢的變化或者說政治的壓力，李伍丁也不得不轉變。雖然我們不知道李伍丁面對了怎樣具體的歷史困境和現實壓力，但到了 6 月 14 日的「第九次整風座談會」，隨著李累的

〔註 418〕《大膽展開批評，在爭鳴中明辨是非　省文聯昨日繼續邀請文藝工作者座談》，《四川日報》，1957 年 6 月 13 日。

〔註 419〕「李伍丁」詞條，《中國戲劇家大辭典》，路聞捷主編，北京：中國戲劇出版社，2003 年，第 753 頁。

〔註 420〕梁凡整理：《省文聯〈四川文藝界〉原編輯部主任李伍丁》，《成都商報》，2009 年 11 月 20 日。

〔註 421〕文文：《幽默重情流沙河》，《我欣賞的作家》，北京：中國文聯出版社，2012 年，第 124 頁。

揭發和批判，李伍丁也加入了批判流沙河的隊伍之中，「他說明他的那些看法是有些問題，有錯誤的地方，真理往前超越一步就會變為荒謬絕倫，我在好多地方超越了一步。他說他並不是認為黨委對待知識分子的政策錯了，而只是懷疑黨委對待知識分子的某些問題所採取的措施是否有錯誤。……李伍丁說，文連線關內部對流沙河進行的批評，他認為是對的，不然文聯黨的組織就不知跑到那裡去了。」〔註422〕此時，也正是由於李伍丁與流沙河的特殊私人關係，所以他在這次座談會上對流沙的指控和批判就更有價值，此後也就被多次引用。在揭發流沙河之後，李伍丁另一種選擇是保持沉默。然而，李伍丁此時「轉向」批判流沙河，還是不能消除他所提出的系列尖銳觀點的嚴重錯誤。9月5日，中共四川省委宣傳部辦公室編的《四川省右派言論選輯》中，李伍丁就與曉楓、丘原、儲一天、張默生等人並列〔註423〕。而到了11月10日，四川省文聯編的《四川省文藝界大鳴大放大爭集》中，在《第四編 關於黨的領導》欄目下，專設《第二輯 李伍丁對他攻擊中共四川省委的反動言論作了初步檢查》，全面梳理了李伍丁的錯誤觀點。在這一輯中，具體有《李亞群不同意李伍丁發言》、《陳欣認為李伍丁的說法是危言聳聽》、《李伍丁不同意陳欣、沙汀對他的批評》、《李伍丁為他發言作解釋》和《李伍丁的初步檢討 我所犯下的嚴重錯誤》這樣五個部分。但值得注意的是：這裡並沒有收錄李伍丁的此前的相關觀點，而只收錄的是李伍丁全文長達6頁的《初步檢查》〔註424〕，較為全面地看到了呈現了他問題的嚴重性。由此我們看到，李伍丁雖然以批判者的姿態對流沙河予以反駁，但他由於他此前的觀點，使得他自己的命運已經不可逆轉了。「四川文聯原先並沒有劃入『小集團』的白峽、李伍丁，隨後，都被劃為『右派』。白峽、李伍丁和白航一樣，都上演了二十世紀的『新婚別』。」〔註425〕

回到「第四次整風座談會」，還有這一點值得注意的是，《成都日報》上的一條非常簡單的《又訊》，「前日，席向再度聲明說：我說過流沙河和邱原

〔註422〕《對流沙河進行所謂「政治陷害」是不是事實？省文聯昨日召開座談會弄清真相判明是非》，《四川日報》，1957年6月14日。

〔註423〕《四川省右派言論選輯》，中共四川省委宣傳部辦公室編，1957年9月5日。

〔註424〕《李伍丁的初步檢查 我所犯下的嚴重錯誤》，《四川省文藝界大鳴大放大爭集》（會議參考文件之八），四川省文聯編印，1957年11月10日，第171～176頁。

〔註425〕石天河：《逝川憶語——〈星星〉詩禍親歷記》，香港：天馬出版有限公司，2010年，第329頁。

發言中有很多不符合事實。」〔註 426〕同樣，《四川日報》在整個報導的最後，也補充了李友欣的有關「事實」的書面發言，「『如要問我對他們發言的看法，我覺得邱原、儲一天有很多不符事實，流沙河在情緒激動下也有出入，但這是情有可原的。我們在整風時有則改之，無則加勉。』席向前日下午在散會以前再度說明邱原和流沙河的發言很多不是事實。」〔註 427〕這表明，兩份報紙都重點提到了李友欣、席向一再說流沙河、邱原的發言不合事實的問題。可見，在整風座談會期間，儘管有著不同的聲音在對文聯、乃至於對省委宣傳部展開猛烈的整風，批判他們在工作中的教條主義和宗派主義，但是省文聯或者說省委宣傳部卻並沒有都去關注，也沒有分散精力去一一回應，而是緊緊盯住了事件的核心《草木篇》以及流沙河的問題。在文聯看來，所有的問題都是因《草木篇》而起，因流沙河而起，只有還原了流沙河的「事實真相」，所有的因《草木篇》而起的辯護、反批判都將不攻自破。那麼，反駁流沙河在「第二次整風座談會」上的發言，還原流沙河等的「事實真相」，又再一次被四川省文聯提到，或者說就已經醞釀好，並暗中實施了。

## 九、第五次座談會

在省文聯整風座談會的過程中，與會者的相關尖銳發言，引起了四川省文聯、省委宣傳部的特別注意，會議得不得繼續召開。此時四川省委統戰部的整風座談在 5 月 23 日休會，而 5 月 25 日省文聯由於問題多、問題嚴重繼續展開整風座談。

「省文聯第五次整風座談會」，以《省文聯舉行作家、詩人、批評家座談會 對「草木篇」問題的討論逐漸深入》為題予以報導，「省文聯自本月 14 日起，連續邀請部分文藝工作者舉行座談，研究討論繼續放手貫徹『百花齊放，百家爭鳴』的方針，座談會已經舉行五次。發言者圍繞『草木篇』的問題發表了意見。為了全面地、深入地、實事求是地探討這一問題，省文聯於昨日舉行作家、詩人、文藝批評家座談會，會議由省文聯主任、作家沙汀主持，省委宣傳部副部長李亞群參加了座談會。」〔註 428〕按照《四川日報》的記載，這

〔註 426〕《省文聯繼續邀請文藝工作者座談》，《成都日報》，1957 年 5 月 22 日。

〔註 427〕《省文聯邀請部分文藝工作者繼續座談 討論有關對「草木篇」的批評等問題》，《四川日報》，1957 年 5 月 22 日。

〔註 428〕《省文聯舉行作家、詩人、批評家座談會 對「草木篇」問題的討論逐漸深入》，《四川日報》，1957 年 5 月 26 日。

次會議的發言人也不少。發言內容有：《袁珂在發言中認為，「草木篇」情緒不健康，調子低沉，應該批評。但批評應掌握分寸，應抱與人為善的態度》、《施幼貽發言中提到，對批評「草木篇」的文章，也不能採取一棍子打死的辦法。他還談到自己對「草木篇」的看法》、《李華飛認為，「草木篇」並不是全部都是壞詩，他甚至說對「星星」的批評，是「一人犯罪，牽連九族」》、《蕭崇素就邱原 16 日的發言提出自己的意見》、《陳欣對前幾次座談會上某些發言中的論點表示自己有不同意見。他認為李伍丁發言語意含混，甚至是危言慫聽》、《陳思苓認為，「草木篇」問題的性質只是反映在文藝思想與創作方法上。要相信群眾的鑒別能力，放手讓大家「爭鳴」》、《山莓主張把「草木篇」應不應批評的問題與批評中的態度問題分開。他對張默生的一個論點提出不同看法》、《劉君惠認為，「草木篇」是一首壞詩，批評十分必要。他還聯繫到這篇作品，提出三點意見》、《張澤厚認為，「草木篇」的政治、藝術評價要由讀者來說，他不同意只有作者才能解釋的說法》、《沙汀就會議所涉及到的問題，提出一些意見和建議，希望繼續深入討論》共 10 個部分。同日的《成都日報》也以《省文聯邀請作家、詩人和文藝批評家座談會 對「草木篇」的批評問題提出不同見解》為題，介紹了這次座談會。小標題如下：《袁珂說：草木篇是不好的詩》、《施幼貽對「草木篇」作了一些分析 不同意流沙河對「梅」的解釋》、《李華飛說：教條主義的批評阻礙了創作繁榮》、《陳思苓說：草木篇只在文藝思想和創作方法上有問題》、《張舒揚不同意張默生說的詩的解釋權是作者自己》、《張舒揚說：但從動機來看效果不合適》、《劉君惠說：對「草木篇」批評的方式方法不好，但有必要對它批評》、《張澤厚說：「草木篇」雖不能說敵視現實生活，至少是對現實社會不滿》。《成都日報》上另外單列的發言有：《沙汀的發言》、《蕭崇素的發言》、《自家人好算帳——陳欣在省文聯座談會上的發言摘要》，一共 11 個部分〔註 429〕。我們看到，《四川日報》和《成都日報》都將「草木篇問題」作為整個報導的副標題，由此可見這次座談會是在總結前幾次省文聯座談會的基礎上，集中於《草木篇》問題的座談。所以「第五次整風座談」，核心還是對《草木篇》相關問題的論爭。

參會人員中，袁珂、山莓、陳欣、李伍丁、蕭崇素繼續發表自己的觀點，施幼貽、李華飛、陳思苓、劉君惠、張澤厚是新加入到《草木篇》座談的隊伍

〔註 429〕《省文聯邀請作家、詩人和文藝批評家座談會 對「草木篇」的批評問題提出不同見解》，《成都日報》，1957 年 5 月 26 日。

中。這其中，施幼貽、山莓、陳思苓、劉君惠、張澤厚都是高校教師，袁珂來自四川省社科院，施幼貽、山莓來自西南音專，陳思苓來自四川大學，劉君惠和張澤厚來自四川師範大學。這次會議邀請了這麼多高校教師和相關學術專家，應該與四川大學張默生在「第三次整風座談會」上提出了「詩無達詁」、「寸草不生」等理論為《草木篇》的辯護有關。

施幼貽是第一次參加座談會。在會上他提出，「對『草木篇』的批評，我不同意那種極其粗暴的、一棍子打死的辦法，儘管往別人頭上戴帽子，不能以理服人、不能解決問題。……接著，施幼貽談了他對『草木篇』的看法，他不同意說『草木篇』『所反映的是一套完整的思想，被幾首小詩參差錯落地排列巧妙地分散開來了』的說法，他認為這是不實事求是的態度。」〔註430〕正如我們所看到的，施幼貽完全參照以前的模式展開批判的，一方面是不贊同《草木篇》，另一方面是反對《草木篇》批評的粗暴方式。但立即，到了6月13日的「省文聯第九次整風座談會」，施幼貽就急劇轉變，與此前不溫不火的態度相比，這次集中對「詩無達詁」理論在展開了全面系統的批判。內容有：《施幼貽說，「詩無達詁」是一個理論問題，有進一步探討的必要》、《他提出五點理由反駁「詩無達詁」論，他說，如果作品只有作者自己才能解釋，文藝批評就根本取消了》、《為對文藝界存在的教條主義要作具體分析》、《他說，在政治上不能離開社會主義原則，在文藝上不容許資產階級的美學思想抬頭》。與5月26日報導中的發言相比，6月13日施幼貽的發言完全是一個大轉彎，這當然是有著現實政治要求。此時，施幼貽對張默生及其「詩無達詁」予以反駁，「我認為無論如何不能用『詩無達詁』這句話來掩蓋『草木篇』所反映出的不健康的、錯誤的思想懷緒，不能以此來否定對『草木篇』的批評。」同時施幼貽也重新闡釋了「反對教條主義」和「百家爭鳴」的問題，認為不能離開社會主義原則，必須文藝服膺政治的原則〔註431〕。而施幼貽的轉變，並深度介入到批判之中，除了整個社會形勢之外，我認為還與他自身的經歷有關。根據一些資料記載，施幼貽與省文聯創作輔導部的李累一樣，都曾就讀於國立劇專。之後曾在旭川中學任教並入黨，此後還曾被捕入獄。新中國成

〔註430〕《省文聯邀請作家、詩人和文藝批評家座談會 對「草木篇」的批評問題提出不同見解》，《成都日報》，1957年5月26日。

〔註431〕《大膽展開批評，在爭鳴中明辨是非 省文聯昨日繼續邀請文藝工作者座談》，《四川日報》，1957年6月13日。

立後，到西南音專任教。所以在整風期間，施幼貽正是通過李累，瞭解到了《草木篇》批判的動向，然後積極地投入到對《草木篇》的批判之中。進而，隨著形勢的變化，施幼貽還發表了更為激進的文章《不准資產階級思想在文藝領域內復辟》，「這些右派分子，以反教條主義的『騎士』的姿態出現，大喊大叫，橫衝直撞。實際上他們所要反對的卻並不是教條主義，而是馬克思主義和黨在文藝領域內的領導。……流沙河寫下了他的有毒的《草木篇》，向人民發出一紙挑戰書。於是，人民一怒而起，抗辯、痛斥。這時候，曉楓、丘原、儲一天、石天河等人，都上陣了，他們為流沙河搖旗吶喊，鼓掌助威，進一步趁著黨整風的機會，向黨瘋狂進攻。」〔註 432〕而且就在《星星》第 9 期改組後，在李累帶班《星星》詩刊時，施幼貽繼續發表了批判文章《黑色的歪詩》，「星星二月號刊載的長風的兩首諷刺詩：『我對金絲雀觀看了很久』和『步步高升』是兩篇對新社會污蔑、誹謗的挑戰書，是兩支對黨對人民放出的冷箭，是兩篇造謠中傷，歪曲生活的反社會主義的充滿了毒素的作品。……『我對金絲雀觀看了很久』就是這樣一首嚴重的反黨反人民的充滿著煽動性的反動的歪詩。……進一步當然也就說明了我們的社會制度也是要不得的，最後當然就是取消這個制度，這便是長風詩歌的不可告人的罪惡的目的。」〔註 433〕可以說，由於施幼貽與李累的特殊個人關係，他便持續參與到相關的批判之中，而且他的相關批判文章也應該是由李累約的稿。當然，正因為施幼貽的積極表現，雖然他曾參與過整風，提過意見，但卻並沒有受到影響。另外，作為一位學者，施幼貽在吳芳吉研究以及國立劇專的資料收集整理方面〔註 434〕，也作出了自己的貢獻。《草木篇》事件僅僅是施幼貽生命中的一個小故事。而這些小故事，也就一起撬動了大時代。

陳思苓也是第一參加整風座談會。在《吻》批判時，陳思苓就以「思苓」的筆名，發表了批判《吻》的文章〔註 435〕，成為四川大學第一個介入到《吻》

〔註 432〕施幼貽：《不准資產階級思想在文藝領域內復辟》，《草地》，1957 年，第 8 期。

〔註 433〕施幼貽：《黑色的歪詩》，《星星》，1957 年，第 10 期。

〔註 434〕施幼貽：《愛國詩人吳芳吉事略》，《四川文史資料選輯》，1985 年，第 34 輯；施幼貽：《吳芳吉抗日救亡二三事》，《四川日報》，1985 年 9 月 10 日；施幼貽：《吳芳吉評傳》，重慶出版社，1988 年；施幼貽：《熊佛西與四川省立劇校》，《抗戰文藝研究》，1983 年，第 5 期。

〔註 435〕思苓：《略談抒情詩——讀「星星」詩刊「吻」篇有感而作》，《人民川大》，四川大學校刊編輯室編，1957 年 1 月 28 日，第 203 期。

批判的人。後來陳思苓也參與了 2 月 8 日四川大學中文系的座談會，之所以邀請他，也應該是看重了陳思苓在《吻》批判所體現出來的理論深度。不過，與施幼貽一樣，參會這次整風座談會的陳思苓，卻似乎並沒有太多的準備，「我是不同意把『草木篇』的問題提到政治原則上來，這樣作未免提得太高，小題大做，文不對題。」〔註 436〕他僅不同意把「草木篇」的問題提到政治原則上來，然後提出在以後的批評中「不能以打擊代替幫助，以圍剿代替批評。」由於他此時較為溫和的姿態，此後的座談會也就沒有了陳思苓的身影。然而，川大民盟的反右鬥爭中，陳思苓還對川大民盟支委、對民盟省市委展開批判，並沒有針對個人，「支部的組織生活內容過去都是接受黨的領導並配合行政部門的工作的，為什麼今年以來的組織生活不這樣做了？過去布置給各小組的工作，都是事先由支委會研究決定的，為什麼今年以來不這樣做了？為什麼由城裏來的民盟幹部不通過支委會就直接向小組布置工作？……還向民盟省市委提出了三點疑問。」〔註 437〕更為有意思的是，即使進入到了 11 月反右鬥爭的高峰時期，陳思苓依然沒有針對任何人展開過批判，而是就問題而談問題。正因為如此，陳思苓的這種姿態，以至於被華忱之認為與張默生等人的立場一致，「從他的話裏，正十足地說明了這位同志正是自覺自願地站在支持『草木篇』的錯誤立場上，為右派分子流沙河、張默生『助聲威』，『滿足』他們的『意圖』罷了。這些難道可以僅僅認為是一種文藝思想上的問題嗎？從上面所引述的這兩位同志的發言，無形中正是張默生的謬論的一種翻版和引申。在某些方面的提法上和看法上是和張默生基本上一致的。」〔註 438〕從陳思苓的生平來看，他的主要身份是學者，且一直都是呆在學校裏。他 1938 年畢業於四川大學中文系，曾在成都市南虹藝專、成都省立女中、成都省立師範、協進中等學校等佼任國文教員，曾主編《金箭》月刊。1945 年任四川大學中文系講師，於 1950 年以後，任副教授，教授，1945 年加入中國民主同

---

〔註 436〕《省文聯邀請作家、詩人和文藝批評家座談會 對「草木篇」的批評問題提出不同見解》，《成都日報》，1957 年 5 月 26 日。

〔註 437〕《川大盟員不滿支部負責人在反右派鬥爭中消極退縮 要求川大民盟支部把右派的活動攤出來 張默生郭士堃散佈右傾言論造成不良影響》，《四川日報》，1957 年 6 月 25 日。

〔註 438〕華忱之：《川大中文系幾位教師應該正視自己的文藝思想問題》，《四川日報》，1957 年 11 月 28 日。

盟會。〔註 439〕所以，他對川大民盟支委、對民盟省市委的批判，主要還是與他自己的民盟盟員身份有關。儘管陳思苓的整風言論並不激烈，但由於陳思苓在「整風座談會」的《草木篇》批判中的表現，他也被劃為右派，但具體情況不詳。作為學者，陳思苓出版過魯迅、《文心雕龍》研究的相關著作。〔註 440〕

與施幼貽和陳思苓的態度不一樣的是，在第一次參會的劉君惠，直接就認為「『草木篇』是一首壞詩，批評十分必要，但批評方式值得考慮，但不一定是小題大做，只是批評到後來離題稍遠。從社會歷史意義來理解，批評效果是有益的，特別是對青年學生。」〔註 441〕在會上，劉君惠毫不掩飾自己的觀點，對《草木篇》展開了嚴厲批判，同時還對流沙河的情感、世界觀、對待生活等問題提出了嚴厲的質問。由於劉君惠在這次批判中的積極表現，所以在 6 月 5 日的「第七次整風座談會」上他再次被邀請，在題為《劉君惠談他對「詩無達詁」和對「草木篇」批評的看法》的發言中，既批判張默生的「詩無達詁」理論，又批判流沙河的《草木篇》。他說，「我們今天的文藝批評應該有原則，社會主義現實主義就是批評的原則，也是創作的原則。如果沒有這個原則，許多問題就談不清楚。」同時，劉君惠從學理上指出「詩無達詁」理論具有時代性和歷史性，由此不同張默生用這個理論來解釋流沙河的作品。而對於流沙河，他明確表明，「文藝領域中是否還有一股暗流，如果從暗流理解，批評『草木篇』是必要的。」〔註 442〕進而，在 6 月 13 日的座談會上，劉君惠還獲得了繼續參會的機會。此時，他的發言題為《劉君惠談省文學創作會議後出現的八個問題，並說「草木篇」按本質來說，是反社會主義的作品》，對全省的創作會議以後文聯工作提出了八點意見，其中專門針對《星星》詩刊提了意見，「文聯機關刊物『星星』、『草地』缺乏原則，支持什麼，反對什麼很模糊，這與片面理解『百花齊放』有關係。」〔註 443〕在劉君惠的這次發言中，表面上是反思全省文學創作會議的弊端，實際上是在展開對《吻》、

〔註 439〕「陳思苓」詞條，《中外文學評論家辭典》，任孚先、武鷹主編，長春：吉林教育出版社，1991 年，第 283 頁。

〔註 440〕陳思苓：《文心雕龍臆論》，成都：巴蜀書社，1988 年。

〔註 441〕《省文聯邀請作家、詩人和文藝批評家座談會 對「草木篇」的批評問題提出不同見解》，《成都日報》，1957 年 5 月 26 日。

〔註 442〕《省文聯邀請作家、教授、批評家繼續座談》，《四川日報》，1957 年 6 月 5 日。

〔註 443〕《大膽展開批評，在爭鳴中明辨是非 省文聯昨日繼續邀請文藝工作者座談》，《四川日報》，1957 年 6 月 13 日。

對《草木篇》、對「星星」詩刊的批判。並最終落實到對省委、省文聯提出加強文藝方向，加強馬克思主義指導的原則性上來。總之我們看到，在《草木篇》問題上，劉君惠的觀點是毫無保留，也毫無顧忌地直接批判《草木篇》。那麼，劉君惠為何如此呢？為何要積極介入到《草木篇》批判中呢？劉君惠 1937 年四川大學畢業後，先後在私立蜀華中學、協進中學、省立成都中學、成都師範任教。後到金陵大學、國立四川大學任教。解放後，先後在四川師大、三臺川北大學、南充四川師範學院、四川師範大學任教。可以說與陳思苓一樣，主要活動範圍在學校，也是主要研究古代文學。〔註 444〕讓人驚奇的是，在《草木篇》批判中，劉君惠始終保持著激進的批判姿態。如在 7 月份發表的《我們需要原則》中，他就說「這場爭論的本身就雄辯地證明了黨的『百花齊放、百家爭鳴』這一方針的偉大和正確，證明了黨的磊落和謙遜。……《草木篇》是壞詩，是反社會主義的作品。對《草木篇》展開批評是十分必要的。批評的效果是有益的，應該加以肯定。……我們雖然是『百』家，雖然是『百』花，我們的目標只有一個。我們是一個出發點，一個歸宿、一個準則，那就是一切為了社會主義。」另外，也還談到了《草木篇》「這樣的作品，按其本質來說，是反社會主義的。」〔註 445〕不過，儘管劉君惠如此激進，但在 1957 年也被劃為了一般右派分子。「1957 年錯劃為一般右派分子，受到不公平對待，曾到川師圖書館工作。1961 年摘掉右派帽子，撤銷錯誤處分。1979 年 1 月平反。」〔註 446〕我們雖不知道他被劃為右派的具體原因，但應該與四川文藝界的《草木篇》批判無關。

第一次參會的張澤厚，與劉君惠一樣，也曾多次批判過《草木篇》。在《張澤厚認為，「草木篇」的政治、藝術評價要由讀者來說，他不同意只有作者才能解釋的說法》中，他的發言說，「『草木篇』從總的傾向來說是不好的詩，應該批評，那次批評起了很好的作用，但有些論點過火，形成圍攻。文藝批評界和編輯要負責任。張澤厚不同意張默生認為詩可以這樣理解，也可以那樣理解的說法。……希望流沙河考慮人們對他的作品『草木篇』的批評，正確的意見應該接受。」〔註 447〕由此，張澤厚也與劉君惠一樣，在 6 月 13 日獲

〔註 444〕劉君惠：《揚雄方言研究》，成都：巴蜀書社，1992 年。
〔註 445〕劉君惠：《我們需要原則》，《草地》，1957 年，第 7 期。
〔註 446〕劉波：《文史專家劉君惠學術交流考述》，《樂山師範學院學報》，2009 年第 6 期。
〔註 447〕《省文聯邀請作家、詩人和文藝批評家座談會 對「草木篇」的批評問題提出不同見解》，《成都日報》，1957 年 5 月 26 日。

得了進一步發言的機會，在《張澤厚說，「草木篇」應該給予批評》中進一步展開了對《草木篇》的批判，「『草木篇』這組詩是該給予批評的。因為這組詩，給人的主要的感觸是『孤傲偏激』的思想感情，是對群眾的不滿情緒。這是與參加社會主義建設的人的思想感情有矛盾的。人們是不可能在其中吸取到一些精神力量的。因而就應該要受到批評。……而對於某些正確的、適當的批評，我們還是要堅持、維護，不能全部推翻。而被批評者也須得接受。張澤厚還對『詩無達詁』的說法，提出反對意見。」〔註 448〕當然，與劉君惠的激進相比，張澤厚在批判《草木篇》的同時，也對相關批判的「過火」表示了不滿。儘管張澤厚在《草木篇》批判中比較積極，然而在反右鬥爭中，卻也沒能逃脫掉作為川師「民盟」支部負責人的巨大危機。在 7 月 2 日，四川師範學院就舉行了對張澤厚的批判大會，「張澤厚在上次大會上承認了大家揭發他叛黨變節、出賣革命、出賣親兄弟的罪行完全是事實，但他沒有交代出在『鳴』『放』中有組織、有綱領的陰謀活動，他只承認了一些大家已經揭發的事實。」然後，田時雨、馮光華、江宗植、羅忠恕、肖蔓若、屈守元、王修純、徐天逸、李敬敏、冉友僑都一一對他予以揭發和批判，〔註 449〕《文匯報》還曾報導到川師大的這次批判〔註 450〕。從這次批判大會看，他們對張澤厚展開批判，絲毫沒有提到張澤厚在《草木篇》批判中的積極姿態，更沒有在乎他長久的革命經歷。在四川大學集會批判張默生的時候，屈守元提到了這一個細節，「川師民盟負責人、右派分子張澤厚在文聯座談會上對張默生的『詩無達詁』假惺惺地提出批評，張默生說他接受張澤厚的意見。很怪，為什麼很多人對張默生批評他不接受，偏要接受張澤厚的意見呢？可見右派分子在耍花樣。」〔註 451〕換句話說，屈守元等人認為作為民盟盟員的張澤厚，他對張默生的批判，實際上只是敷衍而已。另外，張澤厚之前對流沙河、對張默生批判，也被屈守元認為是在「耍花樣」了，並不能減輕他的錯誤。實際上，張澤厚並非一

〔註 448〕《大膽展開批評，在爭鳴中明辨是非 省文聯昨日繼續邀請文藝工作者座談》，《四川日報》，1957 年 6 月 13 日。

〔註 449〕《四川師範學院教職員生繼續舉行大會 揭穿右派分子張澤厚的反動本質》，《四川日報》，1957 年 7 月 3 日。

〔註 450〕《獅子山頭雲散霧消 川師反右鬥爭傳捷報 右派分子范通才張澤厚陷於孤立》，《文匯報》，1957 年 7 月 10 日。

〔註 451〕《四川大學師生員工集會 揭發和批判張默生反社會主義言行》，《四川日報》，1957 年 7 月 8 日。

般學者而已，而是一個有著悲壯經歷的革命者。關於張澤厚的生平，在《追憶逝去的人格長城：「左聯」作家張澤厚紀念文集》一文中有詳細記載。張澤厚原名張忠志，畢業於上海藝術大學西畫系，後任教於西南美專。後加入左聯，並任組織部幹事。在左聯時期，主要負責《文藝評論》、《藝術導報》、《文藝新地》、《讀書月報》等的編輯工作並擔任主編。此後在岳池縣從事地下活動，因支持華鎣山武裝起義與其弟、地下黨員張澤浩等人一同被捕，關押於重慶渣滓洞國民黨的監獄。在 1949 年的大屠殺中，奇蹟般的脫險生還。1950 年到南充川北大學任教，任川北大學副教授兼政治教研室副主任、南充市文聯主席、民盟南充市委員會委員等職。1952 年川北大學撤銷後，任四川師範學院副教授、民盟支部評委。〔註 452〕張澤厚這樣一位有著革命經歷左聯作家，三次坐牢可謂九死一生，並且還在整風和反右中都積極配合的知識分子，我認為主要是出於他的民盟身份，而難免被時代所席捲。對於張澤厚被劃為右派的這段歷史，有記載說，「1957 年夏，反右鬥爭禍及張澤厚。一夜之間張澤厚從老革命變成了四川省幾個大右派之一。《人民日報》、《四川日報》連續載文批判大右派張澤厚。這時更有人落井下石，顛倒黑白，誣告張澤厚叛變，致使胞弟張澤浩被捕犧牲。這份誣告材料正好迎合了反右鬥爭形式的需要，有關方面據此歷史，1958 年張澤厚蒙冤 20 年。」〔註 453〕正是由於張澤厚是地下黨員，且有著住過「渣滓洞」革命經歷，儘管是被誣告叛變，但對他的批判也引起了一些人不同的反應。由此，李友欣再次登臺針對此事寫出《「不念舊惡」與「不作新惡」》一文，提出「必須徹底揭發，像動物園裏再『猛禽』『惡獸』的鐵籠上還要掛一個警戒的木牌，甚至敲掉他們的『利牙』，斬斷他們的『利爪』，以免它們本性發作時，向遊人猛烈一撲。」〔註 454〕進而「在反右中張澤厚被錯劃為右派，1958 年被成都市中級人民法院以歷史問題判刑 20 年，並被開除盟籍。」〔註 455〕總的來說，張澤厚曾出版過有一定影響詩集和

〔註 452〕《張澤厚生平》，《追憶逝去的人格長城：「左聯」作家張澤厚紀念文集》，張良春主編，北京：作家出版社，2008 年，第 1～9 頁。

〔註 453〕《張澤厚生平》，《追憶逝去的人格長城：「左聯」作家張澤厚紀念文集》，張良春主編，北京：作家出版社，2008 年，第 9 頁。

〔註 454〕履冰：《「不念舊惡」與「不作新惡」》，《四川十年雜文選》，四川十年文學藝術選集編輯委員會編，成都：四川人民出版社，1960 年第 37 頁。

〔註 455〕厲華：《來自歌樂山的報告》，重慶：重慶出版社，2011 年，第 138 頁。

相關著作〔註 456〕，我們也不必去細緻考察張澤厚在反右鬥爭中的具體歷史，但在《草木篇》事件中，他的個人經歷構成了一個重要的側面。正如有人所說，「右派分子、叛徒四川師範學院所謂教授張澤厚被揭露後，曉楓無限惋惜地說：張澤厚演了一場悲劇。」〔註 457〕

在這次座談會中，除了這幾位來自高校的教師之外，比較突出的就是來自四川人民廣播電臺的李華飛。他的發言標題為《李華飛認為，「草木篇」並不是全部都是壞詩，他甚至說對「星星」的批評，是「一人犯罪，牽連九族」》，本身就顯得極為驚悚。李華飛提出，「對『星星』的批評也不對，由於『星星』發表了『草木篇』和『吻』，好多文章都採取筆抹煞態度，認為整個傾向不良，甚至『星星』的編輯也有問題，一人犯罪，牽連九族，當然這個比喻是否恰當還可考慮。總之，這是不公允的。」〔註 458〕李華飛這次發言的主要問題在於他「一人犯罪，牽連九族」的觀點。雖然李華飛也曾小心地提出「這個比喻是否恰當還可考慮」，但正是這個「一人犯罪，牽連九族」的觀點，讓他陷入到《草木篇》批判的危險境地之中。問題還在於，李華飛還在此後的整風運動中進一步「大鳴大放」，與張海平、葉一，共同提出了《曲藝為什麼不被重視》的問題〔註 459〕，讓他的問題也進一步凸顯。正是由於李華飛的這些觀點，9 月 25 日的《四川日報》，對李華飛展開了全面批判，「四川人民廣播電臺在近兩個月來的反右派鬥爭中，已經揭穿了披著『詩人』、『曲藝工作者』外衣，在政治上投機倒把，妄圖篡奪黨對四川曲藝界的領導權的反黨把頭右派分子李華飛（李明誠）的反動面目」。〔註 460〕該篇批判李華飛的文章內容十分豐富，應該並非一個人完成的。第一、二部分為《大肆宣揚「藝術至上論」，在文藝廣播中乘機放出毒草壓製香花》、《散佈「藝術倒退論」，否定黨的領導》，批

〔註 456〕張澤厚：《花與果實》，重慶：新藝書店，1942 年；張澤厚：《藝術學大綱》，上海：光華書局，1933 年；張澤厚：《文學概論》，成都：四川師範大學教務處印，1954 年。

〔註 457〕《成都市工人農民機關幹部及新聞文藝界人士舉行大會 聲討右派分子曉楓的反動言行》，《四川日報》，1957 年 7 月 13 日。

〔註 458〕《省文聯舉行作家、詩人、批評家座談會 對「草木篇」問題的討論逐漸深入》，《四川日報》，1957 年 5 月 26 日。

〔註 459〕張海平、李華飛、葉一：《曲藝工作為什麼不被重視》，《四川日報》，1957 年 6 月 7 日。

〔註 460〕《組織小集團、壟斷曲藝園地、反對黨的領導 李華飛是曲藝界的反黨把頭》，《四川日報》，1957 年 9 月 25 日。

判李華飛的藝術觀點。第三、四、五部分《密謀籌組「四川省說唱團」、「曲藝研究會」，妄圖篡奪黨對曲藝的領導權》、《與臭名遠揚的右派分子流沙河、石天河、曉楓等互相呼應，向黨進攻》、《勾結其他右派分子濫用職權，壟斷曲藝寫作，並大量剽竊別人的作品》，批判李華飛在文藝活動中的問題。第六部分《李華飛原來是共產黨的叛徒、國民黨的孝子賢孫》則是追查李華飛的個人歷史。我們這裡重點來看對李華飛與流沙河關係的批判，「李華飛不僅在曲藝界推濤作浪，還與我省文藝界的右派分子臭氣相投，同聲相應，極力反對社會主義現實主義的創作方法，支持一度被右派分子篡改了政治方向的『星星』詩刊所奉行的編輯方針，當臭名遠揚的右派分子流沙河的反動詩『草木篇』受到批評時，李華飛除了在茶館酒店夥同右派分子遙攀等為流沙河叫囂『不平』以外，還在電臺曲藝隊內向演員黃德君等吹噓流沙河『年輕有為，很有才氣』，詆毀對『草木篇』的批評『不公正』，誣衊『文聯把流沙河整慘了』。5 月下旬，李華飛公然在文聯座談會上站出來為『草木篇』辯護（見四川日報 5 月 26 日第一版）。他歪曲事實，把對掌握在右派分子手中的『星星』詩刊編輯方針的批評，誣衊為封建專制王朝的『一人犯罪、牽連九族』，表現了對共產黨和社會主義制度的刻骨仇恨；同時也顯露了他對右派分子流沙河、石天河之流的無限同情。」從這裡我們看到，文章不僅回顧了李華飛與流沙河等人的交往，然後重點就是針對他在「第五次整風座談會」上的「一人犯罪、牽連九族」觀點。由此，把李華飛同情流沙河、吹噓流沙河等事件結合起來了，對李華飛觀點的就有了事實依據。與所有的批判一樣，「追查歷史」也是李華飛批判中的一個重頭戲。在這篇批判文章的第六部分《李華飛原來是共產黨的叛徒、國民黨的孝子賢孫》中提到，「李華飛是個什麼貨色呢？原來是一貫政治投機倒把的能手。在抗日戰爭爆發後，由於我黨領導抗日，在全國人民中擁有極高威信，善於窺測方向的李華飛即在 1938 年混進了共產黨，後來，國民黨反動派大肆屠殺共產黨人，黨在四川的地下組織遭受破壞，反動勢力猖獗一時，李華飛以為共產黨『不行了』，就在 1940 年自動脫黨，並在 1945 年經國民黨中央委員李宗黃、王公維介紹參加了國民黨，作為國民黨中央組織部的『特別黨員』，為國民黨效力。當 1947 年我黨所領導的人民解放戰爭開始對國民黨大舉反攻時，李華飛又感到國民黨不行了，於是參加到『民主黨』中擔任中央委員，企圖在解放後與共產黨分庭抗禮。臨到 1949 年底四川解放前夕，李華飛由於階級本能的驅使，又在他的故鄉——巴縣勾結偽參議員、中統特務蔣立權等組織『生生會』、『十人團』，並輸送他的弟弟李明諒參加『反共保民軍』擔任軍官與解放大軍對抗。」〔註461〕這為我們提供了李華飛的一些重要的個人歷史。這篇報導中的介紹當然有很多偏見，不過也讓我們看到反右鬥爭中借《草木篇》問題來批判李華飛的真正原因。實際上，我們知道，李華飛本身是一位非常有影響的作家。據記載，李華飛，原名李明誠。日本早稻田大學專科畢業，參加過東京詩歌社、東京戲劇社。抗日戰爭前夕回國，由袁勃介紹參加中國詩歌會、中華全國文藝界抗敵協會，擔任過重慶《國民公報》的《海外》文藝旬刊主編等。解放後，曾任巴縣師範學校校長、西南人民出版社編輯、西南人民廣播電臺文藝副組長、四川省曲藝隊長。」〔註462〕但不幸的事，由於李華飛的歷史問題，以及座談會上的發言，被劃為右派。那李華飛為何要為《草木篇》辯護呢？實際上，李華飛與流沙河並沒有多少個人交集。我認為，李華飛為流沙河辯護的最重要的原因在於，他的詩《彈箏的老人》發表在《星星》詩刊第 2 期，而且該還得到了洪鐘的好評，「李華飛的『彈箏的老人』，抒寫了一位老藝人在新舊社會裏不同的遭遇。詩人以生動、流利、精練的語言，準確地勾勒了一位彈箏老藝人的形象和他的藝術造就。作者熱情地同情他在舊社會那不幸的遭遇，熱情地歌頌了他在新社會的新生，以及他在新社會和國際間所享受的榮譽。這首詩的描繪能力，達到了造塑藝術的境界。讀過這首詩以後，使我們如見其人，如聞其聲。」〔註463〕正是由於此，李華飛對《星星》詩刊也就有了特別的情感。所以，在「整風」期間，李華飛也有了對《星星》詩刊的同情，積極為《草木篇》辯護。當然李華飛為《草木篇》辯護，更多的還是與此時全國「整風」形勢的蓬勃開展有關。最後李華飛被劃為右派，「省裏的作家詩人都被流放道路專供文化人勞動改造的會理縣，而華飛先生則是在會理居住最久的一個，一住就是二十年。」〔註464〕從前面的分析來看，李華飛劃為右派，為《草木篇》

〔註461〕《組織小集團、壟斷曲藝園地、反對黨的領導 李華飛是曲藝界的反黨把頭》，《四川日報》，1957 年 9 月 25 日。

〔註462〕李華飛，《中國文學家辭典 現代》，第二分冊，北京語言學院《中國文學家辭典》編委會，成都：四川人民出版社，1982 年，第 364～365 頁。

〔註463〕洪鐘：《「星星」的詩及其偏向》，《紅岩》，1957 年，第 3 期。

〔註464〕霽虹：《他是一個會理人——記著名作家李華飛》，《會理文史》，第 10 輯，政協第十屆會理縣委員會文史委員會編，2000 年，第 65 頁。

辯護僅是其中一個由頭而並非必然原因，根本原因還是李華飛的個人歷史問題，但他的經歷已經成為了《星星》歷史中不可缺少一個重要環節。

這次座談會上，蕭崇素對邱原發言的反駁也頗有意思。蕭崇素的發言並不直接涉及流沙河與《草木篇》，而主要是針對邱原，力圖還原一些事實。他首先談到了邱原在文聯工作態度的問題，「自去年 11 月起，就時而上班，時而不上班，每天下午不知去向，不參加學習，不聽意見，有時學習，同志三番兩次請他來，他就打瞌睡、裝頭痛、說冷語、請『病假』等等。」進而對邱原提出批判，「我認為邱原同志首先應該用正直態度對人對事。」「我認為邱原同志的發言態度不符合由團結願望出發的精神。」「邱原同志對李累同志的批評是缺乏同志式的幫助的，是一棍子打死的態度的。」〔註 465〕由此在蕭崇素的發言中，從邱原的懶散不遵守規章制度的工作態度來談，最後得出了兩個結論：第一，認為對邱原的批判並非是因為《草木篇》問題，而是邱原本身的工作態度問題；第二是否定了文聯有李累為首的宗派主義集團。實際上，蕭崇素要對邱原展開批判，主要原因在於 5 月 16 日「省文聯的第二次整風座談會」中專門提到了「李累宗派主義集團」對他的壓制，如整理材料，開系列鬥爭會等。進而，在這些觀點中邱原特別提到了蕭崇素，批判他是洪承疇、曾國藩，「因此新任創作輔導部副部長蕭崇素才敢對我說，我要專你的政。蕭是民主人士，我來文聯是由蕭介紹的，我的過去的情況和在文聯的情況他很清楚，如何說出這樣的話來，原因很明顯——新任部長。我為中國知識分子痛心，他的地位一變，言論就變，所以歷史上才有這麼多的洪承疇、曾國藩。」〔註 466〕正是邱原將新任創作輔導部副部長蕭崇素比作洪承疇、曾國藩，就被蕭崇素抓住不放。並且邱原「將蕭崇素比作洪承疇、曾國藩」的問題，當時還得到了相當多的關注，在《四川日報》上也發表了相應的批判文章。如馬健民的《洪承疇與曾國藩》，就說「洪承疇和曾國藩共同的東西，是他們身為漢人，卻作了異族統治的幫兇，拿近代語來說就是當了漢奸。那麼邱原的發言，實際上是給蕭崇素戴了一頂漢奸帽子，這一點是再明白也沒有了。蕭崇素為什麼會成為漢奸？因為他當了共產黨領導的四川文聯的『新任部長』。這樣，

---

〔註 465〕《省文聯舉行作家、詩人、批評家座談會 對「草木篇」問題的討論逐漸深入》，《四川日報》，1957 年 5 月 26 日。

〔註 466〕《省文聯邀請部分文藝工作者繼續座談 圍繞「草木篇」問題發表意見》，《四川日報》，1957 年 5 月 17 日。

在邱原的眼睛裏，共產黨領導的人民政府，實際上是清朝政府？是異族統治？這樣，邱原是不是也就把他自己放在國民黨反動政府的『孤臣孽子』之列了？這個政府的垮臺難道於他有『亡國之痛』？」〔註 467〕我們看到，這麼多人關注「洪承疇曾國藩」問題，不僅僅就是蕭崇素的個人問題了，也還涉及到政權合法性等敏感問題。所以馬健民的文章，又引出了一些爭論。於是在《讀者對「洪承疇與曾國藩」一文的意見》一文中，我們便看到了正反不同的觀點，「讀者林希哲、明更雪、潘文魁、章兆慶、陳德權、李述、高見儂、高芒、汪定久、謝荃等來稿不同意馬健民同志發表在本報的『洪承疇與曾國藩』一文，讀者羅正榮支持馬健民文章的論點。」〔註 468〕當然，由於這背後涉及到問題的較為敏感，所以也就沒有再有進一步的展開討論。而回到蕭崇素，我們看到他反駁邱原的個人理由是比較充足的。但在整個批判運動中，蕭崇素的個人情況也比較複雜。一方面，他在曾在《我們需要的愛情詩》批判過《吻》，另一方面又在《四川文化潛力與「百花齊放、百家爭鳴」方針》中大力提倡「大鳴發放」。而且就在批判邱原之後，蕭崇素也提到「文聯內部有溝有牆，工資評級黨員偏高，非黨群眾偏低」的問題〔註 469〕。但一進入到反右鬥爭後，蕭崇素先批判曉楓〔註 470〕，後來又批判李劼人，可以說在批判中還是不遺餘力的。如他批判李劼人時說，「若照李劼人代表的看法，對那樣仇恨黨仇恨新社會的毒草「草木篇」的批評都是『小題大做，使豎子成名，浪費精力』，李劼人代表未免把今天存在、今後相當長的時期內還可能存在的思想、意識上的階級鬥爭看得太簡單了。」〔註 471〕從蕭崇素的批判來看，他只是批判了邱原、李劼人，而完全沒有對流沙河及其《草木篇》有過批判。蕭崇素本人的主要創作和研究在戲劇和少數民族文學方面，曾參加上海左翼戲劇活動，歷任重慶《新蜀報》主筆，中華全國戲劇界抗敵協會常務監事，中華全國文學界協會重慶分會秘書，四川大學、華西大學教授，藝專教授，成都市劇協副主任，省文聯創作組長、創作輔導部副部長。新中國成立後，長期從事藏族、彝

〔註 467〕馬健民：《洪承疇與曾國藩》，《四川日報》，1957 年 5 月 24 日。

〔註 468〕《讀者對「洪承疇與曾國藩」一文的意見》，《四川日報》，1957 年 5 月 31 日。

〔註 469〕《省文聯邀請作家、教授、批評家繼續座談》，《四川日報》，1957 年 6 月 5 日。

〔註 470〕蕭崇素：《這叫什麼「干預生活」？——抗議黃澤榮（曉楓）的反動小說》，《四川日報》，1957 年 7 月 12 日。

〔註 471〕《李劼人思想深處還潛藏著與黨、與社會主義相對立的右派情緒 蕭崇素代表的發言摘要》，《四川日報》，1957 年 9 月 1 日。

族民間文學的搜集、整理和研究工作，為發掘、搶救藏族史詩《格薩爾》作出了突出貢獻。〔註 472〕因此，蕭崇素參與到對《草木篇》的批判，應該說主要是與邱原將他比喻為洪承疇、曾國藩有關，所以他也就對此予以了回應。當然，在整個《草木篇》批判中，蕭崇素也就此打住，此後把更多的精力投入到了民間文學的收集整理之中。

這次「省文聯第五次整風座談會」，還有一個重點就是沙汀的發言。他的發言整理為《沙汀就會議所涉及到的問題，提出一些意見和建議，希望繼續深入討論》，同日《成都日報》中以《沙汀的發言》為題，作了完全相同的報導。沙汀是文聯主席，所以他的發言對整個四川文藝界的「鳴放」政策有著重要的方向性意義，也引起了大範圍內的關注。在沙汀的發言中，他對相關「反批判」意見提出較為嚴厲的批判：第一，「反批判」也存在著「狼牙棍」問題。他說，「儘管有的同志在發言中，有點用棍子對付棍子——還不只是普通棍子，是狼牙棍。不過，這沒有關係。和風細雨的也好，亂棒齊下也好，只要我們敞開來談，哪怕有些話一時聽來刺耳，對拆牆填溝都有好處；對我們的整風，好處也大。話說得重，足見相信黨，說句笑話，共產黨不是紙糊的，不是連棍子都挨不起。」對於這種不滿情緒，沙汀一方面認為共產黨挨得起棍了，另一方面認為這些意見值得反思。第二，認為批判中確實存在「一家獨鳴」現象，需改進作風。第三，反對「寸草不生」「自上而下」等觀點〔註 473〕。在發言中，沙汀點名批判了這些觀點，認為這些觀點混淆了問題，需要重新分析。作為文聯主席的沙汀，在整風運動中他的發言為何更多地針對「反批判」呢？其實，沙汀在回憶自己這段時間的工作中就專門提到，「在任職期期間，我的思想是明確的。成立文聯之初，解放區的文藝工作者和四川各地文藝工作者會師，隊伍龐大，力量雄厚。如何團結大家，如何組織大家學習馬列主義，學習《在延安文藝座談會上的講話》，統一思想，如何創造條件，鼓勵大家下到生活裏去，參加群眾運動，參加社會實踐，接受新事物，研究新問題，寫出為社會主義建設服務的好作品。」〔註 474〕因此，建國初一系列的

〔註 472〕胡國庵：《蕭崇素與民間文學》，《綿陽市文史資料選刊》，第 11 輯，中國人民政治協商會議四川省綿陽市委員會文史資料委員會，1993 年。

〔註 473〕《省文聯舉行作家、詩人、批評家座談會 對「草木篇」問題的討論逐漸深入》，《四川日報》，1957 年 5 月 26 日。

〔註 474〕沙汀：《團結一致，繁榮四川文藝事業》，《四川文聯四十年》，四川省文學藝術界聯合會編，1993 年，第 1 頁。

講話、發言中，沙汀強調最多，就是「作家的改造」〔註475〕。此前，沙汀除了積極倡導鳴放外，更為重要的是，他認為作家需要思想改造，「作家的思想改造可以說比一般知識分子更為艱巨。」〔註476〕可以說，沙汀展開對張默生的觀點展開批判，是他的身份使然，也是他建國後文藝思想一以貫之的體現。但沙汀的觀點，很快就引出了不同的反對意見。對於沙汀發言，首先是張默生的反應最大，寫出了《我對沙汀同志的抗辯》〔註477〕一文，並在《四川日報》和《成都日報》上同時刊登。在這篇文章中，張默生首先完全接受了山莓、劉君惠、張澤厚對「詩無達詁」的不同意見，但卻單單對沙汀有不同意見，「沙汀同志在結論性的發言中，對我前次發言的主要意思全然不管，僅抓住我的一言半語加以歪曲和曲解，這是不能使我心服的，我要抗辯。」在「抗辯」之前，張默生還引用了李亞群的「百無禁忌」觀點以及毛澤東的講話，為自己的「抗辯」提供理論支持。在「抗辯」中，張默生主要談到了沙汀的兩個方面的問題，「一是直到毛主席的講話傳達後，仍然沒有見到沙汀同志對批評『草木篇』的粗暴方式和去年 6 月黨中央早已提出的『百花齊放、百家爭鳴』的方針是否符合作過任何的檢查。二是對張默生前次發言的主要意思全然不管，只抓住我的一言半語加以歪曲和曲解，我認為這不是全省文聯領導人應有的作風。」當然，張默生也補充說，「沙汀同志本是我最敬愛的當代作家之一，我曾以崇敬的心情遍讀過他的一切創作，也曾採用他的作品作為教材，因此我對沙汀同志本人，在以前沒有絲毫的不滿。」由此，從張默生來說，他對沙汀的「抗辯」，並不是因為他對沙汀本人有意見，而完全是因為他們的觀點不同。而張默生與沙汀之間的分歧具體體現如下：第一，抗辯沙汀的「棍子」觀點，「人民有時給個別黨員提意見，或是給不執行黨的政策和執行黨的政策出了偏差的人提意見，那也只是提意見罷了，也不是給他們以棍子啊！因此，他這話是完全比擬不倫的。而且這話雖是當作笑話說的，但其中卻透露著嚇人的意味，這就是意味著給個別黨員或下級黨組織提意見，就是給黨提意見，也就是不滿意黨，提意見就是打棍子，而且就是打黨的棍子。試問在這樣的情勢下，誰還敢『放』，誰還敢『鳴』呢？」所以，張默生認為沙汀

〔註475〕沙汀：《從批評說到改造》，《川西日報》，1950 年 4 月 10 日。

〔註476〕沙汀：《現在還放得不夠，要繼續的放——作家沙汀談「百花齊放」》，《四川日報》，1957 年 5 月 1 日。

〔註477〕張默生：《我對沙汀同志的抗辯》，《四川日報》，1957 年 5 月 30 日。

說給黨提意見，就是打黨的棍子，這是與鳴放政策相違背的。第二，認為沙汀歪曲了「寸草不生」的觀點。他辯護說，「至於『寸草不生』的話，我也不是作為肯定的語氣提出的。我是這樣說的：『從這些事情看來（指當時粗暴的批評方式等），是要讓百花齊放呢？還是要讓寸草不生呢？』但我說這話，並不是沒有原因的。我看到李亞群副部長在檢查當時開展批評『草木篇』的思想時說：『百花齊放、百家爭鳴』的政策提出後，我作了簡單片面的理解，顧名思義，非花不放，放必是花，至少是沒有毒素的野草閒花。』我那兩句帶疑問號的平列句子，就是在那種情況下提出的。但照沙汀同志的結論，則大不相同，試問這是不是故意歪曲我的發言呢？」第三，認為沙汀歪曲了「自上而下」的提法。張默生說，「我上次那段發言，是川大中文系如何展開批評『草木篇』的一段實情，說不上什麼『刻畫』、『形容』，我只是老老實實地述說了那種經過。但因此卻引起了沙汀同志說：『我很不舒服。』這叫我有什麼辦法呢？」張默生以川大中文系批判《草木篇》為例，認為批判是「自上而下」的組織行為，這一事實是不能抹殺的。最後，張默生認為，當前四川省文聯並沒有執行「放」的政策，而是在「收」：「從沙汀同志以上的話看來，顯然直到今天，他對於『百花齊放、百家爭鳴』的方針，不是『放』，不是貫徹，而是『收』，而是壓制批評。我說這話，可能使沙汀同志更不舒服；但希望沙汀同志海涵大量一些。」〔註478〕當然，張默生的公開發言，不僅將矛頭直指沙汀，而且也批判了文聯，這使得他的「抗辯」又成為下一個被批判目標。

有意思的是，對於沙汀的發言，劉大威也不同意。在張默生發表「抗辯」後的第二天，劉大威也不同意沙汀所提到「自上而下」問題以及「亂棍齊下」的觀點，並予以了反駁。第一，他重新闡釋了「自下而上」與「自上而下」的觀點，進而認為沙汀就有著教條氣味：「所謂的『自下而上』與『自上而下』，正和黨的群眾路線『從群眾中來，到群眾中去』有關。其實，這是領導方法的兩個方面，這兩方面是有機的聯繫著的，是不能分割的。假若片面的強調一方面，而忽視另一方面，都是不對的，都有可能犯錯誤。……作為省文聯主席的沙汀同志，到現在仍持這樣的見解，我不但懷疑他在為教條主義者開脫責任，而且認為他本人就有教條氣味。」第二，劉大威反對沙汀將張默生的言論說成是對整個黨的整個文藝政策的指責。第三，認為沙汀將一些「反批

〔註478〕張默生：《我對沙汀同志的抗辯》，《四川日報》，1957年5月30日。

評」上升為「狼牙棍」的說法，也有問題。「言外之意，似乎認為現在大家幫助黨整風，結合解決人民內部矛盾，向部分黨員和個別黨組織提出了尖銳的批評，就是在打黨的棍子，如沙汀同志所說，而且是『亂棍齊下』，而且是『狼牙棍』——『狼牙棍』是什麼，我不知道，大概比普通的棍子要兇狠吧！」〔註479〕前面所提到的張默生如此激烈地反對沙汀的發言，是理所當然的。但劉大威是誰？他為何要如此尖銳對沙汀抗辯呢？據相關史料記載，劉大威1961年畢業於四川大學，後任職於新疆昌吉師範專科學校中文系。〔註480〕從這裡我們可知，1957年劉大威剛好在四川大學讀書。那麼劉大威在此時，也就非常瞭解這次《草木篇》批判事件的來龍去脈。而且他是中文系的學生，也就非常瞭解張默生，甚至可能就是張默生的學生，與張默生有著師生之情。所以在沙汀批判張默生之後，他便寫出了為張默生辯護的文章，便理所當然了。當然，劉大威從川大畢業後，就到新疆昌吉師專任教，並沒有受到這次運動的直接影響。

對於這次整風座談會，5月28日《文匯報》的記載是《四川文藝界再談「草木篇」參加討論的人一致認為這是一首壞詩 但過去批評方式太粗暴不能使人心服》〔註481〕，這次報導首先就肯定了「草木篇是一首壞詩」，讓我們看到了《文匯報》對流沙河和《草木篇》的態度，已經有了一定的變化。此時，遠在峨眉山的石天河並不知道這「第五次整風座談會」的具體情況，當然更不瞭解沙汀的發言。他在流沙河的兩次「大鳴發放」之後，於5月25日寫了《萬言書》，5月27日又發給流沙河一個補充發言，要求在座談會上宣讀。流沙河在當時並沒有將此信在座談會上宣讀，而是在以後的反右鬥爭中予以公布，最終給石天河也給四川文藝界帶來了災難。

## 十、第六次座談會

在「第五次」之後，四川省文聯的整風座談會便暫時告一段落。對於此後整風運動如何開展，省文聯召開了相關的常委會，展開了討論和部署。根據一份材料，我們看到，在5月28日省文聯召開了一次「省文聯主席、常委

〔註479〕劉大威：《讀沙汀同志的發言有感》，《四川日報》，1957年5月31日。

〔註480〕見《中國專家大辭典》，第九卷，江濤、劉國雄、王海濱主編，北京：中國人事出版社，2000年。

〔註481〕《四川文藝界再談「草木篇」參加討論的人一致認為這是一首壞詩 但過去批評方式太粗暴不能使人心服》，《文匯報》，1957年5月28日。

會」。當然此前一系列的「整風座談會」之前，是否也召開過相關的常委會，具體情況怎樣，我們也不得而知。值得注意的是，出席這次「省文聯主席、常委會」的人員，除了省文聯的主席、常委之外，還專門邀請了《文匯報》記者范琰。從記載來看，這次常委會主要是討論此前《草木篇》批判中存在的問題，以及討論此後批評如何開展。會上，大部分人對此前的《草木篇》批判都有所反思。如李劼人認為《草木篇》應該批評，同時也認為批判過火，「《草木篇》是有問題，你孤高自賞，藏之名山，傳文共賞，你為什麼要拿出來，拿出來就有影響，不管好的壞的總有影響，他產生不大好的影響，暫不說壞影響。……可以兩面談：一面談《草木篇》問題；一面談文聯工作意見。根本問題，應立刻作的，是文聯改組。」同樣，作為文聯主席的沙汀也認為，「過去，關起門搞不對。還可以把流沙河、儲一天幾個青年同志找來談談，聽聽他們的意見。……錯了，批評凶。」林如稷也認為批判方式粗暴，需檢討，「五二、五三年，文聯還常來請，以後像衙門，關起來搞。《草木篇》問題，我談過小題大做。做法是粗暴，要檢討。」李亞群也說《草木篇》批判在下面引起了非常壞的影響，也贊成將文學與政治問題分開，「現在外面要求澄清是非，一首詩把流沙河搞得慘。批評《草木篇》的粗暴在下面起了壞影響。像自貢、達縣。沒考慮到我們 搞，下面就加重。……《草木篇》與機關思想各有分別，又有聯繫性。因為在內部罵，批評就火了點。現在要分開，就得把機關思想端出來，是不是又說用政治壓。」《文匯報》記者范琰也提出，「上海就是希望把問題搞清楚，就是李劼老說的分清混淆處。」〔註482〕因此，從這次常委會可以看出，所有參會的人都肯定了此前文聯對《草木篇》的批判，但都認為《草木篇》批判過火了，也必須將文學與政治分開。不過，此時四川文聯，似乎並不清楚全國形勢「由整風向反右」的轉變。由此，四川省文聯準備以和平、座談的方式「收」，結束整個《草木篇》批判。

另外，四川省文聯領導認為《草木篇》問題的擴大，除了文聯自身的問題之外，還也有邱原、流沙河的問題，以及地市級文聯將問題層層加碼的問題。這其中，還特別提到了「趙超構事件」在《草木篇》批判中所產生的嚴重影響。這裡的「趙超構事件」，李劼人和林如稷都有談到。李劼人說，「我今天聽到一個新的說法，從上海來的一個人說：趙超構並不是為草木篇說話，是

〔註482〕《省文聯主席、常委會1957年5月28日》，《文聯機關、常委文藝界大鳴大放座談會記錄（1957年）》，建川127～237卷，四川省檔案館。

借《草木篇》作資料，來發他的話。」林如稷也談到，「問題是圍剿他跟你弄個宗派主義，政治陷害在後頭，趙超構就是這樣。」那麼，趙超構與《草木篇》有著怎樣的關係呢？作為主持《新民報》的報人之一的趙超構，在整風期間是完全支持《草木篇》的。據記載，「1957 年 5 月 11 日至 20 日，上海召開全市宣傳工作會議，趙超構在 17 日的大會上發言。他談到報社一些不盡如人意的事情，又為四川 25 歲青年詩人流沙河因寫《草木篇》組詩被扣上『反蘇反共反人民』的帽子鳴不平。」〔註 483〕而在這次宣傳工作會上，趙超構到底說了怎樣的話？他的具體指向是什麼？這裡並沒有明確的記載，趙超構是如何「鳴不平」的。此外，在 7 月 22 日的《四川日報》報導中，范琰曾提到「趙超構還要把這個問題在全國人民代表大會上提出來」〔註 484〕。《文匯報》總編徐鑄成也在《交代我在舊〈文匯報〉為大毒草〈草木篇〉翻案的滔天罪行》中說，「趙超構那次在上海宣傳工作會議上的發言，舉《草木篇》為例，攻擊無產階級對毒草的批判，言詞也是極惡毒的。」〔註 485〕但並沒有提到趙超構「極其惡毒」的具體觀點。所以，所謂的「趙超構事件」，即是在 5 月 17 日的上海宣傳工作會上，趙超構積極為《草木篇》辯護，反對四川文聯對《草木篇》的批判，並且還試圖將《草木篇》批判存在的問題在全國人代會上提出。據《報人趙超構》所記，趙超構兩次「為流沙河鳴不平」，第一次是在上海市委五月中旬召開的宣傳工作會議上，說「我從《文匯報》上看到四川在批判《草木篇》的過程中，發生亂扣帽子和人身攻擊的情況，這對作者是不公平的。我要求市委把這個意見反映到中央去！」第二次是在《地區差價和批零差價》中為流沙河叫屈，「同在國內的四川，卻鬧著粗暴打擊《草木篇》作者的事情。《草木篇》是毒草，應當批評；但是批評毒草也應該講道理，也應該從團結的願望出發。為什麼要從一篇文章而打擊到一個人的身上去呢？可見『百花齊放，百家爭鳴』的行情，在上海和四川，還存在著很大的差價。在四川，鳴和放恐怕還是一種奢侈品吧？」〔註 486〕據此，胡尚元、蔡靈芝說，「上海《新民報》主編趙超構在上海市委宣傳工作會議上發言，談到四川對《草木篇》的批判問題。他說，從《文匯報》上看到四川在批判中有亂扣帽子

〔註 483〕夏和順：《老報人的故事》，廣州：廣東花城出版社，2012 年，第 120 頁。

〔註 484〕《文匯報記者范琰在四川幹了些什麼》，《四川日報》，1957 年 7 月 22 日。

〔註 485〕徐鑄成：《徐鑄成自述：運動檔案彙編》，北京：三聯書店，2012 年，第 311 頁。

〔註 486〕富曉春：《報人趙超構》，上海：文匯出版社，2018 年，第 159～160 頁。

和人身攻擊的現象。他要求市委把這個意見反映到中央去。」〔註 487〕我們知道，此時的趙超構不僅負責《新民報》，而且也因撰寫《延安一月》轟動一時，是一位有重要影響力的公眾人物。所以當趙超構試圖向中央反映《草木篇》批判中所存在的問題時，那將會極大地擴大《草木篇》事件的社會影響。而這，也肯定是四川省文聯不願看到的事情。

緊接著，5 月 28 日的「常委會」之後，5 月 31 日省文聯主席、副主席和部分常務委員又在李劼人的菱窠開了一次會。據報導，「與會者一致認為，必須繼續放手，貫徹『百花齊放、百家爭鳴』這一長期的方針，在任何時候，都不應該『收』。會議決定明天上午繼續召開文藝界的座談會，明確座談會是幫助共產黨整風，要求百無禁忌，大鳴大放，就本省範圍內黨對文學藝術的領導工作中存在的問題，展開批評和討論。」〔註 488〕從報導來看，這次會議的主題與 5 月 28 日的主題是一樣的，不僅回顧此前的整風座談會中「鳴放」，並且明確下一步的繼續整風的工作方向。而這次座談會，一個更重要的工作就是，布置第二天的「整風座談會」。而同日的《成都日報》也提到「肯定了今後繼續鼓勵大放、大鳴的做法」，並以李劼人的觀點呈現四川省文聯「鳴放」的決心。李劼人說，「不能說這組詩已達到太好的境界，詠草木，古已有之，『草木篇』無甚新意。……劼老談了對『草木篇』的批評中存在的問題，他認為當時把這組詩看得影響太大，似乎一首詩便能移風易俗，其實何嘗如此，未免有些小題大做。」〔註 489〕從李劼人來看，他也似乎完全並不知道整個國內的整風形勢，他的發言完全是一種整風的態度來談。他既認為《草木篇》詩歌本身並不好，詩人流沙河也需要歷練成長，同時他更認為文聯的批判確實存在問題。而且從沙汀來看，他似乎也並不清楚整風轉向的趨勢，所以一回到文聯後就積極讓李劼人介入到《草木篇》批判中。因為從整個觀點來看，李劼人的觀點是比較客觀的。而且李劼人是無黨派人士，沙汀讓李劼人出面，也試圖讓李劼人以中間人的身份從中調停，以便盡快結束《草木篇》批判。由此，《成都日報》發表了言無罪的文章，展示了省文聯整風的信心和決心，

〔註 487〕胡尚元、蔡靈芝：《流沙河與〈草木篇〉冤案》，《文史精華》，2005 年，第 1 期。

〔註 488〕《百無禁忌、大鳴大放　本省文藝界將繼續座談》，《成都日報》，1957 年 6 月 1 日。

〔註 489〕楊蓓、邱乾昆：《菱案逢佳會，劼老話「放」「鳴」》，《成都日報》，1957 年 6 月 1 日。

以便進一步推動「整風」，「話說錯了，可以批評，但言者無罪，為什麼明明是創作思想上的問題，硬要扯到反人民、反革命的罪行上去？這種警察式的文藝批評，實在比什麼樣的『毒草』都更可怕。有病的人只被他們弄得把病加深，這就是這些『率爾操刀』的同志們所夢想獨到的惡果！」〔註 490〕我們無從考證「言無罪」是誰，但從發表這篇文章來看，此時整個四川文藝界無疑是準備真正開展「整風」。

按照這次在李劼人菱窠召開的常委會的部署，將在 6 月 1 日繼續召開座談會。但不知為何，這一整風座談會卻推遲到了 6 月 3 日才召開，成為「省文聯第六次整風座談會」，「四川省文聯為了進一步貫徹『百花齊放、百家爭鳴』的方針，幫助共產黨整風，於昨日繼續邀請在成都的作家、教授、文藝批評家暢談黨對文藝工作的領導以及省文聯工作中存在的問題。座談會由省文聯主席沙汀主持，省委宣傳部李亞群副部長參加了座談」。〔註 491〕這次座談會的主要發言的有：《沙汀對張默生及時對他進行批評表示感謝，他說，可以敞開來談，百無禁忌》、《王吾不同意張默生對沙汀的抗辯》、《劉思久認為文聯過去幾次座談會目的性都不明確》、《蕭賽認為一切有意無意的過多的解釋誤會，都能引起「收」的感覺》、《張默生認為領導上應該主動地、徹底地檢查一下領導思想，對就對，不對就不對，不應有一點姑息》、《王益奮認為在討論中應弄清事實，堅持真理，修正錯誤》、《段可情說，省文聯的黨員幹部存在嚴重的宗派主義情緒》、《李昌隲認為省委宣傳部、省文聯領導上不敢放手，過去如此，現在還是這樣》、《繆鉞認為，有些詩可以有不同的解釋，批評詩的尺度應當放寬》、《何劍熏說：「草木篇」反映了一部分知識分子在歷次運動，尤其是肅反運動以後的痛苦失望和一定程度的恐怖情緒》、《李劼人的發言他說在文聯只是掛個名。他和文聯在工作上、業務上不只是有溝有牆，而是隔得很遠，要以道里計》、《李伍丁不同意沙汀和陳欣對他上次發言的批評》、《王永梭為諧劇的生存和發展呼籲》以及《會上，其他同志也提出了不少》共計 14 個小標題。6 月 4 日的《成都日報》也題為《全面的放 深入的鳴 省文聯邀請文學工作者繼續座談》予以報導，共有《劉思久說：四川文藝界教條主

〔註 490〕言無罪：《一點希望——看流沙河同志的發言稿有感》，《成都日報》，1957 年 6 月 2 日。

〔註 491〕《省文聯邀請作家、教授、文藝批評家繼續座談 就黨對文藝工作的領導等問題提出意見》，《四川日報》，1957 年 6 月 4 日。

義與庸俗社會學占統治地位》、《楊威批評文聯「衙門化」了》、《張默生認為目前文藝界主要是幫助共產黨整風，其他問題可以放後些》、《王益奮說：應該不同意展開爭論》、《段可情說：希望文聯黨組認真去掉三害，貫徹黨對知識分子政策》、《李昌陔說：應從爭鳴中明辨是非》、《繆鉞說：應把詩的尺度放寬些》、《何劍熏說：提意見應先搞清事實》、《李劼人的發言》、《李伍丁說沙汀、陳欣對他的批評有出入》〔註 492〕共計 10 個小標題。與《成都日報》相比，《四川日報》突出了沙汀、王吾、蕭賽、王永梭的發言。但在會上，沙汀僅有表態式的發言，「既然大家愛護黨，願意幫助黨整風，就可以敞開來談，百無禁忌，我們一定嚴肅對待大家的意見，及時改正缺點和錯誤。」〔註 493〕從沙汀此時的發言，以及在常務會的記錄來看，他此時也沒有瞭解了整風已經轉向的大背景，依然以幫助黨整風作為會議的主題。另外王吾、李伍丁、楊威的發言我們在前面已經介紹，這裡就不再介紹。

在這次四川文聯的整風座談會中，又邀請了更多的新人來參加整風，如劉思久、蕭賽、王益奮、段可情、李昌陔、繆鉞、何劍熏、李劼人，都是第一參加省文聯整風座談會的。按文聯「常委會」的研究討論來看，由於此前參加整風座談的人大多在重複老意見，並沒有提出新的觀點，所以這次座談會就邀請了一批新人來繼續「整風」。這些「新人」的參加，也就發出了新的觀點，並進一步推動了《草木篇》批判的歷史。

按《四川日報》的記載，在沙汀、王吾發言之後，由四川大學中文系講師劉思久發言作了發言。他的發言題為《劉思久認為文聯過去幾次座談會目的性都不明確》，其主要的觀點是，「一再強調，這次整風重點在於領導，領導同志不必急於去辨別事實，應先檢查自己的思想。」〔註 494〕從劉思久的發言來看，他是以積極的整風姿態來參會的。在他看來此前的整風座談會就偏離了方向，於是他從「整風」的角度，將就重點對準了李亞群、沙汀、蕭崇素、陳欣等人，希望他們首先「檢查自己的思想」。從這裡可以看到，四川省文聯的這次整風座談會，是完全與沙汀所說的一樣，就是幫助黨整風。雖然

〔註 492〕《全面的放 深入的鳴：省文聯邀請文學工作者繼續座談》，《成都日報》，1957 年 6 月 4 日。

〔註 493〕《省文聯邀請作家、教授、文藝批評家繼續座談 就黨對文藝工作的領導等問題提出意見》，《四川日報》，1957 年 6 月 4 日。

〔註 494〕《省文聯邀請作家、教授、文藝批評家繼續座談 就黨對文藝工作的領導等問題提出意見》，《四川日報》，1957 年 6 月 4 日。

劉思久是第一次參加省文聯的整風座談，但反對過度批判《吻》和《草木篇》的觀點是一致的。此前他參加了四川大學中文系在 2 月 8 日下午的座談會就提到，「在談到『吻』之所以色情的原因時，劉思久認為不能僅僅認為是由於作者採用了自然主義的創作方法，更主要的是由於作者有著寫作這類詩的一定的理論指導，因此應該從理論上去進行探究。」〔註 495〕儘管《人民川大》對劉思久的發言記錄非常簡單，但我們也看到了劉思久期待從「從理論上」探討《吻》和《草木篇》，實際上就是反對《草木篇》批判。當然，也正是因為劉思久的這種態度，才被邀請來參加省文聯的第六次整風座談會。不過此後的整風座談會上，卻沒有再看到劉思久的發言。經過反右之後到了 11 月，歷史已經發生了徹底反轉，由於劉思久支持過《草木篇》，此時他又不得不對流沙河展開全面的批判。他在《草地》上發表的《批判流沙河的反動詩歌理論》一文，可以說是《草木篇》事件中最系統、最全面地批判流沙河的理論文章。在這篇文章中，劉思久對流沙河的詩學理論做了一次系統梳理。他說，「流沙河去年在四川省文學創作會議上關於詩歌問題的發言（見《草地通訊》26 期），所提到的理論問題，幾乎涉及到詩歌創作的各個方面。諸如詩歌的題材、個性、對象、特點、感情、美等等。在這些問題上，流沙河遮遮掩掩地表述了他的反動的詩歌理論。」然後從《星星》詩刊的《稿約》入手，「一開始就在《稿約》中投下了毒藥，惡意地不提社會主義現實主義和文藝的工農兵方向，而代之以『人民』『現實主義』。……《稿約》如此。行動更為刻毒。……流沙河——胡風反革命集團的理論的忠實繼承者，假冒、造謠、誹謗、謾罵、欺騙，也是他的理論活動的特點。」進而，對流沙河的「題材無差別論」、「解放以後的詩歌創作是沒有個性的」、「寫個人生活，直接表露自己的思想感情」、「感情在詩歌創作中是重要的」等四個詩歌觀點做了一一的分析，最後得出結論，「流沙河的詩歌理論是反動的，唯心主義的。他的理論是胡風反動理論的再現。」〔註 496〕我們看到，一方面，劉思久文章全面梳理了流沙河的詩學理論，成為我們理解流沙河詩學理論的一個重要文本。另一方面，劉思久的目的也非常清楚，就是通過系統梳理，批判流沙河的詩學理論是反動的、反社會主義的詩歌理論。如果回到劉思久本人的發言以及整個社會形勢，

〔註 495〕《四川大學中文系教師座談「吻」和「草木篇」》，《四川日報》，1957 年 2 月 9 日。

〔註 496〕劉思久：《批判流沙河反動的詩歌理論》，《草地》，1957 年，第 11 期。

此時展開對流沙河的全面批判，也就完全可以理解的。從反右鬥爭開始後，石天河、流沙河都被劃為「右派」，所以此時劉思久必須從為《草木篇》辯護，轉向對流沙河的批判。無奈的是，儘管此時劉思久寫出了系統批判流沙河詩學理論的大文章，但在 1957 年 11 月四川省文學藝術工作者代表會議上，他還是不得不進行自我檢討。〔註 497〕然而，即使劉思久在大會上做了自我檢討，黎本初的《駁劉思久的謬論——黎本初代表 22 日在大會上的發言》〔註 498〕，和李仁古的《對劉思久、蕭崇素兩代表的一些意見——李仁古代表在 22 日大會上的發言》〔註 499〕，也還沒有過關，仍然還要被批評。而且同為川大教師的華忱之，還在《川大中文系幾位教師應該正視自己的文藝思想問題》一文中點名批判了他，「劉思久同志認為張默生的『自上而下』的說法，正是指的領導上用行政命令來進行干涉」。〔註 500〕由此，在四川省文學藝術工作者代表會議上，劉思久作了第二次自我檢討。〔註 501〕並且，他的理論還不得不接受第二輪的批判，於是在 1958 年第 1 期的《草地》上就都還有劉成鈞的批判文章《駁劉思久的謬論》〔註 502〕。

在《草木篇》批判以及整風運動中，蕭賽雖然也參加了一些座談會，但他的發言記錄是很少的。在這次會議中，蕭賽的發言記錄也只提到了對於整風的意見，絲毫沒有涉及到《草木篇》，「他同意張默生教授在上次座談會上說如果不存在問題，共產黨就用不著整風的說法。……蕭賽認為目前『放』得不多、不廣，『鳴』得不寬、不深。一切有意無意的過多的解釋誤會，都能引起『收』的感覺！」〔註 503〕蕭賽沒有直接介入《草木篇》批判，應該與他的研究方向有關。據記載，「蕭賽，四川綿竹人。民盟成員。1942 年畢業於重

〔註 497〕《四川省文學藝術工作者代表會議簡報》，秘書處編印，1957 年 11 月 20 日，第 10 號。

〔註 498〕《四川省文學藝術工作者代表會議簡報》，秘書處編印，1957 年 11 月 26 日，第 18 號。

〔註 499〕《四川省文學藝術工作者代表會議簡報》，秘書處編印，1957 年 11 月 30 日，第 25 號。

〔註 500〕華忱之：《川大中文系幾位教師應該正視自己的文藝思想問題》，《四川日報》，1957 年 11 月 28 日。

〔註 501〕《四川省文學藝術工作者代表會議簡報》，秘書處編印，1957 年 12 月 4 日，第 33 號。

〔註 502〕劉成鈞：《駁劉思久的謬論》，《草地》，1958 年，第 1 期。

〔註 503〕《省文聯邀請作家、教授、文藝批評家繼續座談 就黨對文藝工作的領導等問題提出意見》，《四川日報》，1957 年 6 月 4 日。

慶國立歌劇學校編導系。40 年代與羅念生合編《四川時報》副刊，曾任燕風文藝社編輯，戲劇文學出版社主編，青年劇社、南虹劇社、成都業餘劇聯編導，1949 年後歷任西南人民學院及劇院研究員、創作員，四川省文化廳劇目室幹部，副研究員。中國通俗文學學會四川分會副會長。1940 年開始發表作品。著有長篇小說《紅樓外傳》、《青蛇傳》、《高鶚傳》、《奇僧怪傑傳》、《陰曹地府傳奇》、《目連救母傳奇》、《契訶夫傳》、《史特林堡傳》、《青春本色》、《曹禺論》等。」〔註 504〕所以，從蕭賽生平及著述簡介來看，他並不關心散文詩《草木篇》以及其相關批判。他之參加會議並發言，並非是因為對《草木篇》有怎樣的意見，而只是整風的需要而已。

「業餘作者」王益奮與蕭賽的積極整風不同的，其發言《王益奮認為在討論中應弄清事實，堅持真理，修正錯誤》則完全肯定《草木篇》批判，「上幾次有些同志的發言，把對『草木篇』的批評說成個人報復，政治陷害，甚至牽連到省委對待知識分子的政策，未免過分。『草木篇』應該批評，但領導上把群眾的辨別力估計太低，把問題看得過於嚴重。」同時，他還批評了邱原，「邱原批評蕭崇素，而且把遵守制度這件事也說成陰森森的，這是不對的，工人說他的發言是撈一把。不要把文藝批評和遵守制度混淆，我們的態度應該老老實實。」〔註 505〕而且到了「第八次整風座談會」，王益奮依然堅持自己的觀點，繼續批判李伍丁、李莎，「李伍丁在過去的一次座談會上的發言，說與批評『草木篇』同時，省委用三反、五反方法整全省的知識分子，這是缺乏事實根據的。李伍丁係省文聯幹部，他跑過什麼地方，作過什麼調查研究，帽子夠大，可惜缺乏事實根據。有些人平時說別人教條主義，等到自己批評別人時，一下就戴大帽子，帽子下面空洞無物，我看，這種情況並不比教條好多少。王益奮並針對李莎的發言發表了不同的意見，他認為，『草木篇』是有毒素的作品，並指出流沙河的發言不虛心。」〔註 506〕可以說，在整風運動中王益奮完全沒有「整風」，而始終堅持對《草木篇》的批判，認為《草木篇》批判不是教條主義的問題，而是因為《草木篇》本身就是「有毒素」的作品。

〔註 504〕《綿陽文史資料》，中國人民政治協商會議綿陽市委員會編，2002 年，第 20 輯。

〔註 505〕《省文聯邀請作家、教授、文藝批評家繼續座談 就黨對文藝工作的領導等問題提出意見》，《四川日報》，1957 年 6 月 4 日。

〔註 506〕《大膽展開批評，在爭鳴中明辨是非 省文聯昨日繼續邀請文藝工作者座談》，《四川日報》，1957 年 6 月 13 日。

那麼，作為「業餘作者」的王益奮為何堅決支持《草木篇》批判呢？實際上，所有「業餘作者」的王益奮並非「業餘作者」。據記載，「王益奮，江蘇無錫人。中國共產黨黨員。副編審。年參加中國人民解放軍。歷任區長，煤礦礦長，《四川文學》編輯部主任，《大自然探索》編輯部負責人，四川科學技術出版社副總編輯、社長。」〔註 507〕當然，此時的王益奮，也可以說是「業餘作者」，但他真實身份是「青年幹部」。李學明的《哲學家楊超》中，曾提到，「王益奮是四川省 50 年代優秀的青年幹部。……約在 1952 年初提他作隆昌縣七區（即石燕區）的區委書記。不久，不記得我調到重慶全總辦事處去沒有，他就提為該區義大煤礦的礦長。」〔註 508〕這裡看到，建國後王益奮從區委書記、礦長，然後到省工會、省文聯等的工作，從創作來說是「業餘作者」，但從身份來說是「幹部」。那麼，他積極批判《草木篇》也就可以理解了。而此時，他卻以「業餘作者」的身份來參加省文聯的討論，也就有著特殊的象徵意義罷了。

在這次座談上，老作家段可情也是第一次參加這類會議，而且他積極「整風」的言語也是比較激烈的。段可情的發言題為《段可情說，省文聯的黨員幹部存在嚴重的宗派主義情緒》，其中說到，「兩年多來非常苦悶，如骨骾在喉，不吐不快。他列舉文聯內部有好些重大的事情，都沒有讓他參與。……他認為省文聯對青年幹部的思想教育很差，平時放得過鬆，甚至對作風很不好的人也很鬆。他說，連我也看不慣。等到出了亂子後，又用處理敵我矛盾的辦法來處理。如對待『草木篇』作者進行批評，即有鬥爭會性質，有些做法過分。」〔註 509〕段可情從自身出發，就認為文聯確實存在著嚴重的宗派主義問題和對青年作家關心不夠的問題。同時，他也對建國後文藝界出現的問題有著莫大的擔憂，「解放以來，文學創作雖然並非全部為有教條主義傾向的所統制，全部為清規戒律所束綁，但在一家獨鳴時期，當時的許多文學批評機械解釋作品，如果文學作品中稍有小資產階級情緒，就給予很大壓力，如蕭也牧寫了一篇『我們夫婦之間』，就三年抬不起頭。」另外，段可情還對「雙百方針」後的「放」的問題也不滿意，「粗暴的批評，只能達到口服心不服，甚至口也不服。思想問題冒出後，不是耐心說服，第一個人捱打了，第二個

---

〔註 507〕「王益奮」詞條，《中國出版人名詞典》，中國出版科學研究所、河北省新聞出版局編，北京：中國書籍出版社，1989 年，第 608 頁。

〔註 508〕李學明：《哲學家楊超》，成都：四川人民出版社，2000 年，第 106～107 頁。

〔註 509〕《省文聯邀請作家、教授、文藝批評家繼續座談 就黨對文藝工作的領導等問題提出意見》，《四川日報》，1957 年 6 月 4 日。

人的真實思想就不敢冒了。」〔註 510〕發言可見，從「雙百方針」一開始，老作家段可情就對文學的發展有著種種疑慮和擔憂。更為重要的是，作為老革命和前南充市民盟副主委的他，由於在現實生活中的不適應，加劇了他的整風心態。我們知道，1951 年川北區文聯成立，段可情被選為川北文聯主席。1952 年中國民主同盟南充市分部第一屆委員會成立，張默生為主任委員，段可情為副主任委員。川北大學撤銷後，段可情又任四川師範學院建校委員會主任委員，成為四川省文聯副主席、四川省政協委員。但是，在新形勢下，他卻感到自己「在文聯有職無權」，甚至感到自己被排擠到了邊緣。所以，此時的段可情不僅在省文聯積極整風，也在省委統戰部的座談會上也積極整風，「在文聯他等於一個普通的群眾，猶如一個泥塑木雕的菩薩，對他是『敬鬼神而遠之』，黨的領導人對他也表現得尊而不親。他說如果完全不要行政，又何必為他設一個行政職務？」〔註 511〕由此我們看到，段可情在這「第六次整風座談會」上的激烈發言，更多的是由他個人的遭遇和感受所引起的。繼而，他才如此積極地介入到省文聯、省政協的整風之中。但是，即使如此，當進入到全國性的反右鬥爭，老作家段可情也不得不拋棄小我，改變自己的整風姿態，並發表了高唱「反右」之作《兩種不同的官能》（三首）。其中，如詩歌《別有用心的人》寫道：「他的眼把光明看成漆黑一團，／看不見偉大成就到處搜缺點，／把那些為黨忠誠的積極分子，／誣衊為『軟骨頭』，看來實在很礙眼。／／它的耳朵只願聽臺灣廣播和美國之音，／煽惑人性的謠言，他聽來才是真，／逆耳的忠言它永遠聽不進，／他只聽得見反革命的訴苦聲。／／於是他的嘴就狂喊亂叫，胡說八道，／一切的錯處，都是社會制度不好。／你們共產黨應當下臺下轎！／讓我們來實施資本主義那一套。／／於是他的手握著如椽的大筆，／寫下了多少私房話和密語，／放手發展成員，要求參加導演設計，／做到輪流執政，才能實現分庭抗禮。／／趁黨整風要求非黨人士幫助，／動員小集團摧毀黨領導的基礎，／打擊黨的威信，點火燃燒四處，／要連根剷除社會主義的制度。」〔註 512〕接著在《草地》上，段可情還發表《談

〔註 510〕本報記者石尋：《大膽放手貫徹「百花齊放、百家爭鳴」的方針 教條主義的批評給人以很大束縛——作家段可情談「百花齊放」》，《四川日報》，1957 年 4 月 29 日。

〔註 511〕《省委統戰部召開的民主人士座談會昨天復會 程子健鼓勵大家繼續深入地「放」》，《四川日報》，1957 年 6 月 8 日。

〔註 512〕段可情：《別有用心的人》，《星星》，1957 年，第 8 期。

毒草》一文，對「毒草」展開批判，「一旦發現真正的毒草，不論是哪些右派分子用文藝形式來詛咒和歪曲黨的領導和社會制度的毒草，以及其他毒草，都堅決要剷除，不許滋蔓，然後如花團錦簇的文藝事業才能更加燦爛。」〔註 513〕同樣，儘管是老革命、老作家，儘管也相繼發表了反右的文章和作品，由於有著激烈的「整風」言論，段可情還是得進行自我檢討，「為了將來在文藝工作上、創作上少犯錯誤，除了現時積極參加反右派鬥爭外，要不斷地、自覺地進行思想改造，把腦子裏資產階級消極因素逐步地消除乾淨，以期能在社會主義建設事業上作出微薄的貢獻。」〔註 514〕總之，我們看到，從最初的積極整風，到發表反右的詩歌和批判論文，再到最後的自我檢討總結，這使得段可情成為整風反右鬥爭中作家心態的一個典型個案。而作為老作家的段可情，特別是能主動地在《星星》和《草地》上發表反右的作品文章，積極反右，應該是獲得了文聯的支持和認可的。因此在反右鬥爭中，他並沒有受到多大影響。「五四年，被調至成都，任四川省文聯副主席、省政協委員。一九六四年，調任四川省文史研究館副館長，仍兼任四川省文聯副主席。」〔註 515〕

這次會上，第一次參加整風座談的川大中文系李昌隲，其觀點也較為激烈，直接批判省委宣傳部、省文聯，並點名批判了沙汀。他認為，「省委宣傳部、文聯領導上在貫徹『百花齊放、百家爭鳴』方針上，不敢放手，過去如此，現在還是這樣。過去主要表現在對『草木篇』的批評，現在就表現在上次沙汀同志的發言。……李昌隲認為，批評文章犯了教條主義毛病，文藝領導人要負主要責任」〔註 516〕。同時，李昌隲還認為整個《草木篇》批判，完全是教條式的、主觀式的批評，但文聯卻完全沒有展開對教條主義的批判。其實，李昌隲並不是第一次參加這樣的會。他不僅參加過四川大學中文系教師 2 月 8 日下午的座談會，也還參加了成都文學藝術界座談「草木篇」和「吻」的總結會。他的發言雖然是批判《吻》，「沒有別的東西，有的只是肉感的滿足。沒有愛情，只是色情」〔註 517〕，而完全沒有涉及《草木篇》、以及《草木

〔註 513〕段可情：《談毒草》，《草地》，1957 年，第 8 期。

〔註 514〕段可情：《反右派鬥爭使我受到深刻的社會主義教育》，《四川日報》，1957 年 8 月 31 日。

〔註 515〕張效民、陳慈：《段可情年譜簡輯》，《成都師專學報》，1987 年，第 2 期。

〔註 516〕《省文聯邀請作家、教授、文藝批評家繼續座談 就黨對文藝工作的領導等問題提出意見》，《四川日報》，1957 年 6 月 4 日。

〔註 517〕《成都文學藝術界座談「草木篇」和「吻」》，《四川日報》，1957 年 2 月 14 日。

篇》批判，但邀請他參加「第六次整風座談會」上，也就應該與李昌隴積極批判《吻》的姿態有關。不過，「第六次整風座談會」，在李昌隴卻是抱著「整風」的態度來參會的，並對文聯尖銳整風。在「轉向」之後，李昌隴雖然也沒有對流沙河的《草木篇》作品本身展開評論，但還是轉向了張默生的「詩無達詁」理論，或者說就是對同為川大教授的張默生的批判。在 6 月 12 日的座談會上李昌隴說，「對一首詩，無論那種解釋，符合客觀思想的便正確，我們要考慮作者的主觀意圖，是為了幫助我們更好地解釋這首詩，但不能用它代替我們對這首詩的解釋。」〔註 518〕在這裡，李昌隴對張默生「詩無達詁」理論，提出了需要「符合客觀思想」的界定。然而李昌隴並沒有明確表明什麼是「客觀思想」，以及如何才是「客觀思想」，這就為後來的進一步批判提供了空間。從 2 月 12 日對《吻》的批判，到 6 月 3 日對沙汀的批評，再到在 6 月 12 日對張默生、繆鉞「詩無達詁」理論的批判，可以說李昌隴一路走來都是比較激進的，雖然李昌隴並不關心詩歌《草木篇》和流沙河本人的問題。在 6 月 29 日的「省文聯揭發會」上，李昌隴再次闡釋了他對「詩無達詁」的理解，再次展開了對張默生的批判。「正當成都文藝界批判流沙河的『草木篇』，流沙河為自己的反新社會的作品辯護的時候，張默生卻在這個時候提出『詩無達詁』，證明一首詩可以這樣解釋、也可那樣解釋，仁者見仁，智者見智。……我感到張默生始終是替流沙河辯護的，在會上公開辯護，在會後也替流沙河辯護。」〔註 519〕從這裡可以看到，李昌隴在整個《草木篇》批判過程中，其批判的矛頭始終指向的是張默生。那麼，在《草木篇》批判中，為何李昌隴只將矛頭對準張默生呢？這與李昌隴與張默生同為川大教師，而且都是民盟盟員有關。李昌隴，1950 年畢業於四川大學中文系，以後一直在該系任教〔註 520〕。所以，在整個《草木篇》批判的時候，他也只是針對張默生的「詩無達詁」這一觀點而已。而且在實際上，李昌隴對張默生的批判也並非那麼尖銳，僅僅是圍繞張默生的「詩無達詁」而展開學理討論而已。也就是說，李昌隴的發言和批判，其實對張默生來說也並沒有什麼實質性的影響。所以，

---

〔註 518〕《大膽展開批評，在爭鳴中明辨是非 省文聯昨日繼續邀請文藝工作者座談》，《四川日報》，1957 年 6 月 13 日。

〔註 519〕《李昌隴對張默生及其倡導的「詩無達詁」論發表意見》，《四川日報》，1957 年 6 月 29 日。

〔註 520〕「李昌隴」詞條，《四川人才年鑒（1979～1994）》，劉茂才主編，成都：四川人民出版社，1996 年，第 716 頁。

華忱之在對川大教師的批判中，就認為李昌陟在故意掩蓋問題，「李昌陟同志也認為，對『草木篇』的批評和沙汀同志在文聯的發言，是對貫徹『鳴放』方針『不敢放手』的表現。從他們這些話裏，也很顯然地可以看出，他們是意在為張默生、流沙河開脫辯解。」〔註 521〕總之我們看到，在《草木篇》批判中，李昌陟並沒有直接參與到對流沙河的批判之中。同時，由於他與張默生同在川大工作，也同為民盟盟員，所以他也不得不表明自己的姿態，故而展開了對張默生的批判。但實際上，李昌陟對張默生的批判僅為純理論性的探討，沒有什麼「實質性」的觀點，進而在一定程度上保護了張默生，也保護了自己。

繆鉞是第一次參加整風座談，他也是按照會議要求積極整風。針對此前的《草木篇》批判，繆鉞就提出了「批評要放寬尺度」、「批評要以理服人」、「批評不能只重政治性而忽略藝術性」，以及「批評文藝作品不能只注重政治思想而忽略藝術性」等要求〔註 522〕。於是在此後的批判中，大多數人將繆鉞的「放寬尺度」與張默生的「詩無達詁」理論相提並論。另外，繆鉞引起注意的整風觀點，更重要的是在於他所提出的「不能只重政治性而忽略藝術性」具有原則性的問題。由此，在第二天的「省文聯第七次座談會」上，劉君惠就抓住了這一點提出反駁，「繆鉞先生對詩歌批評的意見，我大部分同意，在批評詩歌的時候，當然不應抹殺了詩歌怎樣認識世界和反映世界的特點，但我們今天的文藝批評應該有原則，社會主義現實主義就是批評的原則，也是創作的原則。」〔註 523〕在劉君惠看來，繆鉞觀點中批判要放寬尺度、批評不能忽略藝術性，實際上是放棄了社會主義現實主義批評原則的問題，認為這是一個涉及到基本原則的問題。進而，繆鉞被凸現出來，在 6 月 12 日「省文聯第八次座談會」上，將繆鉞與張默生並列，認為他們觀點一樣，都有著嚴重的問題。如李昌陟提出，「不同意張默生、繆鉞等人關於『詩無達詁』的說法。」西南民族學院的何劍熏根據「詩無達詁」的原意，說張默生和繆鉞都把「詁」字理解錯了。西南音專的施幼貽也認為，「只要我們對作品進行細緻的分析，再聯繫到作者的身世、生活，和作者在他的一系列作品中所反映出來的世界

〔註 521〕華忱之：《川大中文系幾位教師應該正視自己的文藝思想問題》，《四川日報》，1957 年 11 月 28 日。

〔註 522〕《省文聯邀請作家、教授、文藝批評家繼續座談 就黨對文藝工作的領導等問題提出意見》，《四川日報》，1957 年 6 月 4 日。

〔註 523〕《省文聯邀請作家、教授、批評家繼續座談》，《四川日報》，1957 年 6 月 5 日。

觀和思想感情來研究，仍然是可以作出正確的解釋的。」〔註 524〕以至於在趙錫華批判「詩無達詁」的專論中，也提到了繆鉞，「至於李劼老所舉的唐代韋應物的詩和繆鉞教授所舉的清人所寫的『清風不識字，何得亂翻書』。我看還是根據它們在社會上起什麼作用來判斷它們的客觀意義好些。」〔註 525〕不過，在這些批判中，他們都沒有將繆鉞的問題單列出來進一步升級。實際上，作為古代文學研究的重要學者繆鉞，在「整風運動」中其實是非常熱心的。我們知道，繆鉞曾在北京大學文科肄業，1952 年院系調整後，一直在四川大學歷史系任教。面對 1957 年「雙百」政策，繆鉞就非常激動，「『百花齊放，百家爭鳴』的政策，是十足體現了馬列主義的精神。馬列主義是真理，真金不怕火煉。」〔註 526〕在此後，繆鉞還高度讚揚了毛澤東在最高國務會議上的講話，「毛主席的講話非常近情近理，可見真理總是合乎情理的，只有教條主義才不合人情；毛主席的講話，不但結合了當前的實際，而且也結合了歷史上優良傳統的實際。他對知識分子瞭解之透徹，使人聽後深有知己之感。」〔註 527〕所以，在此後的四川大學的整風運動中，繆鉞都在「大鳴大放」，「有缺點並不要緊，我們希望校領導能勇於改過，不要護短，不要錯到底。……我希望黨的領導以後不要以言取人，不要欣賞花言巧語，要聽其言而觀其行。……繆鉞同志還指出，在業務方面，川大領導對教師們也缺乏瞭解。……我再總結為四句話，貢獻給川大黨的領導。就是：『勇於改過，大公無私，明辨是非，知人善任』。」〔註 528〕以至於到 6 月 28 日，《人民川大》還再次刊登繆鉞的「鳴放」言論：「繆鉞先生和馮漢驥先生認為，領導不一定是專家，有時專家不一定領導得好，最要緊的是內行，內行不一定對某門學問有特深的研究，但他懂得學問的甘苦，也才能知道知人善任。」〔註 529〕可以說，對於「整風」，繆鉞一直是非常熱心和積極的。但在 1958 年，繆鉞也作了自我

〔註 524〕《大膽展開批評，在爭鳴中明辨是非 省文聯昨日繼續邀請文藝工作者座談》，《四川日報》，1957 年 6 月 13 日。

〔註 525〕趙錫驊：《評「詩無達詁」之說》，《四川日報》，1957 年 6 月 24 日。

〔註 526〕《人民川大》，四川大學校刊編輯室編，1967 年 5 月 4 日，第 211 期。

〔註 527〕柯林：《在春寒與春暖之間——記中國史教研組的第一次討論》，《人民川大》，四川大學校刊編輯室編，1957 年 5 月 18 日，第 212 期。

〔註 528〕《黨委邀請部分教授、副教授座談》，《人民川大》，四川大學校刊編輯室編，1957 年 5 月 23 日，第 213 期。

〔註 529〕《歷史系最近幾次分組座談會上討論歷次運動和學制等問題》，《人民川大》，四川大學校刊編輯室編，1957 年 6 月 28 日，第 221 期。

檢查。繆鉞在歷史系 5 月 14 日的交心檢查會上作檢查，承認「在鳴放時期附合（和）過『內行外行』『一間房、兩本書』等右派言論；自己也曾提出『校長負責制』『詩無達沽』。」此次檢查被認為是「思想上的白旗砍倒了，繆先生開始『向真理投降』，向黨交出真心。」〔註 530〕在 5 月 25 日的《人民川大》上，還也發表了繆鉞的自我檢查文章〔註 531〕，對他自己在反右鬥爭中的思想展開檢討，並由此而過關。回到繆鉞的生命歷程，我們看到，在建國後的相關文學運動中他也都是參與到了其中的。如在 1951 年電影《武訓傳》批判的時候，繆鉞發表了《由〈武訓傳〉「武訓精神」的討論與批評聯繫到自己的思想改造與學術革命的問題》〔註 532〕，在 1954 年「紅樓夢研究」批判中他也寫了《參加〈紅樓夢研究〉討論的一些體會》〔註 533〕，在批判胡適時他發表了《胡適〈白話文學史〉的批判》〔註 534〕。所以，由於在歷次運動中繆鉞的積極地參與批判，這在一定程度上使得繆鉞避開了反右。經過《草木篇》事件，繆鉞與《星星》詩刊之間的關聯變得非常密切的。在《星星》的反右鬥爭後，繆鉞就在積極地為《星星》詩刊的發展提供理論基礎。他 1958 年發表了《創作新詩應向民歌學習》〔註 535〕，鼓吹新詩的「古典加民歌」的發展道路；發表《新詩怎樣在民歌和古典詩詞歌曲的基礎上發展》〔註 536〕提倡新詩的發展的民歌與古典詩詞基礎；在文章《學習毛澤東文藝思想，做好中國古典文學研究工作》〔註 537〕中提出以毛澤東文藝思想做好古典文學研究的論點。當然，此時繆鉞的參與，更多是為了適應時代的政治需求罷了。正如他所說，

〔註 530〕小木：《「毒蛇在手，壯士斷腕」——記繆鉞教授的交心檢查》，《人民川大》，四川大學校刊編輯室編，1958 年 5 月 25 日，第 276 期。

〔註 531〕繆鉞：《和舊我決裂 向真理投降——談談我在交心運動中的體會》，《人民川大》，四川大學校刊編輯室編，1957 年 5 月 25 日，第 276 期。

〔註 532〕繆鉞：《由〈武訓傳〉「武訓精神」的討論與批評聯繫到自己的思想改造與學術革命的問題》，《工商導報・學林》，1951 年 4 月 15 日，第 8 期。

〔註 533〕繆鉞：《參加〈紅樓夢研究〉討論的一些體會》，《四川日報》，1954 年 12 月 28 日。（另見繆鉞：《參加〈紅樓夢研究〉討論的一些體會》，《人民川大》，四川大學校刊編輯室編，1954 年 12 月 29 日，第 145 期）。

〔註 534〕見《中文、歷史兩系教師擬出專題批判胡適和胡風的資產階級學術思想》，《人民川大》，四川大學校刊編輯室編，1955 年 4 月 2 日，第 153 期。

〔註 535〕繆鉞：《創作新詩應向民歌學習》，《草地》，1958 年，第 6 期。

〔註 536〕繆鉞：《新詩怎樣在民歌和古典詩詞歌曲的基礎上發展》，《星星》，1959 年，第 1 期。

〔註 537〕繆鉞：《學習毛澤東文藝思想，做好中國古典文學研究工作》，《星星》1960 年，第 2 期。

「我雖然學習了毛主席的文藝理論，但是不深不透，因此不能很好的運用去研治中國古典文學。今後應當繼續學習。現在全國開展學習毛澤東思想的高潮，這是一件大事。學習毛澤東思想，建立無產階級世界觀，改造思想，指導工作，是今後我國人人應當努力的。」〔註538〕對於此後繆鉞的情況，周九香有過較為詳細的介紹〔註539〕，這裡就不再贅述。

這次參加整風座談會的，還有來自西南民族學院的何劍熏。在題為《何劍熏說：「草木篇」反映了一部分知識分子在歷次運動，尤其是肅反運動以後的痛苦失望和一定程度的恐怖情緒》中，主要針對文聯存在的問題而展開。他說，「『草木篇』反映了一部分知識分子在歷次運動、尤其在肅反運動以後的痛苦、失望和一定程度的恐怖的情緒。」進而，何劍熏還提出了「老夫人應該整一下」的尖銳觀點，「有意見，應該提，不要專打梅香和小姐，應該把老夫人整一下。」他的這個觀點，在這次會議上中又被李劼人進一步提了出來。而在《草木篇》批判問題上，何劍熏說《草木篇》本身應該批評，但同時更應該反思批評中粗暴態度的思想根源。他認為，「就是有些同志，把過去習慣了的施於敵人的方式搬來施於人民了。他們看不出社會現實的變化，把人民內部的矛盾仍舊視為敵我矛盾。而且，在主觀主義、教條主義嚴重存在的情況下，以至把人民內部的矛盾誇大為敵我矛盾。」〔註540〕整體來看，何劍熏對文聯的批判，是比較尖銳而直接的。我們看到，在「省文聯第四次整風座談會」上，何劍熏就曾批評重慶作家協會以張驚秋為首的宗派主義集團對他的打擊〔註541〕，這也應該是他積極參與到整風的主要原因之一。但也是隨著形勢的變化，到了6月12日的第八次整風座談會中，何劍熏就避開了此前對重慶市作協、四川省文聯提出的問題不談，而批判張默生和繆鉞「詩無達詁」理論的錯誤，「關於『詩無達詁』說，有很多人發言，問題是張默生教授引這句話的時候把話引錯了。董仲舒說這句話的原意和張默生教授說的有區別。」〔註542〕

〔註538〕繆鉞：《學習毛澤東文藝思想，做好中國古典文學研究工作》，《星星》，1960年，第2期。

〔註539〕周九香：《懷念繆鉞先生》，《蜀學》，2017年，第12輯。

〔註540〕《省文聯邀請作家、教授、文藝批評家繼續座談 就黨對文藝工作的領導等問題提出意見》，《四川日報》，1957年6月4日。

〔註541〕《省文聯邀請部分文藝工作者繼續座談 對教條主義和宗派主義進行尖銳批評》，《四川日報》，1957年5月21日。

〔註542〕《大膽展開批評，在爭鳴中明辨是非 省文聯昨日繼續邀請文藝工作者座談》，《四川日報》，1957年6月13日。

此時何劍熏認為，「詩無達詁」僅僅針對的是「詩」，具體來說就是《詩經》，所以流沙河的作品不存在著訓詁的問題。矛盾的是，何劍熏又認為，詩歌也需要有不同的解釋。與此同時，陳士林又反對何劍熏對「詩無達詁」的解釋，「有的同志可能誤解了詩無達詁，以為古人的、別人的詩永遠都不可解，這是文藝思想上的不可知論，應該反對。」〔註 543〕在陳士林看來，文藝作品的主題是有客觀標準，也是完全是可知的。從陳士林的研究背景來看，他主要學習語言和語言學，主要從事彝族語文研究。而此時，他以語言學家的姿態介入到「詩無達詁」的討論，其實與他的語言學家身份是有關聯的。但由於陳士林是由中國科學院派出的語言學專家，且研究重點在彝族語文研究，所以他就沒有更深入地介入到《草木篇》批判之中。不過陳士林的文章，可以說是對何劍熏批判的一個開端。此後，在 7 月 1 日虞進生對張默生的揭發材料中，也提到了張默生為何劍熏打抱不平的事情〔註 544〕。實際上，從何劍熏本人來看，他集中「詩無達詁」理論的討論，與他從事古代文學、古漢語及音韻學研究有關〔註 545〕；而他對「詩無達詁」理論的另一解釋，又與他曾在「胡風批判」中受到過批判，他自身的問題早已存在。在對何劍熏的介紹中，大多都提到了何劍熏與胡風以及七月派成員的複雜關係，「30 年代在上海曾參加左翼文藝運動，親聆過魯迅先生教海，與馮雪峰、邵子南、胡風等進步作家過往甚密。在抗戰時期曾寫過許多中、短篇小說和雜文在《新華日報》、《小說月刊》、《七月》、《希望》等進步報刊上發表。」〔註 546〕而且，何劍熏與七月派成員也有著密切的關係。如何劍熏與七月派的重要的小說家路翎，都是由胡風的介紹而到育才學校當「學友」的；何劍熏也曾幫助過七月派詩人詩人綠原，「綠原能夠離開重慶，而且能夠找到一個工作，全靠一位四川作家：何劍熏。」〔註 547〕在《路翎及其冤案》一文中，有人又將阿壟與何劍熏並稱，

---

〔註 543〕《對流沙河進行所謂「政治陷害」是不是事實？ 省文聯昨日召開座談會弄清真相判明是非》，《四川日報》，1957 年 6 月 14 日。

〔註 544〕《四川大學中文系學生虞進生揭發 張默生在學生中散佈右派言論 說黨中央在利用民革打擊民盟和其他民主黨派，並說某些胡風分子受了冤枉》，《四川日報》，1957 年 7 月 1 日。

〔註 545〕何劍熏：《中國文學史》，重慶：寒流社；以及《切雅》《韻雅》等著作。

〔註 546〕「何劍熏」詞條，《四川人才年鑒（1979～1994）》，劉茂才主編，成都：四川人民出版社，1996 年，第 914 頁。

〔註 547〕化鐵：《往事——憶詩人綠原》，《歌濃如酒人淡如菊：綠原研究紀念集》，劉若琴編，北京：人民文學出版社，2010 年，第 63 頁。

「一個是大家趣稱為『極苦的先生』（意即『堂・吉訶德先生』）的阿壟，一是『幽默大師』何劍熏。」〔註 548〕更為重要的是，胡風還很看中何劍熏，並且把路翎、陳守梅（阿壟）、何劍熏和張元松籌劃為重慶的一個站點，諄諄囑託他們「鼓勵自己，招致來者，充實文藝運動的引子」。〔註 549〕正是有著這樣的歷史背景，在胡風批判的時候何劍熏就受到過批判。因此，在反右運動中，何劍熏再次受到批判，也就與這段歷史有關。

但問題的複雜性在於，何劍熏不僅胡風有過節，而且按照舒蕪的回憶來看何劍熏還對胡風極為不滿。舒蕪的口述自傳中，讓我們看到了另外一個何劍熏。「一餐飯中間，主要就是何一個在說話，說的都是大罵胡風的話。……可是後來，不知為什麼，何劍熏和胡風有了不少矛盾。我隱約感到，可能是何劍熏有幾篇小說被胡風否定了的緣故，但又似乎不止這些。反正我記得，抗戰勝利後一段時間，何劍熏總是在我面前百般嘲罵胡風，說胡風不學無術，特別是說胡風對中國古典文學不懂裝懂，胡說八道，等等。可是他自己又不當面對胡風說，只把我當做代胡風聽他嘲罵的人，或者是當做『傳聲筒』。」〔註 550〕然而舒蕪的回憶，敘述也並不充分，有臆想之處。正如馮異說，「何劍熏在《從一到〇》中，提到在重慶市作協開聲討胡風的會，我也參加了。在這個會上，他是應該『大罵胡風』的，那樣他就可和胡風脫掉干係，甚至成為舒蕪似的反戈一擊的『英雄人物』。但他沒有『大罵胡風』，只是說了一些雞毛蒜皮的事，『仍是原先《交代》的那些內容』。他的這個發言在當時的《重慶日報》發表過，很容易查到的。何劍熏並非愚昧之輩，他在決定自己命運的關鍵時刻不罵胡風，卻在和聶紺弩、舒蕪在一起的時候大罵胡風，而聶紺弩、何劍熏又已先後作古，死無對證，這中間難免有點蹊蹺。」〔註 551〕不過，我們也不能就此否定何劍熏對胡風的確存在著不滿。此後何劍熏在《西南文藝》上就發表過批判胡風的文章〔註 552〕，這並不一定就是舒蕪所說的「內部矛

〔註 548〕《路翎及其冤案》，《中國文壇檔案實錄》，胡平、曉山編，北京：群眾出版社，1998 年，第 442 頁。

〔註 549〕胡風：《致路翎》，《胡風全集》，第 9 卷，武漢：湖北人民出版社，1999 年，第 183～188 頁。

〔註 550〕舒蕪：《舒蕪口述自傳》，北京：人民文學出版社，2014，第 291～294 頁。

〔註 551〕馮異：《舒蕪的「交代」》，《史料與闡釋（貳零壹壹卷合刊本）》，陳思和、王德威主編，上海：復旦大學出版社，2013 年，第 283～284 頁。

〔註 552〕何劍熏：《「社會主義現實主義者」不應該「首先具有工人階級的立場和共產主義的世界觀」麼》，《西南文藝》，1955 年，第 4 期。

盾」，而更多的是外在形勢所迫。因為緊接著，《西南文藝》就發表了渥丹批判何劍熏的文章《揭露胡風分子何劍熏的罪惡面目》〔註553〕。而批判者渥丹，是剛從重慶市委宣傳部文藝處長調任重慶市文聯秘書長的王覺。王覺歷任重慶育才學校教師、中共重慶市委宣傳部文藝處副處長、重慶市文聯秘書長、中國作家協會四川分會副主席、重慶市文聯黨組書記兼副主席以及《紅岩》主編等職務，所以他是非常瞭解何劍熏的歷史。由次可以看到，在《草木篇》批判中對何劍熏的批判，也是源於他的「胡風問題」。徐康鴻就提到，「何劍熏教授，現代作家，著名《楚辭》專家，曾被胡風譽為現代最有前途的諷刺作家（梅志《胡風傳》），後改行任教，曾任重慶大學中文系、西南師院中文系系主任，因胡風牽連，撤職降級，調來民院師範專修科任教。」〔註554〕正是由於胡風事件的牽連，何劍熏才被撤掉了西南師範大學中文系主任之職務，來到了西南民族學院的師範專修科任教。何劍熏雖然並沒有在《草木篇》問題上有更多的言論，但由於「胡風問題」，他還是被捲入到了四川文藝界的反右鬥爭之中。他在 6 月 3 日「省文聯第六次整風座談會」的發言，就被收錄到了《四川省文藝界大鳴大放大爭集》中，並且放在《第一編 草木篇事件》中的《第二輯 駁斥「政治陷害」的謊言，右派分子流沙河歪曲、造謠，企圖擴大「草木篇」事件的陰謀敗露》中，裏面還有《何劍熏認為「草木篇」的批評方式簡單、粗暴，是由於把施於敵人的方式搬來施於人民》〔註555〕專輯。此後，何劍熏也因此被打成了右派。對於這個過程的具體情況，僅有一些相關的簡單記載，「在民院，先有著名社會學家吳澤霖，古文專家何劍熏教授為首的數十名教職員工和學生被劃為右派，勞動改造，其中何劍熏因與所謂胡風問題有牽連，便直接發配青海，一去二十餘年。」〔註556〕許貴文在《關於學者何劍熏》中提到《閬中名人大全》和《中國歷史文化名城大辭典（閬中）》資料中有何劍熏確切的完整生平事蹟，也提到何劍熏發配到青海勞動改造的問題，「解放後，何劍熏任重大、西師中文系主任，1955 年因受『胡風問題』牽連入獄年餘，後到西南民族學院任漢語系主任，1957 年被劃為右派，遣青海勞動改造。青海省文聯知何劍熏學識，借調去整理《格薩爾王傳》，完成第

〔註553〕渥丹：《揭露胡風分子何劍熏的罪惡面目》，《西南文藝》，1955 年，第 9 期。

〔註554〕徐康鴻：《一個彝人的足跡》，成都：四川民族出版社，2003 年，第 94 頁。

〔註555〕《四川省文藝界大鳴大放大爭集》（會議參考文件之八），四川省文聯編印，1957 年 11 月 10 日，第 30～31 頁。

〔註556〕徐康鴻：《一個彝人的足跡》，成都：四川民族出版社，2003 年，第 101 頁。

一部。」〔註 557〕而在流沙河的回憶中，他於 1966 年還去看望過何劍熏，「他當右派，同拙詩《草木篇》有關係。……他說話，聲音在顫抖，羅囉嗦嗦，老是重複去年夏天同窗時對我說過多次的話，例如誇獎我聰明啦有才華啦，批評我 1957 年寫的《火中孤雁》一詩是瞎胡鬧啦，說他同胡風吵過架，當初不該定他也是胡風分子啦，說他講課講溜了嘴，講了一句『東晉西晉』，到 1957 年學生就揭發他『不學無術』。『不知西晉在前而東晉在後』，這是他終生抱憾的奇恥大辱啦等等，唯獨不說他為《草木篇》受牽連當右派一事。」〔註 558〕總之，正是由於《草木篇》的問題，再次引發了何劍熏作為胡風分子的歷史問題，他也由此而成為右派。對於《草木篇》事件所引發的「詩無達詁」論爭，何劍熏應該是一直都耿耿於懷的，此後他的一本研究著作就叫《楚辭新詁》〔註 559〕。

雖然李劼人是文聯常委，此前也發表過一些相關的言論，但他卻是第一次參加「省文聯的整風座談會」。會上，他的發言題為《李劼人的發言他說在文聯只是掛個名。他和文聯在工作上、業務上不只是有溝有牆，而是隔得很遠，要以道里計》。在發言中，李劼人首先就提出，「今天來這裡開會，簽名時我才看見已是第六次會了。但我今天是第一次來參加。因為文聯開得很熱鬧的前幾次會都沒有通知我。我在文聯也只是掛了個名，……從這點上，我覺得省委宣傳部對文聯沒有重視。」進而，他的發言一泄而出，包括《他說，不能認為「牆」、「溝」都是省委宣傳部、省文聯的領導朋友搞的，這個冤枉話我不能說》、《他認為，粗暴批評「草木篇」發生在「百花齊放、百家爭鳴」政策公布以前，尤可恕也。但卻發生在政策公布以後》、《他認為，造成今天的形勢是積累起來的，而且源遠流長》、《他相信黨的政策，並談他對協助黨整風的體會》、《他希望目前不要先去解決「草木篇」的問題，把火力集中在揭發文聯領導上的三個主義上》等 5 個部分。我們看到，李劼人雖然是第一次參加文聯的整風座談，但他整風的態度是非常鮮明的。他甚至贊同將錯誤歸結到省委宣傳部，乃至中央宣傳部，「何劍熏說老夫人是中央文化部。不是。老實抬出來就是中共中央宣傳部，中央宣傳部錯誤大得很。」在發言中，李劼

〔註 557〕許貴文：《關於學者何劍熏》，http://blog.sina.com.cn/s/blog_492e935601008msz.html

〔註 558〕流沙河：《鋸齒齧痕錄》，北京：三聯書店，1988 年，119～122 頁。

〔註 559〕何劍熏：《楚辭新詁》，成都：巴蜀書社，1994 年。

人還表示，非常高興開展了整風運動。另外，關於《草木篇》的問題，李劼人提出，「他希望大家深入一點，集中火力揭發文聯的三個主義，他同意上午有位同志的發言，不要先就去解決「草木篇」問題，留到以後去解決；目前應把火力集中在文聯領導上的三個主義上。才能幫助文聯領導上糾正錯誤。」「只有這樣邊整邊改，才能調動一切力量共同建設社會主義。」〔註 560〕從這裡可以看出，李劼人在會上是完全按照文聯主席、常委會「要積極整風」的意見來發言的。對此，6 月 6 日的《文匯報》也作了報導，「老作家李劼人認為『草木篇」的態度粗暴。』家敞開來談，百無禁忌，並且保證一定嚴肅對待大家的意見，及時改正缺點錯誤。」〔註 561〕從李劼人的發言可見，省文聯確實是下定了決心要積極整風，然後以和平的方式進入到「收」的階段。

## 十一、第七次座談會

歷史似乎沒有按照「常委會」的計劃而發展。在 6 月 3 日的整風之後，6 月 4 日在成都的部分作家、教授、文藝批評家和文藝工作者繼續召開的座談會上，成為「省文聯第七次整風座談會」。參加這次座談會的有段可情、張澤厚、劉君惠、沙汀、常蘇民、蕭崇素、李累、流沙河、儲一天、李伍丁、藍庭彬、李魚、李光電、王永梭等人。座談會由省文聯主席沙汀主持，省委宣傳部副部長李亞群參加了座談。〔註 562〕這次座談會，讓我們略微看到了《草木篇》批判的轉向。

在《四川日報》的記載中，主要發言的有《李慶華再談「一個木工」的作者署名問題。他還要求組織民間職業劇團》、《劉冰希望領導上「攤牌」，對「草木篇」的批評從思想上、批評方式方法上作個檢查、總結》、《蕭崇素說，文聯內部有溝有牆，工資評級黨員偏高，非黨群眾偏低》、《藍庭彬認為幾次座談會上，發言者都不敢提宗派主義。他認為爭鳴中領導上可以發言》、《流沙河對有關批評問題發表意見》、《李光電希望領導上組織力量發掘和整理彝族的文化遺產》、《劉君惠談他對「詩無達詁」和對「草木篇」批評的看法》共 7 個部分。同樣，6 月 5 日的《成都日報》也以《進一步推出問題明辨是非 省文

〔註 560〕《省文聯邀請作家、教授、文藝批評家繼續座談 就黨對文藝工作的領導等問題提出意見》，《四川日報》，1957 年 6 月 4 日。

〔註 561〕王霜：《四川省文藝界連日座談 對「草木篇」問題再度爭辯》，《文匯報》，1957 年 6 月 6 日。

〔註 562〕《省文聯邀請作家、教授、批評家繼續座談》，《四川日報》，1957 年 6 月 5 日。

聯繼續舉行座談》為題予以了報導，「昨天，文聯邀請的「百花齊放百家爭鳴」座談會繼續舉行。參加座談會的除昨天出席的部分同志外，還有昨天因事未到的藍庭彬、蕭崇素、王學元、流沙河、劉君惠等（依簽名次序）」〔註 563〕，記載內容有《李慶華等批評市話劇團機關化、衙門花，鋪張浪費》、《劉冰說：進一步討論「草木篇」對拆「牆」填「溝」有好處》、《蕭崇素說：黨的關心多數在黨員身上 對非黨員幹部關心不夠》、《藍庭彬希望作者與批評者很好合作，不應該以棍子還棍子》、《儲一天談文聯領導對待幹部的問題》、《流沙河說：我愛發牢騷，卻被完全端相互來》、《李魚覺得本省文藝界還沒有主動地、獨立地「放」》、《劉君惠說：流沙河應該很好地估計他的才能是什麼才能》共 8 個部分。在這次座談會上，李慶華主要是談的話劇問題，李光電談彝族文化的問題，而蕭崇素、劉君惠、李魚的發言都是在回應此前的相關問題，我們前面已經介紹。這裡我們只分析劉冰、藍庭彬、流沙河的發言。

由於有了 6 月 3 日討論，特別是李劼人發言的影響，所以在這次座談會上很多人就對「積極整風」抱有極大希望，希望省文聯能在《草木篇》批判問題上作一個總結。劉冰就是其中之一。劉冰是第二次參加省文聯的整風座談。此前他參加過 5 月 21 日「省文聯第四次整風座談會」，但在那次座談會上，他與鄭冠群一起主要是批判四川人民出版社的問題，並沒有涉及《草木篇》〔註 564〕。在這第七次整風座談會上，他的發言題為《劉冰希望領導上「攤牌」，對「草木篇」的批評從思想上、批評方式方法上作個檢查、總結》，才談及《草木篇》問題。他說，「對『草木篇』的批評，是我省文藝領導中和文藝批評中教條主義、主觀主義、宗派主義的一次總爆發。」「對『草木篇』圍剿的結果，文藝界的『百花齊放』中的溝和牆顯然地加深加厚了。……他希望省委和有關領導上實事求是地將過去對『草木篇』的批評從思想上、批評方式與方法上作一個檢查、總結，在報上公布。他還建議領導上多談些事實——『攤牌』，這對弄清是非是有好處的，以免大家在旁邊捕風捉影。」〔註 565〕可見，儘管在「積極整風」的形勢之下，劉冰的發言也是非常大膽的。更值得關注的是，就在要求領導「攤牌」之後，他還在 6 月 9 日繼續寫了《去掉「爭鳴」中的

〔註 563〕《進一步推出問題明辨是非 省文聯繼續舉行座談》，《成都日報》，1957 年 6 月 5 日。

〔註 564〕《省文聯邀請部分文藝工作者繼續座談 對教條主義和宗派主義進行尖銳批評》，《四川日報》，1957 年 5 月 21 日。

〔註 565〕《省文聯邀請作家、教授、批評家繼續座談》，《四川日報》，1957 年 6 月 5 日。

清規戒律》一文，「以官僚主義、主觀主義、教條主義和宗派主義的方法來領導文藝，也應被成稱為百花園中的毒草。而這種毒草卻不是用鐵鍬一下子能夠鏟掉的！我們歡迎領導同志發言，歡迎領導同志談知心話。」〔註 566〕在這裡，劉冰不僅是要求沙汀「攤牌」，而且要求其他相關領導也「攤牌」，甚至認為他們不發言就是「百花園中的毒草」。但劉冰的要求並沒有得到任何解決，因為此時已經從「整風」轉向了「反右」。特別是到了 9 月 18 日，形勢發生了大逆轉之後，劉冰就被推到了風口浪尖，四川日報以整版文章展開了對他的批判。該批判文章的第一個部分就是《他配合右派分子流沙河等明目張膽地攻擊黨的領導》，是對劉冰這兩次言論與文章的批判，「鳴放期中，劉冰首先在報社攻擊總編輯金成林同志寫的批判『草木篇』的文章是『殺氣騰騰』、『教條主義』，甚至公開叫囂報社與省委有根『黑線』；說批判『草木篇』是省委搞的『政治陰謀』。」「他在省文聯座談會上又誣衊文藝界對『草木篇』的批判，是省委『三大主義』的『總爆發』，要右派分子堅決向省委進行『反掃蕩』，並說這是與共產黨鬥爭的『一場重大戰役』，一再叫囂要省委『攤牌』，企圖迷惑群眾，挑起不明真象的人對省委不滿，妄想威脅省委向右派低頭。」「一篇題為『去掉爭鳴中的清規戒律』的文章。在這篇文章裏，劉冰公開污蔑省委對文藝的領導是三大主義，是毒草，要右派分子頑強地把省委的領導鏟綽，並繼續要省委攤牌。」我們看到，劉冰對四川青年報總編輯金成林批判《草木篇》的文章的攻擊是放在最前面的。雖然我們沒有看到金成林的文章，也不瞭解金成林為何參與《草木篇》批判，但我們看到劉冰對金成林批判實際上指向的是對省委的批判。進而，這篇文章從《到處扇風點火，充任反黨先鋒》、《繼承胡風衣缽，否定黨性原則》、《反對宣傳黨的政策，陰謀改變團報方向》、《攻擊幹部政策，妄圖搞垮領導》、《極端個人主義，拒絕思想改造》等五個方面，對劉冰展開了多方面的批判。文章最後指出，「現在，在事實和真理面前，劉冰的每一個反動論點都被駁得體無完膚，他的反黨罪過已經真相大白。他表示願意低頭認罪。」〔註 567〕從這裡我們看到，由於在這次會上劉冰認了罪，所以也就沒有對他的進一步批判，當然在四川文藝界的

〔註 566〕劉冰：《去掉「爭鳴」中的清規戒律》，《成都日報》，1957 年 6 月 11 日。

〔註 567〕《妄圖從新聞和文藝兩條戰線上打開缺口　四川青年報劉冰是反黨的急先鋒　他在鳴放期中咬牙切齒地叫囂要與黨進行「一場重大戰役」》，《四川日報》，1957 年 9 月 18 日。

右派集團中也就沒有了劉冰的名字。

這次整風座談會上的另外一位發言的是藍庭彬，則集中批判了宗派主義，「他說，宗派主義是存在的，對『草木篇』的粗暴批評就是宗派主義的具體表現。……他認為四川日報在展開對『草木篇』的批評中就表現了宗派情緒。……『草木篇』討論中之所以產生一棍子打死的批評和轟轟烈烈的搞法，是和領導上的宗派主義分不開的，特別和省文聯、省委宣傳部分不開。」〔註 568〕在發言中，藍庭彬火力也是很猛，直接針對省委宣傳部，說對「草木篇」的粗暴批評就是宗派主義的具體表現，而且認為這種宗派主義思想和省文聯、省委宣傳部的宗派主義分不開。對於藍庭彬，我們知道，在此前他曾在 1956 年批評過流沙河的詩歌《膽小的少女》「受到形式的束縛」問題〔註 569〕，所以藍庭彬這次「整風」介入就不是因為個人原因了，而更多借《草木篇》問題積極參加到整風運動。不過，他以及其發言觀點，都並沒有引起關注。

在「省文聯第七次整風座談會」上，最值得關注的是作為《草木篇》批判主角的流沙河。在這次座談會上，他卻沒有一點「大放大鳴」的積極整風姿態，僅僅對有關批評問題發表了一些「不痛不癢」的很小的意見。在這裡，他首先認同了藍庭彬觀點，接著主要談到了陳欣。「流沙河說他最近收到一個不認識的重慶讀者的來信，告訴他，陳欣今年下鄉調查文藝界情況時，向群眾對他作了歪曲宣傳，說他已在機關內承認自己一貫反黨。」然後，流沙河回應了「反黨問題」，「有人認為我有反黨情緒，如果舉例出來說，是很滑稽的。他說，我不愛看國產影片，就被認為是敵視祖國，就是反黨罪行。又如在開展對『草木篇』討論時，報紙上那樣搞，反駁文章不能發表，而且越來越拉到政治邊緣上去，我個人並不怕，但卻很氣憤，於是我就罵：『這樣搞還有什麼民主自由？與其這樣，我還不如到資本主義國家去當個自由的貧困兒還要好些』。我這樣一說，又被人認為是反黨了。」〔註 570〕對這些罪行，流沙河也並不認可，僅是說自己愛發牢騷而已，然而卻成為了罪證「別人則給您記著，一朝出了毛病，就零存整付，啥都端出來了」。我們看到，在這次座談會上，流沙河並沒有繼續提意見，也完全沒有象其他人一樣全力參與到整風之中。

---

〔註 568〕《省文聯邀請作家、教授、批評家繼續座談》，《四川日報》，1957 年 6 月 5 日。
〔註 569〕藍庭彬：《並非膽小——談流沙河的詩「膽小的少女」》，《成都日報》，1956 年 11 月 8 日。
〔註 570〕《省文聯邀請作家、教授、批評家繼續座談》，《四川日報》，1957 年 6 月 5 日。

那麼，在此時轟轟烈烈的整風運動中，為何流沙河卻如此的冷靜呢？其實流沙河在 6 月 4 日這天參加了座談會後，他在半夜 11 點 45 分給石天河回信中就說到「早在沙汀發言前，我即風聞官們有收手之意。他們休戰旬日，研究對策，提出什麼『全面地放』（按：即鼓勵官們反撲）之類的荒謬口號。……今天上午，迫於壓力（常主任、沙汀、李亞群對我再三軟拉硬拖，白航、白峽對我再三勸說叫去）我去了，說了一些不由衷的不癢不痛的話。苦甚，惱極！但今天的情況又和上次（沙汀發言前後）稍有不同。官們因受到壓力（來自張默生和李劼人等等），不得不變換戰術，拋下『全面地放』的口號，換上『百無禁忌』的口號，以便挽回人心，也挽回自己的面子。但骨子裏依舊厭惡你我（特別是你）這一類炮手。他們是只要改良主義，不要革命的。——忘了這點，是要吃虧的，戰友！……我從明天起又決定不出席座談會了！啊，蒼天！」〔註 571〕可見，與流沙河在白天的發言一樣，他當晚給石天河的信也是相當冷靜的。在信中他還談到：邱原的事情給了他極大的震動，所以他一直拒絕出席整風座談會；這一次整風運動「全面的放」，主要是受到壓力（來自張默生和李劼人等等），以便挽回人心；整個事件的性質並沒有變化等等。由於這些考慮，所以在這封信中，流沙河一直強調拒絕在整風座談會上宣讀石天河的發言稿和補充發言稿。此時的流沙河，已經明顯地感覺到「放鳴」政策的轉變。不過，面對這些的困境，遠在峨眉山上的石天河不但沒有察覺，也沒有退縮。石天河在 6 月 8 日的信中，就鼓勵流沙河不要懼怕反撲，發揮能動性作用，甚至是要「勇於和真理一起受難」。6 月 12 日給流沙河的信中說，石天河又提到，考慮「氣候」問題是必要的，但必須繼續鬥爭下去，希望他繼續鳴放。不僅石天河這樣，黃秋耘也在《文藝學習》上發文支持《草木篇》，「四川批評『草木篇』時，也有人聯繫到作者的政治、歷史和家庭情況，甚至說作者是『站在已被消滅的階級的立場，與人民為敵』，迫得作者幾乎想去自殺。」〔註 572〕他們都在「積極整風」，並未對形勢有較為清醒的認識。

同樣，在四川省文聯內部，由於整個政治形勢不明朗，對於以後整風運動如何開展也不清楚。在 6 月 4 日的「省文聯第七次整風座談會」之後，6 月 7 日省文聯繼續召開主席，副主席部分常委會議，核心議題就是商討「如何繼

〔註 571〕《六月四日　流沙河給石天河的信》，《四川文藝界右派集團反動材料》（會議參考文件之九），四川文聯編印，1957 年 11 月 10 日，第 21～23 頁。

〔註 572〕秋耘（黃秋耘）：《刺在哪裏？》，《文藝學習》，1957 年，第 6 期。

續整風」。李劼人提出，「要再談找話說，越說越遠，離題了。對整風意見很少。文聯有些內部問題，在內部才扯得清深。我考慮，再開座談會也不過這些話，對整風沒新材料，還不如內部多談。總的關係是平素間考察領導。」李亞群提出，「文聯衙門化。有宗派主義、教條主義等是沒有問題的。但像劉思久所提把《草木篇》批評學術或機關教育紀律問題分清。先在機關談，再報上披露。先開小組會，不同意見的加以組織，再開中型會討論。」沙汀也贊同，「那就文聯先把內部問題扯清，其他組，通知這事讓他們準備。」〔註 573〕根據這些記錄，我們看到整個四川文聯似乎對第二天即 6 月 8 日要全面展開的「反右鬥爭」毫不知情。李亞群一直強調要「放」，還要「爭」，而且在整風形勢上，還要先開小會，再開中型會，最後開大會。當然，我們也並不清楚，此時的李亞群是否已經瞭解了整風運動已經轉向了，他這樣做是否是故意的。所以我們也無法判斷，他此時的「繼續討論」的意見到底真正的支持「放」，還是有意「請君入甕」。而李劼人、林如稷、段可情、李友欣他們則還在繼續談整風問題，並提倡內部討論，他們似乎都對整個形勢即將大轉變毫不知情。同樣，沙汀也完全同意先把內部情況弄清楚，再來討論其他問題，他也似乎完全不瞭解整個時代背景的轉變。由此，作為省文聯的領導都不清楚政治形勢的變化，那麼一般的作者就更不瞭解了。此時，直到 6 月 7 日，「積極整風」依然是整個文藝界的主要態勢。

## 第四節 《草木篇》事件

正當四川省文聯還在召開全省文藝界人士參加的整風座談，整個全國的形勢，已經從整風走向了反右。在這樣大形勢之下，四川文藝界的《草木篇》批判，也就成為了反右鬥爭中的「《草木篇》事件」。

對於整個形勢從「整風」發展為「反右」這樣一個重大變化的研究，學術界已經有非常豐富的研究成果。具體來看，從 5 月 15 日毛澤東就決定「反右」了。如李維漢的回憶說，「當我彙報到有位高級民主人士說黨外有些人對共產黨的尖銳批評是『姑嫂吵架』時，毛澤東同志說：不對，這不是姑嫂，是敵我。……及至聽到座談會的彙報和羅隆基說現在是馬列主義的小知識分子

〔註 573〕「主席、副主席、部分常委會議記錄」1957 年 6 月 7 日，「文聯機關、常委文藝界大鳴大放座談會記錄」（1957 年）建川 127～237 卷，四川省檔案館）

領導小資產階級的大知識分子、外行領導內行之後，就在 5 月 15 日寫出了《事情正在起變化》的文章，發給黨內高級幹部閱讀。……這篇文章，表明毛澤東同志已經下定反擊右派的決心。」〔註 574〕正是這樣的背景下，5 月 15 日毛澤東向黨內發出了《事情正在起變化》〔註 575〕一文，決定展開反右鬥爭。5 月 16 日毛澤東為中央起草的《中共中央關於對待黨外人士批評的指示》，再次談到了整風中存在的問題。提出了「設法團結多數中間力量，逐步孤立右派，爭取勝利。」〔註 576〕在 5 月 25 日毛澤東接見青年團代表的談話指出，「一切離開社會主義的言論和行動是完全錯誤的。」〔註 577〕毛澤東這次談話被認為是「反擊右派的公開動員令」。由此，從 6 月 1 日起，《人民日報》出現了較多的反擊右派的文章。而反右鬥爭的全面展開，也有一些直接的原因，如「六六六事件」。「這的確是一次緊張的集會，許多人激昂慷慨地發了言，這些發言不像是人民內部的共同語言，因之給我的感受極其深刻，不易磨滅。」〔註 578〕有研究者提到，在他們的發言中，確實有著過分誇大了局勢的嚴重性、過分誇大了共產黨所犯錯誤的嚴重性以及過分誇大了民盟的政治作用等等問題。〔註 579〕對於這次會議，毛澤東認為「到處點火可以煽動工農，學生的大字報便接管學校，大鳴大放，一觸即發，天下頃刻大亂，共產黨馬上完蛋，這就是六月六日章伯鈞向北京教授所作的目前形勢的估計，這不是利令智昏嗎？『利』者，奪權權力也。」〔註 580〕另外還有「盧郁文事件」：5 月 25 日在民革中央小組擴大會議，盧郁文的發言就被譚惕吾否定，國務院參事、民

---

〔註 574〕李維漢：《回憶與研究（下）》，北京：中央黨史資料出版社，1985 年，第 831～834 頁。

〔註 575〕毛澤東：《事情正在起變化（一九五七年五月十五日）》，《建國以來重要文獻選編》，第十冊，中共中央文獻研究編，北京：中央文獻出版社，1994 年，第 234～237 頁。

〔註 576〕《中共中央關於對待當前黨外人士批評的指示（一九五七年五月十六日）》，《建國以來重要文獻選編》，第十冊，中共中央文獻研究室編輯，北京：中央文獻出版社，1994 年，第 272～273 頁。

〔註 577〕薄一波：《若干重大決策與事件回顧（下冊）》，北京：中共中央黨校出版社，1993 年，第 614～615 頁。

〔註 578〕閔剛侯：《章伯鈞召集的一次緊急會議》，《人民日報》，1957 年 7 月 4 日。

〔註 579〕蕭冬連、謝春濤、朱地、繼寧：《求索中國：文革前十年史》，北京：中共黨史出版社，2011 年，第 149～150 頁。

〔註 580〕毛澤東：《文匯報的資產階級方向應當批判》，《毛澤東選集》，第五卷，北京：人民出版社，11977 年，第 437 頁。

盟中央委員范樸齋還公開罵盧郁文是「小丑」〔註 581〕。此後由於盧郁文收到匿名信，被罵「為虎作倀」，到了 6 月 8 日上升為「匿名信事件」。當天的《人民日報》發表了社論《這是為什麼？》，「那些威脅和辱罵，只是提醒我們，在我們的國家裏，階級鬥爭還在進行著，我們還必須用階級鬥爭的觀點來觀察當前的種種現象，並且得出正確的結論。」〔註 582〕由此，在全國展開反右鬥爭已經勢在必行了。也正是在「匿名信事件」的這一天，6 月 8 日中共中央發出《關於組織力量準備反擊右派分子進攻的指示》，「這是一場大戰（戰場既在黨內，又在黨外），不打勝這一仗，社會主義是建不成的，並且有出『匈牙利事件』的某些危險。」〔註 583〕這標誌著反右鬥爭的全面展開。

對於這個從整風到反右轉向的過程，黃秋耘描述了這樣的情景，「我們正在談得起勁的時候，桌上的電話鈴聲響了，邵荃麟連忙走過去接電話。不到兩分鐘，他登時臉色發白，手腕發抖，神情顯得慌亂而陰沉。只是連聲答應：『嗯！嗯！』最後只說了一句『明白了。好！我馬上就來』。我看了一下手錶，已經是九點二十分了，肯定是發生了出人意料之外的重大事件，要召開緊急會議。他放下了電話，沒頭沒腦地說了一句：『周揚來的電話，唔，轉了！』至於究竟怎樣轉法，他沒有說，我自然也不便問。沉默了好一會兒，他又叮囑我一句：『咱們今天晚上的談話，你回去千萬不要對別人說！暫時也不要採取任何措施，例如抽掉某些稿子，這樣會引起懷疑的……』」〔註 584〕其實，從「積極整風」向「反擊右派」的轉向，不僅是作家沒有及時反應過來，整個社會也沒有反應過來。但「反擊右派」的形勢很快就明朗起來，6 月 10 日《人民日報》發表社論《工人說話了》〔註 585〕，社論中報導許多職工們舉行座談會，譴責極少數右派分子的反共、反社會主義言論。6 月 19 日，《人民日報》發表了毛澤東在最高國務會議第十一次（擴大）會議上的講話，並經過了若干補充，提出了「辨別香花和毒草的標準」〔註 586〕，這為此後的反右派鬥爭

〔註 581〕《盧郁文提醒大家：區別社會主義民主和資產階級民主，警惕擺脫黨的領導的想法》，《人民日報》，1957 年 5 月 26 日。

〔註 582〕《這是為什麼？》，《人民日報》，1957 年 6 月 8 日。

〔註 583〕毛澤東：《關於組織力量準備反擊右派分子進攻的指示》，《毛澤東選集》，第五卷，北京：人民出版社，1977 年，第 431 頁。

〔註 584〕黃秋耘：《風雨年華（增訂本）》，北京：人民文學出版社，1988 年，第 177 頁。

〔註 585〕《工人說話了》，《人民日報》，1957 年 6 月 10 日。

〔註 586〕毛澤東：《關於正確處理人民內部矛盾的問題》，《人民日報》，1957 年 6 月 19 日。

提供了具體的標準。6 月 26 日中華人民共和國第一屆全國人民代表大會第四次會議的召開，是「反右」鬥爭一個重要的轉折點。周恩來的《政府工作報告》，明確提出「現在有些右派分子藉口幫助共產黨整風，發出了許多破壞性的言論，其中有不少是直接向我們國家的基本制度進攻的。」〔註 587〕7 月 1 日，《人民日報》發表毛澤東起草的社論《文匯報的資產階級方向應該批判》，「民盟在百家爭鳴過程和整風過程中所起的作用特別惡劣。有組織、有計劃、有綱領、有路線，都是自外於人民的，是反共反社會主義的。……就是說，共產黨看出了資產階級與無產階級這一場階級鬥爭是不可避免的。」〔註 588〕全國「反右」運動轟轟烈烈地開展。

## 一、大轉折：第八次座談會

從四川省文聯來看，此時大部分人也並不清楚已經從「積極整風」向「反擊右派」轉變了。在 6 月 7 日四川省文聯的常委會上，還決定繼續整風。同樣，不僅是四川省文聯，似乎四川省委統戰部也不瞭解「大轉折」，這天的四川省委統戰部也還繼續邀請民主黨派和無黨派民主人士召開「整風座談」，中共四川省委統一戰線工作部部長程子健說，「在座談會暫停的兩周裏，統戰部會同各方面人士就過去幾天座談會上反映出來的意見進行了分類排隊工作，感到過去還『放』得不夠，希望大家繼續深入地『放』。程子健說，有人顧慮要『收』，我體會這個『放』的方針是永遠不變的，因為建設社會主義就必須擴大民主，必須反掉三個主義。」〔註 589〕此時，大家都還沉浸在「大鳴大放」的熱烈氛圍之中。

而到了 6 月 9 日《四川日報》全文轉載《這是為什麼？》之後，整個四川文藝界馬上發生轉變，全面進入到「反擊右派」時期。6 月 10 日《四川日報》發表了孫文石的文章《把各種不同意見發表出來》，可以說是四川文藝界進入到全面反右的標誌。該文稱，「在整風期中，黨員領導幹部可以根據時機和條件決定參不參加爭鳴，當其他們參加爭鳴時候，我們可以從是非上去批評，但不能把黨員或黨員領導幹部一說話，就認為是『收』，一解釋也認為是

〔註 587〕周恩來：《政府工作報告》，《人民日報》，1957 年 6 月 27 日。
〔註 588〕《文匯報的資產階級方向應該批判》，《人民日報》，1957 年 7 月 1 日。
〔註 589〕《省委統戰部召開的民主人士座談會昨天復會 程子健鼓勵大家繼續深入地「放」》，《四川日報》，1957 年 6 月 8 日。

『收』，難道黨員和黨員領導幹部就永無說話或解釋問題的權利嗎？」〔註 590〕在談到《草木篇》問題的同時，孫文石還集中反駁了張默生的意見，可以說進一步啟動了對張默生的批判。此時，為什麼由孫文石揭開四川的反右鬥爭的大幕呢？據記載，「孫文石（1905～1978），又名孫蘊實，原名孫泉香。青年時赴上海，在中國公學讀書。1946 年參加中國民主同盟，先後擔任重慶《新蜀報》、成都《民眾時報》、《華西晚報》的記者和編輯工作。1947 年任《華西晚報》總編輯。曾被捕入獄。1950 年起，任成都《工商導報》總編輯及《成都晚報》主筆。其後，歷任民盟四川省委秘書長、民盟中央委員、民盟成都市委主委、成都市副市長等職，並先後被選為全國政協委員、四川省第二屆人大代表，省政協委員、成都市人民代表。」〔註 591〕從這裡我們可以看到孫文石的三種身份，新聞界的記者身份、民盟代表和行政領導。因此，以孫文石的新聞敏感性，他應該是較早地讀懂了政治形勢轉變的人之一。同時，由於孫文石又是民盟成員，所以他對「章羅聯盟」事件就更加敏感。為了能盡快地脫開與自己的關係，所以他主動站出來批判同為民盟成員張默生，就理所當然了。因此，孫文石不僅批判了張默生，他還進一步在《新華社新聞稿》中，發文《民盟四川省委常委孫文石等揭露章伯鈞等人一些反黨的幕後活動》批判了章伯鈞等民盟領導。〔註 592〕當然，我們看到，可以說正是由於孫文石積極反右的表現，此後他也就獲得了進一步升職的機會。孫文石掀開了四川文藝界的「蓋子」後，流沙河和張默生的問題就再次被四川文藝界提上了批判的日程。

緊接著，6 月 11 日《四川日報》就立即發表了《工人、農民、知識分子來信參加爭鳴 對張默生等人的發言提出不同意見》，開始了對張默生，以及《草木篇》展開了「一邊倒」的全面的毫不留情的批判，「工人、農民、知識分子連日寫信和寫稿給本報參加爭鳴，對張默生、流沙河、邱原等在省文聯召開的座談會上的發言，提出不同意見，現在將一部分信件加以摘要發表。」這些來信的第一個主題是針對張默生，涉及到對張默生的「抗辯」、以及「詩

〔註 590〕孫文石：《把各種不同意見發表出來》，《四川日報》，1957 年 6 月 10 日。

〔註 591〕《南部縣志》，四川省南部縣志編纂委員會編纂，成都：四川人民出版社，1994 年，第 791～792 頁。

〔註 592〕孫文石：《民盟四川省委常委孫文石等揭露章伯鈞等人一些反黨的幕後活動》，《新華社新聞稿》，1957 年 6 月 21 日，第 2566 期。

無達詁」等觀點的批判。這方面，就有石一民、陳鎮生、文賢書、葉蒽、余亦鳴等 5 人的來信。其中文章的標題就比較鮮明地呈現了他們的批判內容，如《石一民指出，張默生一方面以維護「百家爭鳴」的姿態出現，一方面又不容許沙汀「鳴」「放」，這是自相矛盾》、《文賢書批評「詩無達詁」論。他說：只有最糊塗的詩。人才會說，我的詩，別人是不可以理解的》、《葉蒽指出，張默生認為批評「草木篇」的人都似乎言不由衷，與事實不符》、《余亦鳴反駁張默生的「寸草不生」的說法。他說，向前伸一下鼻子，就可嗅到「寸草」的氣息》等。這次「集中來信」的第二類，是對流沙河及其《草木篇》的批判，就包括樊習三、楊志高、馮本深、稅栴 4 人的來信。如在《樊習三、楊志高等認為「草木篇」是毒草，及時進行批評是必要的》中，天全縣供銷社樊習三、宜賓縣柏溪鄉供銷社楊志高、五通橋製鹽廠四車間馮本深，都認為「草木篇」是毒草，它在群眾中造成了壞影響。在《稅栴反對流沙河把批評說成是侵犯人身自由》中，遂寧小東街四十三號店員工人稅栴 5 月 21 日來信中說，時代不同了，生產資料所有制改變了，流沙河在「草木篇」提倡的思想是不利於人民的思想。硬骨頭可以拿在美、蔣面前去，不要拿到工人農民面前來。「集中來信」的第三類主題是馬繼武對邱原的批判，第四個主題則是總體談文聯的《草木篇》的批判問題。在這兩個方面，主要有李成俊、小樹、周能 3 人來信，一致要求澄清流沙河、邱原發言的事實真相。如在《李成俊等要求四川省文聯公布有關批評流沙河等問題的真相》中，要求席向、李友欣最好能把不符的部分提出來，蓬安讀者小樹要求省文聯把有關處理流沙河、邱原的曲折經過在報上公開讓讀者瞭解。川大二宿舍讀者周能要求席向、李友欣談出流沙河、邱原的發言那些地方不符合事實。〔註 593〕回到這批「集中來信」，首先從標題來看，《四川日報》到對張默生、流沙河、邱原的批判，完全是按照 6 月 10 日《人民日報》的《工人說話了》的格式來成文的。其次，《四川日報》一次性就刊發了這麼多工人、農民、解放軍、學生等各種身份的作者來信，而且能在這麼短的時間內組織起來，這本身就不可能。雖然從具體內容來看，這些稿件是早就寄給了《四川日報》，只是在 6 月 11 日才統一編發出來的。最後，這些來信，不僅對《草木篇》事件的各種細節均瞭如指掌，而且所提出的問題也非常集中，都在提「真相問題」。張默生就懷疑過這些來信

〔註 593〕《工人、農民、知識分子來信參加爭鳴 對張默生等人的發言提出不同意見》，《四川日報》，1957 年 6 月 11 日。

的「真實性」問題。由此我們推測，這次「集中來信」應該就是統一安排的，或者就是完全由省文聯集體「創作」的。但不管「真實性」怎樣，面對著轉折，四川文藝界必須以「集中來信」開展「反擊右派」的鬥爭了。進而，這些公開信所提出的「真相問題」，也就成為了第二天即 6 月 12 日「省文聯第八次座談會」的主要內容。

6 月 12 日省文聯舉行了「第八次整風座談會」。「在成都市的作家、教授、理論批評家和一部分文藝工作者，昨日在省文聯召開的大型的座談會上繼續向黨委和文聯領導上提意見和討論有關「草木篇」的問題。參加這次會議的有向楚、李劼人、段可情、常蘇民、穆濟波、張默生、何劍薰、張澤厚、劉君惠、蕭蔓若、蕭崇素、袁珂、李累、儲一天、曉楓、李伍丁等人。座談會由沙汀主持。省委宣傳部副部長李亞群參加了座談。」〔註 594〕在這次座談會的報導中，《四川日報》重點刊登了《張默生的發言》、《邱原在會上發表書面聲明，說他進一步弄清了真象，判明了是非》、《李昌陟說，「詩無達詁」實質上是文學批評上的不可知論》、《何劍熏根據「詩無達詁」的原意，說明張默生和繆鉞都把「詁」字理解錯》、《施幼貽說，「詩無達詁」是一個理論問題，有進一步探討的必要》、《李莎認為：「草木篇」是諷刺包圍官僚主義分子的壞人的作品》、《張澤厚說，「草木篇」應該給予批評》、《蕭長濬等對「草木篇」及其批評發表了意見》、《劉君惠談省文學創作會議後出現的八個問題，並說「草木篇」按本質來說，是反社會主義的作品》等 9 個主題發言，以及王益奮、蕭蔓若、穆濟波、龔儀四人的簡短發言。同日的《成都日報》也予以了報導，「省文聯邀請的第八次『百花齊放，百家爭鳴』座談會，昨天在省文聯禮堂舉行。到會的住本市文藝工作者共八十多人。他們紛紛要求發言，進一步暢談自己對『草木篇』批評中的是非估計問題；文藝領導上的教條主義、宗派主義問題，以及批評『草木篇』中存在的問題，是否與黨委對知識分子政策有關等問題。」〔註 595〕報導中有《張默生認為報紙發表的讀者對他的意見，大多是斷章取義的》、《邱原書面聲明，他在 5 月 16 日座談會上發言中，說文聯的宗派主義進團對他進行政治陷害等話並非事實。他不同意愛蓉、牛犇、

〔註 594〕《大膽展開批評，在爭鳴中明辨是非 省文聯昨日繼續邀請文藝工作者座談》，《四川日報》，1957 年 6 月 13 日。

〔註 595〕《省文聯邀請文藝界舉行第八次座談 進一步爭辯對「草木篇」批評的是非等問題》，《成都日報》，1957 年 6 月 13 日。

汪石甫等的分析。他同意沙汀意見，他在發言中把一些行政的、創作的、工作的問題攪在一起了》、《李昌隯的發言》、《何劍熏說：「詩無達詁」中文系只好關門》、《施幼貽不同意「詩無達詁」的說法，他認為不能用這種說法來掩蓋「草木篇」的錯誤和否定對它的批評》、《蕭長濬說：「草木篇」究竟是好是壞可以繼續討論、爭鳴》、《李莎闡述「草木篇」肯定了什麼，歌頌了什麼》、《張澤厚說：「草木篇」應該分析，流沙河應該檢查創作思想和創作態度》、《孫文石不同意流沙河說李鐵雁把他和王實味相提並論》、《劉君惠談本省文藝界在全省創作會議後的一些偏向和問題》、《王益奮認為李莎的發言有些說法是歪曲事實。李伍丁的首次發言缺乏事實根據》、《藍庭彬說：「草木篇」是應該批評的，他已改變過去對它不恰當的看法》、《蕭蔓若說：教條主義給文藝帶來嚴重危害。這次整風中反教條主義很重要》等 13 個主題發言。結合《四川日報》與《成都日報》的記錄來看，兩大報紙都記錄了張默生、邱原、李昌隯、何劍熏、施幼貽、李莎、張澤厚、蕭長濬、劉君惠、王益奮、蕭蔓若等 11 人發言，而《四川日報》補充了穆濟波、龔儀的簡短發言，《成都日報》則增加了藍庭彬和孫文石的發言。在這兩大報紙都記錄了的發言者中，其中涉及到李昌隯、何劍熏、施幼貽、張澤厚、蕭長濬、劉君惠、王益奮、蕭蔓若等的相關情況，我們在前面都對他們做了完整的介紹，這裡就不再分析。

這次座談會上，重點發言的有張默生、李莎和邱原。他們的發言，都是針對《工人、農民、知識分子來信參加爭鳴 對張默生等人的發言提出不同意見》而展開的。《張默生的發言》分為兩個部分，第一，他不贊同孫文石對他的指責，「我的發言是就文聯通知上說希望大家對文聯提意見，幫助黨整風，因此我才說出幫助黨整風是『唯一大事情』，說出目前再提出『草木篇』的估價問題，就會沖淡整風。」第二，張默生對《四川日報》上刊登的「集中來信」提出反對意見，「至於石一民、陳鎮生兩位同志說我不許別人說話，我有什麼權利不許別人說話呢？石、陳兩同志的來稿一為 6 月 1 日，一為 5 月 31 日，而沙汀同志的聲明是在 6 月 3 日，不知道四川日報有何必要舊事重提？」從這裡可以看到，張默生也從時間上，懷疑了這些「集中來信」的真實性。第三，張默生說，「我在 5 月 30 日的文章中已完全接受別的同志的意見，但文賢書同志同樣的意見是 5 月 27 月寄到報社去的，四川日報也要舊事重提，也不知是何用意？而且還用大字標題，讓張默生來領先，還說是工人、農民、知識分子的意見。」這是張默生完全不同意的。最後，張默生反駁了葉蕙的觀點。張默生認為，「葉蕙同志說我認為所有批評『草木篇』的人都是言不由衷，都是出於別人授意是看風使舵的話，又是一種歪曲。」〔註 596〕所以從張默生來看，這次工人、農民、知識分子的來信中，將對他批判放在第一位，他是不能忍受的。同時張默生認為，將此前已經解決的問題，再來翻歷史舊賬，這也是他完全不能同意的。但是，由於「反右鬥爭」的強力推進，翻歷史老賬不僅要開展而且還成為了此後的重點工作，而張默生也只能辯解，並且也還只會越陷越深。

李莎是第一次參加省文聯的整風座談會的，但似乎並沒有瞭解到歷史的大轉折。在《李莎認為：「草木篇」是諷刺包圍官僚主義分子的壞人的作品》中，他還在高度肯定和讚揚《草木篇》，「『毒菌』、『藤』是作者對社會落後現象的縮影。『白楊』、『仙人掌』、『梅』便是作者所肯定的，對現實社會生活中對落後現象進行鬥爭的縮影。」當然，李莎也提到了《草木篇》的缺點和失敗的地方，即以個人英雄主義的觀點去進行鬥爭，而不是抱著集體主義的觀點去鬥爭。那麼，李莎為什麼在此時還要支持《草木篇》呢？李莎原名歐陽傑，在 1949 年是中共綿陽臨時工委地下黨員〔註 597〕，似乎與流沙河和並無關聯。在 8 月 15 日的文章《為流沙河「申冤」，借「草木篇」向黨進攻 李莎是工會組織中的右派分子 省工會連日集會揭露了他的反動面目》中，我們可以瞭解到一些歷史細節，「四川省工會聯合會最近連續舉行機關全體工作人員大會，揭露和批判省教育工會右派分子李莎（即歐陽傑）的反共反社會主義罪行。大會於 8 月 1、2 日進行了兩天，群眾用事實揭發和駁斥了李莎歷年來所進行的一貫性的反共反社會主義的無恥勾當。」進而在《借「草木篇」問題向省委猖狂進攻》這一部分就重點提到了李莎為《草木篇》辯護的一些原因，「李莎之所以頑固地為『草木篇』辯護的根本目的，是借對『草木篇』的批評問題蓄意向省委進攻」。在文中，還具體提到了李莎「向省委攻擊」的一些相關歷史，「今年 3 月，省委杜心源同志在紙張分配會議上曾經批評到『草木篇』。李莎既沒有參加紙張分配會議，也沒有聽到杜心源同志的講話，只是向旁人打聽

〔註 596〕《大膽展開批評，在爭鳴中明辨是非 省文聯昨日繼續邀請文藝工作者座談》，《四川日報》，1957 年 6 月 13 日。

〔註 597〕《安縣黨史資料彙編 1927～1949》，中共安縣縣委黨史工作委員會編，內部發行，1989 年，第 32 頁。

到了這個批評，就斷章取義地加以歪曲，並據此寫了七千多字的文章，先後送四川日報、成都日報、『星星』詩刊、『草地』月刊、光明日報、人民日報、文藝報等要求發表，藉此向省委進攻。」「李莎就把文藝界對『草木篇』的必要的批評說成是『以杜心源為首，依據對草木篇燎原的錯誤結論』，『如臨大敵，先黨內後黨外，先幹部後群眾地組織批判』，」「6 月 12 日文藝座談會上，張默生要省委『下決心檢討』，李莎就瘋狂地叫囂，要省委書記出來『表示態度』，『要老夫人出堂』。不僅如此，他還誹謗黨的政策和黨的正確領導，在他給光明日報的信中寫道:『為什麼黨中央的指示不能實現？我不懷疑黨的號召和諾言，但在事實上很使人難解』。〔註 598〕進而，在《散佈反共言論，與右派分子互相呼應，叫囂取消共產黨》中還提到了李莎的反共反社會主義言論，在《到處點火，挑撥地方工會對產業工會的領導關係，煽動群眾對黨對領導的不滿》中，認為他是有計劃、有策略地向黨進攻，而且在日常工作中處心積慮，千方百計地到處點火。最後在《李莎原來是民社黨的骨幹分子，一度混入共產黨，在肅反中被清洗出去》中，專門追查了李莎的個人歷史，「原來李莎是一個政治野心很大的右派分子，他的反黨活動是一貫的。1948 年 10 月，李莎抱著個人政治野心，混入共產黨地下組織（1955 年肅反時開除黨籍）。1949 年初，又在他叔祖父歐陽誠（民社黨中江縣籌委主任）的引導下，背著地下黨組織參加了反動的民社黨，並向民社黨積極提出各種建議，為民社黨進行宣傳和發展組織工作，成為該黨的骨幹分子。解放以後，李莎又利用共產黨員身份和劍閣團地委副書記和省教聯辦公室主任的職務進行了一系列的野心反黨活動。……李莎一貫宣揚反革命分子胡風，說胡風是『文壇上的闖將』、『魯迅的繼承人』、『首屈一指的文藝理論批評家』，同時讚揚胡風骨幹分子路翎、方然、阿壟、綠原等人。……1953 年李莎由劍閣調團省委，以及後來在省教聯工作的期間，經常罵團省委負責同志，說組織只把他當成『罪人』，在教聯工作是『充軍』，罵省委宣傳部和團省委的領導同志是『老人公』、『老人婆』，自己是『小媳婦』，『木腦殼』，罵團省委分工領導教聯的負責同志是『浮上水』。……李莎不僅是政治上一貫反黨反社會主義的右派分子，在私生活上也是墮落無恥、道德敗壞的人。他的妻子說他是『禽獸』，『世界上我不到的不要臉的人』。」可以說，李莎之所以在《草木篇》中受到批判，和

〔註 598〕《為流沙河「申冤」，借「草木篇」向黨進攻　李莎是工會組織中的右派分子　省工會連日集會揭露了他的反動面目》，《四川日報》，1957 年 8 月 15 日。

他個人的歷史有著非常密切的關係。而支持《草木篇》，也可以說是他被批判的一個導火線。

我們再來看這次會議中邱原的書面發言，此時他並未到會場。邱原書面發言內容是「弄清真象，判明是非」的「真相問題」，不僅是這次座談會的一個重點，也是整個《草木篇》事件中的一個重要問題。在 6 月 11 日《四川日報》的「集體來信」中，就有馬繼武、愛容、谷內純、吳興周、鄧科元、牛犇、汪石甫、葛錕慧等 8 人的來信集中批判邱原，並且都提到了「真相問題」〔註 599〕。因此，邱原便以《邱原在會上發表書面聲明，說他進一步弄清了真象，判明了是非》為題，對「真相問題」做了回應，「經我冷靜考慮的結果，認為那次的發言確有一些不符事實或失之偏頗的地方，此外，我對某些批評還有不同的意見。因此，我感到有必要作如王下幾點聲明」。進而，在邱原的書面聲明中，他分別回應了相關事實。這五個部分的發言，實際上就回顧了邱原在整個《草木篇》事件中涉及到他自身的三個問題的「真相」：文聯有無宗派主義集團的問題、反對沙汀的問題，以及用洪承疇、曾國藩來比喻蕭崇素的問題。在《他說他在那次發言中說文聯的宗派主義集團對他進行政治陷害，並非事實》中，他否定發了文聯的「宗派主義集團問題」，「我在那次發言中說文聯的宗派主義集團對我進行政治陷害，並說李累唆使席向和陳之光收集我的材料『裴多芬俱樂部』的話，現經對證和瞭解，並非事實，而是由於背後的流言蜚語所造成的一場誤會。」在《據邱原說他曾要求報社刪去他前次發言中把洪承疇、曾國藩喻蕭崇素一節》一節中，他又否定了自己，「王吾同志提出的『不應以牙還牙，應有恕道和與人為善的精神』，我很同意。在那次座談會上，我自己非常缺乏這種精。」在《他同意沙汀所說，他自己上次的發言把一些行政的、創作的、工作的問題攪在一起了》中說，邱原有一次否定了自己，「沙汀同志在上次的發言中說，我那次的發言把一些行政的、創作的、工作的問題攪在一起了，容易引起緊亂。我同意這個意見。」當然，邱原還有是有一些保留意見，在《他認為四川日報發表的某些來信對他採取了一棍子打死的態度》中他就反對《四川日報》的「集中來信」，「這些來信內容都是清一色的反批評，用摘要的方法集中發表，給人一種搞運動的感覺。」最後在《他說他發表這個聲明，完全出於自願》中，邱原提到，「我還要聲明一點：

〔註 599〕《工人、農民、知識分子來信參加爭鳴 對張默生等人的發言提出不同意見》，《四川日報》，1957 年 6 月 11 日。

我發表這個聲明，完全出於自願，並未受到任何壓力或威脅。我一貫的信念是：相信事實，相信真理。我錯了，就承認；對了，就堅持到底！我認為這是一個正直的人起碼應當具有的本能。」〔註 600〕關於邱原所提到的文聯宗派主義集團問題，以及他用洪承疇、曾國藩來比喻蕭崇素的問題，都源於他在 5 月 16 日「省文聯第二次整風座談會」上的發言〔註 601〕，而且在 5 月 20 日「省文聯第三次整風座談會」上，邱原也繼續提出了文聯宗派主義的問題〔註 602〕。同樣，他「用洪承疇、曾國藩來比喻蕭崇素的問題」，我們前面提到，在 5 月 31 日的讀者來信中，就有 10 人贊同邱原的這一觀點，僅 1 人不贊同。〔註 603〕不過，到了 6 月 11 月的來信中，由於「反右」已經開始，所以此時的「來信」則是一邊倒的對攻擊邱原。如從《馬繼武說，邱原把共產黨描繪成對知識分子進行政治迫害，這是污蔑》、《愛容等指出，邱原並不是在幫助黨整風，而是在進行無原則的謾罵》、《邱原把洪承疇、曾國藩等來比今天的革命幹部，讀者牛犇等加以斥責》等標題可以看出，這 8 人的來信均一致反對邱原，並一邊倒地對邱原展開了批判。當然，面對邱原的攻擊，蕭崇素並沒有糾纏於「比喻問題」，在「洪承疇、曾國藩」問題上人做文章，而是回到源頭，對邱原自身的問題做了歷史追查。在 5 月 25 日「省文聯第五次座談會上」，蕭崇素就重點揭發過邱原的歷史問題。並且在《對文聯黨組織和領導的意見》中，著重談到了邱原的工作作風等問題，「對邱原同志在文聯工作的幾年，我對文聯黨組和領導上是有意見的。幾年中文聯領導一直對他姑息、遷就，一直未細緻深入地去瞭解他的優點和缺點，未瞭解他的思想情況和心理狀態。甚至發生問題了，也常常放在一邊幾個月不管。邱原同志作為一個文聯機關的幹部，是犯過一些錯誤的。但他每次犯了錯誤，領導上都沒有特別關心，深入幫助，使他在親如家人的幫助下認識錯誤性質，從而得到新的改造，在新認識的基礎上與領導和同志重新團結。對他不是拖延不管，就是在犯了錯誤後進行批評以及其他行政處分。由於他自身存在著沒有很好接受改造的缺點，

〔註 600〕《大膽展開批評，在爭鳴中明辨是非　省文聯昨日繼續邀請文藝工作者座談》，《四川日報》，1957 年 6 月 13 日。

〔註 601〕《省文聯邀請部分文藝工作者繼續座談　圍繞「草木篇」問題發表意見》，《四川日報》，1957 年 5 月 17 日。

〔註 602〕《省文聯邀請部分文藝工作者繼續座談　對教條主義和宗派主義進行尖銳批評》，《四川日報》，1957 年 5 月 21 日。

〔註 603〕《讀者對「洪承疇與曾國藩」一文的意見》，《四川日報》，1957 年 5 月 31 日。

再加上單純的行政處分，關心幫助、說服教育不夠，於是他一天天與領導有距離，有時還完全對領導處於對立狀態中。自去年 11 月起，就時而上班，時而不上班，每天下午不知去向，不參加學習，不聽意見，有時學習，同志三番兩次請他來，他就打瞌睡、裝頭痛、說冷語、請『病假』等等。」然後在《對邱原同志發言的意見》中，對邱原提出了幾個具體的意見，「若正直地看問題，那就是看那行政處分時對自己的不守組織紀律、不守工作制度是否不當，是否粗暴的問題，這問題是易於說清楚的，若領導粗暴，領導可以檢討、道歉，但只須你上班，因處分是手段、不是目的。甚麼『以李累為首的宗派主義集團』,『採取可怕手段』,『政治陷害』，這些都是偏激任性、無中生有的詞句。」「邱原同志對李累同志的批評是缺乏同志式的幫助的，是一棍子打死的態度的。」〔註 604〕總之蕭崇素的發言的主要觀點是，文聯不存在宗派主義。而文聯對邱原的批判，並不是「草木篇」、「雙百方針」等問題，而主要是由於他在文聯的工作態度問題。由此我們看到，在整個《草木篇》批判中，蕭崇素的發言主要是針對邱原的問題而發言，並沒有針對《草木篇》。那麼蕭崇素為何要針對邱原呢？譚興國提到主要還是邱原與蕭崇素之間的個人恩怨問題，「年初因為農民控告（邱原）『盜竊勞動果實』受到了行政處分。四月傳達毛主席講話後，對他的處分也隨之撤銷。文聯的整風開始，他頗為活躍，按照和流沙河的商定，衝鋒在前，集中攻擊『李累宗派小集團』對『政治迫害』，殊不知發言走了火，把他行政上的頂頭上司，創聯部副部長、民主人士蕭崇素扯了進去。蕭是他到文聯的引薦人，又是主持對他批評和處分的人。他攻擊蕭因為當了『副部長』才對他『專政』，而且把蕭比喻為清初的曾國藩、洪承疇。五十年代，曾、洪都被認為是頭像異族的漢奸、鎮壓太平天國的劊子手。」〔註 605〕但在對邱原的批判中，蕭崇素也僅僅在這次座談會上作出了回應之後，就戛然而止，並沒有進一步展開批判。當然，由於蕭崇素的發言攻擊了邱原，所以在反右鬥爭中他與沒有受到牽連。

邱原的「自我批判」，並沒有就此結束。在邱原 6 月 12 日書面發言的第二天，即 6 月 13 日「省文聯第九次整風座談會」上的《李累談所謂「政治陷害」的真相》的發言中，邱原工作態度的問題又被進一步談到。李累說，「邱

〔註 604〕《省文聯舉行作家、詩人、批評家座談會 對「草木篇」問題的討論逐漸深入》,《四川日報》，1957 年 5 月 26 日。

〔註 605〕譚興國：《草木篇事件的前前後後》，內部自費印刷圖書，2013 年，第 186 頁。

原的發言，乾脆說我『已發展到瘋狂，政治陷害』。流沙河所謂失去了通信自由與人身自由，也是說遭到『政治陷害』的意思。我鄭重聲明：這不是事實。」然後，李累還舉出一些具體的事實來否定邱原的觀點，「當時，邱原的一些話，也是十分難聽。一談就是：『我根本不相信報紙。什麼社會主義、資本主義，什麼教條主義、修正主義，我說：吃飯主義！』於是，要『民主』不要『集中』，要『自由』不要『領導』成風。機關的一切工作、學習制度不遵守。……至於邱原在發言中說，因為他寫了為『草木篇』辯護的文章，機關就開會對他批評，又給他行政處分，則是根本歪曲事實的。批評和處分邱原與陳謙，是因為邱原把溫江三個農民合寫的一個劇本，交給陳謙，陳謙稍事修改後，邱原則利用職權發表；發表時，邱原又完全贊同陳謙把農民作者踢開、換上『陳薇』筆名，占取稿費的做法。今年 2 月，農民作者張福雲、童永安、許海林發現了自己的勞動果實被他們盜竊，便向省委宣傳部、四川日報、文聯三處控告，我們才發現他們所犯的錯誤。這樣的事情發生在文聯幹部身上，是不能容許的，是須進行批評教育給予一定處分的。這與為『草木篇』辯護，有什麼關係？在批評會上，誰也沒提過『草木篇』的事情。」〔註 606〕與蕭崇素的發言一樣，李累認為，對邱原的批判主要原因是他的工作態度問題，並不存在「宗派主義集團」的問題。這可以看出，在整個《草木篇》批判中，邱原所提出「宗派主義壓制問題」有著嚴重的影響，由此李累從事實出發對流沙河、邱原發言予以批判，以還原真相。

那麼，回到 6 月 12 日這樣關鍵的一天，邱原為什麼會有這樣全面否定自己的「自我檢討」？他為何要大轉變呢？石天河認為，「丘原的這個『書面聲明』，現在看來，表面不卑不亢，而骨子裏是選擇了一種『體面地退場』的策略。丘原是一個性情剛烈而有點毛躁的人，為什麼在『大鳴大放』的高潮中，突然就『軟化』了呢？……我後來猜想，丘原在運動中突然『退場』這件事，很可能與他的兄弟對他的勸誡及與領導的溝通有關。丘原的親弟弟邱仲彭，是文聯的團支部書記，很得領導信任，在『反右運動』時，雖然不大發言，卻擔負著對『右派分子』進行日常生活監視的工作。早在丘原退團時，他就曾經勸說丘原向領導作檢討，仍然回到團裏面來，但丘原沒有聽他的。現在，要『反右』了，作為團支部書記的邱仲彭，當然會先聽到信息，為了自己親哥

〔註 606〕《對流沙河進行所謂「政治陷害」是不是事實？省文聯昨日召開座談會弄清真相判明是非》，《四川日報》，1957 年 6 月 14 日。

哥生命攸關的問題，他可能向丘原透露了『反右』信息；也可能把流沙河『交代』的，關於『裴多菲俱樂部』的『為首組織者』是指向陳謙，而不是指向丘原，向他作了說明；同時，可能就是他給丘原出的主意，讓丘原在全國大張旗鼓『反右』的前夕，向領導表示願意接受『開除公職』處分，並發表承認錯誤的聲明，以便做到『全身而退』。」〔註 607〕從石天河的敘述來看，由於得知形勢的轉變，此時的邱原（即邱孟彭）接受了他弟弟邱仲彭的建議而發表「書面聲明」，也是非常合理的。邱原的弟弟邱孟彭，曾任四川省音樂家協會主席、中國音樂家協會《歌曲》雜誌通訊編委、四川省文聯副主席、省教委藝術教育委員會副主任等職〔註 608〕。所以，此時的邱仲彭，應該是已經瞭解到了全國的鬥爭形勢的。而邱原則完全有可能通過弟弟的提醒，瞭解到事態的轉變，由此進行「自我檢討」。不過，邱原即使發表了「自我檢討」的書面發言，卻並沒有由此過關。此時，由於此前的言論和行為，邱原已經被認定為文聯的「七君子」了，已經被文聯確定為小集團的成員之一了。一月後，成都日報的張烈夫在發言中，就開始揭發曉楓、石天河、流沙河、以及儲一天、邱漾（即邱原）、茜子、遙攀等同流合污，向黨進攻的事實。〔註 609〕到了 7 月 20 日，在《蕭然揭露石天河向流沙河等不斷指示向黨進攻的策略，並指出石天河原來在息烽中美合作所受過特務訓練》的批判揭發中，邱原已完全成為了石天河「小集團骨幹」，「『草地』編輯部編輯蕭然揭露石天河在幕後向流沙河、儲一天、邱原、曉楓等不斷指示向黨進攻的策略。」〔註 610〕在蕭然的發言中，大部分引用了石天河給流沙河信件的內容，這些內容可以參閱《四川文藝界右派集團反動材料》中的《右派集團往來信件》。而且在這些信中，我們確實看到此時石天河與邱原的關係確實比較密切。如石天河的「萬言書」，邱原就是其中的宣讀者之一，「萬一你朗誦怕人說閒話，也可交給丘原、白堤或白峽、方赫等同志朗誦。」〔註 611〕正是由於石天河與邱原的特殊關係，儘管邱原有

〔註 607〕石天河：《逝川憶語——〈星星〉詩禍親歷記》，香港：天馬出版有限公司，2010 年，第 235～236 頁。

〔註 608〕黃勝泉主編：《中國音樂家辭典》，北京：人民出版社，2006 年，第 665 頁。

〔註 609〕《成都市工人農民機關幹部及新聞文藝界人士舉行大會 聲討右派分子曉楓的反動言行》，《四川日報》，1957 年 7 月 13 日。

〔註 610〕《省市文藝界人士集會聲討右派分子 揭發石天河用明槍暗箭向黨猖狂進攻的罪行》，《四川日報》，1957 年 7 月 20 日。

〔註 611〕石天河：《五月二十五日石天河給流沙河的回信》，《四川文藝界右派集團反動材料（會議參考資料之九）》，四川省文聯編印，1957 年 11 月 10 日，第 20 頁。

「自我檢討」，但在反右鬥爭從流沙河《草木篇》批判轉向「石天河右派集團」批判的時候，邱原最後還是沒能逃脫，成為了文聯的「七人團」或者說「七君子」成員之一。「有說是指『三白二河』（即白航、白峽、白堤、石天河、流沙河）加上茜子、丘原，共七人；有說是指《星星》的四個編輯加上受過『機關大會』批判的茜子、丘原、儲一天，共七人；而依據流沙河在《我的交代》裏面所交代的，則是『以石天河為首腦，以我（流沙河）和儲一天為核心』，包括陳謙、遙攀、丘原、曉楓，共『七個成員』的『小集團』。」〔註 612〕從石天河的敘述來看，不管是哪種說法，這個「小集團」的主要核心成員就都有邱原。

而從整個歷史背景看，邱原為《草木篇》辯護的原因其實也是較為複雜的。一方面，邱原與流沙河有著較好的個人關係。曉楓就提到，「據我所知茜子、邱原、流沙河，三人均是四川大學同學，先後參軍，後被識才的西戎發現一同調入川西區軍管會文藝處，後轉入省文聯，用四川話叫『毛根朋友』。」〔註 613〕在《流沙河回憶老友丘》中，流沙河也回憶過他們交往和友誼，「丘原和我是四川大校友，原來在四川大文工團當導演，1950 年調到川西文聯劇協，我和他都在文聯創作組。他很有才華，琴棋書畫樣樣都行。哪知道 1957 年我倆都打成右派，我留機關農場改造，他被開除公職，回到了成都玉皇觀的家中。後來他在東郊某廠做翻沙模型的工作，又後來他在順城街開店，搞篆刻、油印之類。他的妻子與我前妻何潔從小是毛根朋友，關係很好。他看我在金堂城廂家中勞動，他多次跟何潔說：『快叫流沙河來我這裡，這裡維持生活容易得多嘛。何必在老家累死累活當解匠呢？這裡還有許多朋友在問起（關心）沙河。』」〔註 614〕可以說，邱原與流沙河有著非常密切的關係，這使得邱原積極地為《草木篇》和流沙河辯護。另一方面，邱原與流沙河之間也

〔註 612〕石天河：《逝川憶語——〈星星〉詩禍親歷記》，香港：天馬出版有限公司，2010 年，第 124 頁。

〔註 613〕曉楓：《小樓往事》，《往事微痕（石天河專集）》，電子版，2011 年 9 月 25 日，總第 81 期，第 70 頁。

〔註 614〕流沙河回憶老友丘原：http://cache.baiducontent.com/c?m=9d78d513d9d430aa4f9997690c66c0101a43f4102bd7a1020ea3843995732a42501590af60624e0b89833a2516ae3a41f7a06633200357f1c09bd4018eac925f7ed43a762d5dc05612a519a5cd5125b7219458e2a819f0ba863184aea59285120c94&p=8b2a9759cddb03b308e2927a114d&newp=c363d31283904ead46bd9b78095692695803ed633ed1d101298ffe0cc4241a1a1a3aecbf21201103d1cf7f6602a4485de1f53c76370434f1f689df08d2ecce7e31&user=baidu&fm=sc&query=%C7%F1%D1%FA+%CE%C4%C1%AA&qid=bcef9f8d00023735&p1=3。

有一些嫌隙。曉楓曾提到。「可是在『肅反』政治鬥爭中，互為仇敵，結下難解恩怨。現雖和好，靈魂上卻留下拭不去的傷痕。」〔註615〕雖然我們難以瞭解其中的具體歷史，但流沙河多次揭發邱原，這可能也是邱原「反水」的一個重要原因。當然，也正是由於流沙河的多次至少有 3 次揭發，才一步一步將邱原推到了歷史的前臺。流沙河對邱原的第一次揭發是在 1957 年 2 月初的「機關大會」上，「流沙河檢討『波蘭、匈牙利事件』期間他的一些思想言行時，順便檢舉了茜子（陳謙）、丘原（邱漾）等人。……又檢舉丘原說過『毛主席就是最大的個人英雄主義者。』」〔註616〕流沙河第二次揭發邱原是 7 月 19 日的會上，他說，「在這中間，石天河起了最壞的煽動的作用。好些鮮明的右派口號，好些流言蜚語，好些烏煙瘴氣，都是先從他的口裏吹出來，經過我和儲一天，再經過邱原、陳謙、遙攀等人，吹向文聯每一個角落，並和成都日報的曉楓是相呼應的。文聯的小圈子，就這樣開始形成了。」〔註617〕此後流沙河交出的石天河的信中，還重點提到了邱原的問題。最重要的是，流沙河的《我的交代》，成為了他第三次，也可以說是對邱原最全面、最有力的一次揭發，「通過陳謙我和從肅反後就斷絕了交談的丘原也往來了。這一條線：石天河——我——陳謙——丘原，就形成了。又由於我和曉楓早就熟識，而曉楓那時又和丘陳二人纏得很緊，於是這一條線又串上了曉楓。這中間，我起了最惡劣的作用，因為石天河和丘陳曉三人一貫是極少往來的。另一條線：石天河——儲一天——陳謙——遙攀，主要是在《草地》活動。最初的小集團就是這樣：以石天河為首腦，以我和儲一天為核心，共有七個成員的。」〔註618〕另外，這其中流沙河也專門提及邱原的個人問題，「我和丘原談到胡風問題。……丘原說『除非再過四十年才能翻案。胡風事件將來文學史上一定要大書一筆！』……丘原還說最大的官僚主義在中央，要反先從上面反。……丘原說：『李累就有點像葉紹夫！』……丘原說：『一切政治家都是卑污的。你看斯大林，先拉這個，後殺那個，再拉另一個，最後把對手

〔註615〕曉楓：《小樓往事》，《往事微痕（石天河專集）》，電子版，2011 年 9 月 25 日，總第 81 期，第 70 頁。

〔註616〕石天河：《逝川憶語——〈星星〉詩禍親歷記》，香港：天馬出版有限公司，2010 年，第 21～22 頁。

〔註617〕《省市文藝界人士集會聲討右派分子 揭發石天河用明槍暗箭向黨猖狂進攻的罪行》，《四川日報》，1957 年 7 月 20 日。

〔註618〕流沙河：《我的交代 1957.8.3.至 8.11.》，《四川文藝界右派集團反動材料》（會議參考文件之九），四川文聯編印，1957 年 11 月 10 日，第 2 頁。

一個個殺光，爬上去了！』『我最近讀隋唐史，盡是爭權奪勢借刀殺人。我賭咒一輩子不搞政治了！』」〔註 619〕「4 月 24 日晚上，加以丘陳二人的鼓動，我寫了退團申請書，決心和黨公開對立。那天晚上，丘原談到他解放前如何被三青團學生打，陳謙談到他解放前如何被偽縣長追索。我們認為那時候黑暗，現在仍然『黑暗』。丘原說：『你還留在團內幹什麼？我們這些人又不是靠政治吃飯的！』我說：『我自己也苦惱。我在思想上已經不把自己當成團員了。』丘原說：『七月整風，我是不參加的。你留在團內，就非參加不可。參加了，又好挨一頓整！』」〔註 620〕所以，由於流沙河的多次揭發，儘管邱原作了自我檢討，但無法逃脫成為右派的命運。我們看到，一方面是由於邱原自身在文聯的工作態度問題，另一方面由於他在整風運動期間借「草木篇」事件批判了文聯的宗派主義，最後邱原成為了「草木篇事件」的重要組成部分。因此，在 11 月 10 日四川文聯編印的《四川省文藝界大鳴大放大爭集》中，邱原的問題被編入到第一編「《草木篇》事件」裏，與流沙河、曉楓一起成為了「草木篇」事件的三大核心人物之一。其中就有專輯《第三輯 揭穿右派分子邱原（即邱漾）借「草木篇」事件向黨進攻的真相》，具體目錄如下：

> 邱漾向黨的領導進攻了說文聯的「宗派主義集團」對他進行「政治陷害」
>
> 工人、農民、知識分子寫信寫稿到四川日報對邱漾（丘原）反動言論的駁斥
>
> 馬繼武說，丘原把共產黨描繪成對知識分子進行政治迫害，這是污蔑
>
> 愛容指出，丘原並不是在幫助黨整風，而是在進行無原則的謾罵
>
> 鄧科元說，丘原污蔑人民政府，把同志污蔑成漢奸。
>
> 牛犇等抗議丘原污蔑今天的革命幹部。
>
> 馬健民對丘原誣衊靠近黨的人是洪承疇，曾國藩表示抗議。
>
> 邱原在群眾紛紛質問之下，發表了書面聲明
>
> 他說他在那次發言中說文聯的宗派主義集團對他進行政治陷

〔註 619〕流沙河：《我的交代 1957.8.3.至 8.11.》，《四川文藝界右派集團反動材料》（會議參考文件之九），四川文聯編印，1957 年 11 月 10 日，第 9 頁。

〔註 620〕流沙河：《我的交代 1957.8.3.至 8.11.》，《四川文藝界右派集團反動材料》（會議參考文件之九），四川文聯編印，1957 年 11 月 10 日，第 10 頁。

害，並非事實

據邱原說他曾要求報社刪去他前次發言中把洪承疇、曾國藩喻蕭崇素一節

他同意沙汀所說，他自己上次發言把一些行政的、創作的、工作的問題攪在一起了

他認為四川日報發表的某些來信對他採取了一棍子打死的態度

他說他發表這個生命，完全出於自願

方赫說邱原的發言是不符合事實的

蕭崇素認為邱漾說文聯宗派主義集團對他進行「整治陷害」是無中生有的造謠

對文聯黨組織和領導的意見

對邱原同志發言的意見〔註 621〕

另外，在四川省委宣傳部編《右派言論》中，也專門收集了邱原的言論，「官僚主義產生於無產階級專政制度本身，不是作風問題。社會主義國家的終身領袖制度，是個人崇拜的根源。布達佩斯的知識分子到裴多菲俱樂部去原是出於不得已。因為在拉克西統治下知識界一片荒涼，又不准自由討論，逼得他們去哪裏，因為只有那一塊地方有民主自由。」「文學藝術創作上的公式化、概念化，始於毛主席的《在延安文藝座談會上的講話》，如果不打破這個框框，中國永遠不會有創作自由和真正的文學作品。文聯和作協本應是作家藝術家的群體組織，不是上級下級關係，更不是埋葬思想自由的地方。而現在的作協、文聯是共產黨的衙門，是整人和強制改造人的思想的地方。思想是不能改造的，是人類生而具有的東西，就像天賦人權一樣。……黨委要退出文學創作藝術部門，讓作家藝術家自由自在地創作，想寫什麼就寫什麼。」「文學沒有黨性，只有人性。黨性強化教條，人性孕育藝術。《三國》、《水滸》、《紅樓夢》是靠黨性寫出來的嗎？我認為黨報上刊登的那些光明全是假的，陰暗面才是今天整個社會的真實。」〔註 622〕這些摘錄的言論更加激烈，更讓我們看到，邱原的右派命運是絕對不可避免的了。

---

〔註 621〕《四川省文藝界大鳴大放大爭集》（會議參考文件之八），四川省文聯編印，1957 年 11 月 10 日，第 58～70 頁。

〔註 622〕見《四川省右派言論選輯》（10），中共四川省委宣傳部辦公室編，1957 年 9 月 5 日。

此後，邱原雖然有弟弟邱仲彭的幫助，暫時逃過了這一階段的批判，但最終沒有逃脫「反右鬥爭」的衝擊。「邱原，極右派，開除公職。兩條路自行選擇：留機關監督勞動，或是自謀生路。他選擇後者。在成都開美術館謀生。」〔註 623〕流沙河也記錄過他的這段歷史，「邱原，我的同案難友 58 年戴上帽子後，被省文聯開除公職，留在成都，自謀生路。他先是開小店畫廣告，大飢餓的日子裏又擺小攤賣湯圓，近兩年在家中做模型工，又在提督街一家小店內刻字，生活過得不錯。我應該去找他。他也許能替我謀一個能糊口的勞動，在成都。什麼『危險得很哪』，我不相信，因為我相信我自己不會去犯法。誰知道五年後那句話應驗了，邱兄在獄中自殺慘死」〔註 624〕但是，作為「極右分子」的邱原，也無法逃脫悲慘命運。對於他此後的狀況，石天河曾介紹說，「丘原離開文聯以後，我在成都監獄裏聽說他開了一家美術商店，能勉強維持生計。但後來，文革時期，我在涼山農場的監獄裏，聽從成都新來的犯人說，丘原自殺了。究竟是因為什麼事情被捕，無從知道，只聽說他是在被捕後，和檢察院的預審員隔著個桌子對話的時候，用刮鬍子的小刀片，切斷大腿的動脈。等到預審員看到他臉色變白，又發現地下流的一大灘血時，已經搶救不及了。」〔註 625〕而曉楓在《還原歷史真相，痛悼亡友邱原》中，也比較完整地記錄了邱原此後的歷史，「正是因為他的立場觀點與社會現實格格不入，被劃為『極右分子』離開文聯後鎖喉噤聲，以刻蠟板度日。沒有想到他逃過了 1957 年的懲罰，卻沒有逃脫『十年文革』的煉獄，竟然慘死於 1974 年一個清晨的成都寧夏街市大監。事情是這樣的：……現在茜子想逃亡，處於友誼和同情，邱原將其中一種空白介紹信給了茜子，另送一百多斤的糧票和幾百元人民幣的路費。茜子到新疆後出境未果，又轉到上海想泅渡到公海爬到外國商輪，失敗之後嵌入山西一處煤窯挖煤度日。不久中共當局在全國範圍內對茜子發出紅色通緝令，很快將他抓捕歸案，邱原也作為『叛國集團』的策劃鋃鐺入獄。公安部門對他刑訊逼供，並且又到說：『只要您交代出同夥，我們可以立刻釋放你，如抗拒不交代只有死路一條。』邱原拒理抗辯，被禁閉在小監之中。在小監之裏沒有毒草，沒有利器，咩有繩索，連褲帶也

〔註 623〕譚興國：《草木篇事件的前前後後》，內部自費印刷圖書，2013 年，第 244 頁。
〔註 624〕流沙河：《鋸齒齧痕錄》，北京：三聯書店，1988 年，第 108 頁。
〔註 625〕石天河：《逝川憶語——〈星星〉詩禍親歷記》，香港：天馬出版有限公司，2010 年，第 237 頁。

被獄吏收去，每隔兩三個小時還有人巡視。為了保護朋友，將吃飯用的一隻竹筷在地上磨尖，然後在一個風雨如磐的宜晚，他蓋著被子躺在床用手摸著股動脈，咬牙對準跳動的血管舉起磨尖的竹筷用力插去，插進去後再用力不停攪動，直到鮮血汩汩外流時才蒙頭睡去。第二天早晨待獄吏發現時，他仰睡血泊中已悄然長逝。後監獄通知他妻子張天秀來領取遺物，那床血跡浸透的被蓋重達幾十斤。張天秀拿著血被去錦江河沖洗（因家裏沒有自來水），使半河水都染成了紅色。」〔註 626〕另外，在整個事件中，邱原不僅自己受到影響，命運悲慘，而且相關的人也因他的問題而受到了牽連。作家周克芹就是受到邱原影響的一位。鄧儀中在《周克芹傳》中提到，「周克勤因將一部電影文學習作《鵬飛萬里》送省文聯電影文學創作組請教時，曾面見過邱原，後來在『反右』鬥爭中，見報紙上公開點名批判邱原，覺得這個和藹可親的作家不像什麼『分子』，便寫信給川報，表達自己的看法。誰知這封信被轉到了學校，學校認為這是一個重大事件。……學校已把他為邱原說話的信，和他說過的『可惜有才華的流沙河被掐了尖尖』一類的話，彙集在一起，作出了結論：多次為『右派』鳴冤叫屈，嚴重喪失了立場。……有一份大字報稍長，羅列了周克勤的『全部罪行』，要求學校開除周克勤的學籍，交農業社管制勞動。理由是：1. 反對棉花統購政策，破壞工農聯盟；2. 公開寫信支持右派分子邱原，同情右派份子流沙河。」〔註 627〕可以說，在反右鬥爭中，流沙河、邱原的問題，是非常嚴重的，只要與他們一有關聯，便可成為罪狀。

回到邱原自身，他在創作上有一定的成就。在 1954 年他就曾與陳謙共同署名在《人民文學》、《西南文藝》上發表了作品，而且還出版了四幕歌劇《森林短笛》和小歌劇《警惕》等。在 1956 年與陳謙一起出版過了小說《夜過摩天嶺》，1957 年與傅仇出版了電影文學劇本《青蛙少年》，與米苗、蘆笛一起整理了藏族民歌《草地情歌》等〔註 628〕，可以他說是四川文藝界出現的一個

〔註 626〕曉楓：《還原歷史真相，痛悼亡友邱原》，《往事微痕（石天河專集）》，電子版 2011 年 9 月 25 日，總第 81 期，第 99～100 頁。

〔註 627〕鄧儀中：《周克芹傳》，重慶：重慶出版社，1996 年，第 38～41 頁。

〔註 628〕具體作品為：陳謙、邱漾：《前哨》，《人民文學》，1954 年，第 1 期；陳謙、邱漾：《征服大巴山》，《西南文藝》，1954 年，第 4 期。邱漾、陳謙編劇，教學祺等作曲，《森林短笛（一幕四場歌劇）》，成都：四川人民出版社，1954 年；邱原著、秋雲作曲：《警惕（小歌劇）》成都：四川人民出版社，1956 年。丘原、陳謙：《夜過摩天嶺》，重慶：重慶人民出版社，1956 年；丘原、傅仇《青蛙少年》，上海：新文藝出版社，1957 年；丘原等《草地情歌》，重慶：

新秀。如果沒有這次運動，邱原或許將成為一個優秀的作家。儘管流沙河與邱原之間有著複雜的個人關係，但流沙河的《M 的週年祭》，其中 M 取自邱原本名邱孟彭中「孟」的聲母，以獻給邱原。「秋風起，樹葉落／蟋蟀為你哭唱輓歌／一匣骨灰送入墳墓／插上兩朵雛菊／想起你的音容笑貌／彷彿還在人間活著／倔強傲岸的你／豈能這樣匆匆結束／這裡容不得你／你已流亡天涯海角？／依舊畫畫謀生／葬的或許竟不是你／而是另一個……／／秋風起，樹葉落／如今又聽蟋蟀唱歌／一年光陰容易混過／悲哀漸漸冷卻／你的嬌妻早已改嫁／兒女害怕說你／說起你來滿臉羞辱／就算去年不死／如今你也不願再活／人間還是老樣／許多腥臭污濁／請你冤魂不要安息／鬼門關前等我！（1972 年 9 月 13 日）」〔註 629〕這應該是流沙河對邱原，或者說對歷史的一種悲愴的悼念吧。

## 二、談真相：第九次座談會

緊接著第八次座談會的第二天，在 6 月 13 日召開了「四川省文聯第九次整風座談會」，在這次會上主要討論了此前對「草木篇」的批評問題，特別是要弄清《草木篇》事件真相。參加會議的有段可情、常蘇民、張默生、劉君惠、蕭崇素、鄭賓於、施幼貽、蕭長濬、劉思久、楊威、陳士林、吳若萍、李華飛、曉楓、儲一天、李伍丁、李累、李友欣等，文聯的許多幹部也出席了會議。座談會由沙汀主持，省委宣傳部副部長李亞群參加了座談。〔註 630〕這次會議可以說是一次重要的轉折，《草木篇》由「整風」轉向了「反右」。此時的流沙河由於身處漩渦之中，他拒絕參加這次座談會。

「談真相」是「第九次座談會」的主題。《四川日報》的報導，在《對流沙河進行所謂「政治陷害」是不是事實？省文聯昨日召開座談會弄清真相判明是非》的大標題下，包括《李累談所謂「政治陷害」的真相》、《白峽對李累的發言提出了他自己的看法》、《李伍丁說，省委執行對待知識分子的政策並沒有錯，而是我的看法有錯誤的地方。他又說，李累的發言是符合事實的》、《方赫說，流沙河認為思想改造越改越壞，與領導上對他的幫助不夠有關》、

---

重慶人民出版社，1957 年。

〔註 629〕流沙河：《M 的週年祭》，《流沙河詩集》，上海：上海文藝出版社，1981 年，第 125～126 頁。

〔註 630〕《對流沙河進行所謂「政治陷害」是不是事實？ 省文聯昨日召開座談會弄清真相判明是非》，《四川日報》，1957 年 6 月 14 日。

《儲一天說，黨團組織和行政上批評流沙河並不是政治陷害》、《楊威說，不應把對草木篇的批評完全否定》、《陳士林對何劍熏對「詩無達詁」的解釋提出了不同的看法》等 7 人的發言。同日的《成都日報》也以《省文聯繼續邀請文藝界座談 就所謂政治陷害等問題明辨是非》為總標題作了報導，包括《楊威說，草木篇是應該批評的，該不該批評是大是大非問題，要據理力爭》、《吳溪萍認為，草木篇的錯誤問題是作者臆造生活有片面性，放棄了社會主義現實主義創作原則》、《李累就文聯內部所謂「政治陷害說明真相」》、《白峽說：他同意李累的發言，他還談了兩點意見》、《李伍丁發言說，李累的發言是符合事實的。流沙河有些言行很不像話，嚴重到有同社會主義向牴觸言論。但文聯黨團組織對流沙河的批評的確有些粗暴》、《方赫說：不曾有人說過流沙河散文集中的作品是抄襲，他說，邱原受批評與他寫對「草木篇」的反批評文章無關》、《席向說，團組織曾對流沙河進行鑒定》、《儲一天說，黨、團和行政沒有對流沙河進行「政治陷害」》等 8 人的發言。〔註 631〕在這兩個會議報導中，都有李累、白峽、李伍丁、方赫、儲一天、楊威 6 人的發言。《四川日報》增加了陳士林的發言，而《成都日報》增加了吳溪萍、席向的發言。不過，總的來看，在「兩報」的記錄中，重點發言的都是李累。所以，這次會議的一個重要主題就是李累談政治陷害問題的「真相」。由於李累這次反駁，有大量的事實依據，可以說幾乎完全就否定了此前流沙河所談到的事實，由此完全肯定了《草木篇》批判的正當性。

在這篇《李累談所謂「政治陷害」的真相》的報導中，包括了《報刊對「草木篇」的批評與文聯團組織對流沙河的批評是兩回事》、《所謂「剝奪通信自由」的真相》、《關於侵犯「人身自由」的真相》三個部分，集中反駁了流沙河在 5 月 16 日《文匯報》、5 月 17 日《四川日報》中的所談到的三個問題。第一、「政治壓迫」問題，即文聯行政機關是否「壓制流沙河」的問題。李累否認文聯有所謂的「政治壓迫」，「報刊對『草木篇』的批評和文聯團組織對流沙河的批評，是兩回事：『草木篇』的爭論，是文藝問題；團內對流沙河的批評，是團組織對一個團員的錯誤言行的教育問題，必須區別開來。」然後李累重點提到了文聯對流沙河團內批判的相關歷史細節，「但是，早在 1956 年 2 月，文聯團組織就召開大會，對流沙河同志進行過批評和教育。……這

〔註 631〕《省文聯繼續邀請文藝界座談 就所謂政治陷害等問題明辨是非》，《成都日報》，1957 年 6 月 14 日。

段時間，流沙河還散佈了一些反對蘇聯、誣衊蘇聯的言論，反對社會主義的言論，……鬧得機關烏煙瘴氣，個個同志憤慨。黨、團支部又對流沙河進行過批評教育，但無效果。」由此，李累認為，《草木篇》的爭論是文藝問題，而且是發生在 1957 年至後；團內對流沙河的批評，則是文聯團組織對一個團員的錯誤言行的教育問題，時間在 1957 年之前。所以，並不存在對《草木篇》批判後，再對流沙河本人進行「政治壓迫」的問題。當然反過來看，四川文聯對流沙河《草木篇》的批判，應該是此前對流沙河團內教育的進一步呈現。第二、「剝奪通信自由」的問題。李累又以具體的事實，否定了「李累要追回他的信」，以及「李累叫他把讀者寫給他的信交出」的事實。在文中，李累還列舉出相關知情人，「就在四川日報剛刊出批評『草木篇』的文章後，流沙河回信給『紅岩』的一位詩歌編輯。這位詩歌編輯是羅泅同志。羅泅同志接到這封信後，給其他的同志看過，曾經看過這封信的一位同志，看見信上說道李亞群、常蘇民、李友欣、李累一概是教條主義；又說伍陵是官官相衛。這位同志覺得流沙河寫的這封信不大正派，才寫信給文聯領導，告訴我們要好好教育流沙河同志。我們才知道流沙河給『紅岩』編輯羅泅同志寫過信。這封信，我不但沒有向流沙河要過，也沒有向羅泅要過，直到現在，我也沒有見到過這封信。在座的同志，都可以寫信去問羅泅同志，他的地址是重慶重慶村 24 號『紅岩」編輯部。而流沙河就說我『追回』他的信件，說我『剝奪』了他的『通信自由』。我想，流沙河沒有權利叫那位同志不給文聯領導同志寫信吧？你也不能剝奪人家的通信自由吧？」由此，李累也就很輕易地反駁了「要追回他的信」的問題。第三、「侵犯人身自由」的問題。李累說，「也是在我上面講的那次座談會後，流沙河自己找我說過：『最近有些不認識的人來找我，我已經告訴小馬（文聯收發。發言人按），以後來找我的人，你先問他認不認識流沙河，認識，就請他直接來找我；他說不認識，你就說流沙河不在家。』當時，我已經聽到流沙河在會上說有些不認識的人來找他，帶來些謠言，我以為他是不願意見人家，這樣給小馬打招呼，這完全是他自己的事情，我就說：『可以嘛。』想不到流沙河把自己做的事情，說成是我侵犯他的人身自由。」「侵犯人身自由」，這在李累的敘述中，僅是一個如何接待訪客的問題，而根本不存在有侵犯流沙河的情況。對於李累所談到的這些事實，我認為是真實的。所以說，在整個《草木篇》事件中，人際之間的複雜關係是極為重要的一個誘因。通過對相關事實的陳述，李累得出結論，「流沙河的兩次談

《草木篇》歪曲了事實」。與此同時，李累也還批判了《文匯報》，「在李累發言的結尾處，專門提到流沙河歪曲事實以及《文匯報》的報導，如一些讀者要求撤職查辦李累、甚至有的讀者要求把李累交司法機關處理……，也對李累個人造成了巨大的傷害。」〔註 632〕可以說，李累的這篇「談真相」的發言，以相關事實反駁了流沙河的言論，而且徹底改變了整個《草木篇》批判的方向。總之，李累的這次「談真相」發言，加上「反右鬥爭」的深入開展，此後對流沙河的批判、對《草木篇》的批判就完全具有了合理性、正當性。

在李累的發言後，這次座談會主要就是圍繞李累的「真相」展開，並且全部是一邊倒對李累的支持。如李伍丁，雖然此前發表過「整風要整省委」的觀點，但他此時是完全支持李累的。在發言在中，他不僅充分肯定夠了李累的發言是符合事實的，而且還進一步補充了邱原、石天河、流沙河的個人問題，特別是流沙河的言行，以及其灰色情感等一些具體事實，也肯定了對流沙河批判的正當性。同樣，方赫在座談會上以《流沙河認為思想改造越改越壞，與領導上對他的幫助不夠有關》為題，也作了作了補充，「剛才李累談到，流沙河曾與重慶『紅岩』謠歌編輯羅泅寫過一封信，這封信羅泅給重慶作協其他的人看了，有人就給文聯領導上寫信，希望文聯領導上很好幫助流沙河。這封信至今仍保留在羅泅手裏，但流沙河卻向文匯報記者說了那樣的話，這是因為李累曾在一次會上公開說過：我已經掌握了你寫出去的信件，流沙河便認為既然掌握了，可能把信也追回來了。實際並非如此，信還在羅泅那裡。」〔註 633〕另外，方赫雖然認為「流沙河的偏激，與文聯領導對他關心幫助不夠」，但這一觀點，實際上是從側面上肯定了李累發言的真實性，其實也認可了對流沙河的批判。作為四川文聯的一員，方赫其實本身與流沙河之間並沒有多大的關係，所以他的發言應該是真實的。當然，在整個批判形勢之下，方赫的參會也是一種象徵，也對批判流沙河的肯定。更為值得注意的是，此前作為流沙河同盟，或者說也流沙河同處於被批判地位的儲一天，也忽然對流沙河展開了批判。儲一天以事實證明「黨團組織和行政上批評流沙河並不是政治陷害」，同時他還發言中注重談自己對流沙河的不滿，「黨、團、行政組織沒有對他進行『政治陷害』，這也是事實，也應該承認。他說，

〔註 632〕《對流沙河進行所謂「政治陷害」是不是事實？ 省文聯昨日召開座談會弄清真相判明是非》，《四川日報》，1957 年 6 月 14 日。

〔註 633〕《對流沙河進行所謂「政治陷害」是不是事實？省文聯昨日召開座談會弄清真相判明是非》，《四川日報》，1957 年 6 月 14 日。

關於在黨團員大會上對流沙河同志進行批評一事。」同時，他也談到了流沙河的個人性格問題，「儲一天最後說他始終沒有對『草木篇』發表過一個字的意見，他說，原因是我還沒有完全弄懂。但是，我對當時報刊上的批評，對那種粗暴的一家獨鳴的做法一開始就是不同意的。因此，這次批評工作中，我一直是同情並支持流沙河同志的。雖然如此，流沙河同志並不很滿意我。因為流沙河很極端，支持他要百分之百的支持。支持百分之八十，保留百分之二十，他也不滿意，有反感，這是他的很大的缺點。」〔註634〕當然，此時儲一天為何「倒戈」，就完全是形勢做所迫。但從這裡看到，作為流沙河同盟的儲一天的「倒戈」，表明對《草木篇》批判已經完全不可逆轉了。

面對李累所談的「真相」，這次座談會上，僅有星星編輯部的白峽為流沙河辯護，同時質疑李累的發言，「白峽認為流沙河消沉的原因之一是有人說他寫的『窗』是抄襲的。白峽還認為流沙河寫了許多作品，有很多對的，這段時間工作也是積極的。白峽說，流沙河懷疑李累妨礙他的通信自由，不是沒有原因的，因為流沙河把好些事情聯在一起來想，就懷疑起來了。他認為李累的發言有些地方還未交代清楚。」但他所說到流沙河《窗》的抄襲問題，立即受到了與會者方赫當場的反駁，「剛才白峽談到，去年2月流沙河要到北京去前，黨、團員開會與流沙河提意見時有人說他的散文集子——『窗』是抄襲的說法與事實不符，並沒有人認為流沙河的集子——『窗』全部是抄襲的，只是其中一篇『追』在情節上結構上與『新觀察』上刊載的一篇譯文相似，至少是模仿來的。他說，白峽並沒有參加那次會。」所以白峽質疑李累的發言，由於沒有提供更多的事實依據作支持，其辯護是無力的。但在這樣的形勢之下，白峽的挺身而出，體現出一種他人所少有的膽量。

四川省文聯的「第九次整風座談會」，《文匯報》、《中國青年報》均予以了報導，使得《草木篇》事件的「真相」，成為了全國文藝界的一種「共識」。我們先來看《文匯報》的報導，首先是6月15日的《文匯報》，以「本報成都14日專電」做了完整的報導，「12～13日，四川省文聯邀請文藝界進一步爭辯對『草木篇』批評的是非等問題。這兩個會，『草木篇』的作者流沙河都未出席。12日的會上，很多發言者都認為『草木篇』應該批評。……李累指出：『關於流沙河的所謂失去通訊自由和人身自由，也就是說遭到了政治陷害

〔註634〕《對流沙河進行所謂「政治陷害」是不是事實？省文聯昨日召開座談會弄清真相判明是非》，《四川日報》，1957年6月14日。

的意思，我鄭重聲明，這不是事實。』接著李累又說，報刊對『草木篇』的批評和文聯團組織對流沙河的批評是兩回事。對『草木篇』的批評，是文藝問題；團內對流沙河的批評，是團組織對一個團員的錯誤言行的教育的問題，必須區別開來。……李累最後說：我希望上級黨委和政府檢查機關來檢查清楚，如果我真實違反了憲法，對同志進行了政治陷害，我願受應得的幾率處分。如果沒有這些事情，在全國性的報紙上誣衊一個同志，又怎麼辦呢？」〔註 635〕《文匯報》上的這個報導，儘管在一些細節地方上有一定的簡略，但卻完全是依據的《四川日報》而寫的。當然，《文匯報》需要發表這個報導，主要是與此前范琰的採訪流沙河後的文章有關。此時《文匯報》刊登李累澄清真相的文章，也是為了進一步消除《草木篇》事件對《文匯報》的影響。但是，由於該報導在一定程度上有簡略，儘管《文匯報》報導了這次座談會上李累的主要觀點，但仍然被《四川日報》否定了，甚至又一次成為嚴重的政治事件。6 月 25 日宋禾的文章，就否定了《文匯報》的這次報導，「一、李累的發言中，有這樣一段：『文匯報也沒有調查這些事情的確實與否，就登出來了。以致引起趙超構先生運在數千里外不明真象的憤慨；引起一些讀者要求撤職查辦李累；甚至有的讀者要求把李累交司法機關處理……』不知怎麼的，把李累發言的其他部分都一一轉發了的那條『專電』，卻獨獨刪去了這一段。二、在 13 日的座談會上，在李累發言之後，文聯的幹部李伍丁等也發言認為『李累的發言是符合事實的』。也不知怎麼的，參加了那次座談會的文匯報記者，對於這一點，在他的那條數千字的『專電』中，竟隻字不提。這就不能不使人要問：文匯報幹嗎要閹割別人的發言呢？是怕李累的那段話『影響了『鳴放』呢？還是怕那段話暴露了自己熱衷於『點火』，偏聽一面之詞的危害性呢？不提李伍丁等的發言，是覺得那些話『無關重要』呢？還是怕提了就不能造成『李累的說法也不過是一面之詞』的印象呢？文匯報的『客觀』在哪裏？它的毛病又是不是僅僅在於用『客觀主義的觀點來編輯報紙』呢？。」〔註 636〕在宋禾的文章中，他重點抓住了《文匯報》專電的兩個問題，不提此前《文匯報》的報導所引出的趙超構問題，也不提李伍丁的發言的問題。由此，宋文

---

〔註 635〕《四川省文聯舉行座談會 辨明批評「草木篇」的是非問題 李累認為流沙河關於侵犯人身自由等說法不符合事實》，《文匯報》，1957 年 6 月 15 日。

〔註 636〕宋禾：《「客觀」何在？——由文匯報的一條專電引起的疑問》，《四川日報》，1957 年 6 月 25 日。

認為《文匯報》的這個專電，是對李累發言的刪減，是有嚴重問題的。由此，在 7 月初四川文藝界又專門展開了對《文匯報》以及范琰的集中批判。那麼，宋禾為何在這裡要為針對《文匯報》，由此而為李累辯護呢？宋禾，原名宋文錦，曾參加中共川東特委領導的華鎣山游擊隊，建國後歷任街華社川西分社、四川分社記者、分社農村組組長、四川分社重慶記者組組長，主任記者、黨組成員。〔註 637〕更重要的是，宋禾與李累都與《挺進報》有關，李累是《挺進報》第二階段的負責人，而宋禾則是第三階段的參與者，所以宋禾對李累應該是有著非常特別的情感。因此，當《文匯報》的報導忽略了李累的重要觀點的時候，甚至有所刪減的時候，此時作為新華社四川分設的記者，他寫出了這樣一篇質疑《文匯報》的文章也是合情合理的。而且在宋禾之後，傅仇也還揪住《文匯報》的這個問題，進一步展開了批判。

《中國青年報》上也刊登了這次座談會的相關報導。與《文匯報》不同的是，任楚材的這篇《關於「流沙河談草木篇」真相》，則是完全依據《四川日報》來寫報導的〔註 638〕，具體內容我們就不再重複了。那為什麼《中國青年報》也要刊發李累「談真相「」的文章呢？據記載，任楚材建國後歷任《中國青年報》社駐西南、四川記者站站長，中共宜賓地委辦公室主任。〔註 639〕而且根據《四川省志·報業志》，「中國青年報西南記者站始建於 1953 年，1954 年大區撤銷後改為四川記者站。任楚材、張騰、朱會倫、毛浩先後任站長。」〔註 640〕此時任楚材應該就是《中國青年報》四川記者站站長。所以，在全國開展反右鬥爭後，任楚才也就參與到相關的反右報導中了，並全力報導了這次事件。此後，他還與王少華發表過《血淚斑斑的罪證——在地主莊園陳列館裏看到的》〔註 641〕，顯示出較為激進的姿態。在《草木篇》事件中，任楚

〔註 637〕宋禾：《引以自豪的〈挺進報〉——回顧我參與辦〈挺進報〉的一段經歷》，《蜀光人物 建校八十週年暨張伯苓接辦蜀光七十週年紀念文集》，蜀光中學校、蜀光中學自貢校友會編，成都：四川人民出版社，2007，第 256 頁。

〔註 638〕任楚材：《關於「流沙河談草木篇」真相》，《中國青年報》，1957 年 6 月 20 日。

〔註 639〕《中國出版人名詞典》，中國出版科學研究所、河北省新聞出版局編，北京：中國書籍出版社，1989 年，第 474 頁。

〔註 640〕《四川省志·報業志》，四川省地方志編纂委員會編纂，成都：四川人民出版社，1996 年，第 267 頁。

〔註 641〕任楚材、王少華：《血淚斑斑的罪證——在地主莊園陳列館裏看到的》，《血和淚的回憶》，中國青年出版社編輯，北京：中國青年出版社，1963 年，第 3～10 頁。

材雖然沒有寫相關的批判文章，但他的這篇報導，可以說對《草木篇》事件起到了推波助瀾的作用。

總之在我們看到，在《草木篇》事件中，在「省文聯第九次整風座談」之後，已經完全只有李累的所談的「真相」了。而且通過《文匯報》、《中國青年報》的報導，《草木篇》事件的「事實真相」也被進一步認同和固化。回過頭來看，李累在這個時候來談真相，有著這樣一些原因：整個《草木篇》批判的導火線是從李累開始的，所以必須由他以「真相」來推進，並結束這一問題。更重要的是，從整個時代背景我們看到，全國已經從「整風」走向「反右」，所以 6 月 13 日的「李累談真相」，也完全不只是李累一個人的個人行為，而是整個四川省文藝界「反右」的系列行動之一。可以說，李累的「談真相」是四川文藝界反右的第一個高峰。更為重要的是，這次座談會雖然核心是對流沙河「真相」的反駁，但實際上已經構成了此後流沙河批判的一個框架：首先是對流沙河個人歷史問題的批判，其次是對流沙河系列支持者的批判，包括對他的同盟石天河、曉楓、邱原的批判，對《文匯報》的批判，以及對張默生「詩無達詁」理論的批判。由此，在李累「談真相」之後，《草木篇》批判進入到了新的批判階段。由於流沙河問題的嚴重性，從 6 月 13 日四川省文聯召開的第九次座談會之後，還有相關的「真相」需要一一澄清，文聯的大型座談會就要等到 6 月 28 日才會繼續召開了。

## 三、「金堂來信」

在 6 月 13 日李累「談真相」，以及《文匯報》、《中國青年報》之後，《草木篇》問題的相關「真相」出現在《人民日報》上，這使得《草木篇》事件升級，成為全國性的大事件。6 月 21 日，《人民日報》發表《什麼話》一文，重刊流沙河的《草木篇》，並配有「編者按」，報導四川省《草木篇》的論爭情況。《人民日報》對《草木篇》批判的肯定，就為四川文藝界反右鬥爭，深入批判流沙河提供了重要依據。「編者按」全文內容如下：

> 「草木篇」原載成都出版的詩歌刊物「星星」創刊號（1957 年 1 月出版）。發表後，在四川文藝界引起許多批評和爭論。其中許多批評是正確的，它們批評這組詩宣揚了脫離群眾、孤高自賞的個人主義，散播了對社會的不滿和敵對情緒；認為這組詩對讀者是有害的。也有一些批評文章在態度上是比較粗暴的，這些文章也引起了

文藝界人士的不滿。作者流沙河上月中在對上海《文匯報》記者的談話和在四川省文聯座談會的發言裏，雖承認自己「從思想到作風，處世為人，都保留著一種驕氣，自以為傲骨嶙峋」，但卻表示不能接受許多人的批評。他說「草木篇」只是「表現手法太隱晦，生活觀察又帶片面性，見木不見林」。他「不同意有人說的批評是基本上對的，只是方式有點粗暴」。他認為「這一批評不僅是教條主義，而且是宗派主義」。他把許多批評，形容為「殘酷」、「人身攻擊，政治恐嚇」、「猖狂」、「排斥異端」，他認為「草地」二月號上「草木篇書後」一文「是高峰，這篇文章是聲討宣言，提出了很多問題，可以看成要組織更大規模的第二期圍剿」。他認為對為「草木篇」辯護的文章所進行的批評是「連坐法，九族皆誅」等等。他把團組織對他的批評說成是「顛倒黑白，叫人痛心」。他還說由於這組詩，他受到四川省文連線關內部的「壓制」，通信、行動自由都遭到侵犯等等。（見5月16日上海《文匯報》和5月17日《四川日報》）。在上月14日至本月13日四川省文聯邀請文藝界人士陸續舉行的座談會上，曾經討論了對「草木篇」批評的是非問題。文藝界人士沙汀、袁坷、張澤厚、藍庭彬、劉君惠、王益奮、蕭蔓若、山莓等在發言中，都認為「草木篇」是應該批評的。劉君惠並指出：「流沙河在前次會上發言，說他寧肯到資本主義國家去作自由的貧困兒，這個話流沙河是理直氣壯地說出來的，這就是作者的政治態度，他的愛和憎的最鮮明的表現。」因此，「按本質說來，『草木篇』是反社會主義的作品」。被流沙河指為侵犯人權的省文聯黨支部負責人李累及其他工作人員，在最近的座談會上也指出流沙河指控省文聯機關對於他的「壓制」是無中生有的。李累說：事實是，團組織在去年二月曾批評過流沙河的思想作風，在「草木篇」發表後，團組織也批評過他，但這同報刊上的批評是兩回事。而他所謂「剝奪通訊自由」、「侵犯人身自由」等等，也都不符合事實。他們並揭發流沙河在聽到對「星星」上另一首詩「吻」的批評時，曾經公開辱罵：「這些部長老爺們神經衰弱」，「我不管你們這些正人君子部長老爺，你們干涉老子，老子就罷工，老子就造反」。本報編輯部曾接到一些讀者來信，詢問「草木篇」的具體內容。除已分別答覆外，現將這組詩轉載在這裡，

並將有關「草木篇」的批評作如上的簡單介紹。詳細情況，以後另作報導。〔註 642〕

這篇《人民日報》的「編者按」，是從李累在 6 月 13 日座談會上的發言而談起的。該文不僅肯定了四川文藝界對《草木篇》批判，同時也肯定了《草木篇》的個人主義和對社會不滿和敵對的情緒，實質上是指出了《草木篇》「反動性質」的定性，將《草木篇》定性為有害的「毒草」。由此，《人民日報》對《草木篇》的批判，不僅是《草木篇》事件的一個重要標誌，也深入推進了四川省文藝界全面的「反右鬥爭」。當然，回到歷史我們看到，6 月 20 日四川省就已經全面啟動了「反右鬥爭」。與全國的反右鬥陣一樣，四川也提出，「右派野心分子把黨的整風運動看成是一個進行陰謀活動的好機會，採用了各種卑鄙的手段猖狂地向黨進攻，向社會主義進攻，企圖藉此擺脫甚至削弱黨的領導，破壞和削弱人民民主專政制度，破壞和削弱社會主義改造和社會主義建設事業，來達到右派分子實現資本主義復辟野心的目的。」〔註 643〕所以，由於右派「對黨的猖狂進攻」，在四川開展反右鬥爭很有必要，《四川日報》發表了《是過火還是開始》，反駁了「認為目前四川反擊右派的鬥爭中存在的『過火』說法」，認為「反擊」不僅談不上過火，而且只是一種新的開始的起點。〔註 644〕在同日的《四川日報》上，就發表了唐冬昕的《同右派分子作堅決鬥爭！》〔註 645〕一文，表明了這樣態度。此後，四川省一系列的「反擊右派」鬥爭如期開展。

在民盟中展開反右，這是四川反擊右派鬥爭的一個重要內容。在《堅決粉碎右派分子的猖狂進攻》中，首先提到了民盟四川省委主委潘大逵為「章羅聯盟四川分店頭目」。所以在四川文藝界，由於《草木篇》問題而引出了民盟成員張默生的系列觀點，張默生便成為了被「反擊右派鬥爭」的一個重點。6 月 23 日晚間，民盟四川大學支部舉行全體盟員大會，揭露和批判盟內的右派言行，要求支部檢查曾經如何接受和執行了右派反對黨的領導、反對社會主義的思想影響和計劃。這次會議的一個重點，就是對張默生批判，「中文系教授石璞認為對『草木篇』的批評雖然有粗暴之處，但絕大部分批評是正確

〔註 642〕《什麼話》，《人民日報》，1957 年 6 月 21 日。

〔註 643〕《堅決粉碎右派分子的猖狂進攻》，《四川日報》，1957 年 6 月 20 日。

〔註 644〕《是過火還是開始》，《四川日報》，1957 年 6 月 25 日。

〔註 645〕唐冬昕：《同右派分子作堅決鬥爭！》，《四川日報》，1957 年 6 月 25 日。

的，但張默生卻歪曲對「草木篇」的批評說是黨用了圈套。……中文系副教授陳志憲也指出張默生在文聯關於『草木篇』的發言中，對川大黨委布置中文系討論『草木篇』的情況一再擴大，大肆刻畫和形容，陳志憲還列舉事實說明張默生對黨委退出學校是很感興趣的，……中文系講師李奇櫟也指出張默生在文聯關於『草木篇』的發言的情緒是不正常的，後果是不好的，他認為張默生的思想在鳴放中也瀕臨危險的邊緣。」〔註 646〕我們看到，對張默生的批判，雖然是從民盟四川大學支部展開的，而實際上也是因為《草木篇》問題。此後，《四川日報》也多次發表批判張默生的文章，「系主任張默生在最近文聯的座談會上說原來系上批評『草木篇』是自上而下、言不由衷，這個發言我不能同意。」〔註 647〕此時顏實甫，也在四川大學中文系任教授。〔註 648〕可見，此時，相關的人都必須站出來批判張默生。而同日的《四川日報》還發表同為民盟盟員趙錫驊的批判文章，「『詩無達詁』的說法必須駁倒！否則，便沒有了批評作品的客觀標準，而對『草木篇』的批評問題也就無法用科學的客觀態度心平氣和地討論下去，甚至整個文學批評工作，也只好『關門』了。」〔註 649〕趙錫驊是民盟老盟員，此後他還出版過《民盟史話 1941～1949》〔註 650〕等著作，所以他此時對張默生的批判，實際上代表了民盟對張默生批判的聲音。另外，還有弓也的批判文章，「這種『詩無達詁』的論調，實質上就是主張文藝批評不可能有客觀標準，主張文藝批評的唯一標準是作者本人主觀的解釋。按照這種文藝作品不可知論，文藝批評可以取消，文藝為人民服務等等都是無的放矢，因為能夠真正讀懂作品的只有作者本人。」〔註 651〕這段時間，除了對張默生的批判之外，6 月 26 日《文匯報》刊登了中國新聞社孫殿偉的文章，也談到了《文匯報》的問題，「文匯報記者在訪問記中，對『草木篇』的錯誤實質輕描淡寫地一筆帶過，卻津津有味地去描寫流沙河如何受到批評，當時對他的批評如何粗暴，他在被批評後的心情，等等。通訊

〔註 646〕《川大盟員不滿支部負責人在反右派鬥爭中消極退縮 要求川大民盟支部把右派的活動攤出來 張默生郭士堃散佈右傾言論造成不良影響》，《四川日報》，1957 年 6 月 25 日。

〔註 647〕顏實甫：《顏實甫教授對張默生提出批評》，《四川日報》，1957 年 6 月 24 日。

〔註 648〕鮮于浩、田永秀：《留法勤工儉學運動中的四川青年》，成都：巴蜀書社，2006 年，第 93 頁。

〔註 649〕趙錫驊：《評「詩無達詁」之說》，《四川日報》，1957 年 6 月 24 日。

〔註 650〕趙錫驊：《民盟史話 1941～1949》，北京：中國社會科學出版社，1992 年。

〔註 651〕弓也：《舊事重提》，《四川日報》，1957 年 6 月 25 日。

中強烈地流出出了一種為『草木篇』受批評抱屈的情緒。」〔註652〕總之，進入到全面反右派鬥爭後，民盟首先受到衝擊。

回到流沙河本人，在6月13日他拒絕參加了四川省文聯舉行的第九次座談會。當然，這次座談會的內容在《四川日報》上發表後，對流沙河的打擊是很大的。面對整個反右鬥爭的形勢，流沙河無法再次「澄清真相」，只能選擇了逃離。常蘇民在一次座談會上介紹了流沙河出走西安的情況，「很多同志關心流沙河，問他為什麼走了。流沙河在李累發言後，一再向文聯領導上表示要出去走走，沙汀、段可情和我都親自請他談，問他對李累的發言有何意見，他說對李累發言事實基本同意，希望領導上原諒他，他心情不好，讓他去西安走走，轉換轉換情緒。這就是流沙河到西安去的情況。」〔註653〕而譚興國談到了流沙河出走的另外一種情況，「李累談『真相』的會，流沙河三請不到，拒絕參加。其實他並未閒著，那幾天他和他的親密夥伴，常在一起研究對策，最後決定：『走為上。』他接受曉楓的勸告，到西安去『避難』。行前向文聯領導請假，領導商量：『讓他去散散心罷！』準了。他在去西安的當夜，寫了五言絕句《亡命》，今夕復何夕？亡命走關西。／狂風摧草木，暴雨打螻蟻。／曲悲遭千指，心冷橫雙眉。／逃死奔生去，焉敢料歸期？」〔註654〕雖身在西安的流沙河，但他卻非常關心成都，於是給曉楓寫信。流沙河寫信的內容，我們無法知道。而6月25日曉楓給流沙河的回信，卻收錄在了譚興國的《草木篇事件的前前後後》中，「誰是誰歹，歷史會作出正確的結論。我再一千個的誡告你：腦子要想得寬，想得美；眼睛要看得遠，看得高，一個人要有耐性。……在這個狂風驟雨的時刻，你千萬不要選擇最輕便的道路——自殺。馬雅可夫斯基寫過：死，並不困難，活著才苦難。你不是懦夫，我相信絕不會將這可怕的悲劇重演。你是聰明人，應該比我懂得更多。現在你唯一的詩珍惜你的才能，文學事業，也是人們對你的要求，和我對你的要求。因為我和你交往，不只是『士為知已者死』，而重要的是：希望你在文學藝術上有造詣，

〔註652〕孫殿偉：《從「草木篇」問題的報導談起》，《文匯報》，1957年6月26日。

〔註653〕《省文聯繼續舉行作家、詩人、批評家座談會 駁斥張默生流沙河等的錯誤言行 傅仇對文匯報歪曲報導有關「草木篇」問題提出抗議》，《四川日報》，1957年6月29日。

〔註654〕譚興國：《草木篇事件的前前後後》，內部自費印刷圖書，2013年，第203～204頁。

彌補同代的不足……」〔註 655〕從這裡我們看到，流沙河給曉楓寫信主要表達了悲觀的情緒，甚至是有「再度自殺」想法，所以曉楓在信中予以勸解。在經過了劫難之後，對於在西安這段時間的經歷，流沙河也在《夢西安》一詩中透露出了一些信息，「那年我孤獨地來到身邊，／滿眼惶惑，眉間鎖著幽怨。／朝朝暮暮繞著鐘樓迴旋，／為的是想看看四川的報紙，／等待著對我公平的裁判，啊，西安！//想不到五首小詩換來一場大難，／痛苦驅使我去回味唐代的詩篇。／登驪山我高誦《詠懷五百字》，／臨渭水我低吟「落葉滿長安」，／望雁塔疑心李白還在上面，啊，西安！」」〔註 656〕在這首詩中，流沙河主要表達了自己在西安一些想法。從這裡可以看到，他到西安，主要是想逃離四川。他卻時時關注著「四川的報紙」，「等待著公平的裁判」。不過，他的這個願望並沒有實現。不過在西安，流沙河卻收穫了何潔收穫了愛情。「我第二次看見她是在 1957 年『反右』風暴來臨的初秋，在陝西驪山下的華清池畔。那時她已是成都市川劇團的小演員，隨團在西安演出，抽暇遊覽華清池。而我那時正從成都到西安登驪山避『風暴』。池畔相逢，荷花正好，她卻默無一語。我因《草木篇》闖下了大禍，她是知道的，而且是同情的。她怕給本團的同志看見了，以後說不清，所以不同我交談。她雖如此謹慎，亦不能免於禍。不久，被人發現她的日記本上竟有讚賞丁玲的《莎菲女士日記》和我的《草木篇》的文字，因而受到批判。」〔註 657〕總之，西安之行，流沙河的心情確實是非常複雜的。

與此同時，四川文藝界的「右派鬥爭」，也進入到一個「新階段」。此時的《草木篇》事件，就已經進入到了更為深入的「挖流沙河的老根」階段。雖然流沙河詩集《告別火星》的廣告，依然出現在 1957 年 6 月 25 日出版的《詩刊》封底上，與徐遲的《美麗、神奇、豐富》、魏鋼焰的《赤泥嶺》、雁翼的《勝利的紅星》並列，但對流沙河的批判，並沒有隨著李累的「談真相」和流沙河的離開而結束，卻在「反右鬥爭」中更加深入。由於《人民日報》已經為《草木篇》定下了個人主義、反對社會、敵視社會的基調，所以對《草木篇》

〔註 655〕譚興國：《草木篇事件的前前後後》，內部自費印刷圖書，2013 年，第 209～210 頁。

〔註 656〕流沙河：《夢西安》，《流沙河詩集》，上海：上海文藝出版社，1982 年，第 122～124 頁。

〔註 657〕流沙河：《我的「七夕」》，《青年一代》，1983 年，第 2 期。

的批判，就不再是《草木篇》是否是「毒草」的辨析，而是要追查個人歷史。由此，對《草木篇》的批判，進入到了「挖流沙河老根」的階段。6月28日，《四川日報》的「金堂來信」刊登了金堂縣繡水鄉馬鞍農業社主任李元清；紅旗農業社主任王楝成；繡川農業社社員毛正興；紅旗農業社社員何光照等十一人的《流沙河為什麼仇恨新社會？請看金堂縣繡水鄉十一個農業社員的來信》，收集了流沙河對新社會充滿仇恨的大量歷史事實。「金堂來信」，可以說是整個《草木篇》事件的一次大爆炸。內容如下：

> 編輯同志：
>
> 前些日子，看見報上批評流沙河「草木篇」，說他仇恨新社會；最近又看見他自己也承認他說過「寧願到資本主義國家去當一個自由的貧困兒」的氣忿話，這是有來頭的。
>
> 說起流沙河有些人不曉得，說是余勳坦，那我們金堂老城的人，都曉得金堂城槐樹街那個吃「人骨頭錢」的兵役科長余營成就是他的老子，余勳坦在本鄉人都稱他是「九老少」。
>
> 他家原是九百多畝地的大地主，余營成四弟兄分家，一人分二百三十多畝，余營成四川大學畢業後，在成都上海等地「玩戲班子」，進賭場，以後從成都偽縣長訓練班出來就在廣元、德陽、金堂等縣當了多年的兵役科長，靠著吃「人骨頭錢」，生活過得好派頭。大老婆和三個子女居在成都，他和小老婆（原是丫頭，被強姦後收上房的）與六個子女住在一起，雇了四個人：一個火房，一個老媽子，兩個奶媽。子女都在上高中大學。他那裡來的錢呢？就是買賣壯丁，敲榨勒索，吃人骨頭的錢。1945年他回金堂來當了兵役科長後，害得多少人妻離子散，家敗人亡。如1946年，上面分配金堂縣壯丁三千名，他就私自多派二百名，每名賣三石谷，共貪污六百石，1946到1947兩年的壯丁安家置，全部被他們吞沒了，反而還去敲榨壯丁家屬。他搞了錢交不足壯丁時，就到處亂拉，拉的金堂路斷人稀，獨子羅真娃也被拉去了，逼死了羅的父親，氣死了羅的母親，羅本人也死在國民黨部隊，一家人都死完了。被余營成整得這樣淒慘的，金堂何止這一家！
>
> 余營成不單是青幫、袍哥的頭子、民社黨縣黨部政務委員會主任，解放前夕，還和王從周（已鎮壓）等同謀組織「反共救國軍」

準備「誓死抵抗」。解放後，仍不向人民低頭，還千方百計的盤剝佃戶，在減租退押前夕還強收小春，逼著佃戶何先照給他推去兩石菜子，把耕牛賣了來給他錢。1949年的公糧到1951年還未交。應退押六千多斤大米，應賠罰五千多斤大米，他顆粒不退，經過了群眾的控訴歷數其殘害人民，反抗解放軍和國家法令的罪狀，一致要求人民政府依法把他鎮壓了。

流沙河生長在這個官僚、地主家庭裏，驕生慣養，在學校和街坊上處處仗勢欺人，「打三個擒五個」的，同街的都稱他「九老少」，連那個幫他家二十多年的老媽子李王氏，也常常挨這位少爺的拳頭。他過慣了這種剝削腐朽的生活，又有殺父之仇，當然對現在人民當家作主的社會要仇恨的。鎮壓了他父親以後，我們到川西農民報把他找回來，動員家庭退押，他滿口答應「保證退清，不欠農民一文」，那曉得他挽了幾個圈圈，訂了一個騙人的計劃就溜了，一文也未退出來。當時大家都很氣憤，要去把他找回來，後來又想到他參加了革命，讓他好好去工作吧！就原諒了他。叫他想想是誰把他養大的？不是他罪大惡極的父親，而是我們金堂人民的血汗，他不該把我們當成仇人！

陽關大路他不走，那才壞得沒底底哩！

金堂縣繡水鄉馬鞍農業社主任李元清、紅旗農業社主任王棟成、繡川農業社社員毛正興、紅旗農業社社員何光照等十一人

1957年6月19日〔註658〕

「金堂來信」，完全坐實了流沙河「仇恨新社會」的歷史根據，而且明確呈現了流沙河「仇恨新社會」的具體事實。由此流沙河的問題，就完全是一個政治問題了。在這裡，這封來信將流沙河的父親余營成塑造成為一個吃「人骨頭錢」的兵役科長形象：一邊講述了他作為大地主玩戲班子、進賭場、養小老婆的個人成長歷史；一邊又敘述了他當上兵役科長後，買賣壯丁，敲榨勒索，吃人骨頭的錢的「醜惡事蹟」，使得金堂很多人家妻離子散，家敗人亡。同時，在解放後，余營成仍然組織「反共救國軍」準備「誓死抵抗」，仍不向人民低頭盤剝老百姓。最後，在人民群眾的控訴之下，因余營成殘害人民、

〔註658〕《流沙河為什麼仇恨新社會？請看金堂縣繡水鄉十一個農業社員的來信》，《四川日報》，1957年6月28日。

反抗解放軍和國家法令這三項罪狀，在人民群眾的一致要求下，人民政府依法把他鎮壓了。由此，人稱「九老少」的余勳坦，因為他過慣了剝削階級的生活，而且有殺父之仇，所以必然對現在人民當家作主的社會要仇恨。這封信，實際上徹底將流沙河《草木篇》問題徹底定性為政治問題，成為《草木篇》事件中的又一個標誌性事件。這封「金堂來信」，其影響是不言而喻的。7 月 3 日《文匯報》整版為《流沙河反動面貌完全暴露》和《四川文藝界對本報的批判》，集中批判流沙河的問題：粉飾《草木篇》、對批評和對黨進行誣衊，以及把自己的處境描繪成處在「殘酷」「猖狂」的「人身攻擊」「政治恐嚇」之中。並且在這一期《文匯報》上，也轉載了「金堂來信」，並更名為《流沙河為什麼仇視新社會》。而且在 7 月 4 日《文匯報》發表社論《從「草木篇」的錯誤報導吸取教訓》中，也還專門引用了這封「金堂來信」並說，「金堂縣繡水鄉農業社社員的一封通信不但替我們提供了階級鬥爭生動的教材和深刻的教訓，而且那種氣度，更是豁然仁者之言，讀了以後，凡屬有情的是都會為之泣下的。人稱『九老少』的流沙河的父親是怎樣的人呢？那是個吃『人骨頭錢』的大地主、惡霸、袍哥頭子。人民在他的魔掌下過的詩『家破人亡、流離失所』的日子。人民翻身以後，鎮壓了這個惡魔。但對「九老少」卻並沒有採取趕盡殺絕的態度。當流沙河『轉了幾個圈圈，一文也沒有退押，訂了一個騙人的計劃就溜了』以後，農民們是很氣憤的，本來可以把他再抓回來，但是『後又想到他參加了革命，讓他好好去工作吧，就原諒了他。』流沙河在革命隊伍裏受到了仁至義盡的培養，但到底還忘不掉他的『殺父之仇』。時時刻刻咬牙切齒地想『造反』，想『到資本主義國家去當一個自由的貧困兒』。當弄明說清了是非，最後還是警告他，『陽關大路不走，那才壞得沒底哩！』這種嚴重的態度和恢宏的氣度，豈是未經徹底改造的知識分子能夠比得上的。立場問題在知識分子來說是必須首先解決的問題。這個問題在我報編輯部來說是個基本的、嚴重的必須加以解決的問題。從最近的慘痛教訓當中，我們知道如果不徹底清除資產階級的辦報思想，如果不堅決的進行徹底的改造，就必然不能在今後避免發生新的錯誤。誠懇地希望親愛的讀者在我們改正錯誤的道路上嚴肅地監督、督促我們！」〔註 659〕從這裡看到，《人民日報》上「金堂來信」具有決定性的作用。《文匯報》多次引用，明確提出《草木篇》事件就是一場「階級鬥爭」。當然，《文匯報》如此積極地關注「金堂來信」，

〔註 659〕社論：《從〈草木篇〉的錯誤報導吸取教訓》，《文匯報》，1957 年 7 月 4 日。

與他們在整風運動中報導《草木篇》事件中的幾次失誤有關，由此使得《文匯報》在反右鬥爭中更加密切地關注著《草木篇》事件。

那麼這封「金堂來信」，是怎麼產生的呢？譚興國說，「是誰『敢於』出這一招追究他的家庭歷史呢？鄧小平！反右鬥爭開始後，鄧小平來川，在聽完四川省委負責人彙報《草木篇》事件情況後，只說了五個字『端他的老底』！於是省委宣傳部立即組成工作組，由原金堂縣委書記周鼎文任組長、文藝處吳、周參加，趕赴金堂。很快便寫出了調查報告。報告只供黨內少數領導閱讀，內容比金堂社員的信更為詳盡。我們迄今沒有見到報告的原件，在沙汀的日記裏有這樣的記載：他與李劼人同赴北京參加全國人大一屆第四次會議，途中兩人談到《草木篇》，劼人堅持他的『小題大做』看法，沙汀為了說服他，給他看了『調查報告』，最後達成一致，才有了 7 月 8 日在大會上的聯合發言。」〔註 660〕當然，對於這封信背後的具體歷史，我們並不瞭解。以及譚興國所提到的報告的詳細內容，我們都無法瞭解。但是，能這樣深入地挖流沙河的家族歷史，肯定不是一般的人能完成的。而且如果沒有省級層面的支持，這樣的歷史也是很難寫出來的。譚興國所提到的金堂縣委書記周鼎文應該是主要負責人和完成人。根據《周鼎文紀念文集》〔註 661〕，我們看到，作為川西地下武裝的主要締造者之一的周鼎文，也還創辦過莽原書店和出版社，出版過《火炬報》等，肯定非常瞭解這一段歷史，而且完全有能力勝利這一任務。但是，按照相關記載，此時周鼎文還是中共溫江地委宣傳部副部長，並不是金堂縣委書記。在《草木篇》事件之後，才升任金堂縣委書記的。〔註 662〕此時讓在溫江任職的周鼎文來負責這件事，一方面是對周鼎文的信任，另一方面應該是避免來自金堂縣的干擾。「來信」中的李元清、毛正興，也都確有其人。據記載，李元清在 1951 年 6 月至 1953 年 3 月任金堂縣城廂鎮副鎮長。而毛正興既是城廂鎮農會主席，也是城廂鎮的副鎮長。〔註 663〕他們應該非常瞭解余營成的情況，而且他們所追查的歷史，也應該是有一定的事實依據。

〔註 660〕譚興國：《草木篇事件的前前後後》，內部自費印刷圖書，2013 年，第 207 頁。

〔註 661〕《周鼎文紀念文集》，無版權頁，2009 年。

〔註 662〕《周鼎文年表》，《周鼎文紀念文集》，無版權頁，2009 年，第 199 頁。

〔註 663〕《中國共產黨四川省成都市青白江區組織史資料 1950.1～1987.12》，中共四川省成都市青白江區委組織部、中共四川省成都市青白江區委黨史研究室、四川省成都市青白江區檔案局編，成都：四川人民出版社，1991 年，第 125 頁。

那麼，到底怎麼來看待余營成呢？有關余營成的史料還較為欠缺，主要還是流沙河的自傳和這封「金堂來信」，由此對於余營成本人，這裡我們就不展開評論。但從「追查流沙河歷史」這一點可以看出，進入到「反右鬥爭」後，特別是在「金堂來信」之後，《草木篇》事件已經徹徹底底底是一個無法更改的「政治事件」了。

在「金堂來信」追查流沙河歷史的同時，四川省民盟的反右鬥爭也已經全面開展。6 月 28 日同日的《四川日報》還報導了民盟的座談會，「民盟四川省委和民盟成都市委聯合擴大座談會昨天繼續舉行，會上對章伯鈞、羅隆基、潘大逵等右派分子的政治陰謀進一步作了揭露，對趙一明的一些錯誤言論和行動也作了揭露和批判，一致希望趙一明趕快從右向左轉，徹底交代右派分子的一切陰謀活動。但是，趙一明在許多事實面前，竟然否認了一些活動。」〔註 664〕由此，文藝界對張默生的批判也需進一步開展。席方蜀就說，「乾淨、徹底的完全否定黨對文藝的領導，這就是張先生要達到的目的。乾淨徹底的否定還不行，張先生還要問罪，不僅向共產黨問罪，而且向一切批評過「草木篇」的人問罪。」〔註 665〕而對張默生的批判，也在 6 月 28 日「金堂來信」的這一天達到了高峰。「中共四川大學委員會昨天下午召開教師座談會。會上，大家揭發、批判了張默生（民盟）的反對黨的領導反對社會主義的右派言行。」〔註 666〕在這次批判大會上，首先是由張默生作自我檢討，然後李奇樑、楊明照、陳志憲、蒙思明和華忱之逐一對他的檢討展開了批判。批判涉及到了《草木篇》的問題，也涉及到了張默生早期作品《武訓傳》的問題。但是，儘管有這些的系列批判，張默生的問題也無法停下來，到了 7 月初四川文聯對張默生的批判還要繼續向前推進。

## 四、續談真相：第十次座談會

在李累「談真相」之後，由於「金堂來信」挖出了流沙河「仇恨社會」的

〔註 664〕《右派的陰謀活動必須徹底揭開 民盟省市委聯合擴大座談會繼續揭發章伯鈞、羅隆基、潘大逵的野心活動，並且一致希望趙一明趕快向左轉》，《四川日報》，1957 年 6 月 28 日。

〔註 665〕席方蜀：《從右面來的批評——讀張默生先生的「蓄意已久的心頭話」》，《四川日報》，1957 年 6 月 28 日。

〔註 666〕《川大教師批判張默生右派言行 並揭露石天河曾找過張默生支持流沙河》，《四川日報》，1957 年 6 月 29 日。

歷史根源，為此重新展開對《草木篇》的全面批判，重新建構整個《草木篇》批判的歷史就顯得非常重要。6 月 28 日，四川省文聯邀請作家、詩人、批評家和文藝工作者舉行座談會，繼續就有關「草木篇」問題明辨是非。據《四川日報》記載，參加會議的有林如稷、段可情、常蘇民、穆濟波、石璞、蕭蔓若、帥士熙、蕭崇素、陳欣、袁珂、傅仇、楊威、王永梭、施幼貽、劉思久、李昌隲、蕭長濬、李累、李友欣、藍庭彬、儲一天、李伍丁等七十餘人，張默生因事未能到會。在會上發言的李昌隲、劉冰、石璞、潘述羊、劉君惠、蕭蔓若、藍庭彬、穆濟波、袁珂、陳之光、文辛、帥士熙、李友欣、傅仇等。由於有了「金堂來信」對流沙河問題的政治定性，以及四川大學對張默生的集中批判，所以發言者的意見幾乎完全相同，「一致義正詞嚴地駁斥了流沙河和張默生的錯誤言論，並且進一步揭露了流沙河、石天河、儲一天等反對黨的領導的言行。青年詩人傅仇等還對文匯報記者范琰有意識地歪曲省文聯批評流沙河真相，宣傳所謂對流沙河進行政治陷害，提出抗議，並且指責了文匯報在宣傳報導中的資產階級方向。」〔註 667〕這次會議是省文聯的第十次整風座談會，但也可以說四川文聯的第一次反反擊右派大會。這次座談會的焦點，集中在流沙河（《草木篇》作者）、張默生（《草木篇》的理論支持者）、石天河（流沙河的反黨同盟）、范琰（擴大了《草木篇》影響）這四個人身上。當然，在具體的發言中，不同的發言人所批判的側重點是不同的。

對於這次會議，《四川日報》的報導內容分為三份部分：第一是傅仇、帥士熙繼續「談真相」，內容為《傅仇的發言》、《本報帥士熙同志就報紙批評「草木篇」及所謂壓制反批評的問題發言》。第二，是李昌隲、石璞在《李昌隲對張默生及其倡導的「詩無達詁」論發表意見》、《張默生究竟為了什麼？ 川大教授石璞對張默生的言行提出四點意見》中對張默生的批判。第三，專門刊登了四川大學 6 月 27 日對張默生展開的批判文章。同日的《成都日報》對這次會議的報導以《本省文藝界繼續大鳴大放揭示事實真相 批駁流沙河張默生等的謬論 文匯報記者范琰的資產階級新聞觀點受到了嚴正批評》題，在內容上則與《四川日報》完全一致。從這裡我們可以看到，這次會議的主題，就是繼續「談真相」，繼續通過澄清歷史，進一步肯定《草木篇》批判的合理性。

〔註 667〕《省文聯繼續舉行作家、詩人、批評家座談會 駁斥張默生流沙河等的錯誤言行 傅仇對文匯報歪曲報導有關「草木篇」問題提出抗議》，《四川日報》，1957 年 6 月 29 日。

我們先來看傅仇、帥士熙的發言。此前李累的「談真相」是集中火力在「流沙河」本人工作態度上，而且此後還通過「金堂來信」肯定了流沙河歷史問題的嚴重性。傅仇的發言也是建立在這個基礎之上的，不過更多的是針對《文匯報》展開，由此進一步補充了相關細節。傅仇的重要觀點是：第一，他認為流沙河、邱原、張默生等為《草木篇》辯護的言論，都是在整風運動中放出來的反社會主義的言論。第二，著力釐清《文匯報》相關訪談中的問題。在《傅仇對文匯報關於四川文藝界鳴放情況的報導提出意見》中提出，「文匯報記者范琰對流沙河的訪問記是不真實的……這篇報導是站在資產階級立場，為反社會主義的言論作宣傳。」第三，批判《文匯報》的「第二次報導」。在宋禾之後，傅仇再一次對這篇報導展開批判。在《文匯報在報導李累的發言時使讀者感到含糊》中，他說，「最令人不解使人懷疑的是『文匯報』對於四川文聯在 6 月 13 日召開的座談會的報導，與『四川日報』的報導出入很大。」最後認為「文匯報」並沒有「明確方向」的結論。第四，批判《文匯報》上所刊登的之子（石天河）的文章《錦城春晚》。在《傅仇就文匯報刊登的「錦城春晚」這篇文章含沙射影、迂迴曲折的誣衊成都文藝界一事提出抗議，並且要求文匯報表示態度》這一部分中，傅仇認為，「『錦城春晚』描畫的成都景象，充滿了陰森、寒冷，看不見花開，只有一群動物供人欣賞；這難道還不明顯，這是在罵成都的文藝界都是『一群動物』！對這種誣衊，我提出抗議！這是什麼論調？用心何在？在這篇文章裏，人們看得出來，這是在攻擊誰，諷刺誰，謾罵誰！我說：這是在向黨的文藝進行攻擊！這是一篇反社會主義的文章！」〔註 668〕傅仇認為石天河的這篇文章含沙射影、迂迴曲折的誣衊成都文藝界的陰森、寒冷，又是一篇反社會主義的文章。傅仇不僅是批判了石天河，實際上也是進一步展開了對《文匯報》的批判。進而，傅仇從訪談、報導以及這些文章出發，全面呈現了《文匯報》問題的嚴重性。此時傅仇批判《文匯報》也並非偶然，同日的《成都日報》就以《新聞工作座談會繼續批判資產階級新聞觀點 要求徐鑄成等作深刻檢查》為題，就發表了「新華社北京 28 日電」，「新聞工作座談會今天繼續進行，並要求徐鑄成、浦熙修、陳銘德

〔註 668〕《省文聯繼續舉行作家、詩人、批評家座談會 駁斥張默生流沙河等的錯誤言行 傅仇對文匯報歪曲報導有關「草木篇」問題提出抗議》，《四川日報》，1957 年 6 月 29 日。

作深刻地檢查和答覆。」〔註 669〕所以，對《文匯報》，特別是對《文匯報》記者范琰的批判，本身就是《草木篇》事件中的一件大事。另外還值得注意的是，傅仇為何要積極介入批判？我們知道，傅仇是《星星》詩刊創辦的重要發起人之一，但由於一些個人原因他沒能進入到星星編輯部。此後，傅仇一直關注著《星星》詩刊的發展，並在《吻》批判開始之後就積極介入到了其中，而且還較早地發表了批判文章《這是什麼感情》，引發了四川文聯對《吻》的批判。繼而在文聯機關的大會上，傅仇也還積極攻擊流沙河、石天河，「最積極的是傅仇、陳欣、蕭然等三個人。我當時的心情非常激憤，眼睛只看著會場上的毛主席石膏像，根本不把他們放在眼裏。他們發言過後，常蘇民要我表態。因為傅仇的發言著重攻擊我在『男女關係』上的錯誤。」〔註 670〕可見，此時的傅仇與石天河之間有著很深的個人矛盾。之後，傅仇還在 2 月 26 日發表過《詩歌的光輝道路——讀了毛主席「關於詩的一封信」後》〔註 671〕等文章。在機關批判大會上，傅仇已經與流沙河、石天河結怨。但奇怪的是，傅仇卻是第一次參加這樣的座談會。由此在這次座談會中，他緊緊抓住《文匯報》報導的問題，來展開對流沙河和石天河的批判。當然，由於傅仇自身的詩歌創作優勢，以及在批判運動的積極表現，在星星編輯部改組之後，他便進入到星星編輯部成為《星星》詩刊的執行編輯。而此時的《星星》詩刊也已經進入到了一個新的時期。

這次會議上，另外一個「續談真相」的發言人是帥士熙。帥士熙以《四川日報》編輯的身份，著重談《草木篇》批評初期的「壓制反批評」問題的「真相」。在《關於四川日報「壓制反批評」的真象》的發言中，帥士熙針對流沙河等對《四川日報》「壓制反批評」的四個指責：1.《四川日報》為什麼沒有刊登石天河、流沙河、儲一天寫的三篇文章；2.《四川日報》收到很多言之成理，持之有故的反批評文章，為什麼不發？而僅刊出一篇水平很低的文章，是故意拿出來做批判的箭靶。3.《四川日報》刪改某些批評「草木篇」文

〔註 669〕《新聞工作座談會繼續批判資產階級新聞觀點 要求徐鑄成等作深刻檢查》，《成都日報》，1957 年 6 月 29 日。

〔註 670〕石天河：《逝川囈語——〈星星〉詩禍親歷記》，香港：天馬出版有限公司，2010 年，第 22 頁。

〔註 671〕傅仇：《詩歌的光輝道路——讀了毛主席「關於詩的一封信」後》，《四川日報》，1957 年 2 月 26 日。

章的某些字句。4.《四川日報》的報導不真實。在「談真相」的過程中，帥士熙所列舉的一些事實是有著很強的說服力的，讓流沙河、石天河難以反駁。如在敘述《四川日報》「為何不刊登石天河、流沙河、儲一天的三篇文章」時，帥士熙就特別提到，「報紙隨即先後收到石天河、流沙河，儲一天對『百花齊放與死鼠亂拋』一文的所謂反批評文章。石天河在文章中發洩了對黨的極端不滿和仇視的情緒。……流沙河的文章則認為批評『吻』的人是『阿Q』，是『發脫甚多，頭皮既光且亮』，並且說批評他把文藝現狀刻畫為『解凍』的人就是神經衰弱者。這與他在文聯侮罵省委的部長的話是一回事情。」同時，帥士熙也提到，《四川日報》總編伍陵「刪改批判文章」的問題，「又鑒於流沙河、儲一天係青年團員，石天河係革命幹部，因此在1月20日由伍陵同志邀請他們三人到編輯部，就稿件交換意見，說明為了有利於正常的文藝批評，建議他們把文章中某些罵人的話作適當刪節，論點仍然可以完全保留。石天河的回答是：『沒有什麼改頭』。他們要報社一字不動地刊登他們的文章。伍陵同志約定在1月23日將最後處理意見告訴他們。……石天河等囂張到他們罵人的文章一字不許修改，編輯部考慮到刊登這些文章對討論文藝問題不利，而且還有別的文章比他們寫得好，不刊登他們的文章而刊登別人的文章也可以開展討論。為了讀者著想，報社在1月23日通知他們，決定不用他們的文章。石天河後來在文聯說：四川日報不發表他們的文章，他就要喊人打報社，他要殺人，對報社進行恐嚇。」由此可以說，整體來看，帥士熙對流沙河、石天河的反駁和批判是有理有據的，也是較有說服力的。最後，帥士熙還在《流沙河等指責報紙壓制反批評，只不過是一種藉口》，以及在《流沙河說報紙刪改某些批評文章，事實證明這是謊言》中指出，「報紙刪改稿件，這是報紙編輯的職責，刪改得不正確，可以而且應該提出批評，也可以聲明請勿刪改。這與壓制反批評是不相關的兩回事。報紙刪改過的批評『草木篇』的文章中，除了刪去某些枝蔓的地方外，也刪去了把流沙河比為胡風、王實味的字句。」〔註672〕集中回應了「關於刪改文章」和「是否壓制反批評」等問題。如果回顧整個《草木篇》事件，我們看到初期《草木篇》批判的主陣地是《四川日報》。確實也不可否認的是，在整個批判過程中，《四川日報》對於相關的反

---

〔註672〕《省文聯繼續舉行作家、詩人、批評家座談會 駁斥張默生流沙河等的錯誤言行 傅仇對文匯報歪曲報導有關「草木篇」問題提出抗議》，《四川日報》，1957年6月29日。

批判文章發表得非常少，這使得流沙河、石天河、邱原等人認為是《四川日報》在「壓制反批判」，最終使得他們沒有說話的機會。因此，對《四川日報》「壓制反批判」，或者說為什麼《四川日報》很少發表反批判文的具體情況進行說明，也就很有必要了。而且這個問題的解決，不僅關涉到對流沙河、石天河等人的批判是否正確的問題，也還是給《四川日報》是否「壓制批判」問題一個完整的交代。由此看來，帥士熙以《四川日報》的身份發言，其意義也就在這裡。從另外一個側面來看，帥士熙為《四川日報》辯護，也並非就無懈可擊。特別是他在講述為何沒有刊登已收到的 19 篇支持《草木篇》的「反批判文章」時的說法，就很難以理服人。而這讓我們從反面看到了，在《草木篇》批判的初期，實際情況就是並非是一邊倒的批判。除了他列舉出來的流沙河、石天河、儲一天、曉楓的四人反批判文章之外，至少還有 15 篇文章或者說 15 個讀者是支持《草木篇》的，並且這些支持文章應該都還是自發的。如果這些文章能發表的話，那麼流沙河說的 24 篇批判文章與帥士熙所說的 19 篇反批判文章，那才是一場真正的文學論爭與理論較量。但在《草木篇》批判初期，《四川日報》僅發表了 1 篇「反批判」的文章，這確實是讓人心生懷疑。也就是說，如果真是從「百花齊放、百家爭鳴」的觀點來看，早期對《草木篇》一邊倒的集中批判，確實是違反「百家爭鳴」的。不過，在帥士熙發言的此時，這些都已經不重要了。此時，《草木篇》已經被定性，現在的問題是如何打「痛死老虎」的問題。當然，在整個《草木篇》事件中，帥士熙也是唯一一次參加省文聯整風座談的。從帥士熙的經歷來看，他一直是做編輯，建國後又在《西方日報》、《四川日報》當編輯，與文學界其實並沒有多大的牽連。據《四川日報四十年・報史》，從 1953 年起帥士熙是《四川日報》的編委，伍陵是《四川日報》第一副總編，所以他此時與伍陵的關係是非常密切的。由於《草木篇》事件的影響極大，作為《四川日報》副總編的伍陵，因拒發流沙河、石天河的文章，被認為是在「壓制批評」，所以必須為自己辯駁。因此，此時帥士熙的發言，應該是與伍陵有著密切的關係。而且我們看到，帥士熙在談到石天河等人的「三篇反批判文章」時，對這些歷史細節瞭解得如此清楚，那麼伍陵肯定也參與了帥士熙發言文章的寫作的。當然，作為《四川日報》的副總編伍陵，本身就與整個《草木篇》事件的關係不大，只不過由於《草木篇》事件的不斷升級，他也必須澄清相關的事實。而對於帥士熙來說，他其實更關注的是新聞界，所以在批判成都日報的曉楓的時候，他更積極地，說「曉楓是暗藏在新聞界的右派分子」。對於此後帥士熙對《草木篇》及流沙河有怎樣的態度，我們並不瞭解，不過此後他升任為四川省委宣傳部文藝處處長。

## 五、揭發會：第十一次座談會

在種種力量的推動之下，6 月 29 日「省文聯第十一次座談會」，就徹底轉變方向，完全成為了一次「揭發會」。換句話講，「這次整風座談會」，是四川文藝界的整風運動結束，並由此進入到「反擊右派」時期。

關於這次會議，《四川日報》以《文藝工作者在省文聯座談會上揭發右派分子的反動言行 流沙河敵視新社會的面目露出原形 與會者對石天河、儲一天等人的一些反動言行也作了揭發和批判 認為他們的立場站立在右派方面》為標題，作了詳細報導，「四川省文聯昨日上午邀請作家、詩人、理論批評家和部分文藝工作者座談有關『草木篇』的問題。會上，發言者嚴正地揭露了流沙河的右派反動言行，同時揭露了石天河（即周天哲）、儲一天、邱原（原邱漾）、曉楓（即黃澤榮）的反對共產黨的領導、反對社會主義的一些言行。發言者一致對流沙河等加以斥責。參加這次座談會的有林如稷、段可情、李亞群、常蘇民、高魯、何劍熏、蕭崇素、嶺光電、高纓、山莓、楊威、袁珂、蕭賽、陳士林、李華飛、李累、李友欣、陳欣、蕭然、文辛、陳之光、楊樹青、席向、李伍丁、儲一天等四十餘人。會上發言的有高魯、蕭崇素、陳士林、陳欣、簫德林、楊樹青、蕭然、傅世悌、儲一天、李亞群等人。文聯曾邀請曉楓參加座談會，他沒有來。張默生教授也因事未出席座談會。」〔註 673〕雖然參會的人很多，但發言的人卻並不多。《四川日報》的報導包括三個部分，《蕭然揭露流沙河仇恨共產黨的本質》、《陳之光駁斥儲一天的反動言論》、《陳欣揭露流沙河、石天河等互相勾結向黨進攻的事實》。同樣《成都日報》上的報導也是三個部分：第一是蕭然的揭發，包括《蕭然說流沙河為什麼仇恨新社會，就是因為他自己「不敢忘」的「殺父之仇」》《蕭然揭發石天河恣意謾罵文藝報的一個事實》《蕭然對儲一天提出兩點疑問》。第二是《陳欣揭發流沙河、石天河等反對黨的領導的活動》。第三是《陳之光駁斥儲一天捏造「教條主義、

〔註 673〕《文藝工作者在省文聯座談會上激發右派分子的反動言行 流沙河敵視新社會的面目露出原形 與會者對石天河、儲一天等人的一些反動言行也作了揭發和批判 認為他們的立場站立在右派方面》，《四川日報》，1957 年 6 月 30 日。

宗派主義的老根在省委宣傳部」等謬論》。〔註674〕綜合來看，《四川日報》與《成都日報》對這次會議的報導，在主要內容上是一致的。

我們先看蕭然的發言。他在《蕭然揭露流沙河仇恨共產黨的本質》中，他從1956年流沙河給《草地》的「三封信」談起，來揭發流沙河的問題。我們先說第一封和第三封信。第一封是，流沙河給《草地》去信，內容為反對刊出青年作者對他自己詩集《農村夜曲》的評論文章。「我堅決反對刊登這一篇文章。因為，文內許多頌揚過火之初，流於瞎捧、把壞的說成了好的，把好的說成了最好，不是實事求是的評論。加入你們刊登這一篇文章，只是為了及其讀者的反感、為了展開舌戰的話，那我也要聲明一句：我不願作為眾矢之的。總之，我反對刊登。特請你們再三考慮。河.11.14』」蕭然對流沙河信中所提出的「引起舌戰」不滿，此前已有介紹，這裡就不再論述。再說流沙河的第三封「去信」，其內容是希望《草地》能全文發表他修改後的論文《為了蓓蕾的命運》。在信中，流沙河說，「我的一篇論文『為了蓓蕾的命運』，從去年一月到現在，被文藝報壓制了一年，幾次來信說要發要發，到最近突然來信說只發第一部分『世界觀與思想性』，就賡即去信反對，要他們把原稿退回（我曾在八月、十一月兩次要他們退回，他們不退），據今人民日報上所登目錄來看，已經發了。我非常氣憤。這是文藝報的一種卑鄙無恥的手段，他們害怕真理（不僅違反『百家爭鳴』方針，而且庇護著反馬克思主義的錯誤理論。）摘錄了這篇文章。（文章第一部分是批評林希翎、李希凡、藍翎的，第二部分是批評陳湧，陳湧是文藝報編委，我一直就意識到他們莫名其妙地不許碰到陳湧；第三部分是泛論教條主義，並批評了葉換。）我很不甘心這篇文章的文章找到了宰割，痛恨教條主義猖獗到了無理的程度，我準備把第三部分改成另外一篇文章。這第二部分，原已改寫成一篇獨立文章，現在稍作刪改，是可以單獨發表的，為了給教條主義一個回擊，我希望『草地』能夠發表它。如不能用，則請速退我。」〔註675〕因為《文藝報》只摘錄了這篇論文的一部分來發表，流沙河在信中認為這是教條主義的害怕真理的表現，所以希望全文發表。流沙河和的這兩封信，一封是要求不予刊登讚揚自己的評論，

〔註674〕《作家，詩人，評價等在省文聯座談會上 揭露流沙河石天河等的反動面目》，《成都日報》，1957年6月30日。

〔註675〕《作家、詩人、批評家等在省文聯座談會上 揭露流沙河、石天河等的反動面目》，《成都日報》，1957年6月30日。

一封則要求全文刊登自己的論文，體現出了他的一種複雜的心態。當然，總體上而言，這兩封信的問題並不嚴重。

在蕭然的發言中，實際上有著嚴重問題的，是流沙河的第二封信所提到的雜感《你是挨過批評的！》。蕭然揭發說，「去年 7 月，刊物創刊不久，流沙河投給『草地』編輯部一篇雜感，題名『你是挨過批評的！』刊物領導曾經善意地勸山刪去了一段，後來發表在『草地文藝通訊』去年的 18 期，將於 11 月 10 日出版。10 月間，他很生氣地說『草地』領導同志，你們沒有膽子登就不登。為什麼只敢登在內部通訊上？我曾向他解釋，登在內部通訊上的任何文章，作者都可以投給其他任何刊物去發表。經此周折，這篇文章曾在校樣中抽下，後來始發表在『草地文藝通訊』第 22 期，去年 12 月 15 日出版。」蕭然重點提到了流沙河這篇雜感中有著嚴重問題的內容，「我是該怎樣回答呢？記得小時候，聽老師講過一個歷史故事：戰國時期，吳國被越國打敗了。吳王夫差，立志雪恥，叫宮人每天提醒他：『夫差，爾忘越王殺父之仇乎？』夫差總是彎下腰來，惶恐地回答：『不敢忘，不敢忘。』那麼，我也這麼回答吧：『不敢忘……』不。我什麼也沒有回答。」進而蕭然認為，流沙河仇恨共產黨的立場，白紙黑字，已經在《你是挨過批評的！》這雜感中寫得清清楚楚。那就是，流沙河「仇恨新社會」的原因，是他不敢忘「殺父之仇」！對於這封投稿信，譚興國在《草木篇事件的前前後後》中也提到，並且也重點分析出了流沙河仇恨立場，以及不敢忘「殺父之仇」的心態。「當年在《草地》編輯部工作的一位姓王的老編輯，提供了流沙河在同一時期寫的一篇雜感，算得上是對《草木篇》的一個注腳。並題名為《你是挨過批評的！》，……流沙河其實應該感謝李友欣，替他刪掉了這段文字，不然『殺父之仇』早就公之於眾，何必等到《草地》編輯揭底！」〔註 676〕可以說，從蕭然到譚興國的敘述，我們看到，雖然在金堂繡水鄉的十一位農業社員給四川日報「金堂來信」中，已經分析了「流沙河為什麼仇恨新社會」的歷史原因，但只提到了他的父親余營成，卻並沒有說到流沙河本身。因此，在這次揭發大會上，蕭然對流沙河雜感《你是挨過批評的！》的揭發，實際上進一步肯定了「金堂來信」，也更加充分地展示出了流沙河對新社會有著「殺父之仇」的仇恨心理。這裡，譚興國所提到的「姓王的老編輯」，也就是蕭然。蕭然，原名王宏澤，

〔註 676〕譚興國：《草木篇事件的前前後後》，內部自費印刷圖書，2013 年，第 89～91 頁。

曾任在川西區文藝處《川西說唱報》任編輯。在合省後，蕭然歷任《四川群眾》、《四川文學》、《峨眉》、《草地》等雜誌編輯，同時任四川省文聯理論組組長〔註 677〕。從這裡我們可以看到，蕭然其實與流沙河的交集也並不多。他之所以將流沙河給《草地》的幾封信交出來，這表明，對流沙河的批判，已經不再是省文聯的問題，而是更大的「反右鬥爭」的政治需要。

第二個主要的發言人是陳欣。在題為《陳欣揭露流沙河、石天河等互相勾結向黨進攻的事實》的發言中，陳欣重點揭發了石天河的問題，具體包括《省文聯內早就有反對黨的領導反對社會主義的暗流。今年，以石天河為首形成一個小圈子，反動氣焰囂張》、《石天河、流沙河等向省文聯和省委宣傳部的領導進攻，其實質是反對黨的領導，他們的立場站在右派方面》、《「草木篇」討論展開以後，石天河、流沙河就在唱雙簧戲；石天河坐地使法，深藏不露；流沙河出面喊冤叫屈，造謠，誣衊；邱原、儲一天搖旗吶喊，虛張聲勢》、《石天河、流沙河等人的問題已經超出了一般思想問題的範圍，這是「大是大非」，不能不爭取》〔註 678〕4 個部分。在陳欣的發言中，他從石天河、流沙河的問題出發，構建了《草木篇》批判的「另一種歷史」：首先，石天河、流沙河、邱原、儲一天早就有反黨言行，而且形成了一個小集團。然後，流沙河利用整風運動，在《文匯報》和《四川日報》上誣衊有「李累宗派主義集團」。最後得出結論：《草木篇》批判不僅僅只是人事糾紛問題，而實際上就是一個思想問題。也非常奇怪的是，在陳欣的發言中，他雖然批判的重點是流沙河，但在所有的標題中卻都將石天河排在了流沙河前面。也就是說，在陳欣的發言中，問題最嚴重的不是在「金堂來信」之後的流沙河，而是遠在峨眉山的石天河。而且陳欣發言的四個主題，都冠上石天河的名字，如「以石天河為首的小集團」、「石天河、流沙河等反對黨的領導」、「石天河坐地使法」、「石天河、流沙河等的問題」〔註 679〕。由此可以說，陳欣的發言，凸顯出一個非常重要的信息，四川文藝界在進入到反右鬥爭後，石天河將代替流沙河而成

〔註 677〕李遠強、黃光新：《斑斕歲月——四川省川劇院 40 年史》，成都：巴蜀書社，2000 年，第 159 頁。

〔註 678〕《文藝工作者在省文聯座談會上激發右派分子的反動言行 流沙河敵視新社會的面目露出原形 與會者對石天河、儲一天等人的一些反動言行也作了揭發和批判 認為他們的立場站立在右派方面》，《四川日報》，1957 年 6 月 30 日。

〔註 679〕《作家、詩人、批評家等在省文聯座談會上 揭露流沙河、石天河等的反動面目》，《成都日報》，1957 年 6 月 30 日。

為主要的批判對象。陳欣的發言，可以說是《草木篇》事件批判對象轉向的重要信號，即在「反擊右派」的鬥爭中，四川文藝界的重心已經從對流沙河的批判，轉向了對石天河的批判。關於「從流沙河和轉向石天河」的相關背景、具體歷史和詳細過程，我們將在後面討論。同樣回到發言者陳欣，我們也看到他與流沙河、石天河的之間的個人交集也並不多，並不存在私人矛盾。據記載，陳新原名陳明中，筆名非非、陳欣等。曾為四川南風社摩登劇社發起人，主編過《摩登》月刊，還出版過《愛與生命》、《苦酒》、《秦淮河畔》、《癡人日記》等著作。〔註 680〕新中國建國後陳欣任川西文聯秘書、戲劇組副組長、組長等職〔註 681〕。我們看到雖然新中國成立後陳欣也在川西文聯、四川省省文聯工作，但他的專長並非在詩歌。所以，將矛頭指向石天河，將反右鬥爭的焦點轉向石天河，並非是他自己的隨意說說，而應該是四川省文聯的最終決定。陳欣只不過是將《草木篇》事件引向「石天河批判」的一個代言人罷了。

與此同時，我們前面已經看到，張默生的問題也還是一個重要問題，處於被持續批判的狀態之中。這個時候，四川大學民盟支部又展開了對張默生，以及其他民盟成員的批判，「民盟川大支部，於本月 22 日晚繼續舉行全體盟員大會。這次會議根據前次盟員大會上不少盟員建議『由近及遠。由具體到原則』進行檢查的要求，著重對川大民盟支部進行了嚴正的揭發與批評。」內容就有《石璞說：關於草木篇的批判，張默生是為黨設的圈套。他還說流沙河的「藤」寫得好》、《陳志憲認為張默生對黨委撤出學校很感興趣。昨天的發言，想為自己開脫》、《杜仲陵揭露張默生不贊成黨委制》、《陳思苓說，張默生對「詩無達詁」的論點，並未真正認錯》、《李奇樑揭露張默生在文聯座談會的全篇發言，對黨充滿牴觸情緒》、《石璞問郭世方在反右派鬥爭中，為何臨陣脫逃？劉監周說郭世方起碼有右傾思想》、《張萬杭揭發郭世方曾說他也有「黨天下」的看法》、《戴星如曾說：「胡風不是反革命」、「川大新黨員都是木腦殼」。徐素滋質問他：這些看法有何根據？》、《張默生、戴星如對大家的批評作了解釋》、《馬德、陳思苓等揭露羅隆基、潘大逵的反動言

〔註 680〕趙銘彝：《陳明中——從南國到摩登》，《涓流歸大海——趙銘彝文集》，北京：中國戲劇出版社，2004 年，第 62～65 頁。

〔註 681〕路聞捷、石宏圖、賈克勤主編：《中國戲劇家大辭典》，北京：中國戲劇出版社，2003 年。

行》等〔註 682〕。在四川大學民盟支部的批判以後，緊接著 6 月 28 日四川大學中文系也安排了對張默生的批判，「28 日上午，中文系的教師們在黨委召開的中文系全體教師和其他系的部分教師座談會上，對張默生教授的右派言論作了揭露和批駁。座談會由黨委委員戴伯行主持。」就有《張默生承認他歪曲了中文系討論「草木篇」的情況，但沒有說明他為什麼要這樣作。他說他同情流沙河是出於「愛護青年作家和青年一代」。他說他的話「不是出於惡意」，而是「感情未加約束」，「不知不覺地迷失了方向」》、《華忱之通過張默生對「草木篇」批評的態度，批判他的右傾思想。》、《杜仲陵揭發張默生才曾說：靠黨吃飯的太多了，應該送到農村去改造。》、《李奇櫟說：張默生不惜歪曲事實為流沙河辯解。》、《楊明照說：張默生的檢查沒有實際內容，他認為張默生並非有職無權。》、《劉思久不同意張默生的「錯誤言論是不自覺的」說法。》、《陳志憲說：鳴放以開始，張默生就有右的味道。他證實：張默生對黨委退出學校確實很感興趣。》、《蒙思明說張默生的檢查是羅列事實，為自己辯解。》〔註 683〕等多人的發言。而且在 6 月 30 日，《四川日報》還上繼續發表了兩篇批判張默生的文章：一篇是《李昌隲對張默生及其倡導的「詩無達詁」論發表意見》〔註 684〕，另外一篇是《張默生究竟為了什麼？ 川大教授石璞對張默生的言行提出四點意見》〔註 685〕。另外，在《四川日報》發表批判文章的當天下午，中共四川大學委員會又召開教師座談會，李奇櫟、陳志憲、蒙思明、華忱之等人再次揭發、批判張默生的反對黨的領導反對社會主義的右派言行。〔註 686〕可以說，此時的《草木篇》事件，已經不再僅僅只是流沙河的個人問題，而是反擊右派鬥爭的大問題了。可以看到，通過對流沙河和《草木篇》的批判，在四川文藝界的反擊右派的鬥爭中，引出了石天河、張默生這兩大「右派分子」。

〔註 682〕《民盟川大支部繼續舉行支部大會 要求徹底揭發右派在川大的活動 張默生、郭世方散佈右派言論造成的不良影響》，《人民川大》，四川大學校刊編輯室編，1957 年 6 月 27 日，第 219 期。

〔註 683〕《許多教師在黨委召開的座談會上 對張默生的右派言論進行揭發和批判》，《人民川大》，四川大學校刊編輯室編，1957 年 6 月 30 日，第 222 期。

〔註 684〕《李昌隲對張默生及其倡導的「詩無達詁」論發表意見》，《四川日報》，1957 年 6 月 29 日。

〔註 685〕《張默生究竟為了什麼？ 川大教授石璞對張默生的言行提出四點意見》，《四川日報》，1957 年 6 月 29 日。

〔註 686〕《川大教師批判張默生右派言行 並揭露石天河曾找過張默生支持流沙河》，《四川日報》，1957 年 6 月 30 日。

## 六、發言補刊

有意思的是，四川省文聯在 6 月 28 日、29 日分別召開了「省文聯第十次座談會」和「省文聯第十一次座談會」，但次日的《四川日報》和《成都日報》均沒有刊登。而是到了 7 月 4～5 日，才在《四川日報》上補刊了部分發言，「省文聯在 6 月 28、29 兩日邀請作家、詩人、批評家和部分文藝工作者舉行座談會。茲將會上的發言的一部分補刊於下。」〔註 687〕當然，從主要內容來看，這次補刊的內容依然是追查個人歷史、揭發反動事實。但問題是，在這「兩報」上，為何 6 月 28、29 日這兩日座談會的發言，要拖延到 7 月 4 日才刊登呢？我們不得而知。另外值得注意的是，《四川日報》、《成都日報》這「兩報」對著兩次座談會的報導，在內容上也不太一致。

座談會的報導，在 7 月 4 日《四川日報》為「發言補刊」。相關內容題為《李友欣等在省文聯座談會上的發言》，刊登了李友欣、文莘兩個人的發言，即《李友欣等在省文聯座談會上的發言》、《文莘發言駁斥儲一天和曉楓的荒謬言論》〔註 688〕。而同日《成都日報》的報導，也是「發言補刊」。具體內容題為《揭露流沙河張默生等右派言行 6 月 28、29 日在省文聯座談會上的發言》，而刊登了 5 人的發言：《「草地」編輯部楊樹青 揭露流沙河等的反動言行》、《蕭蔓若說：「草木篇」是毒草，不能任其流毒泛濫》、《劉君惠提出質問 張默生、李莎對黨的領導的論爭不滿是為了什麼》、《陳士林指出 張默生「詩無達詁」的謬論屬於地主哲學家的認識論範圍》、《藍庭彬認為張默生和李莎是本省文藝界最典型的機會主義者》。在這些發言中，僅有楊樹青是對流沙河等人的揭發和批判，「流沙河把學習馬林科夫報告說成是喪失民族自尊心，卻要背離祖國到資本主義國家去過一種貧困而『自由』的生活；流沙河聲稱：老子要罷工，老子要造反。黨團組織對他進行批評教育，他硬說是對他進行『政治陷害』、『人身攻擊』；流沙河石天河等從黨中央一直罵到普通黨員。儲一天則說會罵人的是好人，原來他自己就是會罵人的人；儲一天不僅辱罵文聯同志，還不知一次咒罵我們的社會為『這是什麼世界』；儲一天所謂『教條主義的老根在省委宣傳部』，原來是他反對黨的文藝領導。」〔註 689〕從這裡

〔註 687〕《李友欣等在省文聯座談會上的發言》，《四川日報》，1957 年 7 月 4 日。

〔註 688〕《李友欣等在省文聯座談會上的發言》，《四川日報》，1957 年 7 月 4 日。

〔註 689〕《揭露流沙河張默生等右派言行 6 月 28、29 日在省文聯座談會上的發言》，《成都日報》，1957 年 7 月 4 日。

看到，作為主角的流沙河實際上並不是批判的重點人物了，也就是說一張更大的反擊右派的網已經張開。關於石天河、張默生的批判，我們後面會集中展開分析，李莎與《草木篇》事件關聯不大，我們也就不再討論。回到這天的「發言補刊」中，可以看到，這「兩報」刊登的發言者應該是相互補充的。《四川日報》只有李友欣、文辛，而《成都日報》上有楊樹青、蕭蔓若、劉君惠、陳士林、藍庭彬，他們都一起參與了6月28日的「省文聯第十次座談會」。

我們再來看7月5日的「發言補刊」，這是對省文聯30日座談會的記錄。《四川日報》以《省文聯6月30日座談會發言續志》為題，報導了座談會的主題，「6月30日四川省文聯邀請作家、詩人、理論批評及和部分文藝工作者繼續座談有關《草木篇》的問題，發言者紛紛揭發右派分子的反動言行。」〔註690〕這次報導共刊登了4人的發言，包括《楊樹青揭發流沙河、石天河、儲一天等的反動言論》、《李亞群同志發言》、《穆濟波說，流沙河一貫仇視新社會，不是毫無原因的》、《林如稷說，有人抓住對「草木篇」批評有些粗暴這點，向黨殺冷槍，企圖整個否定這次批評》。但同日《成都日報》的「發言補刊」以《李亞群同志在六月二十九日省文聯座談會上的發言》，提到了如下內容：文匯報記者范琰捏造事實，直到現在又不更正，為此特鄭重辟謠；張默生並不是真正幫助黨整風。他的幾次發言，從觀點到態度都使我們完全不能同意；徐傑的發言無非要說明黨不能領導文藝，要黨退出文藝領域。這也是我們完全不能同意的。另外還有林如稷的發言《川大中文系教授林如稷說 流沙河的惡劣行為不能容忍 張默生將自己不同意的理論搬出來支持流沙河的錯誤，其原因值得研究》等。綜合「兩報」這兩天的「發言補刊」，我們看到，他們報導側重點有所不同，但不知他們為何如此安排。

在《四川日報》的《李友欣等在省文聯座談會上的發言》中，李友欣主要是為了他自己的文章《白楊的抗辯》辯護。他說，「流沙河認為整個對『草木篇』的批評的發展，與我寫的文章有關，這是不符合事實的，我是文藝工作行列中的一個無名小卒，怎能起到『馬首是瞻』的號召作用。李友欣說，我原虛心接受同志們正確的批評，加強學習，提高自己。但對那些意在取消文藝的黨性原則，企圖使文藝工作駛離社會主義軌道的虛聲恫嚇，仍應保持警惕，學會與其進行有效的鬥爭。」而在《文莘發言駁斥儲一天和曉楓的荒謬

〔註690〕《省文聯6月30日座談會發言續志》，《四川日報》，1957年7月5日。

言論》中，文莘則「駁斥儲一天誣衊省委對過去『四川文藝』時期所發的指示是干涉過多，是『誰碰了這個指示誰就是反黨』的說法。」〔註 691〕《草地》編輯楊樹青則揭發流沙河、石天河、儲一天等的反動言論，「石天河到處造謠、謾罵共產黨……去年 11 月以前，石天河和流沙河一樣到處造謠、謾罵共產黨，從黨中央的領導到省委的領導（文聯黨的領導當然不在話下）；從普通的共產黨員到每一個正直的革命幹部，他都罵遍了。」這裡，楊樹青的發言，也重點是將石天河與流沙河困在一起批判，由此引出了石天河造謠、謾罵共產黨的反動言論，以及石天河與省文聯領導對抗等問題。我們再來看李亞群的發言。他從《草木篇》出發，主要談了《文匯報》、張默生的問題。另外，林如稷對《草木篇》批判也完全肯定的，他說，「『草木篇』是毒草，無論怎樣估價，它都是有害的，應該批評，必須批評。當然在方式方法上有些粗暴，個別文章的帽子多了一些，在邏輯上有缺點。他說，儘管如此，整個批評還是好的，不少文章是說理的。」〔註 692〕由此看來，雖然此時林如稷因生病在家，但從他的態度來看，也是全力支持批判的。總的來看，這些發言，都已經不再是單純的《草木篇》批判了。

還有值得注意的是穆濟波的發言。從穆濟波的發言來看，他完全肯定了「追查個人歷史」的行為，「查成分是不是應該的一件事，報紙上已有金堂縣農民來信證明，我即使不是唯成分論的人，看了這些事實，我認為流沙河之一貫仇視新社會不是毫無因由的。」更難以理解的是，穆繼波還專門分析並也肯定了「自上而下」批判的合理性：「執行文藝政策的幹部同志，能夠在他們職責範圍以內，每處留心，對每一作家每一作品都能予以重視，予以討論批評，這可以幫助他們進步，這是我們求之不得的良師益友。難道說，這種自上而下的批評布置不好嗎？」因此他認為，對《草木篇》「自上而下」的批判，不僅是黨組織關心的體現，而且也是黨組織對作品培養的重視，應該感謝。當然，此時的穆濟波，正因為「百花詩社」的問題而纏身，所以試圖「將功補過」。然而，雖然穆繼波認為「自上而下」的批判有合理性，但自己很快他也受到了批判〔註 693〕，而且問題還相當嚴重。《四川日報》7 月 15 日刊登

〔註 691〕《李友欣等在省文聯座談會上的發言》，《四川日報》，1957 年 7 月 4 日。

〔註 692〕《省文聯 6 月 30 日座談會發言續志》，《四川日報》，1957 年 7 月 5 日。

〔註 693〕《在省圖書館召集的會議上揭發西湖：右派分子穆濟波一貫反動，以組織「百花詩社」為名，原來別有用心》，《四川日報》，1957 年 7 月 15 日；《右派分子穆濟波全身浸滿毒素》，《四川日報》，1957 年 7 月 22 日。

了《在省圖書館召集的會議上揭發出：右派分子穆濟波一貫反動，以組織『百花詩社』為名，原來別有用心》一文，「本月 9 日民盟省市委專職幹部會議上揭發了穆濟波組織『百花詩社』的底子後，引起詩社的社員和省圖書館同志們的憤慨，紛紛要求召開會議批判右派分子穆濟波的反動言行。12、13 兩日，四川省圖書館邀請省政協、省文聯、省文史館、省博物館、省出版社等單位的部分人員共百餘人召開會議，會上有三十六人作了發言。發言的人一致指出穆濟波的反對黨的領導、反對社會主義的言論是一貫的。」〔註 694〕在這其中，就有涉及到《草木篇》的言論，「他對於黨的『百家爭鳴、百花齊放』的政策也是不同意的。他主張凡是生物都應讓它生存，毒草是生物，也要讓它生存，他反對剷除毒草。他把對『草木篇』的正確批評，說成是『扼殺青年』。」此外被批判，更多其他自己言論、詩詞，以及所創辦的「百花詩社」的問題。在 8 月 30 日的《四川日報》上，就發表了兩篇批判他文章，一篇是批判他詩歌的《穆濟波的詩》〔註 695〕，一篇是批判他所創辦的「百花詩社」的〔註 696〕。穆濟波參與並且才成立於 5 月份的百花詩社，被批判為「是個不折不扣的反動集團」，也旋即停辦解散。「《百花詩社》以『在杜甫草堂搞鳴放』，被強加罪名而夭折，兩位發起人亦在劫難逃矣。」〔註 697〕此後穆濟波被劃為右派〔註 698〕。

總之，從這些發言中我們看到，《草木篇》批判已經從「整風」，變成了「反擊右派」政治鬥爭；而《草木篇》事件也已經從流沙河等的個人問題，變成了以石天河為首的四川文藝界的「右派集團」問題。至此以後，石天河成為了四川文藝界「反擊右派」的中心。

〔註 694〕《在省圖書館召集的會議上揭發出：右派分子穆濟波一貫反動，以組織『百花詩社』為名，原來別有用心》，《四川日報》，1957 年 7 月 15 日。

〔註 695〕《穆濟波的詩》，《四川日報》，1957 年 8 月 30 日。

〔註 696〕《百花詩社是個不折不扣的反動集團》，《四川日報》，1957 年 8 月 30 日。

〔註 697〕殷榆：《擅長書法、雅愛詩詞的王雲凡》，《四川近現代文化人物 續編》，四川省政協文史資料研究委員會，四川省文史館編，成都：四川人民出版社，1989 年，第 484 頁。

〔註 698〕熊飛宇：《不該被湮沒的巴蜀作家：穆濟波和他的詩詞》，《重慶文理學院學報》，2013 年，第 1 期。